Mil latidos del corazón

Mil latidos del corazón

Kiera Cass

Traducción de Jorge Rizzo

Rocaeditorial

Mil latidos del corazón

Título original: *A Thousand Heartbeats*

D. R. © 2022, Kiera Cass
Edición publicada en acuerdo con The Laura Dail Literary Agency
a través de International Editors & Yañez'Co.

Primera edición en España: noviembre de 2022
Primera edición en México: noviembre de 2022
Primera edición en Estados Unidos: enero de 2023

D. R. © de la traducción: 2022, Jorge Rizzo

D. R. © de esta edición: 2022, Roca Editorial de Libros, S. L.
Av. Marquès de l'Argentera 17, pral.
08003 Barcelona
actualidad@rocaeditorial.com
www.rocalibros.com

ISBN: 978-1-64473-760-6

Impreso en Colombia – *Printed in Colombia*

A Teresa, por todas las razones y ninguna en particular

STRATFEL

Castillo
de Vosino

TIERRA NO RECLAMADA

CADAAD

NALK

ROSHMAR

DUCAN

Castillo
de Vosino

PRIMERA PARTE

*E*n el mismo momento en que Annika alargaba la mano en busca de su espada, oculta bajo la cama, Lennox limpiaba la sangre de la suya.

Lennox echó un vistazo a la ladera de la colina, jadeando. Otras tres almas que sumar a una larga lista. Ya no llevaba la cuenta, hacía mucho tiempo que había dejado de contar. Con todos los que habían caído ante su espada, nadie en el ejército de Dahrain podría disputarle su autoridad. Annika, por otra parte, solo contaba una víctima. Y había sido puramente accidental. Aun así, tampoco había muchos que pudieran poner en entredicho su autoridad.

La gran diferencia era que los que podían lo hacían.

Annika se puso en pie lentamente, aún le dolían las piernas. Dio unos pasos para intentar recuperar la desenvoltura de antes; cuando su doncella entró, ambas decidieron que se movía con suficiente naturalidad. Se sentó ante el tocador, con la mirada puesta en el borde de la cama, que se reflejaba en el espejo. Su espada —oculta bajo la cama— tendría que esperar un día o dos más, pero no veía la hora de romper una de las pocas normas que aún podía saltarse.

Lennox, por su parte, enfundó su espada y bajó por la silenciosa ladera. Kawan estaría encantado con las noticias. Y él, que solo deseaba mantener la seguridad, se aseguraba de no desairarle nunca. Cuando acabara la guerra —si es que llegaba a estallar—, todo un reino se vería obligado a rendirse, y Lennox lo tendría bajo su bota.

Annika y Lennox se concentraron en el día que tenían por delante, sin que ninguno de los dos fuera consciente de la existencia del otro, ni de lo mucho que podían llegar a influir recíprocamente en los cambios que registrarían sus vidas.

Aunque quizá ya lo hubieran hecho, sin darse cuenta e irrevocablemente.

LENNOX

Volví caminando al castillo, intentando decidir adónde ir primero: si a mis aposentos o si a la cantina. Bajé la mirada, me miré la casaca y las botas y me limpié la mejilla. El dorso de la mano se me manchó de polvo, sudor y sangre, y observé que también tenía restos de las tres cosas en la camisa.

Pasaría primero por la cantina, pues. Que todo el mundo lo viera.

Me dirigí hacia la entrada este, que era la menos vigilada del castillo de Vosino. Aunque lo cierto era que la vigilancia no era mucho mayor en el resto. Vosino podría considerarse un castillo abandonado, una reliquia de algún reino olvidado en el que nosotros nos habíamos instalado. No se hacían grandes labores de mantenimiento. Al fin y al cabo, se suponía que iba a ser solo un refugio temporal.

Al entrar vi a Kawan sentado a la mesa principal. Como de costumbre, mi madre estaba a su lado.

Nunca había nadie más a su lado. Ni siquiera a mí me habían invitado a su mesa.

El resto del ejército estaba repartido por la cantina, la tropa mezclada con los oficiales.

Todos los ojos se posaron en mí en el momento en que entré, recorriendo a paso tranquilo el pasillo central, con la muñeca apoyada en la empuñadura de mi espada. Las conversaciones se convirtieron en susurros y algunos estiraron el cuello para verme mejor.

Mi madre fue la primera que me vio, y me escrutó con sus ojos azules, bajo un ceño fruncido. Cuando la gente se integraba en nuestras filas, abandonaban los vestidos y los oropeles y se ponían una especie de uniforme, quedando despojados de gran parte de sus efectos personales. De ello se beneficiaba mi madre, que se presentaba a cenar con vestidos antes propiedad de alguna otra habitante del castillo: era la única mujer del castillo de Vosino que gozaba de tal privilegio.

A su derecha estaba Kawan, con el rostro cubierto por el cáliz del que estaba bebiendo. Lo posó en la mesa de un golpetazo y se limpió la enmarañada barba con la manga, ya sucia de antes. Me miró y soltó un suspiro profundo.

—¿Qué significa esto? —dijo, señalando mis ropas cubiertas de sangre.

—Esta mañana ha habido tres intentos de deserción —le informé—. Quizá quieras enviar carros para que recojan los cadáveres antes de que vengan a comérselos los lobos.

—¿Eso es todo? —preguntó Kawan.

«¿Que si eso es todo?»

No, no era todo. Era la más reciente de una serie de misiones que había llevado a cabo por el bien de nuestro pueblo, en nombre de Kawan, para ponerme a prueba a mí mismo. Y ahí estaba, en silencio, cubierto de sangre, esperando que él reconociera mis esfuerzos por una vez.

Me quedé inmóvil, esperando que tomara nota.

—A mí me parece que no es poca cosa someter a tres jóvenes reclutas bien entrenados en plena noche, sin contar con ninguna ayuda. Conseguir mantener en secreto nuestra ubicación y salir ileso. Pero podría equivocarme.

—Sueles equivocarte mucho —gruñó, a modo de respuesta—. Trista, dile a tu hijo que se calme un poco.

Miré a mi madre, pero ella no dijo nada. Yo ya sabía que Kawan quería provocarme: era uno de sus pasatiempos favoritos, y estaba muy cerca de conseguirlo. Me salvó el alboroto procedente del vestíbulo.

—¡Dejad paso! ¡Dejad paso! —gritó un chico, entrando a la carrera.

Un grito así solo podía significar una cosa: la misión más reciente había concluido y nuestras tropas habían regresado.

Me giré y vi a Aldrik y a sus lacayos entrando en la cantina, cada uno de ellos tirando de dos vacas.

Kawan chasqueó la lengua, y yo me eché a un lado. Mi momento ya había pasado.

Aldrik era todo lo que buscaba Kawan. De anchas espaldas y voluntad maleable. Su enmarañado cabello castaño le cubrió la frente al arrodillarse en el mismo lugar en el que había estado yo un momento antes. Tras él iban otros dos soldados, elegidos personalmente por él para que le acompañaran en la misión. Estaban cubiertos de barro rojo, y uno de ellos llevaba el torso descubierto.

Me crucé de brazos y observé la escena. Seis vacas en la cantina del castillo.

Las podría haber dejado fuera, pero era evidente que Aldrik sabía que era, con mucho, la mejor y mayor conquista que habíamos obtenido con nuestras misiones.

¿La peor? Un cuerpo en un saco de arpillera.

—Poderoso Kawan, he vuelto con media docena de reses para el ejército de Dahrain. Te presento mi ofrenda, esperando demostrar con ella mi lealtad y el valor de mi servicio a la causa —dijo Aldrik, con la cabeza gacha.

Unos cuantos de los presentes aplaudieron, agradeciendo las provisiones. Como si bastaran para alimentar siquiera a una fracción de los habitantes del castillo.

Kawan se puso en pie, se acercó y examinó las vacas. Cuando acabó, le dio una palmada en el hombro a Aldrik y se giró hacia la multitud.

—¿Qué decís? ¿Os place esta ofrenda?

—¡Sí! —gritaron todos.

Bueno, casi todos.

Kawan soltó una carcajada gutural.

—Estoy de acuerdo. Levántate, Aldrik. Has servido bien a tu gente.

Estallaron los aplausos, y la multitud rodeó a Aldrik y a su equipo. Aproveché la ocasión para escabullirme, meneando la cabeza, preguntándome a quién se las habría robado. Le habría reprendido con gusto por vanagloriarse de aquel modo, pero luego miré mi camisa, recordé exactamente quién era yo y lo dejé estar.

No era más que un trabajo, y yo ya había acabado el mío, así que me fui a dormir un poco. Bueno, eso si la única chica que me importaba en este castillo me lo permitía.

Abrí la puerta y al momento Thistle se puso a soltar gañiditos de alegría. No pude contener una sonrisa.

17

—Sí, sí, ya sé —dije, acercándome a mi cama mal hecha y acariciándole el pelo de la nuca.

Había encontrado a Thistle cuando no era más que una cachorrita. Estaba herida, y por lo que parecía su manada la había abandonado. Si alguien podía entenderla, era yo. Los zorros grises eran eminentemente nocturnos —algo que llegué a aprender por las malas—, pero ella siempre se desperezaba al verme llegar.

Se subió a la cama y se tiró panza arriba, mostrándome el vientre. Yo se lo rasqué y luego desplacé los tablones que cubrían la ventana a modo de postigos.

—Lo siento —le dije—. Es que no quería que me vieras con una espada en la mano. Ahora ya puedes salir, si quieres.

Se quedó en la cama mientras yo me miraba en el pequeño espejo roto de mi escritorio. Estaba peor de lo que pensaba. Tenía la frente sucia de tierra y la mejilla manchada de sangre. Respiré hondo y mojé una toalla en mi bacinilla para limpiar el rastro que me había dejado en la cara la misión de la noche.

Thistle se puso a caminar arriba y abajo sobre la cama, mirándome con un gesto que habría jurado que era de preocupación. Los zorros grises son de la familia de los cánidos. Thistle tenía los sentidos desarrollados como un lobo, y no tenía duda de que ahora mismo había identificado todos los olores que llevaba encima. Tenía la sensación de que sabía qué tipo de persona era yo exactamente, y lo que acababa de hacer. Pero era libre de entrar y salir, y siempre volvía, así que esperaba que no le importara demasiado.

En cualquier caso, no era eso; la cosa es que a mí sí que me importaba.

ANNIKA

—*Y*a está, mi señora, es la última —dijo Noemi mientras me prendía la parte delantera del vestido a la pechera. Apretó los labios, como si estuviera dudando si decir algo o no.

Yo intenté mostrar mi sonrisa más tranquilizadora.

—Sea lo que sea, dilo. ¿Desde cuándo hay secretos entre tú y yo?

Se pasó la mano por sus oscuros rizos, nerviosa.

—No es ningún secreto, mi señora. Simplemente me preguntaba si ya estaría lista para verlo otra vez. Para ver a nadie.

Noemi se mordió el labio. Era uno de sus muchos gestos entrañables. Le cogí la mano.

—Mañana es el Día de la Fundación. El pueblo también necesita ver a su princesa. Mi presencia en la corte anima a nuestros súbditos, y ese es mi papel principal. —Incliné la cabeza.

Si Noemi fuera mi hermana de verdad, quizá hubiera discutido. Como doncella, se limitó a responder:

—Sí, señora.

Ya peinada y con el vestido a punto, Noemi me ayudó a colocarme mis zapatos más resistentes y me puse en marcha.

Aunque había vivido allí toda mi vida, el castillo de Meckonah seguía impresionándome con sus amplios ventanales, sus suelos de mármol y sus numerosas galerías. Pero no solo era un lugar bonito: también era mi hogar.

Mi madre y mi padre habían renunciado a una boda en la iglesia para poder intercambiar sus votos en el campo frente al castillo.

Yo había nacido aquí. Mis primeras palabras, mis primeros pasos, todo lo había aprendido aquí. Y estaba orgullosa de ello, enamorada de este palacio y de esta tierra. Para mí lo eran todo. De hecho, haría prácticamente cualquier cosa por Kadier.

Me acerqué lentamente al comedor. Justo antes de llegar a la puerta hice una pausa: quizá Noemi tuviera razón; quizá fuera demasiado pronto. Pero ya me habían visto, ya era demasiado tarde.

Escalus me vio antes que mi padre, y enseguida se puso en pie y cruzó el comedor para recibirme. Me abrazó, y sonreí con ganas por primera vez desde hacía varias semanas.

—Estaba deseando verte, pero Noemi me dijo que no estabas en condiciones de recibir a nadie —me dijo en voz baja.

Levantó la mano y se apartó un mechón de cabello del rostro. Escalus y yo teníamos el mismo cabello castaño claro que nuestra madre, Evelina, y sus ojos de un marrón luminoso, pero no había dudas de que Escalus era quien más recordaba a Theron Vedette.

—No te has perdido nada, te lo aseguro. Un aburrimiento. Además, estoy segura de que tenías cosas mucho más importantes que hacer —dije, intentando adoptar un tono desenfadado, aunque tenía la sensación de no estar consiguiéndolo.

—Se te ve diferente —dijo él, apoyándome una mano en el hombro.

20

Me encogí de hombros.

—Sí, me siento diferente.

Tragó saliva.

—Entonces…, ¿está todo arreglado?

Asentí y bajé la voz:

—Ahora todo depende de lo que decida papá.

—Ven a comer algo. Con canela las penas son menos penas.

Echamos a andar y sonreí, pensando en las palabras de nuestra madre. Ella tenía muchos remedios para aliviar el espíritu: la luz del sol, la música, la canela…

Pero mi sonrisa duró poco, hasta que llegué al otro lado de la mesa, para hacerle una reverencia a mi padre. ¿Con qué me encontraría hoy?

—Majestad —saludé.

—Annika. Me alegro de que te hayas recuperado —dijo, marcando las palabras. Con esas siete palabras supe que la oscuridad que en ocasiones se apoderaba de él se extendía sobre su mente como un denso manto que lo cubría todo.

Desanimada, ocupé mi lugar a su izquierda y paseé la mirada por los cortesanos que desayunaban en silencio. En cierto modo era como una música, el contacto de los tenedores y los cuchillos con los platos de porcelana, creando un tintineo que se mezclaba con el murmullo grave de las voces. La luz entraba a raudales por las ventanas de arco, anunciando un bonito día.

—Ahora que estáis aquí, tenemos que hablar de algunas cosas —dijo mi padre—. Mañana es el Día de la Fundación, así que Nickolas llegará esta noche. He pensado que será una ocasión estupenda para que le propongas matrimonio.

—¿Esta noche? —Yo ya me había resignado en la medida de lo posible, pero pensaba que tendría más tiempo—. ¿Cómo sabías siquiera que iba a volver a la corte hoy?

—No lo sabía. Pero tenía que ocurrir de todos modos. Él raramente acude a la corte sin motivo, y cuanto antes, mejor. Se lo puedes pedir después de la cena.

Bueno, estaba claro que lo tenía bien pensado.

—Y... ¿tengo que ser «yo» quien se declare?

Mi padre se encogió de hombros.

—Protocolo. Tienes un rango superior —dijo, sin apartar los ojos de mí, aún enfadado por el hecho de que le plantara cara—. Y tienes un... carácter más duro de lo que imaginábamos. Así que no creo que te suponga un gran problema llevar la iniciativa.

Habría querido gritarle, rogando que volviera a ser el dulce padre de antes, papá. Tras aquellos ojos había un hombre que me comprendía, que veía la imagen de mi madre en mi rostro. Y le echaba tanto de menos que hacía todo lo posible para no detestar al hombre que ahora tenía delante.

Pero seguía siendo la hija de mi madre. Así que, por ella, mantuve la sonrisa en el rostro, decidida a proteger lo que quedaba de nuestra familia.

—No, mi señor. No será un problema.

—Bien —dijo él, y volvió a su comida.

Escalus tenía razón. Había unos bollitos de canela glaseados allí mismo, sobre la mesa. Pero por tentadores que resultaran, yo había perdido el apetito por completo.

21

LENNOX

Me desperté varias horas más tarde con el morro de Thistle pegado a la pierna. La miré, preguntándome por qué no habría salido corriendo allá donde soliera ocultarse la mayor parte del día. Quizá se diera cuenta de que la necesitaba.

Me saqué las bayas que había recogido en el bosque aquella misma mañana del bolsillo del cinto y se las dejé en un montoncito al borde de la cama mientras me vestía otra vez para lo que quedaba del día. Pantalones negros encajados en botas de cuero negras, camisa blanca y chaleco negro. Y, aunque no tenía ninguna intención de montar a caballo, me puse la capa.

Emergí de las profundidades del castillo y me encontré con la luz de un día brumoso. Sentí la brisa del océano en el cabello mientras caminaba hacia los campos.

Un sendero pedregoso descendía hasta el mar, donde había gente pescando con grandes redes, usando el puñado de barquitas que teníamos. Otros estaban en los campos, cosechando los cereales. En los bosques y en la montaña crecían bayas y frutos secos de forma espontánea, y el terreno era cultivable; solo hacía falta la mano de obra. La lástima era que se necesitaría mucha mano de obra.

A lo lejos oí el entrechocar de espadas, y me acerqué al campo de combate para echar una mano con el entrenamiento. No obstante, una vez allí observé que ya se estaba encargando de ello el hábil Inigo, así que mi ayuda resultaba innecesaria. Me subí a la grada en torno a la arena, y eché un vistazo en busca de nuevos talentos.

—Es ese —oí que susurraba alguien—. Esta mañana ha matado a tres que intentaban huir. Dicen que es los ojos y los oídos de Kawan.

—Si capturan a alguien importante, es el único que puede… ocuparse de ellos —respondió otra voz en voz baja—. Ni siquiera los guardias de Kawan son lo suficientemente fríos como para matarlos.

—Kawan es fuerte, pero no despiadado —intervino un tercero.

—¿Tú crees que nos puede oír?

—Si soy los ojos y los oídos de Kawan, lo lógico sería suponer que siempre puedo oíros —dije yo, sin girarme a mirarlos.

Entonces cometí el error de mirar hacia la pista de combate. Cada vez que establecía contacto visual con alguien, se apresuraban a apartar la mirada.

Sabía lo que era que te reconocieran. Me pregunté cómo sería que te conocieran realmente.

Entonces afloró una idea aún más dolorosa: me pregunté cómo sería que te perdonaran.

Seguí observando los combates sin inmutarme, pero los pensamientos se me arremolinaban en la mente, solapándose unos con otros.

—¿Alguien destacable?

Al oír la voz de Kawan erguí el cuerpo y me arriesgué a mirarlo, esperando que no se me notara en los ojos el desprecio que me suscitaba.

No se había preocupado lo más mínimo en vestirse para impresionar. Llevaba varias capas de cuero viejo y el oscuro cabello atado hacia atrás, pero no se lo había cepillado, y una larga trenza le caía sobre el hombro derecho. Mis ojos eran un vínculo evidente con mi madre, pero mi cabello a veces engañaba a los reclutas, que suponían que también era hijo de él.

—No sabría decir.

Él respondió con un gruñido.

—Esta semana han llegado dos chicos de Sibral.

Aquella última palabra quedó flotando entre los dos. Sibral estaba tan al oeste que prácticamente quedaba a las puertas de la frontera con el enemigo.

—Es un largo camino —observé.

—Sí que lo es. Resulta que no iban buscándonos. No sabían ni que existíamos. Pero pasaban por los confines de nuestro territorio, y accedieron gustosamente a unirse a nosotros a cambio de un techo y ropa de abrigo.

—No sabían ni que existíamos —murmuré.

23

—No te preocupes. Muy pronto todos lo sabrán. —Bajó las manos y se subió los pesados pantalones—. En cuanto a tu misión de esta mañana, tres contra uno no es poca cosa. Pero mejor que darles caza, preferiría que impidieras que escaparan. Sería más útil. Necesitamos los efectivos.

Me mordí la lengua. No era culpa mía que su pequeño «reino» no estuviera a la altura de las expectativas de la gente.

—¿Qué sugieres?

—Que se les advierta convenientemente. —Levantó la vista al cielo—. He oído que vas a dar otra clase esta noche. Encárgate de que se enteren de las consecuencias.

Aparté la mirada y suspiré.

—Sí, señor.

Él me dio una palmada en la espalda.

—Buen chico. Echa un vistazo por aquí. Si alguien apunta maneras, infórmame —dijo, y echó a andar por entre la gente, que se apartaba a su paso.

Era una reacción similar a la que mostraban conmigo, aunque con él resultaba mucho más evidente. Me quedé mirando cómo se alejaba, pensando que quizás aquello ya era algo. Si no conseguía que me conocieran, o que me perdonaran, quizá fuera suficiente con que me temieran.

ANNIKA

*E*n cuanto abrí las puertas de la biblioteca, me llegó el olor a libros viejos, y me hizo sentir que el lastre que cargaba sobre los hombros se volvía algo más liviano, aunque solo fuera un poco. Examiné la estancia, fijándome en cada detalle, disfrutando de la sensación de paz que me transmitía aquel lugar.

Aquella estancia contenía mucha información, muchas historias. En la parte delantera había unas estanterías bajas que formaban prácticamente un laberinto y espacios abiertos con escritorios para estudiar. Cuando la luz de la tarde atravesaba aquellas ventanas, era espectacular; estudiar allí me permitía a la vez leer y disfrutar del calor del sol, como si fuera un gato. Una bendición.

Además era un espacio enorme, con una pasarela que formaba un segundo nivel en la parte trasera y escaleras que solo de mirar hasta dónde llegaban hacían que me diera vueltas la cabeza. Algunos de los libros más antiguos estaban encadenados a las estanterías; si alguien quería llevárselos de la biblioteca, tenía que contar con el permiso expreso del rey y luego persuadir a Rhett —que cuidaba de la biblioteca como si fuera un ser vivo— para que ejecutara la orden. Nuestra colección de libros era tan grande que los reinos vecinos a veces nos pedían títulos prestados. Había incluso cubos de arena ocultos bajo los bancos de madera tallada, para salvar todo lo posible en caso de incendio. Por suerte, nunca se había producido ninguno.

Mientras paseaba la vista por la sala, disfrutando de aquella sensación de paz, Rhett salió de detrás de una estantería alta, chasqueando la lengua.

—¡Me preguntaba dónde estarías! —exclamó, apoyando un montón de libros en un escritorio cercano y acercándose a darme un abrazo.

Rhett era la única persona del palacio que no se molestaba en guardar las formas conmigo. Quizá fuera porque nos conocíamos desde que éramos niños, o porque había empezado como mozo de cuadras y estaba acostumbrado a verme sucia y soltando improperios, pero Rhett me trataba como si la tiara que llevaba sobre la cabeza no fuera más que un pasador de pelo.

—Últimamente no me he encontrado muy bien —le dije.

—Espero que no fuera nada serio —dijo, echándose atrás y mostrándome una gran sonrisa.

—No, en absoluto.

—¿Qué te apetece leer hoy? —dijo, con una sonrisa pícara.

—Algún cuento de hadas. De esos en los que se consigue todo lo que se desea, en los que son felices para siempre jamás.

Siguió sonriendo, y me hizo un gesto con el dedo como diciendo «sígueme».

—Por suerte para ti, la semana pasada recibimos algo nuevo. Y, como te conozco tan bien, mi señora, sé perfectamente que no has leído esto… —dijo, echando mano de un libro situado en un estante elevado—… en mucho mucho tiempo.

Me puso la raída novela en la mano, y me pregunté si alguien más que yo la habría leído. A veces tenía la impresión de ser la única de todo el palacio que se pasaba por la biblioteca.

—Será perfecto. Reconfortante.

—Coge también un título nuevo —dijo, poniéndome otro libro encima del primero—. Lees extraordinariamente rápido.

—No tanto —dije, sonriendo.

Se me quedó mirando un momento, y en sus ojos vi un destello extraño.

—¿Quieres quedarte a tomar un té? O, mejor aún, he encontrado otra cerradura que podrías probar a abrir…

Suspiré. Me habría gustado quedarme, pero el día siguiente iba a ser agotador. Y la noche sería aún peor.

—Guarda la cerradura para la próxima vez. Uno de estos días lo haré mejor que tú.

—¿Serás mejor como líder? Sí. ¿Más rápida leyendo? Por supuesto. Pero ¿conseguirás abrir una cerradura más rápido que yo? ¡Nunca! —dijo, fingiéndose profundamente ofendido.

No pude evitar reírme como una tonta.

—En primer lugar, eso ya lo veremos. Y en segundo, nunca seré líder de nada; viviré feliz bajo el reinado de mi hermano. Algún día.

—Lo mismo da —replicó, sin dejar de sonreír.

—Gracias por los libros.

—Cuando quieras, alteza.

Me puse en marcha. Era consciente de que las piernas podrían darme problemas durante el día, pero el mero hecho de estar de pie me dolía más de lo previsto. Cuando los libros se me resbalaron de las manos, a medio subir las escaleras, eché la pierna hacia delante con demasiada rapidez... y supe que algo iba mal.

Apreté los dientes al notar esa sensación de que se me rompía algo en la parte trasera del muslo izquierdo, y miré a todas partes apresuradamente, dando gracias por estar sola.

Me puse en marcha cautelosamente, tomándome mi tiempo, incapaz de moverme más rápido. Por fin llegué a mi habitación y abrí la puerta.

—¡Alteza! —exclamó Noemi, acudiendo a la carrera y cerrando la puerta a mis espaldas.

Me subí la falda con una mueca de dolor.

—¿Cómo es de grave?

—Parece que se ha abierto una herida. La buena noticia es que es solo una. Vuelva a la cama —dijo. Pasó la cabeza bajo mi brazo y yo erguí el cuerpo apoyándome en sus hombros—. ¿Qué es lo que ha hecho?

—He desayunado. Y he ido a la biblioteca. Ya sabes lo temeraria que puedo llegar a ser.

Noemi contuvo una risita mientras me dejaba en la cama, boca abajo.

—Es agradable oírle hacer bromas otra vez.

Pensé en ello; me pregunté si volvería a reír con ganas.

—¿Me quieres traer los libros, por favor, para que tenga algo que hacer?

Volvió atrás y recogió los libros, que dejó sobre mi mesilla. Observé la raída cubierta de uno, que contrastaba con el impecable volumen nuevo, agradecida porque Rhett hubiera insistido en que me llevara ambos. Iba a tener que quedarme en la cama toda la tarde.

—Ha llegado un mensaje de su majestad, para recordarle que tiene una importante reunión esta noche. Quería que le preparara su

27

mejor vestido. Yo habría optado por el plateado, pero, en vista de que la herida se ha abierto, quizá sería más seguro algo en rojo oscuro, ¿no cree?

—Muy bien pensado, Noemi. Gracias.

—Esto le dolerá.

—Lo sé.

Intenté no hacer ningún ruido mientras ella hacía lo que tenía que hacer. Cuanto menos supiera cuánto me dolía, mejor. Me quedé ahí tendida, intentando pensar en cómo formular mi propuesta de matrimonio. Teniendo en cuenta, sobre todo, que iba a declararme a alguien con quien no tenía ningún interés en casarme.

Suspiré, intentando no pensar en ello. El matrimonio de mis padres había sido acordado, y se habían querido tanto que, cuando acabó, mi padre se quedó destrozado. Cuando mi madre desapareció, no había quien lo consolara.

Así que sabía que un matrimonio de conveniencia no tenía por qué ser algo tan terrible. Además, el palacio era tan grande que probablemente podríamos pasarnos la mayor parte de la semana viéndonos solamente en las comidas. Continuaría teniendo mi habitación y mi biblioteca, a mi hermano y a Noemi. Seguiría contando con los establos y con las caras de todas esas personas que quería y en las que confiaba. Solo que además tendría un marido. Eso era todo.

Mientras Noemi acababa con su trabajo, cogí uno de los libros y me dejé transportar a un mundo en el que la gente veía realizados todos sus sueños.

LENNOX

—*N*o os entretengáis —ordené, dirigiéndome al grupo de jóvenes reclutas que avanzaban por la cuesta, evitando intencionadamente la zona donde había acabado con los desertores esa misma mañana.

El viento golpeaba el agua del océano y agitaba la hierba del prado, obligándome a levantar la voz para que me oyeran. Pero eso no era un problema. La gente estaba acostumbrada a oírme gritar.

—Replegaos hacia aquí —les dije a la docena de soldados concentrados en lo alto de la colina.

—Pongamos que estáis en una misión a campo abierto y que os habéis separado del grupo. Estáis perdidos en ese bosque, sin brújula. ¿Qué hacéis? —pregunté, y la única respuesta fue un silencio tenso—. ¿Nadie?

Se quedaron allí, sin reaccionar, con los brazos cruzados sobre el pecho, temblando de frío.

—Muy bien. Si es de día, resulta bastante fácil. El sol viaja del este al oeste. —Miré al suelo y encontré lo que buscaba casi al momento—. Coged un palo de medio metro más o menos y plantadlo en el suelo en vertical. —Clavé el palo en el suelo, a modo de poste—. Cuando salga el sol, o en cuanto veáis la luz, colocad una piedra donde acaba la sombra del palo. Cuando la sombra se mueva, colocad otra piedra al final de la nueva sombra. —Coloqué una segunda piedra en el suelo—. La línea imaginaria entre estas dos piedras es la línea este-oeste. Si avanzáis hacia el este y luego giráis al norte, acabaréis llegando al castillo. O al mar. Espero que seáis lo suficientemente avispados para distinguir el uno del otro.

Nada. Bueno, al menos a mí el comentario me había parecido gracioso.

—Si os movéis de noche, la cosa cambia por completo. Tendréis que aprender a orientaros por las estrellas.

Ellos seguían temblando y agarrándose el cuerpo con las manos. ¿Por qué no se daba cuenta ninguno de lo importante que era esto? Había un reino esperando al otro lado. Y lo único que les preocupaba a aquellos tipos era el frío.

—Levantad la vista. ¿Veis esas cuatro estrellas que componen un cuadrado irregular?

Más silencio.

—¿Nadie?

—Sí —respondió alguien por fin.

—¿Todos lo veis? Si no, es importante que me lo digáis. No puedo enseñaros nada si ya estáis perdidos antes de empezar. —Silencio—. Muy bien. Esa es la Osa Mayor. Si trazáis una línea uniendo esas últimas dos estrellas, deberíais llegar a la estrella más brillante del cielo: la Estrella Polar. ¿Todo el mundo la ve?

Un murmullo se extendió entre mis estudiantes, que no parecían tenerlo muy claro.

30 —La Estrella Polar apunta casi exactamente al norte. Está inmóvil en el firmamento; las otras estrellas giran a su alrededor. Si miráis directamente hacia arriba y fijáis el punto justo por encima de vosotros y luego trazáis una línea de ahí hacia la Estrella Polar, os indicará el norte. Si seguís hacia el norte, deberíais poder encontrar el castillo sin problemas.

Miré a mi alrededor para ver si lo habían entendido. A mí me parecía algo bastante obvio, pero yo llevaba estudiando el cielo desde antes de que supiera leer —cuando había cosas que leer—. Nadie hizo preguntas, así que seguí adelante.

—Otra opción es coger dos palos, escoger una estrella luminosa del cielo y alinearlos a un metro de distancia, más o menos, bajo la estrella elegida. Luego, al igual que hemos hecho con el sol, esperamos veinte minutos a que las estrellas se muevan. Si nuestra estrella se eleva directamente sobre los palos, estamos mirando al este; pero si se oculta tras ellos, estamos mirando al oeste. Si la estrella se mueve hacia la derecha, estamos de cara al sur; y si es hacia la izquierda, estamos mirando al norte. No confundáis estas indicaciones, u os perderéis irremediablemente.

»Durante las próximas noches, vuestra misión es salir aquí fuera y practicar, aunque esté nublado. Dentro de menos de un mes deberíais dominar la técnica. Ahora miradme —ordené, y todos los soldados me miraron muy atentos—. Os he explicado cómo orientaros mirando el cielo. Pero os voy a dejar una cosa muy clara. —Hice una pausa para mirarlos fijamente a los ojos—. Si usáis estos conocimientos para intentar huir, os encontraréis conmigo. Y si nos encontramos, lo lamentaréis.

—Sí, señor —respondió algún espíritu valiente.

—Bien. Podéis retiraros.

Cuando la última de las sombras desapareció tras la cresta de la colina, resoplé y me tendí sobre la hierba, mirando al cielo.

A veces, incluso en mi propia habitación, los sonidos del castillo me resultaban insoportables. El resonar de los pasos, las discusiones por tonterías, las risas innecesarias… Pero ahí fuera…, ahí fuera podía pensar.

Un ruido entre la vegetación me sobresaltó, hasta que me di cuenta de que era Thistle, que me había encontrado.

—¡Ah! ¿De caza? ¿Has encontrado algo bueno?

Intenté rascarle la cabeza, pero ya estaba correteando otra vez, así que volví a fijar la vista en el cielo.

Había belleza allí arriba, un inquietante recordatorio de lo pequeños que somos. Mi padre solía mostrarme todas las formas del cielo, me hablaba de los personajes y las historias relacionados con las líneas de las estrellas. Yo no sabía hasta qué punto tomármelo en serio, pero ahora me gustaba pensar que, en algún otro lugar, otro padre le estaría contando a su hijo las mismas historias, y que ese hijo estaría pensando en las posibilidades que le planteaba la vida y que podría llegar a ser de esas personas que se convierten en leyenda, de esas que la gente luego ve en las estrellas.

Ese pobre chico… Un día sus ilusiones se verían pisoteadas. Pero aun así esperaba que las disfrutara, aunque solo fuera por una noche.

31

ANNIKA

*L*a luna estaba elevándose en el cielo, y las estrellas brillaban a su alrededor como diamantes, aunque resultaba evidente que no eran todas blancas. Algunas eran azules o amarillas, otras, rosadas. El cielo nocturno era la dama mejor vestida de la corte; las estrellas, su mejor vestido, y la luna, su corona perfecta.

La sala estaba llena de música y de gente contenta, y la pista de baile estaba atestada de parejas de todas las edades. Y yo estaba junto a la pared, mirando por la ventana.

El primo Nickolas estaba allí, tal como estaba previsto, tieso como un clavo y con cara de aburrimiento. Aunque no es que tuviera muchas otras caras.

Nickolas —conocido para el público general como el duque de Canisse— era alto y delgado, de cabello castaño, y tenía la mirada de un hombre precavido que se guarda sus pensamientos para sí mismo. Para mí, acostumbrada a contar casi todo lo que me pasaba por la cabeza, aquello resultaba un rasgo admirable. Tenía muchos talentos, era educado y miembro de la única familia que importaba algo, según mi padre.

Tanto su padre como su madre habían sido ejecutados por orden de mi abuelo, que los acusó de querer arrebatarle la corona. Su madre, lady Leone, era de sangre real por algún pariente muy lejano, de una rama remota del árbol familiar. Nickolas se había salvado porque en aquel entonces no era más que un bebé, y una vez que alcanzó la edad necesaria juró lealtad a nuestra familia. Quizá tuviera partidarios entre el pueblo, pero por lo que yo sabía nunca había renegado del apoyo mostrado a la dinastía de los Vedette. Aunque eso no impedía que la gente cuchicheara, y esos cuchicheos podían bastar para que mi padre reaccionara. Ya hacía tiempo que tenía los ojos puestos en el futuro, tanto en el de Escalus como en el mío.

Las opciones de Escalus de cara al matrimonio eran complicadas; cada novia potencial comportaba unos vínculos o unos beneficios específicos para el reino. ¿Y yo? El único chico digno de obtener mi mano suponía una amenaza para mi posición. Unir nuestras familias suponía poner fin a cualquier posibilidad de que Escalus tuviera competencia. No había que hacer ningún cálculo complicado, ni un discurso elaborado. Era muy sencillo… para todo el mundo, salvo para mí.

Yo no tenía una respuesta mejor que dar a mi padre que una rotunda negativa. Pero mi rotunda negativa había sido desestimada sin más. Así que ahí estaba yo, con Nickolas siguiéndome por todo el salón, incluso cuando me alejaba para intentar hablar con los invitados. Pasados unos minutos enseguida me encontraba y se me pegaba a la espalda, demasiado cerca para mi gusto.

—Tú sueles bailar —comentó.

—Sí, pero me he encontrado mal y aún estoy recuperándome —respondí.

Él hizo un ruidito nasal que no decía nada y se quedó a mi lado, observando a la multitud.

—Te gusta montar, ¿verdad? ¿Mañana vendrás a dar un paseo con su majestad, el príncipe, y conmigo?

Siempre hablaba así. Con aseveraciones que aderezaba con una pregunta para parecer educado.

—Me gusta montar. Si me encuentro bien, iré, sin duda.

Muy bien.

Solo que, si tan bien le parecía, ¿por qué no sonreía? ¿Por qué no sonreía nunca?

Paseé la mirada por la sala, intentando imaginarme toda una vida así. Tal como solía hacer en cada situación, me pregunté qué habría hecho mi madre. Pero no podía pensar en lo que habría hecho en ese mismo momento sin pensar en lo que habría hecho durante los acontecimientos que habían llevado hasta ese momento. En primer lugar, se habría puesto de mi parte. Eso lo tenía claro. Aunque significara enfrentarse a mi padre, aunque se arriesgara a convertirse en diana de su ira, me habría secundado. En segundo lugar, si perdíamos, habría visto el lado bueno de las cosas, buscando por doquier la parte positiva.

33

Observé al primo Nickolas otra vez. Sí, tenía un gesto severo, frío, pero quizás eso indicara un profundo sentido de la responsabilidad. Probablemente dedicaría la vida entera a proteger lo importante. Y, como esposa, sin duda yo sería una de esas cosas importantes para él.

En cuanto al amor…, no sabía hasta qué punto sería capaz de sentir esa emoción. Yo solo lo había sentido de manera fugaz cuando era niña. Sonreí, pensando en aquella excursión a caballo con mi madre y en la casa junto al camino. Echaba de menos esas aventuras fuera de casa. Añoraba su mano, que me guiaba.

Mis ojos se encontraron con los de mi padre, que me miró como apremiándome a que me decidiera a acabar con aquello. Tragué saliva y erguí la cabeza.

—¿Nickolas?

—¿Quieres que te traiga algo de comer? —se ofreció—. En la cena apenas has comido.

Caramba, desde luego me observaba de cerca.

—No, gracias. ¿Quieres venir conmigo un momento?

Frunció el ceño, desconcertado, pero me siguió de todos modos por un pasillo desierto.

—¿Cómo puedo ayudarte? —me preguntó, mirándome atentamente.

«Desapareciendo», pensé.

—Confieso que no sé muy bien cómo iniciar esta conversación, pero espero que seas tan amable como para escucharme.

Odiaba el sonido de mi propia voz. Sonaba distante, impersonal. Pero no parecía que Nickolas se diera cuenta. Asintió brevemente, como si hablar supusiera un derroche innecesario de energía.

Sentí que la frente se me perlaba de sudor. ¿Cómo iba a declararme mintiendo?

—Perdóname, pero el protocolo dicta que sea yo quien haga la pregunta —me aclaré la garganta; las palabras no parecían querer salir—. Nickolas, ¿querrías casarte conmigo? Si no, lo entenderé, y no lo tomaré…

—Sí.

—¿Sí?

—Sí. Es evidente que es lo más sensato que podemos hacer.

«Sensato.» Sí, esa es la primera palabra que le viene a una chica a la cabeza cuando se plantea el matrimonio. No palabras de libros románticos como «pasión» o «fuerza del destino».

—Muy cierto. Y creo que será una gran alegría para nuestro pueblo. Solo comparable con la del compromiso del propio Escalus.

Él asintió.

—Pues le serviremos de ejemplo.

Y, sin aviso previo, me besó. Debía de haber imaginado que si su boca no tenía la mínima idea de cómo curvarse para sonreír, tampoco se le daría bien besar. En un momento despaché dos de las experiencias más importantes de mi vida: mi compromiso de boda y mi primer beso. Y ambas resultaron igual de decepcionantes.

—Vamos dentro —dijo él, tendiéndome la mano—. Su majestad querrá saberlo.

—Desde luego, de eso no hay duda.

Apoyé mi mano sobre la suya y volvimos al baile. Mi padre estaba observando, y me hizo la pregunta con los ojos. Yo le respondí con los míos.

¿No se daba cuenta de que mi corazón se estaba desplomando? ¿No veía lo que había provocado? Yo no sabía qué era peor: pensar que no hubiera podido evitarlo o aceptar que en realidad no le importaba.

No. Me negaba a creer algo así. Seguía ahí. Estaba convencida.

Escalus acudió enseguida.

—Perdóname, primo Nick, pero...

—Nickolas —le corrigió—. Nunca Nick —dijo, con una cara que dejaba claro que un nombre de una sola sílaba no podía estar a su altura.

Escalus disimuló para que no se le viera sonreír.

—Por supuesto, Nickolas. Permíteme que os interrumpa, por favor. Hace muchísimo tiempo que no bailo con mi hermana.

Nickolas frunció el ceño.

—Pero es que tenemos noticias...

—Seguro que eso puede esperar lo que dura una canción. Ven, Annika —dijo Escalus, tirando de mí. Y en cuanto estuvimos a una distancia prudencial, habló rápido—: Parece que estés a punto de llorar. Intenta contenerte, aunque solo sea unos minutos más.

—No te preocupes —dije yo—. Tú distráeme.

Nos pusimos a dar vueltas, y aunque yo sonreía... ya no estaba segura de nada. Sentía un extraño vacío, casi peor que el que me había dejado la muerte de mi madre.

—¿Alguna vez te he hablado de cuando intenté escapar? —preguntó Escalus.

Fruncí el ceño.

—Eso no pasó.

—Pues sí —insistió—. Tenía diez años, y de pronto descubrí que un día sería rey. ¿No es gracioso? Se supone que tendría que haber pensado en ello antes. ¿Por qué tenía que ser el único con un futuro escrito? ¿Por qué no podía hacerme amigo de quien quisiera? ¿Por qué hablaban ya nuestros padres de mi boda?

—Sí que es curioso —reconocí—. Yo siempre he pensado que ya sabía que serías rey antes incluso de que aprendiera a hablar.

—Bueno, yo nunca he dicho que fuera tan listo como tú. En mi caso, no lo supe hasta que mi padre me hizo sentarme ante un árbol genealógico y me mostró el lugar donde estábamos tú y yo. La tinta de nuestros nombres brillaba más que las otras, eso también lo recuerdo. Porque las otras inscripciones eran viejas, y las nuestras eran nuevas. Tuve miedo. Había oído hablar a mi padre de defender las fronteras y firmar tratados, y había un montón de cosas que me parecían enormes para alguien tan pequeño como yo.

Levanté la cabeza y le miré con cariño.

—Nadie esperaba que te pusieras a gobernar el reino a los diez años, tontorrón.

Él sonrió y paseó la mirada por la sala.

—¿Sabes?, había otra cosa que tampoco entendía muy bien. En cuanto supe que la corona iba a ser mía, de pronto parecía que todo iba a ser inmediato. Tenía la sensación de que debía dominarlo todo. Y no quería hacerlo, así que decidí huir.

»Eso debió de ser unos seis meses después de que llegara Rhett, y él también era un crío. Pero confiaba mucho en él; me ayudó a poner cuatro cosas en una bolsa y decidimos qué caballo me llevaría.

—Un momento —dije, sacudiendo la cabeza, confusa—. ¿Me estás diciendo que Rhett intentó ayudarte a huir cuando tenías diez años?

—Sí. No vaciló ni un momento. Aunque no creo que ahora fuera capaz de algo así.

Solté una risita.

—Desde luego, ahora tiene la cabeza mejor amueblada.

—Estoy de acuerdo. El caso es que me estaba ayudando a hacer el equipaje, y mientras tanto yo estaba escribiéndoles una carta a papá y a mamá, pidiéndoles disculpas por marcharme. Y en la carta escribí: «Aseguraos de que la corona va a parar a Annika. De todos modos, ella lo hará mucho mejor que yo».

—No, no me lo creo —dije yo, apartando la mirada.

—Sí que lo hice. Pensé que tú, que no tenías más que siete años, podrías hacerlo mucho mejor que yo a los diez. Y aún pienso que podrías gobernar si tuvieras que hacerlo, Annika. Yo creo que el pueblo te seguiría hasta caer por un despeñadero si se lo ordenaras.

—No seas ridículo.

Tiró de mí, abrazándome con más fuerza para que le escuchara.

—Annika, el motivo por el que yo seré un buen rey es porque tú estarás conmigo. Sé que siempre me dices cuándo hago tonterías; si se me olvida algo, sé que tú te acordarás. Y sé que esta noche te sientes como si hubiera muerto una parte de tu ser, lo he visto cuando has asomado por la esquina.

Aparté la mirada. Escalus tenía razón, mi rostro siempre me delataba.

—Pero tienes que encontrar esa fuerza en tu interior y apoyarte en ella. Aún te necesitamoss, yo te necesito.

Me llevó bailando por toda la pista, con gran delicadeza, mientras reflexionaba sobre sus palabras. Me daban ganas de llorar por un motivo completamente diferente. Nickolas y las cadenas del deber suponían la ausencia de esperanza; Escalus y la fe que tenía en mí me ayudaban a recobrarla por completo.

—Un momento: ¿conseguiste salir del palacio? ¿Mi padre fue a por ti?

Escalus suspiró.

—Cometí el error de decirle al cocinero que necesitaba algo de comida, pues iba a escaparme. Él se lo contó a mamá…, que me encontró en los establos y me convenció para que me quedara.

—Claro. Cómo no.

—Cómo no —repitió él—. Así que, sea lo que sea lo que sientas

37

ahora, que sepas que te estoy agradecido y que, pase lo que pase, yo sigo aquí, a tu lado.

Levanté la vista y miré a mi absurdo, valiente y maravilloso hermano.

—Yo también sigo aquí.

LENNOX

*L*a cantina estaba como siempre. Llena de ruido, caótica y más oscura de lo que debería en pleno día. Entré, y mientras caminaba quise apoyar la muñeca en la empuñadura de mi espada, pero entonces recordé que no me la había colgado del cinto para el desayuno. Al examinar las numerosas caras que me miraban como si quisieran acorralarme, de pronto me pareció una mala idea.

Siempre que podía, comía antes o después de que la cantina estuviera llena. Y si no podía, solía coger algo que pudiera comer con las manos y me iba enseguida. Me quedé un momento en un extremo de la sala, pensando en la posibilidad de tomar un trozo de pan y marcharme, aunque con gusto habría comido bastante más que eso.

Pero al final no llegué a ninguna conclusión. Una niña se me acercó, temblorosa, y se me quedó mirando con sus ojos de cervatilla.

—¿Qué? —le pregunté.

Abrió la boca, pero no le salió nada.

—No te preocupes. No te mataré por que me traigas un mensaje.

Ella no parecía demasiado convencida, y respiró unas veces más antes de conseguir hablar.

—Kawan le está buscando —dijo.

—¿Ah, sí? —respondí, incrédulo.

La niña asintió. Y a continuación, una vez completada su misión, se marchó todo lo rápido que pudo sin echar a correr.

¿Por qué demonios me buscaría? Suspiré, dejé el desayuno y me dirigí hacia sus aposentos, los que suponía que pertenecerían al rey cuando construyeron este castillo.

Entonces me vinieron tres cosas a la mente. En primer lugar, que él había mandado llamarme a mí, que no era yo el que me arrastraba ante él. En segundo lugar, que más valía que mantuviera controlado mi orgullo de momento. Y, por último, que debía obedecer las normas.

Nunca huir, ni apartar la mirada, ni dar explicaciones. Así era como sobrevivía yo.

Llamé a la puerta, y él esperó unos instantes antes de enviar a alguien a abrir. Fue Aldrik quien me recibió, con gesto petulante. Abrió la puerta de par en par y vi a Kawan sentado frente a su escritorio. Tras él estaban sus guardias personales, siempre vigilantes: Slone, Illio, Maston y —ahora uniéndose de nuevo al grupo— Aldrik.

Cabría esperar que yo ocupara ese lugar destacado, ¿no? Al fin y al cabo era el hijo de la mujer que solía ir cogida de su brazo. También era quien le hacía casi todo el trabajo sucio. Era la persona más temida por muchos de los habitantes del castillo.

Pero si quería algo de Kawan, tendría que pedirlo. Y me negaba a caer tan bajo.

—¿Me ha llamado, señor? —pregunté, haciendo hincapié en la última palabra para dar una mayor impresión de respeto.

Como único descendiente del antiguo líder de nuestro pueblo, Kawan debería ser llamado rey, aunque él decía que ese título lo adoptaría cuando realmente dominara su reino. Cada vez que me imaginaba a Kawan con una corona de oro sobre su enmarañado cabello, no podía evitar pensar que con eso no bastaría para que pareciera realmente un rey.

—Sí —me miró, y tuve la clara sensación de que estaba a punto de ser castigado—. Ha llegado el momento de que demuestres tu valía. Voy a enviarte a una misión.

Estuve a punto de sonreír. Una misión. ¡Por fin!

Las misiones eran el modo que tenía Kawan de poner a la gente a prueba, de descubrir su grado de lealtad. Solo se planteaba la posibilidad a los que estábamos seguros de que no huirían, y todo el que regresaba se convertía en una especie de… intocable. Yo prácticamente había alcanzado el mismo resultado usando la espada, pero quería contar con el respeto de la gente, no solo que me temieran.

Cada candidato escogía a su equipo y se trazaba su propia misión. El único requisito era que el resultado debía suponer un beneficio para el pueblo. A veces suponía traer comida, a veces más ganado, a veces incluso más soldados.

Sin embargo, yo tenía la impresión de que, fuera lo que fuera lo que se consiguiera…, nunca cambiaba nada.

Conmigo sería diferente.

—Acepto, señor. Encantado.

—Tal como sabes, puedes elegir la misión que quieras. No obstante… —añadió, haciendo una pausa deliberada. El temor a que me castigara volvió a crearme un nudo en las tripas—, yo seleccionaré a los soldados que deberán acompañarte.

—¡¿Qué?!

Kawan esbozó una sonrisa. Estaba disfrutando. Yo miré a mi madre, que, como siempre, guardaba silencio, y ni siquiera me devolvió la mirada.

—Tienes que demostrar tu valía, pero eres demasiado temerario. Te mandaré con un grupo de hombres cuidadosamente escogido, gente que se encargará de que no te pases de la raya —dijo.

«Gente que se convertirá en un lastre», pensé yo.

—En primer lugar, Andre.

Arrugué la nariz.

—El que… ¿El que apenas habla?

—Griffin.

Puse los ojos en blanco.

—Ese nunca se toma nada en serio.

—Sherwin.

—No tengo la mínima idea de quién es ese.

—Blythe.

—¿Una chica?

—E Inigo —añadió, y al pronunciar este último nombre se mostró encantado. ¿Cómo no iba a estarlo? Si ningún otro conseguía arruinar mi misión, Inigo se encargaría. Inigo tenía en el rostro una cicatriz que yo mismo le había hecho. No aceptaría órdenes mías.

Slone, a sus espaldas, se tapó la boca, intentando ocultar la risa. Después de todo lo que había hecho, tras todas las vidas con las que había acabado, ¿por qué tenía que seguir demostrando mi valía ante esa gente?

Volví a mirar a mi madre.

—¿No vas a decir nada? Una misión chapucera se llevó a tu marido, y ahora él se asegura de que la mía también fracase. ¿No tienes ningún comentario que hacer?

41

Ella no parecía afectada en lo más mínimo. La fría melena le caía sobre un hombro, y en sus labios había una sonrisa.

—Si eres el líder que sabemos que eres, no debería costarte mucho gestionar ese grupo. Yo tengo fe.

Una vez más, había trazado una línea en la arena. Y una vez más, yo había tenido que retroceder.

—Muy bien. Pues os enseñaré de qué soy capaz.

ANNIKA

Siempre me habían gustado las campanas. Una vez, mamá me había llevado hasta lo alto de la torre y le había pedido al vigilante que me las enseñara. Toqué las enormes campanas de latón y me dejó tirar de la cuerda; yo era tan pequeña que no conseguí hacerlas sonar. Pero su sonido, el tañido alegre que se extendía por todas partes desde el palacio, era sinónimo de celebración. Sonaban cuando nacía un niño en la familia real, para celebrar una gran victoria y —el único motivo por el que las había oído sonar yo— con ocasión de las fiestas.

Hoy sonaban para celebrar el Día de la Fundación. Cualquiera que tuviera vistas del palacio miraría para vernos en el balcón. Nosotros teníamos que saludar a la multitud —habría quien lo considerara una tarea frívola, pero era una de las pocas oportunidades que tenía de demostrar a la gente de Kadier que estaba ahí y que me importaban—. Cruzaba miradas con mucha gente, recibía besos que me lanzaban y sonreía con la esperanza de que nunca llegaran a sospechar que no estaba encantada con el lugar que ocupaba.

El viento me alborotó el cabello, y lo recogí con una mano y me lo pasé por encima del hombro, girándome hacia Escalus. Estaba de lo más elegante con su uniforme, engalanado con medallas en el lado izquierdo de la pechera.

Oí que la enésima dama le vitoreaba, y al ver cómo se ruborizaba me reí.

—Tendrás que acostumbrarte —le dije—. El matrimonio es lo único que te salvará de tanta devoción. Aunque quizá dejaran de intentarlo si no te pararas constantemente a recoger los pañuelos que tiran al suelo.

—¿Cómo iba a hacer algo así? —preguntó él, girándose hacia mí, incrédulo—. ¡Una dama necesita su pañuelo!

Volví a reírme al tiempo que sonaban las campanas. Papá, que estaba al otro lado de Escalus, se inclinó hacia delante para mirarme. Por el brillo de sus ojos vi que era él. Esta mañana sí era él.

—Hoy me recuerdas muchísimo a ella —me dijo—, con el cabello así, sobre el hombro, y esa risa tan dulce.

Al oír aquellas palabras de boca de mi padre casi tuve ganas de llorar.

—¿De verdad?

Cuando estaba así, cuando se disipaba por un momento la rabia que le dominaba desde la desaparición de mi madre, mi mundo cambiaba por completo. Sentía esperanza. Veía al hombre que tan orgulloso de mí solía mostrarse, que tanto me elogiaba. Me pregunté si sería capaz de disculparse por las palabras pronunciadas, por las cosas hechas. Casi tenía la tentación de preguntar…, pero podía equivocarme de plano, y en cualquier momento él podía volver a desaparecer.

«Igual que ella.»

La gente hacía ese comentario casi a diario, y era algo que a veces me daba paz.

Yo tenía la nariz puntiaguda y el cabello castaño claro de mi madre, y había un retrato de ella en el pasillo de atrás que me recordaba que también tenía sus ojos. Pero me preguntaba si no habría algo más.

Pensé en la postura que adoptaba a veces Escalus, apoyando el peso del cuerpo en la pierna izquierda, y en que mi padre también lo hacía. O en cómo tosían los dos… Yo era incapaz de distinguir quién de los dos lo hacía a menos que estuviera mirando. ¿Tendría yo también algo de eso? ¿Detalles que había olvidado en los años que habían pasado desde su desaparición?

—Hola, pequeña —me dijo Nickolas, situándose con nosotros en el balcón.

Me pregunté si alguna vez mi madre habría tenido que hacer tantos esfuerzos para sonreír, si ese era otro de los rasgos que compartíamos.

—Hola.

—¿Vas a ir a la caza ceremonial del zorro? —me preguntó, mientras saludaba con la mano a la multitud.

Odiaba tener que perderme la ocasión. Últimamente, padre no solía dejarme salir del recinto del palacio. Pero aunque me habría apetecido, no tenía ganas de ir con él.

—Como te dije anoche, estoy algo indispuesta. Me encantaría salir a cabalgar, pero será mejor que esta tarde me quede en palacio —dije para excusarme—. Aunque sé que eres un jinete excelente, así que estoy segura de que se te dará muy bien.

—Supongo —respondió—. A menos que prefieras que me quede contigo.

—No, no hace falta —dije, esforzándome por mantener un tono de voz pausado y tranquilo—. Al fin y al cabo me pasaré la tarde durmiendo.

Volví a fijar la vista en la multitud y seguí saludando y sonriendo.

—He estado pensando... —dijo, saludando él también— que no quiero un compromiso prolongado. ¿Tú crees que podríamos fijar la boda para dentro de un mes?

—¿Un mes?

Tuve una extraña sensación, como si... una mano me rodeara el cuello, ahogándome.

—Tendría..., tendría que preguntar a su majestad. Es la primera vez que planeo una boda —dije, intentando disimular el miedo con una broma.

—Es comprensible. Pero sería mejor no perder tiempo.

Intenté pensar en una excusa para esperar..., pero no me vino ninguna a la mente.

—Como desees —dije por fin.

Las campanas dejaron de sonar, y nos despedimos de la multitud para volver a entrar en palacio. Aún había que celebrar la caza del zorro y el baile con cintas que hacían las niñas en la plaza. Si me quedaba en el balcón, podría verlo desde lejos. Después se organizaría una búsqueda del tesoro, en la que los niños debían buscar piedras pintadas ocultas por todo el palacio, y el día acabaría con una gran cena de gala. Desde luego, el Día de la Fundación era mi fiesta preferida.

Nos pusimos en marcha y vi que sonreía.

—Me alegra verte tan entregada a la fiesta. Esperaba tener ocasión de hablar algo contigo. —Me hizo parar y me cogió de ambas

45

manos; fue un gesto tan tierno que por un momento me pregunté por qué tanto miedo.

Al fin y al cabo, ese era Nickolas. Lo conocía —de lejos— de toda la vida. Quizá no fuera lo que yo deseaba, pero tampoco era alguien de quien esconderse.

—Ya tienes dieciocho años. Eres toda una dama, y además princesa. Cuando se anuncie el compromiso, espero que lleves el cabello recogido.

Se me cayó el alma a los pies. Apenas diez minutos antes, mi padre había elogiado mi melena.

—Yo… Mi madre siempre llevó el cabello suelto. Yo lo prefiero así.

—En privado está muy bien. Pero ya no eres una niña, Annika. Una dama debería llevar el cabello recogido.

Tragué saliva. Estaba acercándose peligrosamente a una frontera infranqueable.

—Mi madre era una dama de una distinción inconmensurable.

Él ladeó la cabeza, hablando en un tono tan mesurado y tranquilo que parecía sorprendente que pudiera resultar al mismo tiempo tan irritante.

—No pretendo iniciar una pelea, Annika. Simplemente creo que deberías hacer gala de madurez, de corrección. Entiendo que no todas las mujeres adultas se recogen el pelo, pero la mayoría sí lo hacen. Si vas de mi brazo, espero que des una buena imagen.

Me solté de una de sus manos para pasarme la mano por la melena, que me llegaba hasta la mitad de la espalda. Era del mismo color que el de mi madre, y tenía los mismos rizos. Lo llevaba perfectamente limpio y peinado; llevarlo suelto no era nada de lo que avergonzarse.

Estaba dispuesta a luchar —no sería la primera vez—, pero no era el momento ni el lugar.

—¿Es todo? —pregunté.

—De momento sí. Voy a cambiarme para la caza del zorro. —Me levantó la mano y me la besó antes de alejarse.

Papá me miró desde el otro lado del pasillo y me sonrió. Y era una sonrisa de corazón.

Yo no quería que me viera triste. No en un día tan importante. Tenía que salir de ahí. Me escondí en una salita mientras todos se preparaban para la caza, y, cuando el palacio volvió a estar en silencio, me encaminé al único lugar donde podía esconderme.

Entré en la biblioteca, confundida, y tardé un segundo en darme cuenta del motivo de mi confusión: estaba oscuro. Rhett se había olvidado de correr la mayoría de las cortinas y el lugar estaba envuelto en sombras.

Reinaba una calma misteriosa, pero no estaba sola. Rhett estaba allí, cerca de la puerta de entrada, sentado en una butaca de terciopelo, jugando con una cerradura. Levantó la vista al oírme entrar, pero no me mostró su habitual sonrisa.

—¿Ese es el nuevo candado? —pregunté, sentándome frente a él.

Asintió y me lo entregó. Pesaba más de lo que parecía. Me saqué una horquilla del cabello, de ese cabello que tan ofensivo parecía de pronto, y me puse manos a la obra.

—¿De dónde lo has sacado? Parece muy viejo —comenté, usando la horquilla para examinar el interior de la cerradura.

—Estaba en un cubo, en la cocina. Alguien debe de haberlo visto ahí, y nadie sabe dónde ha ido a parar la llave.

No parecía muy animado, y era algo raro en él. Rhett había aprendido a abrir cerraduras y a birlar carteras en las atestadas ciudades de la periferia del país antes de llegar a palacio en busca de un trabajo honesto.

A mi madre, como ya he dicho, se le daba muy bien perdonar.

Rhett había trabajado duro en los establos, pero tenía muchas ganas de aprender. Cuando la anciana directora de la biblioteca falleció, le sugerí a mi madre que un joven con el cerebro y la energía de Rhett sería el mejor candidato para hacerse cargo de ella, y curiosamente le pareció bien. Rhett tenía un talento natural. No solo para la biblioteca, sino para cualquier tarea que emprendiera. Me ayudó con la lucha de espadas, aunque no se consideraba algo demasiado apropiado para mí, y encontró tiempo para enseñarme a abrir cerraduras y birlar carteras. Pese a que yo nunca alcancé el nivel de destreza que tenía él, me divertía igualmente.

—¿Pasa algo? —le pregunté, distraídamente, justo en el momento en que mi horquilla había dado con un punto que parecía que iba a ceder.

47

—He oído un rumor.

—Rumores —repetí—. Mmm. Nunca sé si son actos de mala fe o si quienes los lanzan pretenden divertir. Supongo que depende del tema. ¿Abajo se dicen cosas tan malintencionadas como arriba?

—Bueno... —dijo Rhett, jugueteando nerviosamente con una pajita que tenía entre los dedos—. De hecho, es un rumor de arriba.

—¿Oh? —respondí yo, y dejé lo que estaba haciendo de golpe. Me lo soltó sin rodeos:

—¿De verdad te has prometido con Nickolas? ¿Por qué no me lo has dicho?

Había algo en el tono de sus palabras, en el modo en que se le habían oscurecido los ojos al decirlo, que dejaba claro que estaba molesto al haber tenido que enterarse por boca de otros. No me esperaba que se lo hubiera tomado tan mal.

—Pues sí. Fue anoche. No es que intentara ocultártelo. Es que de momento no tengo muchas ganas de contárselo a nadie.

—¿Así que es cierto? ¿De verdad vas a casarte con él? —preguntó, con énfasis en la voz; evidentemente, aquello no le era indiferente.

—Sí.

—¿Por qué?

Levanté los brazos, exasperada.

—Pues porque tengo que hacerlo, obviamente —respondí, y volví a hurgar la cerradura, solo que mucho más torpemente, por culpa de los nervios.

—Oh —dijo él, suavizando la voz—. ¿Así que no... estás enamorada de él?

Levanté la vista y le miré con frialdad.

—No, no le quiero. Pero como quiero lo mejor para Kadier, me casaré con Nickolas igualmente. Aunque sienta que es como si alguien hubiera construido una jaula en torno a mi pecho, impidiéndome llenar los pulmones. Quizás..., quizás haya leído demasiados libros. —Me encogí de hombros—. Pero yo esperaba encontrar un amor apasionado, una sensación de libertad en los confines de mi vida... Y eso no va a ocurrir. Nickolas no es mi alma gemela, ni es mi gran amor. Es la persona predestinada para mí, nada más. Simplemente intento llevarlo de la mejor manera posible.

—¿Al menos te gusta?

Suspiré.

—Rhett, aunque sea entre tú y yo, no tengo muy claro que estas preguntas sean apropiadas.

Me cogió la mano en la que aún tenía la cerradura, envolviéndome los dedos con los suyos. Notaba los callos que se había hecho años atrás, las cicatrices de las heridas curadas.

—¿No se trata precisamente de eso? Conmigo siempre puedes hablar, Annika. De verdad.

Miré en el interior de aquellos ojos marrones que rebosaban ternura. No me quedaba mucha gente con la que pudiera sincerarme. Escalus sabía más que nadie de mi vida, y Noemi prácticamente también. Madre ya no estaba ahí, y en mi padre ya no podía confiar, no podía contarle nada realmente importante. Pero Rhett… tenía razón. Siempre me había sincerado con él.

—¿Y qué quieres que te diga? Tengo un cargo específico asignado por nacimiento. Y va asociado a una serie de responsabilidades. Intento aceptarlo con cierta elegancia. ¿Estoy enamorada? No. Pero muchas parejas se casan sin estar enamorados. Ahora mismo, solo espero respeto.

49

—Muy bien. ¿Y tú lo respetas a él?

Tragué saliva. Había puesto el dedo en la llaga.

—Annika, no puedes hacerlo.

Me reí, con una risa cansada, para nada divertida.

—Te aseguro que lo hemos probado todo. Si un príncipe y una princesa no han podido impedir esto, no creo que un bibliotecario lo consiga.

Había sido un golpe bajo, algo que no le habría dicho nunca de no ser por lo dolida que estaba.

—Lo siento —añadí casi inmediatamente—. Si quieres ayudarme, apóyame. Ahora mismo necesito a todos los amigos con los que pueda contar. Necesito a alguien que me recuerde que debo buscar lo positivo en todas las situaciones.

Se quedó mirando el suelo un rato.

—Desde luego, su postura corporal es… notable. Si alguna vez necesitas una vara para medir algo, no encontrarás una mejor.

Me reí a carcajadas, lo cual provocó también las risas de Rhett, y él a su vez me hizo reír aún más.

—¿Lo ves? —dije—. Ya me siento mejor que cuando he llegado.

—Siempre podrás contar conmigo, Annika.

Le miré a los ojos, esos ojos marrones tan sinceros. Al menos siempre podría acudir a él.

Y entonces, sin aviso previo, me cogió la cara con ambas manos y me plantó un beso en los labios.

Yo di un respingo, y la cerradura se me cayó de las manos a la alfombra.

—¡¿Qué estás haciendo?!

—Tienes que saber lo que siento, Annika. Y sé que tú sientes lo mismo.

—¡Tú no sabes nada! —dije, limpiándome la boca con la manga, aún perpleja—. Si hubiera entrado alguien, ¿sabes lo que habría pasado? ¡Y habría sido diez veces peor para ti que para mí!

Se puso en pie y me cogió de nuevo de las manos.

—Pues entonces no les des esa oportunidad, Annika.

—¿Qué?

—Huye conmigo.

Dejé caer los hombros, agotada.

—Rhett…

—Acabas de decir que querrías un amor que desafiara a la razón. Si mi amor no desafía a la razón, no sé qué otro amor podría hacerlo.

Meneé la cabeza, confusa. ¿Me había equivocado al interpretar su afecto todo este tiempo?

—No puedo.

—Sí que puedes —insistió—. Piensa en ello. Podrías ir a tu habitación y empaquetar todas las joyas que posees. Y yo podría sacar dinero de los bolsillos de todo el que encontráramos de aquí a la frontera. Una vez fuera de Kadier, nadie te conocerá. Podríamos construirnos una casa. Yo podría encontrar un trabajo. Podríamos, simplemente, ser nosotros mismos.

—Rhett, deja de decir tonterías.

—¡No son tonterías! Piensa en ello, Annika. Podríamos ser libres.

Me planteé su propuesta por un momento. Podríamos llevarnos los caballos que quisiéramos y, con la fiesta en curso, si nos fuéramos en ese momento, no se darían cuenta de nuestra desaparición hasta la mañana siguiente. Y tenía razón en que nadie me reconocería. Me había pasado los últimos tres años en la capital, y apenas había salido del recinto del palacio. A menos que cabalgara bajo un estandarte, la gente no tendría ni idea de que por mis venas corre sangre real.

Si realmente lo quisiera, podría desaparecer.

—Rhett...

—No tienes que decidirlo ahora. Piénsalo. Solo tienes que decir una palabra, Annika, y yo te llevaré lejos de aquí. Y te amaré toda mi vida.

51

LENNOX

*M*e había pasado todo el día rabiando. Después de todo este tiempo, ¿así iba a ser mi misión? Y no es que tuviera la opción de negarme. Si en algo me distinguía, era en que nunca me echaba atrás. A media tarde ya había conseguido controlar mi rabia lo suficiente como para pensar, y envié a algunos de los reclutas más jóvenes a que buscaran a las cinco personas que me había asignado Kawan. Los esperé al borde del campo, lejos de ojos y oídos indiscretos.

Inigo y Griffin llegaron juntos, y al poco vi la rubia melena de Blythe acercándose tras ellos. Cuando Kawan había dicho su nombre yo había protestado, pero, a decir verdad, era rápida. Muy rápida. Griffin probablemente tuviera cualidades ocultas, solo que yo no las conocía. Y aunque a Inigo no le tenía especial aprecio, desde luego sabía usar la espada. Y los puños, en caso necesario.

—¿De qué va esto? —preguntó Inigo.

Suspiré.

—Estamos esperando a otros dos. Ya los veo.

Griffin e Inigo se giraron, mirando más allá de donde estaba Blythe. Ella también lo hizo, y vio a los dos personajes vestidos de gris oscuro que se acercaban tras ella. Se sentó en una roca e hizo un gesto con la cabeza a modo de saludo dirigido a Inigo y Griffin. A mí solo me miró.

—¿Querías verme? —preguntó Andre, nervioso, acercándose.

—Sí. Y supongo que tú serás Sherwin, ¿no? —pregunté al joven robusto que iba tras él.

—Sí. Señor. Quiero decir…, sí, señor.

Suspiré y me crucé de brazos.

—Bueno, pues enhorabuena. Kawan ha decidido que me acompañéis en mi misión.

MIL LATIDOS DEL CORAZÓN

Inigo irguió el cuerpo, sorprendido.

—¿Él lo ha decidido? No es así como funcionan las misiones.

—¿Crees que yo no lo sé? —repliqué—. Y, sin embargo, aquí estamos. Por lo que parece, para demostrar mi valía tengo que dejar claro que soy capaz de dirigir a cualquiera en cualquier situación.

—Un momento —dijo Inigo—. ¿Aún tienes que demostrarle tu valía?

Era la primera vez que Inigo reconocía mis méritos. Quizá fuera incluso la primera vez que alguien lo hacía.

—Eso parece —dije, abriendo los brazos.

Inigo fijó la mirada en el suelo, pensando a toda prisa. Luego me miró a los ojos, y era evidente que había llegado a la misma conclusión que yo antes de salir de la estancia de Kawan.

—Sí —señalé—. Es una encerrona.

—¿Por qué estás siempre tan serio? —me preguntó Griffin, sin dejar de sonreír.

—No, piénsalo bien —dijo Inigo, pensativo, girándose a mirarlo—. Normalmente pasa un mes o más entre una misión y la siguiente, pero te está enviando justo después de Aldrik para que la gente compare tus logros con los de él. Además, no te permite crear tu propio equipo ni te da tiempo para trazar planes. No quiere que demuestres tu valía —concluyó, mirándome a mí—. Quiere que fracases.

—Por supuesto —respondí, y señalé al desconocido—. Sherwin, no sabía siquiera que existías antes de este momento. Andre y Blythe, conozco muy poco de vuestras habilidades, así que no puedo confiar plenamente en vosotros. Griffin, no te puedo tomar en serio porque ni tú te tomas en serio. E Inigo…, creo que todo el mundo sabe que no nos tenemos cariño, precisamente.

Inigo sonrió, socarrón.

—Sí, preferiría lanzarte desde el monte Govatar que ayudarte.

—Y yo también. Así que te han nombrado para que hagas que la misión fracase. Nos han elegido para fracasar.

Hubo un momento de silencio, una pausa en el funeral por mi mayor ambición hasta la fecha. Pero entonces habló Blythe:

—Bueno, odio decepcionaros, pero yo no fracaso. —La última palabra la dijo con un tono de desprecio, e Inigo sonrió para sí mismo.

—Tiene razón —apuntó él—. Su puntería con el arco es impecable y, en cuanto a perseverancia, bueno…, no hay muchos que la puedan igualar.

—Gracias —dijo Blythe, apartando la mirada.

—De nada.

—Yo puedo ser serio —dijo Griffin con una vocecilla lastimera que hizo reír a todos—. ¡De verdad! ¡Puedo serlo!

—No haces más que bromear —dije yo, con gesto agotado—. Flirtear. Jugar.

—Alguien tiene que hacerlo —replicó, encogiéndose de hombros—. Nuestras vidas ya son lo suficientemente grises.

Bueno, en eso tenía razón. De acuerdo. Blythe era rápida y buena con el arco. A Griffin…, bueno, olvidando sus incesantes bromas, se le daba bastante bien la lucha cuerpo a cuerpo. ¿E Inigo? Prácticamente no había nada que no fuera capaz de hacer si se lo proponía.

Miré a Sherwin.

—¿Y tú? ¿Tú qué sabes hacer?

—Ahora mismo me dedico sobre todo al campo. Pero Inigo me está entrenando para el combate.

Miré de nuevo a Inigo; no hizo falta que le preguntara.

—Tiene potencial con la espada. Para el arco hace falta más delicadeza. Y en cuanto a Andre, es tímido, pero… —se giró hacia él— combate con espada a caballo mejor incluso que a pie. Es impresionante.

Vaya. Aparentemente, Kawan no sabía lo que tenía. Si no, desde luego no me habría asignado a alguien con ese tipo de habilidad.

Volví a girarme hacia Inigo. Él era el único que podía poner aquello en marcha.

—No tengo ninguna intención de fracasar —me dijo—. No por ti, sino por mí.

—Por si lo queréis saber, tenía un plan brillante, pero voy a abandonarlo en favor de algo mucho más accesible, algo con lo que arriesgaremos poco, pero que tiene un potencial inmenso.

—¿Mejor que conseguir más reclutas? —preguntó Sherwin.

—Sí.

—¿Mejor que seis vacas? —dijo Griffin, provocando las risas de todos.

Para mi sorpresa, hasta yo sonreí.

—Sí.

—¿De qué se trata? ¿Qué es lo que quieres conseguir? —preguntó Blythe.

Respiré hondo, pensando en lo que necesitábamos más que nada en el mundo.

—Esperanza.

ANNIKA

*E*scalus tenía su propio modo de llamar a la puerta. Era sorprendente que ese sonido de dos segundos pudiera levantarme el ánimo de tal manera.

Noemi fue corriendo a la puerta, sonriendo de oreja a oreja. Yo me quedé sentada junto a la ventana, con mi aro de bordar en la mano.

—¿Qué haces aquí? —le pregunté—. Pensaba que estarías en la caza de las piedras —dije, cuestionándolo con la mirada.

El año anterior se había hecho con la mitad de las piedras y había acabado con unos veinte niños intentando subírsele a los brazos para quitárselas.

—Oh, eso ha acabado hace horas. ¿La pregunta es si he vuelto a ser quien más piedras encontrara? Pues sí. He sido yo. Pero luego he observado que mi hermana no había bajado a cenar y he pensado que quizá necesitara algo. Para usted, señorita —dijo, entregándole un gran pedazo de pan de pasas a Noemi.

Ella lo cogió y el rostro se le iluminó de repente.

—Gracias, alteza.

—De nada. Es lo menos que podía hacer. Y este es para ti. Aún están templados —dijo, dejándome mi trozo en el alféizar, dado que tenía las manos ocupadas.

—¿Y tú qué hacías en las cocinas? ¿También te has saltado la cena?

Bajó los brazos pesadamente y puso los ojos en blanco.

—No, pero tras el postre me he encontrado con Nickolas. Quiere que vea un diseño que ha creado para una fortificación. Dice que ha estado estudiando las fronteras y que cree que nos irían bien unos puntos de vigía.

—Mmm. ¿Y tiene razón?

—¿Quién sabe? ¿Dónde está el mío? —preguntó.

—En el cesto.

Escalus metió la mano y sacó su bordado del cesto. Se sentó en el banco de piedra bajo la ventana. Nos habían educado de formas muy diferentes, pero a los dos nos gustaba compartir lo que habíamos aprendido.

—Le está quedando muy bonito, alteza —dijo Noemi, mirando por encima de su hombro.

Él apoyó el bordado en la rodilla y levantó la vista, sorprendido.

—Vaya, gracias, Noemi. Parece que alguien aprecia mi talento.

—Noemi tiene que decir eso —bromeé—. No querrás que insulte al futuro rey.

Escalus me miró, fingiéndose ofendido.

—¡Eso no es verdad! Díselo, Noemi.

Ella negó con la cabeza.

—No le insultaría, señor, pero tampoco le alabaría sin motivo.

—¿Lo ves? —insistió él.

—Venga ya, cállate —dije yo, y le guiñé un ojo a Noemi.

Sonrió y se puso a bordar otro círculo. El diseño que estaba creando parecía una sucesión de anillos, uno en torno al otro, cada uno realizado con un punto diferente de los que había aprendido. Yo solía bordar flores y usar colores rosados; él prefería los motivos geométricos y los azules.

—Hoy papá ha tenido muy buen día —comentó.

—Lo sé. Querría haber pasado más tiempo con él, pero... estaba muy tensa.

Él no levantó la cabeza de la labor, pero me miró.

—¿Hay algo de lo que quieras hablar?

—Aún no. Estoy intentando decidir si estoy siendo infantil.

Escalus sonrió y meneó la cabeza.

—¿Cómo vas a pensar que te comportas de modo infantil? Casarte por el bien del reino es algo tan... noble...

—¿Lo es? —dije, resoplando.

—Annika, Nickolas es el máximo candidato al trono si nos pasara algo a papá o a mí. Casándote con él, cualquiera que haya podido tener tentaciones de declararnos la guerra se echará atrás. Y si un día me pasa algo, tu lugar en el trono queda asegurado, con él como consorte. Es difícil, lo sé, porque es tan... tan...

—Ya sé, ya. —No había una palabra para definir la sensación que producía Nickolas. «Aburrido» no era lo suficientemente fuerte, ni tampoco «severo», pero «malvado» quizá fuera demasiado. Cualquiera que fuera la palabra, resultaba difícil tomársela como algo positivo.

—Bueno, podemos reconocer que en ciertos aspectos... le falta algo. Pero tiene cosas buenas. Es listo, buen cazador y buen jinete. Y es rico, aunque no es algo que necesites.

—No tiene nada que necesite. Nada que desee.

—Mmm.

—¿Qué? —le pregunté, viendo la sonrisa que afloraba en su rostro.

—Pues que el modo en que lo dices hace que me pregunte si habrá alguien que sí tenga algo que tú desees.

—Por favor... —dije yo, poniendo los ojos en blanco.

—A mí me lo puedes contar.

Por una décima de segundo pensé en Rhett y en su propuesta. A él no le importaba mi rango ni lo inadecuado de su oferta. Simplemente me deseaba. Podía reconocer que eso tenía algo de atractivo..., pero no podía decirlo en voz alta.

—No tendría que hacerlo. Si alguien me hubiera robado el corazón, tú te darías cuenta antes que yo misma.

Se rio.

—¡Ya lo sé! Noemi, ¿cuántas veces te ha hablado de ese chico de la manzana?

—¡Ya he dejado de contarlas! —respondió Noemi desde la alcoba.

—Para tener diez años, fue bastante romántico —me defendí, mientras Escalus seguía riéndose. Suspiré—. Solo estaba intentando decir que tengo mis exigencias. Aunque ahora mismo han bajado a niveles ínfimos. Tengo la sensación de que lo único a lo que puedo aspirar es a un trato amable. Y quizás a cierto afecto.

—Llegará —me aseguró Escalus, aunque su tono era de prudencia—. Entre mamá y papá surgió mucho más que afecto.

—¿Recuerdas algún momento en que no se mostraran afectuosos el uno con el otro? —le pregunté, levantando la vista de mi bordado—. ¿Fueron felices desde el primer día o...?

—Bueno..., recuerdo que papá un día enfermó. De algo mortal.

58

Tú eras muy pequeña. Y mamá insistió en cuidarlo personalmente. No sé si fue por amor o por el sentido del deber, pero después de eso la relación entre ambos cambió. Después de eso, él la adoraba.

—No puedo ni imaginarme que Nickolas pudiera llegar a adorarme.

—¡Lo tengo! —dijo, dejando a un lado la labor—. ¡Tenemos que envenenarlo!

—¡Escalus!

A mis espaldas oí que Noemi apenas podía contener la risa. Se acercó, se paró a mi lado y yo le pasé un brazo alrededor de la cintura.

—Yo diría que eso es ilegal, alteza —bromeó ella.

—¡No mucho, solo un poquito! —replicó él, y luego se giró de nuevo hacia mí—. Pensará que está enfermo, de modo que podrás cuidarlo, y todo arreglado.

—Qué idea más mala —respondí, meneando la cabeza.

—Es una idea brillante. Venga, Noemi, ¿a ti qué te parece?

—Yo creo… —dijo con un suspiro—. Yo creo que es una pena que su hermana no fuera la primogénita.

Me doblé en dos de la risa, y Escalus hizo una mueca, divertido. Noemi me pasó la mano por la espalda un par de veces antes de volver a sus tareas, y Escalus y yo nos sumimos en un silencio cómodo que duró casi una hora. Para mí era un alivio que mi hermano no necesitara llenar esos espacios con palabras. Pero llegó un momento en que ya no pudo más y se frotó los ojos.

—Ya no aguanto más. ¿Dónde tienes la espada?

—Donde siempre.

Él metió la mano bajo mi cama y sacó la espada. Desde el día en que le hice un corte en el brazo sin querer, la norma —nuestra norma— era que yo siempre practicara con la hoja envuelta en un trapo.

Yo nunca le había preguntado de dónde había sacado mi espada. Suponía que sería una que habría usado él cuando era más joven, o que había encargado que la hicieran, en secreto, especialmente para su hermanita pequeña. En cualquier caso, me encantaba.

La sacó y la hizo girar, golpeando el poste de mi cama.

—¡Eh!

—No le he hecho nada. Venga, levanta. Es hora de practicar.

Dejé mis bordados y le di un bocado al pan que me había traído, caminando al tiempo que masticaba.

59

—A ver esa postura.

Planté los pies en el suelo, separados en paralelo a los hombros, clavando las puntas en el suelo de parqué.

—Bien. ¿Dónde pones las manos?

Las levanté a la derecha de la barbilla, como si estuviera agarrando el mango de mi espada.

—Hombros abajo. Bien. Ahora te toca a ti —dijo, entregándome la espada.

Respiré hondo y di un paso adelante, usando el poste de la cama como objetivo. A diferencia de Escalus, no intenté golpearlo con la espada. Mi objetivo era llegar con fuerza suficiente como para hacerle una muesca, pero con el suficiente control como para poder parar antes de llegar a hacerlo.

Escalus me observó pacientemente, corrigiéndome la postura y animándome. Pero a los pocos minutos hice un esfuerzo demasiado grande, y la espada cayó al suelo, repiqueteando, mientras yo me agarraba el muslo.

—¡Annika!

—¡Milady! —Noemi vino a la carrera, pero llegó tarde. Escalus ya me había recogido y me había colocado sobre la cama.

—Estoy bien. Es que tengo una herida que no está curando bien.

Escalus fijó sus claros ojos en los míos:

—Nunca imaginé que las cosas pudieran ponerse tan mal entre vosotros dos. Incluso en su peor versión, él…

Notaba que estaba sangrando, e intenté en vano evitar que la sangre se extendiera por el vestido.

—Lo sé. Pero puedo pasarme la vida odiándolo por ello o resignarme. Y perdonar. —Suspiré—. Deberías irte. Estoy en buenas manos.

Escalus miró a Noemi, que asintió, comunicándole sin palabras que me protegería. No quería ni pensar qué pasaría si alguien encontrara el modo de sobornar a Noemi. Ella conocía todos mis secretos.

—Te veré por la mañana —dijo él—. Espero que sonriente.

—Por supuesto. Llevaré la sonrisa conmigo.

—Bien. Porque echo de menos verte tal como eras antes.

Me lo quedé mirando, intentando mostrarme esperanzada y pensando en lo que nos habíamos dicho la noche anterior.

—Yo sigo aquí, a tu lado. Siempre.

LENNOX

*M*e desperté al oír que Thistle había vuelto para dormir. Hizo un ruidito gutural y me acarició la oreja con el morro.

—Eso no me ayuda —protesté—. En realidad, hoy tengo que trabajar. Necesito estar descansado.

Soltó un largo suspiro.

—Muy bien —dije, con el flequillo cubriéndome los ojos, y alargando la mano para rascarle la barbilla—. Total, ya va siendo hora de que me levante. Quizá muy pronto consiga hacer algo notable. Y podríamos marcharnos por fin. —Y susurré una idea que casi ni me atrevía a considerar—: Puede que dentro de unos días consiga que se me conozca por algo nuevo. ¡Pero, desde luego, para eso tengo que prepararme!

Me puse en pie y me pasé las manos por el rostro. Pasé la mirada por mi habitación: no me quedaban muchas cosas que pudiera considerar mías; algunos vestigios de mis años de juventud, cuando no era más que el hijo de un mercader, los años previos a la llegada de Kawan. En la esquina había un arco con su carcaj lleno de flechas, junto a una guitarra que había perdido las cuerdas hacía mucho tiempo. En el escritorio, que casi nunca usaba, había unos cuantos libros sobre cómo orientarse por las estrellas, amontonados junto a una pluma para escribir, aunque mi caligrafía se había vuelto ya más que cuestionable. En el otro extremo del escritorio estaba el telescopio que me había regalado mi padre, con el objetivo mellado por un extremo de una vez que se me había caído al suelo. Por lo demás, solo había ropa limpia, o no tan limpia. Yo siempre me decía a mí mismo que valía la pena luchar por mi minúscula vida, que había grandes cosas esperándome al otro lado.

A través de la pequeña ventana vi que la niebla aún no se había despejado, así que cogí la capa y me la puse sobre la ropa, y antes de salir hacia el campo de prácticas recogí la espada. Vi al resto de mi equipo que venía por el otro lado del castillo. Habría que apretar los dientes. Aquello era el principio de todo.

—Me he asegurado de que os hayan excusado de cualquier otra tarea que tuvierais asignada hoy. Es imprescindible que sepa de qué sois capaces cada uno de vosotros antes de que nos pongamos en marcha. Así que esta mañana todos os enfrentaréis a mí o a Inigo.

Al oír aquello todos se agitaron un poco. Salvo Blythe, que parecía esperarse algo así.

—Pero primero quiero explicaros por qué es tan importante que estéis preparados para cualquier cosa —dije, y tragué saliva—. Vamos a ir a Kadier. Vamos a robar la corona del reino. En realidad no, lo retiro. Vamos a recuperar «nuestra» corona. Y la vamos a traer hasta aquí.

Inigo y Blythe intercambiaron una mirada, y Sherwin palideció, como si estuviera a punto de desmayarse. Griffin soltó una carcajada.

—¡Me encanta! —exclamó.

—Podría ser un suicidio —señaló Inigo.

Me encogí de hombros.

—Si nos quedamos aquí, ocultos en la periferia, será la muerte de otro modo. No sé vosotros, pero yo estoy cansado de esperar. Si lo conseguimos, les daremos a todos los habitantes del castillo lo que no pueden obtener con alimento, ropa o reclutas. Si lo conseguimos, Kawan tendrá que aceptar que ya estamos listos para reclamar nuestro reino.

—¿Y cómo tienes pensado llegar hasta la corona, exactamente? —preguntó Blythe—. Entrar en Dahrain a solas podría ser imposible.

Negué con la cabeza.

—Difícil, probablemente, pero no imposible. Ha ocurrido dos veces.

Ella se mantuvo en sus trece, nada convencida.

—Aunque los viejos mapas pudieran servirnos de ayuda para llegar hasta allí y aunque de algún modo pudiéramos entrar en el palacio, es imposible que la corona esté expuesta. Sin duda, estará custodiada. Podríamos tardar días en encontrarla.

—Nos colaremos. En los almacenes hay ropa nueva. Nos disfrazaremos lo mejor que podamos y nos haremos pasar por súbditos del reino. Acamparemos en algún lugar de Dahrain, entraremos en el palacio y observaremos. Los miembros de la realeza son criaturas vagas con hábitos predecibles. No tardaremos mucho en descubrir dónde guardan sus objetos más valiosos. Los guardias son el mayor peligro. Quién sabe cuántos habrá. Yo podría ocuparme de cuatro a la vez, e Inigo probablemente también. —Él asintió—. Así que necesito ver cómo respondéis los demás ante la presión. Necesito saber que podemos conseguirlo.

—Es muy osado —observó Griffin.

—Esa... no es la palabra exacta —le corrigió Inigo.

Blythe soltó un suspiro.

—Un problema —dijo—. La ropa de mujer no la guardan en los almacenes, acaba en el guardarropa de tu madre.

—Ya he pensado en eso. Esta noche, mientras todo el mundo esté cenando, me colaré en su habitación.

—¿No podríamos pedirla sin más? —sugirió Sherwin.

—No —dijo Inigo—. Si ya han decidido que tenemos que fracasar, no podemos pedir permiso. Tendremos que tomar por nuestra cuenta todo lo que necesitemos. Si tenemos éxito, no podrán decir nada al respecto. Y si no...

Me miró, y negué con la cabeza.

—No vamos a fallar. Vamos a ser pacientes y cuidadosos, y regresaremos con una corona entre las manos.

Blythe dio una patada a los tablones del campo de entrenamiento.

—Muy bien. Pues pongámonos manos a la obra —dijo.

Le quitó a Andre la espada de la mano y se dirigió al centro de la pista.

—Yo iré con ella —se ofreció Inigo, y luego bajó la voz—: Tú puedes ocuparte de Sherwin. Empieza despacio. Dale tiempo para que adquiera confianza. Tiene potencial, pero responde mejor a las palabras de ánimo que a los gritos.

—Gracias.

Inigo dio un paso atrás, casi como si mi agradecimiento le quemara. Tragó saliva y levantó la cabeza.

—De nada.

Se fue a donde estaba Blythe; Andre y Griffin se pusieron a practicar juntos, y Sherwin se situó delante de mí. Veía el pánico en

63

sus ojos. Por una parte había que reconocer que sería de tontos no temerme, pero por otra no resultaba muy reconfortante que se le pudiera ver el miedo en los ojos tan fácilmente.

Seguí las instrucciones de Inigo y no lo puse de manifiesto.

Al cuarto de hora, más o menos, Sherwin empezó a moverse con mayor seguridad. Sus zancadas tenían más profundidad, y su tiempo de respuesta se volvió más breve. Se le veía más concentrado y se movía más como un soldado. Apreté un poco, y él respondió, moviéndose con mayor agresividad. Aquello prometía. Pero al cabo de un momento le vi mirando por encima de mi hombro, y acabé por retirarme para girarme y ver qué era lo que tanto le llamaba la atención.

Inigo y Blythe se movían rápido, haciendo entrechocar las espadas. Luchaban con desenvoltura, percibiendo el movimiento del rival un segundo antes de que se produjera, tan sincronizados que parecía una danza. Me quedé fascinado, hasta el punto de que no parpadeaba por miedo a perderme algo. Tras un ataque certero como tantos otros, Inigo levantó el brazo izquierdo, y Blythe se echó atrás justo cuando iba a contraatacar, bajando la espada.

Griffin y Andre, situados detrás de mí, se pusieron a aplaudir, y Sherwin enseguida se les unió. Blythe e Inigo miraron a su público y sonrieron, complacidos.

—Excelente trabajo, Blythe —le dije.

Ella asintió brevemente y se pasó un mechón de cabello tras la oreja, sin responder.

—Y tú también, Sherwin —dije, girándome hacia él—. Simplemente tienes que mostrar tanta confianza al principio como al cabo de un cuarto de hora. Confía en ti mismo desde el inicio, puedes hacerlo.

Él asintió.

—Sí, señor.

—Griffin, ¿listo para sufrir? —dije.

Él abrió los brazos como si quisiera dar un abrazo al mundo entero, con esa sonrisa burlona siempre presente en sus labios.

—A tu servicio.

Y así pasó la mañana, cambiando de compañeros de entrenamiento, aprendiendo unos de otros. Cuando llegó la hora del almuerzo, estaba más convencido que nunca de que Kawan era un idiota. En primer lugar, contaba con grandes efectivos que no usaba. Y en segundo lugar, sin querer los había puesto en mis manos.

ANNIKA

Aunque habría preferido quedarme en mi habitación, era miércoles, y sabía que papá iba a darle clase a Escalus; odiaba perderme una.

Justo cuando llegué a las puertas de la biblioteca, Rhett salía para repartir unos libros. Había recuperado la sonrisa y parecía perfectamente tranquilo. No pude evitar pensar: «Ese chico me ha besado».

Había algo en aquello que me tenía perpleja. Rhett había trabajado muy duro por conseguir el puesto que ocupaba en palacio. La posición, la comodidad…, mucha gente pelearía por conseguir lo que había conseguido él.

Y estaba dispuesto a renunciar a todo por mí.

Era el tipo de historia que leía en mis libros, esas cosas que pueden hacer que la gente lo pierda todo. ¿Y entonces? ¿Por qué no estaba preparada para abandonarlo todo por él? Si me quería como decía, casi había más que perder quedándose que marchándose.

—Alteza —me saludó Rhett, con una reverencia exagerada, mientras la gran puerta se cerraba a sus espaldas—. ¿Debo preparar los caballos? —Su tono era jocoso, pero tras la broma se entreveía el deseo de recibir una respuesta.

—De momento, no.

—De momento, no…, pero pronto.

Viendo la confianza que tenía no pude evitar soltar una risita.

—¿Tan bien crees que me conoces?

Irguió el cuerpo y se pasó los libros de una mano a la otra.

—¿Dudas de mí? Sé que prefieres enfrentarte a un candado pequeño que a uno grande, y que tienes una extraña predilección por la canela. Tu color favorito, por algún extraño motivo, es el blanco, y la lluvia no te disgusta, pero odias el frío. —Hizo una pausa, meneando la cabeza y haciéndome sonreír aún más—. ¿Qué más? Prefieres la tarde a la mañana. Tiendes a poner las necesidades de los otros por delante de las tuyas propias. Si pudieras pasarte todo el día sobre el césped, al sol, con un libro, lo harías. En particular si es en el césped del extremo más alejado del jardín.

—Ese sitio me encanta —dije, llevándome la mano al corazón. Con esas flores tan bonitas y esa piedra redondeada y suave en el suelo.

—Lo sé —dijo él, asintiendo—. Lo sé todo de ti. Y sé que deseas y que te mereces mucho más —dijo, señalando la puerta de la biblioteca con la cabeza antes de seguir adelante.

Entré, aún confundida por sus palabras. Como era de esperar, junto a los estantes de libros que había cerca de la puerta estaban papá y Escalus, en la mesa de siempre. Pero la sorpresa fue ver que Nickolas también estaba allí.

«Te mereces mucho más.» Bueno, sí, supuse que sí.

—Llegas tarde —dijo papá, malhumorado—. La clase de hoy es para todos vosotros. Sois la próxima generación de líderes de Kadier.

¿Cómo puedes llegar tarde a algo así?

Yo habría querido corregirle, decirle que en realidad yo nunca había sido invitada formalmente a aquellas clases, y que solo asistía porque al principio Escalus insistía en que le acompañara y porque luego habían empezado a gustarme.

—Mis disculpas, majestad. Ya estoy lista —dije, ocupando mi asiento.

Estaba claro que no estaba de humor para discusiones.

Delante tenía varios libros. El más grande estaba abierto sobre la mesa y mostraba un mapa de todo el continente. Las fronteras estaban marcadas con trazo grueso, y las líneas azules de los ríos a veces las atravesaban y otras las definían. Al norte, al otro lado de un pequeño mar, había un fragmento de tierra que pertenecía al país, llamado simplemente «la Isla». Cordilleras, océanos, vastas llanuras…, todo muy típico. Pero había dos palabras en ese mapa que me provocaban escalofríos.

El epígrafe que definía el espacio más allá de los confines de Stratfel, Roshmar e incluso Ducan: «Tierra no reclamada».

Unos años atrás, un hombre extraño había intentado matar a mi padre. Durante mucho tiempo yo había pensado que el hombre procedía de ese territorio. También pensaba que, si mi madre estaba viva, debía de estar allí, en algún lugar. Por la distancia no resultaba imposible —un buen jinete probablemente podría llegar al cabo de un día o un día y medio—, pero el problema era un bosque tan espeso y amenazador que no había oído que nadie lo hubiera atravesado nunca. Se podía llegar por mar, pero por la costa sureste las rocas eran tan cortantes y puntiagudas que cuando intentamos enviar un barco en busca de mamá solo regresó un superviviente, y lo hizo a pie.

Mi padre se aclaró la garganta. Lo miré, y él nos observó a todos con gesto severo.

—Vosotros tres sois el futuro de nuestro reino. Y quiero que dediquéis un momento a pensar de dónde venimos y adónde podríais llevarnos.

Echó el cuerpo adelante y abrió un libro por una página marcada con una larga cinta. Colocó el libro sobre el otro que había estado mirando. Ante nuestros ojos apareció un mapa de Kadier. Solo que no era Kadier.

Ciento cincuenta años antes, Kadier no tenía nombre. En nuestro territorio vivían seis grandes clanes —Jeonile, Cyrus, Crausia, Etesh, Obron Tine y Straystan— unidos por un mismo idioma, pero divididos por la codicia. La tierra era rica, tan fácil de cultivar que todos los clanes se peleaban por conseguir cada vez más, haciéndose con todo lo que podían. Pero la división acabó suponiendo un problema más grave de lo que podíamos pensar. Teníamos el océano detrás y los reinos de Kialand y Monria delante, lo cual nos dejaba en una situación peligrosa, ya que ambos intentaban empujarnos hacia el mar por todos los medios. Tras décadas de batallas, de perder territorio y vidas, los seis clanes se reunieron y acordaron unificarse y someterse a un único liderazgo. Mi tatara-tatarabuelo fue elegido por votación para dirigir a las masas. En aquella época, nuestro clan se llamaba Jeonile, pero cambiamos el nombre por el de Kadier en honor de una valiente mujer que había luchado con gran coraje, según la leyenda. No había podido encontrar su historia en los libros de historia, así que no sabía quién era. Pero el nombre sirvió para unir a los seis clanes, que abandonaron sus nombres tradicionales para adoptar el nuevo.

Tras evaluar sus potencialidades, después de repartir efectivos, cosechar recursos y tras mucha planificación, la recién unificada Kadier lanzó un ataque contra Kialand, y con ello no solo conseguimos hacerlos retroceder, sino que conquistamos incluso parte de su territorio. Cuando en Monria se enteraron de lo que por fin éramos capaces de hacer, se presentaron con ofrendas de paz. La corona que llevaba yo se había hecho con oro de Monria, y había ido pasando de generación en generación a lo largo de todos aquellos años.

Al principio hubo algún intento de los líderes de los otros clanes por hacerse con el poder: unos afirmaban que su linaje era más antiguo, o se buscaban otros motivos para reclamar su derecho al trono. Pero con el paso de los años, los líderes de esos clanes fueron rebajando el tono y algunos de sus parientes se casaron con miembros de la casa real, creando vínculos familiares. Ahora, de todas esas dinastías, solo quedábamos Escalus y yo, por una parte, y Nickolas, por otra. Si uníamos ambas familias, nadie podría disputarnos la corona. Gobernaríamos Kadier en una situación de paz nunca vista.

Contemplamos las líneas descoloridas por el tiempo, los trazos que nos habían convertido en enemigos en otro tiempo. Mi padre tenía un talento especial para hacer declaraciones:

—Ayer fue el Día de la Fundación. Mañana anunciaremos el compromiso de Annika y Nickolas. Tras siete generaciones, con vuestra boda, Kadier habrá pasado de ser un territorio con seis clanes siempre enfrentados a un reino completamente unificado. Es algo que nuestros ancestros no se habrían atrevido a soñar siquiera —dijo.

Tragó saliva, y nos miró a todos a los ojos antes de cambiar el antiguo mapa de Kadier por uno de todo el continente.

—Y por eso debéis trabajar juntos. Seréis un ejemplo para el resto del país, un ejemplo de paz y unidad. Afrontaréis obstáculos, sin duda. Y habrá quien intente ganarse vuestro favor para obtener beneficios.

»Cuando vuestra madre desapareció —prosiguió, y tras pronunciar estas palabras hizo una pausa—, pensamos que habría sido obra de un país vecino, de alguien que intentaba acabar con la paz por la que tanto habíamos trabajado. De hecho, yo estaba seguro de que era cosa de tu pueblo, Nickolas. —Mi padre asintió mientras ponía en palabras sus teorías, algunas de las cuales eran nuevas para mí. Yo no sabía si algo de todo aquello se basaba en hechos o si había encontrado en sueños las respuestas que necesitaba—. Cuando Yago vino a buscarme hace unos meses..., sabía que tenía que haber estado trabajando para alguien. Ahí fuera hay algún otro rey que querría verme muerto; todos querían hacerse con Kadier. Siempre lo han deseado.

Abrió los ojos como platos, con la mirada perdida.

—Yago… no trabajaba solo. Intentó matarme por orden de alguien. Enseguida lo noté. Y al no conseguirlo se llevaron a tu madre para que me hundiera.

Yo no quería admitirlo, pero al hablar así me estaba asustando.

Recordaba cuando el asesino había ido a por mi padre, escabulléndose a medianoche y colándose en sus aposentos. Fue el chillido de mi madre lo que despertó a mi padre y alertó a los guardias. Unos segundos más, y quizás hubiera acabado con los dos. Como mamá desapareció poco después, mi padre supuso que ambos incidentes estaban relacionados. Pero no había manera de estar seguros. Nadie pidió un rescate, no dejaron ninguna nota. No había indicios de lucha. De no ser porque sabía que mi madre nunca habría podido alejarse de mí, habría pensado que simplemente había decidido abandonar el palacio una noche para no regresar.

—Pero nadie podrá acabar con nosotros —prosiguió mi padre—. Estaremos preparados. Un día, cuando encontremos alguna pista, haremos lo que tengamos que hacer para obtener justicia. Hasta entonces, seremos el mejor ejemplo de familia real que se ha visto nunca. Escalus, tenemos que ir con cuidado a la hora de escogerte novia; todas las princesas tendrán sus vínculos familiares, pero una alianza inteligente nos proporcionará una mayor estabilidad. Y Annika, Nickolas y tú saldréis de viaje poco después de casaros, para presentaros como pareja real ante los monarcas vecinos. Así que espero que investiguéis las normas de protocolo de Caporé, Sibral, Monria, Halsgar y Kialand. Son los cinco destinos que debéis visitar, como mínimo.

Asentí, segura de que Rhett sabría cómo ayudarme.

—Deberíamos invitarlos a ellos a que vinieran, ¿no? —sugirió Nickolas, que parecía ofendido—. Son ellos los que deberían hacer el viaje tras nuestra boda.

Crucé una mirada con Escalus y luego respondí en nombre de mi padre:

—Al ser la pareja real más joven, lo adecuado es que les pongamos las cosas más fáciles a los mayores.

—Si insistís —dijo Nickolas, aunque no parecía muy satisfecho—. ¿Eso es todo?

69

Volví a mirar a Escalus: qué pregunta más impertinente.

—Por hoy —respondió mi padre, asintiendo.

Nickolas se giró como si fuera a dirigirse a mí, pero Escalus se le adelantó:

—Espero que no os moleste, pero, si no os importa a ninguno de los dos, necesitaría un rato a mi hermana. Tenemos asuntos personales que tratar.

Sin esperar respuesta, me cogí del brazo de Escalus y dejé que me llevara al exterior de la biblioteca hasta llegar a otra parte del castillo. En realidad, me daba igual el lugar.

—¿Estás bien? —me preguntó.

Asentí, aunque el gesto no significaba nada.

—Ojalá hacer lo correcto no me hiciera sentir tan mal.

Caminamos un momento en silencio hasta que recordé por qué estábamos allí.

—Oh, qué tonta. ¿Qué es lo que querías decirme?

—Algo increíblemente importante… Mi color favorito es el azul.

Puse los ojos en blanco.

—¿Eso es todo?

—Solo quería saber cómo estás de la pierna. Ayer me asustaste.

—Estoy bien —le dije—. Me duele, pero no se me ha abierto la herida. Estoy mejor de lo que pensaba.

—¿De verdad? Entonces…, ¿cuándo quieres que te dé otra lección?

—¡Esta noche! —exclamé—. Pero esta vez tiene que ser en los establos, y no en mi habitación. Ahí no me puedo mover.

—Pero es que a mí me gusta practicar en tu habitación.

—Necesito poder hacer ruido, golpear cosas.

Escalus resopló.

—¡Por favor! —insistí, tirándole repetidamente de la manga, como una niña.

—Vaya… ¿Y tú te quejas de Nickolas? Está bien, en los establos.

—Sabía que me querías.

Me besó en la frente.

—¿Y quién no te quiere a ti?

LENNOX

*E*n la mesa presidencial, mi madre estaba sentada junto a Kawan, inclinada hacia él, apoyando la mano en el cuello de su camisa. Él sonreía, con el rostro quizá demasiado cerca del de ella, hablando en voz baja. Tuve una sensación en el estómago como si estuviera cayendo ladera abajo, dando tumbos sin parar.

Me quedé junto a la puerta, mirando uno tras otro a los miembros de mi equipo. Inigo y Griffin estaban en la misma mesa, pero sentados en extremos opuestos. Kinton —el chico que había aparecido corriendo en la cantina para anunciar el regreso de Aldrik— tenía curiosidad sobre mi misión y había arrinconado a Andre para hacerle preguntas, lo cual no me iba mal teniendo en cuenta las circunstancias. Sherwin estaba solo en una mesa y, dado que solamente hacía dos días yo no tenía ni idea de quién era, deduje que solía comer solo. Blythe estaba en una mesa con otras chicas, a la mayoría de ellas las conocía de vista, pero no por su nombre.

El plan era simple. Iba a subir a los aposentos de mi madre para robar un vestido. Si, por algún motivo, Kawan o ella se levantaran de la mesa, Griffin e Inigo provocarían una pelea. Kawan no iba a evitar que dos de los hombres que me había asignado para la misión se lesionaran mutuamente, así que dejaría que la pelea siguiera y sin duda se quedaría a mirar. Por si eso no fuera suficiente, Blythe ya había quedado con alguien para luchar. Yo no sabía quién había accedido voluntariamente a dejar que aquella chica le atacara, pero quienquiera que fuera contaba con mi admiración.

Kawan y mi madre seguían comiendo, así que fui corriendo al tercer piso, y solo me crucé con un puñado de rezagados que acudían a cenar. Estaba saliendo todo a la perfección.

Empujé la puerta de la habitación de mi madre y la encontré

vacía, tal como esperaba. Cada vez que iba a sus aposentos era como colarme en un recuerdo distorsionado. En otro tiempo allí vivíamos tres personas. En la esquina donde antes estaba mi cama ahora había un tocador. La decoración era claramente femenina, y todo rastro de mi padre había quedado borrado. Tuve que parar un segundo a tomar aire. Respiré hondo, tembloroso. ¿Cómo había podido dejar que se marchara tan fácilmente? ¿Cómo podía llevar esa vida de lujo mientras el resto de nosotros trabajábamos y nos entrenábamos para la guerra? ¿Cómo podía dejar que Kawan tratara así a su único hijo?

Y una vez que afloraron esos pensamientos, me vinieron a la cabeza muchos más. ¿Por qué tenía que hacer yo el trabajo sucio de Kawan? ¿Por qué cualquier cosa que hiciera yo le parecía poco? ¿Por qué me había tocado vivir esta existencia tan gris?

Lo odiaba todo. Odiaba aquel castillo, odiaba mi destino, me odiaba a mí mismo.

Pero, tras ese momento de debilidad, volví a levantar esas paredes protectoras en torno a mi corazón. Con ellas me sentía mucho más seguro.

El vestidor de mi madre estaba en la esquina posterior de la habitación, y allí me dirigí, asegurándome de no tocar nada por el camino.

Hasta que no abrí las puertas no me di cuenta de que había cometido un error terrible: no tenía ni idea de cómo debía vestir una dama. Y si íbamos a estar allí varios días, ¿debía coger más de un vestido? ¿Fallaría todo el plan por mi incapacidad para escoger un vestido apto para la ocasión?

Tragué saliva y me quedé mirando la ropa. Blythe tenía el cabello rubio. El amarillo combinaba bien con el azul. O con el verde.

¿No?

Cogí uno de cada color, los enrollé en un hatillo y me los metí en la bolsa que llevaba al hombro. Eché otro vistazo al vestidor, asegurándome de que no se veía desordenado, y cerré las puertas.

Salí al pasillo y bajé a la carrera las ruidosas escaleras. A punto estuve de caer al pisar una piedra suelta. En mi habitación me encontré a Thistle, que me esperaba. Se sentó muy orgullosa a los pies de mi cama, con un ratón muerto en el suelo.

Debía de saber que estaba estresado. Por algún motivo, cada vez que estaba tenso, Thistle se presentaba con comida. Empujó el ratón con el morro y me miró.

Suspiré y me acerqué a recoger su presa.

—Gracias —dije, y me metí el ratón en el bolsillo, porque no quería que pensara que rechazaba su regalo. Le rasqué la cabeza—. Eres una buena chica. Oye, esto no lo toques —dije, señalando la bolsa—. Si se estropean los vestidos, estaré en un buen lío.

Metí el bulto bajo mi cama, con la esperanza de que no se torciera el plan.

—Aunque no es que importe demasiado —añadí—. Meterme en un lío por esto es lo mismo que meterme en un lío por cualquier otra cosa, y a estas alturas eso ya no debería preocuparme.

Alargué la mano y le rasqué la cabeza otra vez.

—Tampoco vayas a creerte que me importas —le advertí—. Para nada.

Ella no dejaba de mirarme.

—Lo digo de verdad.

Soltó un gañido y se fue otra vez corriendo por la ventana, a buscar algo de comer.

Suspiré y salí. Volví a toda prisa a la cantina. Me paré en un rellano para tirar el ratón por la ventana y me limpié la mano en la pernera del pantalón antes de entrar en la sala. Eché una mirada rápida a Sherwin, que seguía solo. Blythe me miró y enseguida desvió su atención a otra parte; Andre ya estaba en la misma mesa que Griffin e Inigo.

Me acerqué a Inigo y le susurré al oído:

—Ya está hecho, pero… ¿sabes algo sobre ropa de mujer?

Él tragó la comida que tenía en la boca y me miró, atónito.

—Estarás de broma.

—Ojalá.

Echó la cabeza hacia atrás y se rio con ganas. Hacía un ruido muy curioso. ¿Un carcajada contenida? Quizá. Pero en el castillo no era habitual oír a alguien reír así, con ganas, si es que ocurría alguna vez.

Era una risa contagiosa, y yo mismo sonreí, sin poder evitarlo. Miré por encima del hombro y vi que Blythe nos miraba y que también sonreía.

Fue algo raro. Por un momento, el castillo no me pareció un lugar tan lúgubre.

ANNIKA

*N*oemi salió a gatas de debajo de mi falda, algo despeinada.

—¿Así irá bien?

Di unos pasos.

—Sí, eres un genio. Gracias otra vez.

Se puso en pie y sonrió. El cinturón había sido idea suya, lo había diseñado y lo había confeccionado ella misma, para que pudiera llevar la espada escondida sin que nadie se enterara.

—Bueno, ¿cuánto tiempo tardará en volver? —preguntó—. ¿Y qué debo decir si viene alguien?

Me quedé pensando. Era poco probable que alguien me necesitara a esas horas, pero si se daba el caso... Ahora estaba comprometida. Corretear por el castillo ya no se consideraba algo apropiado.

—Ni siquiera lo sé, Noemi. No había pensado... Estaba deseando que llegara el momento, pero ahora me pregunto si debería ir o no.

Noemi me cogió de la mano y me devolvió a la realidad.

—No, milady. Pero lléveme con usted. Si alguien pregunta, ha sentido un acceso de melancolía y necesitaba dar un paseo por los jardines. Y, naturalmente, me ha llevado a mí de acompañante —añadió, con una seriedad fingida que me hizo reír.

—¿Estás segura de que quieres convertirte en cómplice de mis delitos?

—Oh, milady, me parece que ya lo soy.

Me reí y le apreté la mano.

—Bueno, supongo que sí... Si hay alguien que sabe todo lo que pasa en mi vida, eres tú. ¿Cuándo vas a tener tú una aventura, Noemi? Ya es hora de que seas tú quien me confíes tus secretos —dije, y salimos de la habitación, cogidas de la mano, en dirección a las escaleras.

—Creo que de momento los suyos van a tener que bastar para las dos —dijo ella, sonriendo, pero esquivando la pregunta—. Espero que sepa que conmigo sus secretos están a salvo.

Suspiré.

—Si te dijera que voy a huir, ¿me juzgarías?

Noemi tragó saliva.

—Espero con toda mi alma que no sea cierto..., pero no, no la juzgaría. Y si va a hacerlo, por favor, avíseme.

—Lo haría..., pero es broma. Necesito encontrar un modo mejor de combatir mis temores. Me da miedo casarme.

Noemi pareció entristecerse al oír eso.

—Venga, vamos a divertirnos, aunque solo sea por una noche.

Nos cubrimos la cabeza con la capucha de nuestras capas y bajamos las escaleras. Oía los pasos ligeros de Noemi tras los míos, y ese sonido, por sí mismo, resultaba reconfortante. Eché la mano atrás, encontré la suya otra vez y cogidas de la mano cruzamos el patio.

—¿Me quieres prometer una cosa, Noemi?

—Lo que sea.

—No quiero que seas mi doncella toda la vida. Quiero que te cases cuando estés preparada; no bromeaba cuando te decía que tuvieras tus propias aventuras. Pero, por favor, no te vayas todavía.

—Nunca, milady. No hay otro lugar en el mundo que pueda separarme de usted —dijo Noemi, y se notaba la sinceridad en el tono de su voz. Sería egoísta por mi parte, pero me reconfortó saber que no me dejaría sola.

Entramos en el establo y encontramos a los chicos en la parte trasera, charlando uno junto al otro. Escalus estaba de pie, con la cabeza inclinada hacia Rhett, sonriendo relajado. Rhett también parecía tranquilo. Le dio una moneda a Grayson, el joven mozo de cuadras, para que encontrara otra cosa que hacer y nos dejara solos una hora más o menos.

Rhett fue el primero en vernos, y era imposible pasar por alto el brillo que tenían de pronto sus ojos. Ese brillo... ¿había estado siempre ahí? A lo mejor yo había interpretado mal las señales todo ese tiempo, y lo que a mí me parecía producto de su encanto personal quizá fuera en realidad una reacción directa a la felicidad que sentía al verme.

—Bueno, Noemi, ¿por fin estás lista para aprender a usar una espada? —dijo Escalus, con una gran sonrisa.

75

—No, alteza —dijo ella, con suavidad—. Solo he venido para darle una coartada a milady.

Él se rio y meneó la cabeza.

—No lo creo. Yo creo que has venido a aprender. Toma, puedes usar la mía —dijo, acompañándola a un espacio abierto—. Pero, por favor, no me cortes como hizo la patosa de mi hermana.

Rhett se puso a mi lado. Noté que me estaba mirando, quizá con demasiada intensidad. Respiré hondo, me giré y me encontré con sus ojos.

—Cásate conmigo —susurró, con ojos suplicantes—. Te adoro, Annika. Me pasaría la vida intentando hacerte feliz. —Y luego, como si buscara motivos que apoyaran su petición, añadió—: Escalus nos apoyaría. Odia a Nickolas.

Ladeé la cabeza.

—Que odie a Nickolas no significa que vaya a apoyar algo así. En cualquier caso, odiar a Nickolas resulta muy fácil.

Rhett contuvo una risita.

—Tienes razón. Yo también lo odio —dijo, sonriendo con naturalidad—. ¿Cuándo tenéis que anunciar vuestro compromiso?

—Mañana, me temo. No tengo el privilegio de poder tomar mis propias decisiones.

Él asintió.

—Bueno, si decides tomar una decisión radical, yo estaré esperando. Te daría todo lo que me pidieras.

Levanté la cabeza.

—Entonces, ¿te puedo pedir que me ayudes a distraerme para dejar de pensar en todo lo que me han obligado a hacer últimamente?

—Estoy a tu servicio —dijo Rhett, con una mirada maliciosa.

Pero yo sabía que con él estaba segura. No me dejaría ganar sin más —nunca lo hacía—, pero tenía una cosa en común con Escalus: sería incapaz de hacerme daño.

Desenfundé la espada y alargué el brazo, manteniendo a Rhett a distancia. Él hizo entrechocar las hojas, y yo me moví para bloquear el golpe, dando un paso hacia un lado. Él asintió en señal de aprobación y se movió al tiempo que lo hacía yo para situarse delante.

—No seas dura con él, Annika —me dijo Escalus desde el extremo opuesto del establo. Noemi soltó una risita al oír eso.

—¡Que te crees tú eso! —respondí.

Me sentí envuelta por la danza de la lucha, por la belleza del combate. Conocía bien el nivel y el estilo de Rhett, así que supongo que corrí un riesgo. Cuando se lanzó hacia delante, usé su propia inercia en su contra. Presioné hacia abajo, apretando con la guarda de mi espada sobre la de Rhett con tanta fuerza que su espada trazó una trayectoria circular y se le fue de las manos. Me quedé mirando cómo volaba hasta aterrizar en un montón de heno.

En los momentos de silencio que siguieron, sentí cómo aumentaba la excitación en mi interior, hasta que Escalus gritó por fin:

—¡Annika! ¡Lo has desarmado!

Dejé caer mi espada y me tapé la boca, impresionada. Nunca había imaginado que conseguiría quitarle a nadie la espada de las manos.

—¡Bien hecho, Annika! —exclamó Rhett.

Escalus vino corriendo, me levantó en brazos y me hizo dar vueltas en el aire.

—¡Bueno, ya es oficial! Cuando sea rey, tú serás mi jefe de la guardia.

—¡No puedo creerme que haya hecho eso! —exclamé, con la clara sensación de que había conseguido algo importante: si era capaz de hacer algo que todos consideraban fuera del ámbito de mi competencia, quizás hubiera otras cosas, cosas más grandes, que también podría llegar a dominar.

LENNOX

Instalé el cerrojo de mi puerta yo mismo. Era una lanza que pasaba por entre dos anillos de hierro; eso evitaría que pudieran abrir incluso si alguien conseguía levantar el pestillo. No era nada sofisticado, y desde luego no era bonito, pero era algo más de lo que tenían los demás.

Me quedé allí, con la puerta atrancada, esperando que aparecieran los demás. Repasé a fondo cómo serían los días siguientes. Tenía que empezar a hacer los preparativos esa misma noche.

Los mapas que teníamos eran viejos, y muy pocos de nosotros habíamos tenido la osadía suficiente como para ir hacia el oeste en alguna ocasión. Pero conseguiríamos llegar a Dahrain —o, tal como la llamaban ahora, Kadier— si no perdíamos la cabeza.

Yo no tenía demasiada información sobre Kadier. Sabía que había un rey, y sabía que tenía un gran palacio, que debía de ser el de Kawan. Por los pocos mapas que conservábamos, sabía que era el país más grande del continente. Y que había sido su pueblo el que se había hecho con todo lo que pertenecía al mío.

Alguien llamó a la puerta. Corrí el pestillo, e Inigo, Sherwin, Andre, Griffin y Blythe entraron en mi habitación.

—Siento haberme reído —dijo Inigo nada más entrar—. Pero tienes que admitir que era divertido.

Suspiré.

—Sí, lo reconozco. ¿Tenéis ropa para mí?

—Sí —dijo Griffin—. Ya está todo empaquetado. Pensamos que sería más cómodo que traerlo todo aquí.

Asentí.

—Bien pensado. Y, Blythe… —dije, rascándome la cabeza mientras me agachaba y tiraba de la bolsa que había debajo de la cama—. Espero que estos vestidos te vayan bien.

Ella metió la mano en la bolsa, tiró de los vestidos y se los puso contra el cuerpo.

—Deberían ir bien. Pareces muy preocupado —comentó, divertida.

Me aclaré la garganta, me puse en pie y me coloqué bien el chaleco.

—No puedes esperar que sepa de vestidos de mujer.

Ella examinó el material, alisando los pliegues de la cintura con la mano.

—No te preocupes. Aún recuerdo cómo vestirme como una dama.

En su voz había un rastro de nostalgia, pero lo pasé por alto y volví al asunto que nos ocupaba.

—Tenéis que estar listos por la mañana. Coged las tiendas de campaña, obviamente, y una espada de la armería. La travesía por el bosque es larga, así que aseguraos de que lleváis comida suficiente. No sé cuánto podría llevarnos.

Tragué saliva antes de abordar un tema que me habría gustado poder evitar:

—Sé que todos comprendéis lo peligrosa que puede ser esta misión. Si por algún motivo alguno de nosotros es capturado, no debéis darle al enemigo la oportunidad de sacaros información. Más vale morir que traicionar a todo el ejército. Si creéis que no podréis con eso, más vale que me lo digáis ahora.

Sherwin cogió aire, tembloroso, pero luego estiró el cuerpo y levantó la cabeza. Y aunque era más bien bajito, resultó reconfortante. Andre sonreía en silencio, pero con decisión, y Griffin tenía los ojos vidriosos, pero aun así asentía. Inigo se encogió de hombros como si aquello no fuera importante. Blythe, que aún tenía el vestido agarrado contra el cuerpo, ladeó la cabeza.

—Ya te lo he dicho: yo no fallo.

Tuve que hacer un esfuerzo para no sonreír.

—Muy bien —dije, dirigiéndome al grupo—. Id a dormir. Nos encontraremos en el establo después del desayuno.

—¡Shuuu! —dijo Griffin, haciendo un gesto con la mano a algo al otro lado de la ventana—. Perdón. Pensaba que era un animal que intentaba entrar. Tendrías que asegurar esta ventana.

Eché un vistazo, con la esperanza de que Thistle siguiera escondida allí cerca. No sabría cómo explicarles su presencia.

79

—Gracias —dije, y bajé la mirada—. Nos vemos por la mañana.

Cuando ya se habían ido, me quedé mirando por la ventana abierta, esperando que regresara. Tragué saliva, pensando que, si no volvía, quizá la única que lo sintiera sería Thistle.

El viento me acarició el rostro, y sentí su calidez. Una calidez que no había sentido nunca en mi vida. Y había algo en el aire que olía a dulce, como a manzanas asadas. El paisaje era desconocido para mí, así que me giré en busca de alguna referencia. No había nada. Ninguna montaña, ningún océano borrascoso, ningún castillo en ruinas. Solo hierba alta, que se movía impulsada por la brisa. El terreno ondulado se extendía hasta el horizonte, donde se ponía el sol. Era una puesta de sol muy diferente de todas las que había visto, así que alargué la mano como para intentar tocarla.

Al hacerlo, vi que mis dedos dejaban marcas como de tinta en el cielo, como si mi mano fuera una pluma. Así pues, la levanté y dejé mi nombre escrito en el cielo: «Lennox».

Era la versión corta, pero la larga ya no se usaba…. En todo caso, decidí que ya no la necesitaba. Ahora el cielo era mío.

Satisfecho, me tendí de nuevo sobre la hierba. Era tan alta que creaba un muro verde a mi alrededor, y me quedé tumbado, observando cómo el cielo se iba oscureciendo.

Sonreí, allí tumbado, en una oscuridad que no me permitía ver nada. El aire seguía siendo muy cálido.

De pronto noté una mano que me acariciaba la mejilla. A diferencia del entorno, aquel contacto sí me resultaba familiar, como si me hubiera acompañado toda la vida. Aunque tampoco era así.

—Ahí estás —dije, con un suspiro.

—Aquí estoy —susurró una voz.

—Quédate —le rogué—. Estoy muy solo.

No hubo respuesta, solo la suave caricia, recorriendo una vez más mi mejilla y mi pelo. Tenía la sensación de que podía descansar de verdad, como si por fin fuera invisible, y sintiendo al mismo tiempo que por fin alguien me veía.

Fue tal el alivio que, cuando me desperté y me di cuenta de que no era verdad, los ojos se me llenaron de lágrimas. No lloré. No podía llorar. Pero habría querido.

Me sorbí la nariz, y al hacerlo Thistle se acercó y me acarició el rostro con el morro.

—¿Cuándo has vuelto? —le pregunté—. Acabo de tener un sueño fantástico.

Ella soltó un gañidito.

—No, tú no estabas en él. Pero no te preocupes; cuando por fin consiga lo que me pertenece, te llevaré conmigo. Estoy cerca. Estoy muy cerca.

El cielo estaba cambiando de color, así que el sol iba a hacer su aparición muy pronto. Thistle lo sabía, y se fue hasta la almohada, apoyó la cabeza junto a la mía y suspiró profundamente, dejándose llevar por el sueño.

—¿Por qué regresas? —susurré—. ¿Es que no sabes lo peligroso que es para ti cerrar los ojos cerca de mí? Todo el mundo lo sabe.

Sentía el calor de su cuerpo cerca de mí, y miré por la ventana, observando cómo iban desapareciendo las estrellas. No era la misma paz que había sentido en mi sueño, esa misma sensación tan reconfortante..., pero era lo máximo que podía pedir, así que lo acepté. Muy pronto estaría en una posición en la que no necesitaría que me reconfortaran. No necesitaría ni eso ni la aprobación de nadie. Nada. Y el primer paso iba a darlo ese mismo día.

ANNIKA

$\mathcal{M}$e desperté dolorida y encantada conmigo misma.

—¿Noemi? —pregunté, aún adormilada, dándome la vuelta para ponerme boca abajo. Por algún motivo, nunca dormía de lado.

—¿Milady?

—¿Qué hora es?

—El desayuno ya está acabando, pero he hecho que le trajeran algo de comer —dijo, señalando la bandeja que había cerca de la chimenea—. Pensé que le iría bien descansar un poco.

—Oh, eres un ángel. Gracias —respondí, deleitándome con las agujetas que sentía en piernas y brazos.

Noemi me trajo la bata, me la puse y me dejé caer en la silla. Levanté un pie y lo apoyé sobre el borde, dejando que me cayeran migas por la bata y por las mangas. Hasta ese minúsculo gesto de libertad me hizo sonreír.

Di otro bocado y suspiré, encantada.

Llamaron a la puerta y erguí la cabeza de golpe. Noemi acudió a la carrera y me ayudó a limpiarme las migas de la cara. Antes de dirigirse a la puerta me recogió el cabello sobre un hombro, y se arregló el suyo antes de abrir.

—El duque de Canisse, alteza —anunció, haciendo entrar a Nickolas en la habitación.

—Oh —dijo él, al verme en bata—. Puedo…, puedo volver más tarde.

—No, no pasa nada. ¿Querías algo?

—Sí. He elegido este chaleco para hoy —dijo, señalando la tela de un azul pálido—. He pensado que quizá querrías escoger algo que combinara.

Lo miré, deseando que en mi interior se activara algo.

—Noemi, ¿tengo algo que pueda ir bien con ese color? —pregunté, aunque ella ya estaba de camino al vestidor.

—Creo que tenemos un par de cosas que irían muy bien —dijo, sacando dos vestidos azul claro.

Antes de que pudiera decir algo yo, lo hizo Nickolas:

—El de la izquierda —dijo—. Muy bonito. ¿Te veré antes del anuncio?

Me obligué a sonreír.

—Nos vemos antes en la gran escalinata, junto al balcón. Estoy segura de que tendremos que saludar a la multitud.

—Muy bien —respondió, asintiendo—. Nos vemos ahí, entonces.

Se fue con la misma celeridad con la que había llegado, y con esos minutos me bastó para saber cómo de atractivo podía ser huir con el bibliotecario. Rhett me dejaría escoger mi propia ropa. A Rhett no le importaría cómo me peinara. Rhett no solo me dejaría llevar espada, sino que también sonreiría si le arrancaba la suya de la mano...

Me quedé allí de pie, sintiendo que me costaba tragar saliva. Odiaba aquella sensación, la de que el techo se me caía encima. Sabía que sentir claustrofobia en un palacio era una muestra de egoísmo vergonzosa..., pero no podía evitar pensar que respiraría mejor en una cabaña en el otro extremo de Kadier.

Sin embargo, en cuanto me pasó aquella idea por la mente, me imaginé el rostro de mi hermano. Resultaba muy tentador..., pero debía quedarme por el bien de Escalus.

LENNOX

$\mathcal{T}$histle me seguía, pegada a mis talones. Parecía un poco nerviosa, y estaba despierta, cuando debía estar durmiendo. Era algo que hacía cuando se avecinaba una tormenta: notaba cosas en el aire que yo no percibía. Sin embargo, a pesar de su agitación, el tiempo parecía estar sorprendentemente tranquilo. Incluso brillaba el sol a través de las escasas nubes que había en el cielo. Aun así, parecía negarse a apartarse de mi lado mientras yo subía la loma en dirección al cementerio.

Desde luego no habríamos tenido que recuperar el cadáver de mi padre, bajo ningún concepto. No soportaba pensar en el extraño color verduzco de su piel. Ni en los ojos de Kawan, con aquella expresión casi de satisfacción al ver a mi padre cortado en dos. Pero, por duro que hubiera sido, al menos así tuvimos algo que enterrar, una tumba en la que recordarlo.

No todo el mundo podía contar con ese lujo.

Tras la identificación del cadáver de mi padre, lo trajeron aquí y le rindieron homenaje como primera víctima de la guerra para recuperar nuestro reino, una guerra que aún no había empezado. Se daba el caso de que lo habían enterrado junto a otro personaje famoso de nuestra historia, alguien lo suficientemente importante como para contar con tumba propia. Cuando alguien me veía allí, suponía que había acudido a hablar con mi padre. Pero las suposiciones no siempre aciertan.

—Me envían a una misión —dije—. Tengo mis propios soldados y todo. Supongo que te gustará saber que no debería tener que matar a nadie. —Me pasé la manga bajo la nariz—. Aunque podría equivocarme. Si alguien me descubre, quizá sí tenga que hacerlo —añadí, como si todo aquello fuera tan normal.

»¿Tu madre te quería? —pregunté, cambiando de tema—. Supongo que sí. A la gente que ha tenido una buena madre se le nota. Yo no sé si mi madre me ha querido alguna vez. De verdad que no lo sé. Hubo un tiempo, cuando mi padre vivía, en que prácticamente me había convencido de que me quería, pero eso ya pasó. Tengo la sensación de que solo soy una herramienta más en su arsenal para mantenerse al lado de Kawan, para que pueda llegar a ser reina cuando él cree su nuevo reino.

El viento me alborotó el cabello, que se me pegó a la frente.

—No te preocupes. Cuando lancemos nuestra invasión, pienso dejar con vida a los civiles. Quizá no te lo creas, pero puedo mostrar compasión. —Suspiré, caminando en círculos—. Sé que es difícil creerlo después de todo lo que he hecho. Desde luego hay pruebas que demuestran lo implacable que puedo ser.

Me quedé mirando la lápida. No había nombre en ella. Me parecía justo. Si nosotros podíamos caer en el olvido, ella también.

—El caso es que he pensado que querrías saber cuál es mi nueva misión. Volveré a verte cuando concluya.

El viento de la costa bailaba a nuestro alrededor, y me quedé allí un buen rato, junto a la primera alma que me había llevado por delante. Me preguntaba si habría otro mundo, un lugar desde donde nos miraran. Si era así, ¿estaría allí mi padre? ¿Se molestaría al ver que lo dejaba de lado para buscar la compañía de otra persona? No sabría explicar qué era lo que me hacía desplazar seis pasos a la derecha de su tumba. Esperaba que, si estaban ambos en el otro mundo, un mundo en el que quería suponer que no habría preguntas ni interminables respuestas, lo entendería.

Thistle se ocultó tras un arbusto, dándome a entender que se acercaba alguien.

—¿Lennox?

Me giré y vi a Inigo subiendo por el sendero.

—¿Ha pasado algo?

—Perdona, hemos tenido algún problema para conseguir comida suficiente.

—Ahora iba a ir a la cocina, así que ya me encargaré. —Hice una pausa—. Inigo, tú... ¿Tú recuerdas algo de mi padre?

Inigo pareció sorprendido.

—No es que lo haya olvidado —me apresuré a decir—. Es que no sé qué impresión daba a los demás.

Asintió.

—Recuerdo que era decidido, como tú. Parecía inteligente: si alguien hacía una pregunta, él siempre sabía algo al respecto. Quizá no tuviera la respuesta completa, pero nunca abandonaba una conversación sin aportar algo. Y recuerdo que una vez el viejo Theo se cayó en un abrevadero y que tu padre se rio tanto que se le saltaron las lágrimas. Nunca oí a nadie que se riera como él; tenía una carcajada estentórea.

Sonreí. Sí que se reía así. Era como el trueno, profundo y penetrante.

—Gracias —susurré—. Deberíamos volver.

—Desde luego, señor. —Inigo me dio un codazo cómplice y por primera vez me sentí tranquilo.

ANNIKA

*E*staba en la enorme sala tras el gran balcón, caminando adelante y atrás sin parar. Las campanas llevaban repicando diez minutos, y la noticia de mi compromiso era oficial. Bajo el balcón había una gran multitud, y oía los vítores y los aplausos al otro lado de las paredes del palacio. El pueblo nos esperaba.

—Todo irá bien —me aseguró Escalus, aunque era evidente que me ocultaba su propia intranquilidad.

—No, no irá bien. No para mí. —No podía pronunciar más de tres palabras seguidas. No tenía aliento para más.

—Annika…, estás pálida.

—Me siento… Me siento… —Me doblé por la mitad y apoyé una mano en la pared. Necesitaba más aire.

—¿Annika? —exclamó mi padre, acercándose a toda prisa—. ¿Qué pasa?

Me puse de rodillas y me dejé caer de espaldas. El contacto del frío mármol del suelo con los pocos centímetros de piel que tenía al descubierto era todo un alivio. En horizontal, los pulmones conseguían aspirar algo más de aire. Solo tenía que dejar de pensar en ellos.

—¿Tú qué crees que pasa? —le espetó Escalus—. Esto se lo has hecho tú. Tenía que haber otra manera. Estamos hablando del resto de su vida.

—Ya hemos hablado de esto. Tú tienes que ampliar fronteras con tu matrimonio, y Annika tiene que consolidar la dinastía. Es el único modo de asegurar la paz —dijo, enérgico, oscilando entre esas dos versiones de sí mismo que me mostraba últimamente.

—Tiene que haber una vía que no hayamos explorado —le suplicó Escalus.

—Ya ha sido anunciado. La gente se está congregando ahí fuera —respondió él.

Me puse a contar. Cinco segundos de inspiración, cinco segundos de espiración. Podía hacerlo. Lo podía conseguir.

—Escalus, ayúdame —dije, levantando los brazos, y él tiró de mí suavemente.

Una vez en pie, él me tiró de los bordes del vestido para que los pliegues quedaran en su posición correcta. Me pasé los dedos por la rizada melena y me la coloqué por encima del hombro. Le eché una mirada a Escalus y él asintió, confirmándome que estaba aceptable.

—¿Qué está pasando? —preguntó Nickolas, apareciendo de pronto.

—He tropezado —mentí.

—¿Tú? Si siempre caminas tan ligera… —Se me acercó y me puso una cajita en las manos—. Quizás esto te ayude a aliviar el dolor de la caída.

En las novelas, los hombres siempre se arrodillaban en este momento. Cogían la mano de su dama como si de ello dependiera su vida. A mí me acababan de colocar una cajita en las manos.

La abrí. En el interior, entre dos cojincitos de terciopelo azul, había un anillo. La piedra, de color verdoso, tenía una forma ovalada y estaba rodeada de brillantes. Era bastante bonito, aunque no de mi gusto.

—Precioso —comentó mi padre, recordándome lo que se suponía que tenía que decir en ese momento.

—Sí. Gracias.

Me puse el anillo en la mano izquierda. Me quedaba un poco grande, pero no había peligro de que se cayera.

—La piedra, como sin duda sabrás, es originaria de… —En ese momento me miró bien y no acabó la frase—. Annika, ya hemos hablado de esto.

Me lo quedé mirando, aún algo mareada como para saber de qué me estaba hablando.

—Tu pelo —dijo, con un tono de voz que hacía evidente su frustración.

Intenté adoptar una postura algo más digna.

—Dijiste específicamente después de que se anunciara nuestro compromiso.

—Así es como llevaba el pelo nuestra madre —dijo Escalus, repitiendo justo lo que yo le había dicho el Día de la Fundación.

—Sí, y entiendo lo que supone, pero yo creo que Annika debería recogérselo —insistió Nickolas—. Llamad a su doncella. Que venga inmediatamente.

Escalus irguió el cuerpo y habló con una voz grave y un tono de una dureza que no le había oído nunca:

—Señor, se le olvida su rango. Usted no me da órdenes. Es más, la doncella de su alteza real es una empleada de confianza, y no vamos a apartarla de sus ocupaciones para dar satisfacción a sus caprichos. Y, por último, si le dijo a Annika que su petición era para después del anuncio del compromiso, es perfectamente lógico que quiera mostrarse ante su pueblo por última vez tal como ella prefiere—dijo Escalus, respirando fuerte por la nariz.

»Entiendo que piensa que era el único candidato para casarse con Annika —añadió—, pero le aseguro, señor mío, que no es así. Annika ha recibido peticiones de matrimonio de varios príncipes, y las hemos rechazado porque esperábamos que unir nuestras dinastías traería paz al reino. Pero si va a traerle infelicidad a la princesa, podemos cancelar el acuerdo sin más.

Nickolas miró a mi padre, cuya mirada temerosa lo traicionaba.

—Creo que no —dijo Nickolas por fin. No había nada amenazador en su tono; simplemente, la confirmación de que había comprendido los hechos—. Si eso va a facilitar las cosas, cederé en este punto por hoy para que podamos seguir adelante. No vamos a hacer esperar al pueblo. —Nickolas se ajustó el pañuelo del cuello y me tendió la mano—. ¿Estás lista, pequeña?

No era la primera vez que me llamaba así. Esperaba que no se estuviera convirtiendo en costumbre.

Eché un vistazo a Escalus, que aún parecía dispuesto a poner el palacio patas arriba si con ello conseguía librarse de Nickolas, y apoyé la mano en la de mi prometido.

—Por supuesto.

Padre no dijo nada. En ese momento me vino a la mente una imagen de cuando era niña. Había dicho que no quería salir de paseo porque Escalus me había contado historias de brujas y dragones, y tenía miedo de que fueran a por mí. Madre me tenía cogida de la mano y, quizá por primera vez en mi vida, aquello no me bastaba.

Pero mi padre cogió mi sombrilla y la sostuvo a modo de espada. Me prometió que la usaría como varita mágica contra cualquier bruja, y como lanza contra cualquier dragón. A mí me pareció de lo más creíble.

Odiaba sentir que lo tenía tan cerca, pero que al mismo tiempo estaba tan lejos. Era evidente que vivía en conflicto, el dolor se le reflejaba en los ojos.

Cuando pasó a mi lado, me susurró, en voz baja:

—Lo siento, Evelina. —Sacudió la cabeza—. Quiero decir… Annika.

Y por un momento me pregunté si no habría querido pedirle disculpas a ella en realidad.

—Estoy bien —mentí, en voz baja—. De verdad.

Padre se estiró la casaca: el protocolo dictaba que él y Escalus salieran los primeros, por cuestión de rango. Nickolas y yo esperamos un momento y dejamos el espacio necesario entre su entrada y la nuestra.

—El rey parece… afectado —comentó Nickolas, viendo la sonrisa forzada de mi padre.

—Está bien. Supongo que es solo que habría preferido ahorrarse la escena.

Nickolas irguió aún más el cuerpo, y me sorprendió ver que era capaz de ponerse aún más tieso.

—Yo no he provocado ninguna escena.

Después de saludar un rato a la multitud enfervorizada, mi padre y Escalus se apartaron, y Nickolas y yo salimos al balcón, situándonos en el centro. Yo estiré la mano, de modo que la luz se reflejara en mi nuevo anillo, para que todo el mundo supiera que la feliz noticia era verdad.

Y sonreí. Por el bien de todos, fingiendo que no me costaba ningún esfuerzo.

Sin dejar de sonreír, Escalus me susurró entre dientes:

—Lo mataré.

Meneé la cabeza casi imperceptiblemente.

—Si muriera, podrías provocar una guerra civil. No lo arriesgues todo por mí. Sobreviviré.

Ahí tenía mi nuevo objetivo. No disfrutar de la vida. No ser feliz. Sobrevivir.

LENNOX

Siempre llevaba cuatro cosas en el cinto: un trozo de cuerda, una barra de avena y semillas prensadas con miel, una navaja plegable para usar en cosas para las que la espada resultaría demasiado grande y un botón del abrigo de mi padre.

En preparación para mi misión, llené una bolsa más grande con más comida, un odre de agua, vendas, una muda y mi tienda de campaña. También metí mi arco y unas cuantas flechas en un compartimento cosido a mi silla de montar, aunque no creía que llegara el momento de usarlos. También saqué unos mapas antiguos, esperando que nos sirvieran al menos para llegar cerca de nuestro destino.

Lo que más me habría gustado poder meter en el equipaje era un poco de calma. ¿Sería demasiado ambiciosa la misión? Si conseguía sacarla adelante —si lograba demostrar que tendríamos que haber recuperado nuestro antiguo reino—, cualquier pérdida sufrida desde mi llegada a Vosino habría valido la pena.

Blythe fue la primera en llegar. Me subí a mi caballo, listo para salir, y ella hizo lo mismo.

—Inigo ha ido a buscar una espada más, y Griffin viene justo detrás de mí. Quería despedirse de su novia.

—¿Griffin tiene novia? —pregunté, asombrado.

Ella sonrió.

—¿Te acuerdas de que te dije que ya había encontrado a alguien para que me diera un puñetazo si Griffin e Inigo no conseguían montar suficiente jaleo anoche? Era ella. Rami. Haría lo que fuera por ayudar a Griffin.

Mi caballo se puso en marcha, pero yo seguía perplejo.

—¿Y cuánto tiempo hace que están juntos? —pregunté.

—Un mes, más o menos, creo. Ella es del grupo que llegó hace unos cinco meses. ¿Recuerdas?

Lo recordaba. A todos nos impresionó el desmadejado grupo de veinte personas que había llegado, la mitad de ellos prácticamente arrastrándose, después de haber pasado cuatro días perdidos en el Bosque Negro. Tras descansar y comer un poco, juraron fidelidad al Kawan con una rapidez pasmosa.

Asentí.

—Griffin le ha contado lo que dijiste de que no podíamos darle ocasión al enemigo de enterarse de nada por nosotros, así que se ha pasado la noche llorando.

—Él tampoco me había dicho nada de ella.

—Por aquí no hay demasiados secretos... —dijo Blythe, enco-giéndose de hombros—. Supongo que querría tener uno.

Suspiré. Quedaba confirmado, una vez más, que las relaciones solo traían problemas.

Inigo apareció un momento después, con dos espadas en la mano y una bolsa colgada de la espalda.

—Eh —le susurré—. ¿Tú sabías que Griffin tenía novia?

Suspiró.

—Rami. Es... —empezó a decir, pero se limitó a menear la ca-beza.

¿Es que todo el mundo lo sabía menos yo?

Sherwin apareció poco después a pie, tirando de la brida de su caballo. Estaba serio, concentrado, pensando en la tarea que teníamos por delante. Eso me gustó. Llevaba poco equipaje y se movía con seguridad, y tuve que reconocer que estaba satisfecho con él como soldado.

A continuación llegó Andre, con gesto decidido. Por fin apareció Griffin, con los ojos rojos. No dejaba de ocultarse tras la crin de su caballo para que no se le viera. Antes no paraba de gastar bromas, de meterse con la gente y de exagerar. Pero al verlo tan cambiado me di cuenta de lo necesaria que era la presencia de alguien como él en un lugar como aquel castillo.

Alguien como mi padre. Alguien que supiera quitarle hierro a cualquier situación.

Eché una mirada a Inigo, y tuve la sensación de que me leía la mente.

—Probablemente podríamos arreglárnoslas sin él —susurró.

Asentí. Kawan se aseguraría de que todos viéramos el rostro de la guerra antes o después…, pero de momento él podía librarse.

—Griffin.

—Sí, señor —dijo él, sin asomar la cabeza.

—Tú te quedas. Kawan calculó un soldado de más.

Él tragó saliva y negó con la cabeza.

—Puedo ir, Lennox. Estoy listo.

—Ya sé que lo estás. Pero te ordeno que te quedes. No te necesito.

Me lo quedé mirando, esperando que aflojara. Sabía que no quería que lo vieran como un cobarde. Yo no lo consideraría como tal. No se trataba de eso.

Por fin respiró hondo y cedió:

—Gracias, Lennox.

—No hay nada que agradecer. En nuestra ausencia asegúrate de que este lugar no se cae en pedazos, ¿quieres?

—Sí, señor —dijo él, con una mueca.

—Vete de aquí —le ordené, y espoleé mi caballo, marcando el ritmo.

Quería poner tierra de por medio con el castillo para cuando Kawan se diera cuenta de que había dejado atrás a uno de los soldados que él mismo me había escogido personalmente. Y necesitaba acercarme a Dahrain. Me sentía como si estuviera atrapado bajo el agua, y cruzar esa frontera sería como aspirar una enorme bocanada de aire fresco.

La parte más dura de la travesía empezó muy pronto. En el extremo más alejado del territorio había bosques, densos pero asequibles. Más allá había vastas praderas cubiertas de alta hierba y flores silvestres, y tenía que admitir que galopando por ellas a veces tenía la impresión de estar atravesando un cuadro. Era una pena que no pudiera contárselo a nadie. En el otro extremo de la pradera empezaba el Bosque Negro, que era casi una jungla, con una vegetación tan densa que resultaba infranqueable.

Las copas de los árboles eran tan tupidas que ni la luz del sol podía atravesarlas, lo que hacía que en el suelo del bosque no creciera nada. Los árboles más bajos no hacían siquiera el esfuerzo de echar hojas, sino que tenían unas ramas anchas y largas que se pegaban a todo lo que pasaba, haciendo cortes en la ropa y en la piel. Y todo

93

estaba tan enmarañado que incluso encontrar un punto de entrada resultaba complicado. El único modo de orientarse era a través de los pequeños fragmentos de cielo que se veían más allá de las copas de los árboles, y muy pocos eran capaces de hacerlo sin acabar avanzando en círculos. Además, dado que a este lugar solo llegábamos en ocasión de alguna misión o en busca de reclutas pobres y desesperados, no había ningún camino marcado.

Atravesar el bosque nos llevó varias horas, pero afortunadamente conseguimos llegar al otro extremo antes de que cayera la noche. Suspiré de alivio cuando vi nuevamente la luz del sol.

La región del continente donde vivíamos nosotros no era un lugar tan malo. Teníamos acceso al mar, terrenos cultivables y un nivel de aislamiento que a mi modo de ver resultaba práctico. Pero al empezar a viajar por los confines de otros países empecé a echar de menos su belleza. Había vastas praderas y arroyos que borboteaban por entre las rocas con un sonido musical en su avance hacia el océano. Cada vez que encontrábamos un camino que atravesaba un pueblo, los niños echaban a correr tras nuestros caballos, riendo y saludando con la mano. En algunos lugares estaban construyendo, dividían el territorio en solares y bonificaban el terreno. Y construían murallas para separar lo de dentro de lo de fuera.

Viajamos todo lo rápido que pudimos, sin parar ni una vez. Aldrik se había llevado las reses del norte de Halsgar, así que decidí dar un rodeo para mayor seguridad, recorriendo el extremo sur por la zona de Cadaad, aunque pasando cerca de la frontera. Al atardecer ya habíamos llegado a la frontera de Monria. Sus bosques se habían vuelto más ralos desde los tiempos en que se había dibujado el mapa que tenía yo, pero era evidente que se trataba del mismo lugar.

—Aquí —dije, comprobando de nuevo el mapa y mostrándoselo a Inigo.

—Oh. Hum…, no sé leer lo que pone —dijo en voz baja.

Recogí el mapa; no quería avergonzarlo.

—No hace falta que leas. Mira el terreno. Me parece que este bosque es ese, y que el lago que hemos pasado es este del mapa.

Cogió el mapa otra vez, vio las formas de los árboles y las rocas, levantó la vista y examinó el paisaje que nos rodeaba, pensando en lo que acabábamos de ver. En su gesto se hizo evidente que de pronto lo veía claro.

—Creo que tienes razón.

—Bien. —Me giré hacia los otros—. Acamparemos bajo esos árboles y nos marcharemos en cuanto amanezca.

Me acerqué al trote al árbol más cercano, desmonté y até el caballo a una rama. Inigo empezó a descargar su tienda.

—Que sepáis que estoy contento de formar parte de esto. Si tenemos éxito, podría ser la misión más importante que ha hecho nadie.

Rasqué a mi caballo detrás de las orejas.

—Si lo conseguimos, desde luego. Si no lo conseguimos… No quiero ni pensar en ello.

—Pues no lo pienses. Contamos con una buena unidad. Si somos sigilosos y seguimos a otros que vayan al palacio, no deberíamos tener problemas.

—Esperemos. Pero, escucha —dije, bajando la voz e indicándole que se acercara por detrás de mi caballo—: si me ocurriera algo, encuentra el modo de salvar la misión. Que valga de algo. Aunque no vivamos para verlo, quiero que recuperemos Dahrain. —Casi me dolía confesar lo mucho que deseaba recuperarlo. Aunque eso significaba que también podíamos perder, e intentaba no pensar en ello—. El equipo te seguirá. Probablemente con más convicción incluso.

—Lo haré —respondió, y tragó saliva—. Pero a ti no te va a ocurrir nada. Eres demasiado listo.

Bajé la mirada, clavando la punta de la bota en la tierra.

—Mi padre era listo. Y volvió a Vosino hecho pedazos. Tampoco creo que Kawan se llevara un gran disgusto si yo cayera. Así que si su plan es ese, tú sigue adelante. No cejes hasta que recuperemos nuestro reino.

Él asintió brevemente y se puso a montar el campamento.

Saqué mi tienda de la bolsa y fui colocando mis cosas. Hacía fresco, pero no tanto frío como para que necesitáramos encender una hoguera.

Oí pasos y, al mirar por encima del hombro, vi acercarse a Blythe.

—¿Necesitas algo?

Ella se giró a mirar atrás para asegurarse de que no la oía nadie y me preguntó:

—¿De verdad has matado a alguien?

Era una pregunta tan ridícula que a punto estuve de echarme a reír.

95

—Blythe, ¿cuánto tiempo llevas en Vosino?

—Año y medio. Llegué con el grupo de Roshmar, después de que nos quedáramos sin cosecha.

Había sido la mayor incorporación de reclutas que habíamos tenido desde hacía mucho tiempo. Roshmar no estaba separada por aquel terrible bosque, pero había montañas de por medio. Una tercera parte de la multitud que nos llegó tenía síntomas de congelación, y según dijeron habían perdido a una docena de personas por el camino.

—Bueno, pues deberías saberlo. Tres esta misma semana. Un puñado de desertores más hace unos meses. ¿Recuerdas los piratas que consiguieron rodear los escollos y que intentaron invadirnos desde el mar? Después de eso, pensaba que el metal de mi espada quedaría rojo para siempre. —Me encogí de hombros—. Y hay muchos más, pero me temo que he dejado de llevar la cuenta. No hay nadie en todo el ejército que tenga las manos más manchadas de sangre.

Se me quedó mirando un momento.

—Entonces, ¿por qué has dejado que se quedara Griffin? Si te preocupa tan poco quién ha de vivir y de morir, ¿por qué has dejado que se libre?

Erguí el cuerpo y la miré de frente.

—Eso no ha sido compasión. No lo necesitaba. Es más, será una gran satisfacción volver y ver qué tal le ha sentado a Kawan que le desobedeciera. No he perdido nada.

Al oír aquello, algo cambió en su mirada.

—En cualquier caso ha sido un detalle por tu parte preocuparte por dos personas enamoradas.

—Si insistes.

—Insisto —dijo, y se quedó un momento más—. ¿Sabes?, incluso en los lugares más oscuros, incluso en medio de la guerra, hay quien encuentra la luz en otras personas.

Y de pronto lo vi en sus ojos. Estaba haciendo preguntas que yo no quería responder.

Sentí la gélida mano del miedo subiéndome por el espinazo.

—Voy a interpretar que la tensión de la misión te ha hecho decir esas cosas y olvidaré que esta conversación ha tenido lugar.

Ella sonrió y dio un paso atrás.

—Ya veremos.

Antes pensaba que, si no conseguía que me conocieran, me conformaba con que me temieran. Pero me equivocaba: prefería que me temieran. Cuando te conocen, te sientes desnudo, y solo de pensar en que me pudiera ocurrir algo así me daban escalofríos.

—Blythe —dije, cuando encontré por fin la voz—. Eso no…, no va a pasar.

Ella meneó la cabeza, ya retrocediendo, segura de sí misma.

—Ya te lo dije. Yo no fallo.

ANNIKA

El palacio era como un mundo diferente cuando todos se iban a dormir. En los principales pasillos había velas encendidas, y pasada la medianoche la única luz que se veía era la de la luna. Miré a través del amplio ventanal, vi fragmentos de constelaciones ocultas por los árboles y no pude evitar pensar que estaban demasiado lejos.

Avancé sigilosamente hasta el salón en el extremo más alejado del palacio, hasta el espacio donde mi padre había trasladado uno de los retratos más majestuosos que había visto nunca.

Miré hacia ambos lados para comprobar que el lugar estuviera realmente vacío, y me senté en el suelo, frente al enorme cuadro de mi madre. Su rostro era precioso, y se la veía en paz. Incluso en aquella imagen inmóvil, era la viva imagen de la bondad. La posición de la cabeza, ligeramente ladeada, hacía pensar que te perdonaba cualquier ofensa. Su sonrisa silenciosa te invitaba a acercarte a ella.

La gente decía que yo era como ella. Ojalá. Yo quería ser una mujer serena, feliz y buena. Eran tres palabras muy simples, pero en realidad significaban muchas cosas.

—Siento haber tardado tanto en venir —susurré—. Te diría por qué, pero me temo que te partiría el corazón.

Tragué saliva, consciente de que así era. Si mi madre hubiera estado presente el último mes de nuestras vidas, habría quedado destrozada. Yo siempre pensaba que mi dolor iba por dentro, pero al hablar no pude evitar las lágrimas.

Ella estaba ahí, ¿no? En algún lugar, seguía viva. Quizá la tuvieran prisionera…, o quizá sufriera amnesia. Eso pasaba en los libros. Así que no era descartable que, pese a los tres años que habían pasado, pudiera volver al palacio un día y abrazarme como cuando era pequeña. Tenía que creer en ello.

Pero a veces creer resultaba doloroso.

—Estoy prometida. Con Nickolas. —Levanté el anillo y miré aquellos ojos serenos, deseando que pudieran reaccionar de algún modo, que pudiera ver algo que me dijera si había sido una locura oponerme en un primer momento o si debía haber mantenido mi posición—. Escalus no deja de decirme lo noble que soy. Si pudiera hacerle un solo regalo, sería un reinado fácil. Pero tal como me habla Nickolas… No sé. Da la sensación de que bajo la superficie acecha algo siniestro —añadí.

Meneé la cabeza.

—Pero debería decirte algo… Tengo una alternativa. —Levanté la vista y la miré, deseando ver una reacción—. Rhett me quiere —confesé—. Quiere que huya con él. Creo que si tú estuvieras aquí, me darías tu aprobación. Tú le diste la posición que tiene ahora, así que debiste de ver algo en él. Y si hay alguien dispuesto a ocuparse de mí, es él. Haría cualquier cosa por mí. No tengo ninguna duda.

»El único problema es que… yo no lo quiero. No como él me quiere a mí. Y se lo he dicho, pero él dice que sería feliz solo con tenerme cerca. Y eso también significa algo para mí. Pero… no creo que baste para huir con él. Si sintiera que hay algo mágico entre nosotros, me iría con él. ¿Porque se supone que todo es cuestión de magia, no?

»Todas las novelas lo dicen. Incluso cuando las cosas empiezan mal, te das cuenta, mamá. Te das cuenta de que el príncipe ve todo lo bueno en ella, y que ella tiene toda su confianza en él, y que una vez que superan lo peor, hacen algo tan bonito que alguien tiene que ponerlo por escrito. Yo eso no lo tengo. No me pasa con nadie. Y quizá no me pase nunca —dije, encogiéndome de hombros—. Supongo que hay cosas peores.

Me limpié el rostro.

—Ojalá estuvieras aquí. Ojalá pudiera contar con alguien que me quisiera como tú me querías.

Y ahí estaba el motivo de todo mi dolor. Todos los que me rodeaban me querían de uno u otro modo. Pero nadie me quería como me había querido ella.

—He decidido algo. Como parece ser que debo casarme con Nickolas, el día de nuestra boda voy a poner por fin por escrito que estás muerta. —La miré a los ojos—. Porque sé que es la primera boda real que se celebrará en mucho tiempo, y sé que correrá la voz. Y no tengo duda de que si estuvieras por ahí y te enteraras de que voy a casarme, regresarías. Así que, si no lo haces, lo pondré por escrito y se habrá acabado: dejaré de creer.

Me sorbí la nariz, disgustada por necesitar hacer algo tan definitivo. Pero tenía que hacerlo, aunque solo fuera para mantener la cordura. La duda era peor que la certidumbre.

—Eso sí, no dejaré de venir a verte —le prometí—. Te hablaré como si estuvieras aquí, pase lo que pase. Y te lo contaré todo, hasta lo malo…, solo que no puedo contártelo todo hoy mismo.

»Te quiero —susurré—. Ojalá volvieras, —Suspiré profundamente y me masajeé las sienes—. Ahora debería ir a dormir. Mañana salimos a caballo. Mi padre quiere que el pueblo nos vea a Nickolas y a mí. Y como apenas tengo oportunidades de salir de palacio, aprovecharé la ocasión. —Suspiré—. Ayúdame con esto. Tú podías templar cualquier discusión con una simple sonrisa… ¿Cómo lo hacías? Enséñame. Debe de haber algo más de ti en mí, aparte del cabello y los ojos. Quiero tener tu elegancia, y tu fuerza. Espero que esté por ahí, en algún sitio.

Me puse en pie y le lancé un beso.

—Te quiero. Y no te olvidaré.

Estaba de pie en la orilla de una playa de arena negra. Miré al suelo, intrigada, convencida de que no podía existir arena de ese color. Sin embargo, ahí estaba, atrapada entre los dedos de mis pies desnudos. Hacía viento, mucho viento, y me levantaba el vestido, tirando de él hacia atrás, amenazando con levantar el borde por encima de mi cabeza. No conocía aquel lugar. Y estaba completamente sola.

Pero no tenía miedo.

Levanté la mano y me toqué el cabello, que flotaba en el aire, libre. Libre.

Me quedé allí un buen rato, observando las olas, pensando en el lugar donde el cielo entra en contacto con el mar. Al cabo de un rato, en la línea del horizonte, las estrellas empezaron a moverse, convergiendo con los planetas, uniéndose en un punto luminoso que adquirió un brillo cegador superior al del propio sol.

Me tapé los ojos y aparté la mirada. Y cuando volví a girarme me encontré una sombra delante.

A mi lado tenía a un hombre —porque estaba segura de que era un hombre—. Esperé a que el brillo cegador de las estrellas lo iluminara. ¡Porque era una sombra! Y la luz debería acabar con él. Pero siguió ahí, como si ni siquiera la luz tuviera el poder de destruirlo, de alejarlo de mí.

Estudié la silueta. Era una sombra, pero... ¿la sombra de qué? Di unos pasos a su alrededor, con cuidado, buscando una brecha en la oscuridad, un origen. No había nada, solo estaba él. Y permanecía inmóvil mientras yo lo observaba.

—¿Quién eres?

No oí ninguna voz; no percibí ninguna identidad. Y notaba que él también sentía curiosidad por mí, que quería saber mi nombre, de dónde venía, cómo había encontrado la playa.

Volví a mirarle, y me fijé en el punto en el que habría tenido que tener los ojos.

—Yo tampoco soy nadie —dije.

Percibía la pena que sentía por mí.

Él levantó la mano y sus dedos sombríos me tocaron la mejilla. Fue entonces cuando noté lo gélido que estaba, el frío que tenía dentro. Me lo quedé mirando, buscando una sonrisa, unos ojos amables, algo que me dijera que era un amigo, no un enemigo.

No había nada más que hielo.

Y de golpe levanté la cabeza de la cama, jadeando en busca de aire.

—¿Milady? —exclamó Noemi, acudiendo a la carrera desde la chimenea, donde estaba encendiendo el fuego.

—Estoy bien, estoy bien —insistí—. Una pesadilla. O eso creo.

—¿Quiere que vaya a buscarle algo? ¿Un poco de agua?

Negué con la cabeza.

—No, querida Noemi. De verdad, no ha sido más que un sueño.

Miré en dirección a la ventana. La noche estaba dejando paso al alba, y la luz del día se abría paso por entre los árboles.

Volví a tenderme en la cama y me sequé el sudor de la frente. Aún veía la sombra. El recuerdo me provocó un escalofrío que me atravesó el cuerpo. Ahora desde luego no podría volver a dormir. Se acercaba un día entero a solas con Nickolas, y a la luz del día la perspectiva resultaba aún mucho menos atractiva.

101

LENNOX

*M*e despertó el gorjeo de los pájaros. Me pareció una cosa rarísima. Junto a la costa no había pájaros cantores, así que solía despertarme con Thistle correteando sobre mi pecho. Me quedé un rato en la tienda, escuchando. Me pregunté si habría pájaros así en Dahrain, si acabaría acostumbrándome a ese sonido.

Intenté recordar lo que pude de cuando era niño, de mi vida antes de llegar al castillo. Recordaba una casa modesta, y recordaba el vientre hinchado de mi madre al quedar embarazada, aunque no llegué a conocer a mi hermano menor. Recordaba cuando hacía dibujos en el barro, y un pan que sabía más dulce que nada de lo que comía ahora.

Recordaba haber reunido el valor necesario para decirle a una niña que era guapa. Recordaba la delicada cadencia de su voz al aceptar el cumplido. Recordaba las bromas que le hacía a mi padre, cuando le metía piedras en los zapatos y me quedaba mirando cómo intentaba meter los pies infructuosamente. Recordaba la satisfacción que sentía, lo bien que dormía al llegar la noche. Recordaba la sensación de paz y equilibrio.

Pero no recordaba los pájaros.

Otros sonidos se unieron al de los pájaros. Inigo hablando con Blythe, y Sherwin recogiendo su tienda. Era reconfortante saber que todos se ponían manos a la obra. Escuché la bella música que flotaba en el aire un momento más y luego me vestí y me puse a desmontar mi tienda.

Estaba concentrado en mis tareas, así que tardé un rato en darme cuenta de que Blythe ya se había puesto su vestido. Yo tenía razón; el verde le combinaba bien con el cabello, que llevaba suelto. En lugar de la habitual trenza se había dejado caer la melena por la espalda, sobre los hombros. Me miró, pero yo me aclaré la garganta y aparté la mirada. No sabía muy bien cómo me sentía al verme observado.

Sherwin se acercó con un bulto en las manos.

—Esto es para ti —dijo, y yo cogí el paquete de ropa.

Me había acostado y me había despertado vestido con mis pantalones negros y mi camisa blanca. Llevaba mi chaleco negro puesto, pero desabotonado, y tenía la capa de montar lista. Pero cuando bajé la vista y vi los colores de la ropa que me había dado, me di cuenta de que me había acostumbrado demasiado al blanco y al negro. Con todo aquel color me parecía que llamaría mucho la atención, y no me veía capaz de llevarlo.

—Vuelve a guardarlo —dije—. Puedo cambiarme más tarde, si hace falta.

Sherwin hizo una mueca y miró a Inigo, que asintió.

—De acuerdo.

Se me venían encima muchas cosas que escaparían a mi control; necesitaba aferrarme a las que sí podía controlar, aunque solo fuera por no perder la cabeza.

103

Cuando acabé de recoger mis cosas, Andre ya estaba montado a caballo, y Blythe lo hizo justo después. Monté yo también, y saqué otra vez el mapa, con Inigo a mi lado.

—¿Luego me lo dejas ver? —preguntó.

—Tómalo. No sé si hay algo que valga la pena tener en consideración. Si nos dirigimos al noroeste, deberíamos atravesar Monria y llegar a Kialand dentro de unas horas, pero no parece que haya referencias significativas hasta allí. O al menos hasta donde se supone que está ese «allí».

Inigo estudió el mapa un buen rato, tomándose su tiempo para analizar el terreno.

—No, no hay gran cosa que nos pueda servir de ayuda por esta zona, ¿no? Bueno, no pasa nada. ¿Algún cambio en los planes?

—No. Una vez dentro, no os dejéis ver. Quizá tengamos que dividirnos para llamar menos la atención. No tengo muy claro cuán difícil puede ser entrar en el recinto del palacio. Hoy podría ser más bien una expedición de exploración. Todo depende de lo que encontremos cuando lleguemos allí.

Inigo asintió, casi sonriendo.

—Si esta sensación que tengo en el estómago ante la perspectiva de ver Dahrain hoy mismo es lo que intentas devolver a todos los demás…, desde luego esta misión va a resultar insuperable.

—Si sale bien.

—No hay motivo para que no salga bien. Seremos discretos.

Asentí y miré a mi alrededor. Todos estaban ya montados en sus caballos, y no quedaba ni rastro de nuestro campamento.

—En marcha —dije.

Los otros tres se situaron detrás de Inigo y de mí, y durante un rato avanzamos en silencio, a paso ligero, pero no al galope.

—Oye —dijo Inigo al cabo de un rato, girándose para asegurarse de que había cierta distancia entre nosotros y los demás—, te debo una disculpa. Que sepas que lo siento.

Le miré y luego aparté la mirada. Esa conversación teníamos que haberla tenido hacía mucho tiempo, pero ahí estaba por fin. No sabía si quería llegar hasta el fondo.

—Yo soy el que estuvo a punto de sacarte un ojo. Hace muchísimo tiempo que busco cómo disculparme. Pero sin disculparme realmente porque, como ya sabrás, no se me dan muy bien las disculpas.

Él sonrió.

—Bueno, nunca habrías sido tan duro conmigo si yo no hubiera sido duro contigo. —Meneó la cabeza—. Lo he pensado mucho, y no recuerdo cómo se me ocurrió que tenía que bajarte los humos. Muchos nos sentíamos así, Lennox, y aún no entiendo por qué. Pero era como si… tuviera que mantener las distancias contigo para que los otros no imitaran tu comportamiento. —Se quedó pensando, con la mirada perdida—. Tengo la sensación de que deberíamos haber sido aliados. Porque antes lo éramos, ¿no? Y de pronto dejamos de serlo. Luego murió tu padre, y bajaste las defensas, y yo… —Tragó saliva—. No perdí la ocasión. Y no sé si lo habría hecho si no fuera porque no permitías que nadie se te acercara realmente.

Suspiré.

—Eso hacía, ¿verdad?

A veces pensaba en el día en que me había cobrado mi primera víctima. Tenía dieciséis años e intentaba crecer y volverme más fuerte sin decírselo a nadie. Ese mismo día había caído humillado por la ira de Inigo. Así que cuando tuve ocasión de hacer un cambio en mi vida, lo aproveché. Sin pensarlo.

MIL LATIDOS DEL CORAZÓN

Después de eso no había muchos que se atrevieran a meterse conmigo, pero Inigo sí. Tras un combate público con espadas en el que yo vencí y él quedó marcado con una cicatriz para siempre, quedó claro para todos: yo era intocable.

—Bueno, no sé si vale de algo, pero lo entiendo —le dije—. Tengo la sensación de que actualmente yo hago lo mismo, especialmente con los nuevos reclutas. Los trato con dureza para que se vuelvan duros.

—No eres tan duro con ellos como crees —insistió Inigo—. Y no lo hacía para intentar cambiarte. Lo que quería era acabar contigo.

—Y casi lo consigues —dije yo, con la vista puesta en el horizonte.

—Lo siento.

—Yo también. Estuve a punto de matarte y no era mi intención.

—Tampoco te creas tan bueno —bromeó, levantando una mano—. ¿Terriblemente desfigurado? Quizá sí. Pero ¿casi muerto? Ni hablar. Eso no ocurrió. Soy demasiado duro para eso.

Casi no pude contener la risa.

—No estás terriblemente desfigurado —le corregí—. En todo caso, esa cicatriz te da un aire distinguido. Odio que te dé un aspecto mejor.

Sonrió.

—Eso es por mi encanto natural. No hay nada que lo pueda frenar.

Oí una risita contenida a lo lejos. Me giré y miré a Blythe, pero ella tenía la mirada puesta en otra parte.

—Bueno. ¿Arreglado, pues? —pregunté.

—Si tú puedes dejarlo atrás, yo también —me aseguró.

—Bien.

Inigo miró hacia el oeste, escrutando el terreno que teníamos por delante. El sol se elevaba a nuestras espaldas, y una vez más tuve la esperanza de que hallaríamos lo que buscábamos.

—Lo que dije anoche iba en serio —insistí—. Si me ocurre algo, toma el mando. En la misión, en el castillo, donde sea. Eres un buen líder.

Él chasqueó la lengua.

—Por supuesto que soy un buen líder. Pero tú eres demasiado cabezota para morir, así que nadie lo sabrá nunca.

ANNIKA

*D*isimulé un bostezo, y, justo en ese momento, Escalus se acercó al trote.

—¿Os estamos aburriendo, alteza? —bromeó.

—No he dormido bien. Unos sueños extraños. Supongo que son solo los nervios.

—No puedo culparte —dijo él, con un suspiro—. Podemos ir juntos los cuatro, si prefieres.

—No. Odio decirlo, pero no creo que pueda soportar el mal-humor de papá y la cabezonería de Nickolas a la vez —reconocí—. Además, tengo que pedirle un favor a mi prometido. Espero que se muestre comprensivo.

—Pues yo también lo espero. Ah, sí —dijo, girándose hacia el paje que le traía su espada—. Gracias, muchacho.

—¿Para qué llevas espada? —murmuré—. Ojalá yo hubiera po-dido traer la mía.

—Lo sé. Mira, te prometo que me pasaré por tu habitación esta noche. Y si te portas bien, podemos quitarle la protección para que puedas dar unos cuantos mandobles y trocear algo. Mientras no sea yo el troceado...

—Por última vez: ¡fue un accidente! Y apenas te salió sangre.

—¡Cuéntale eso a mi camisa favorita! Ni siquiera Noemi pudo zurcirla, y ella es capaz de zurcir cualquier cosa.

—Lo siento en el alma por tu camisa —respondí, sarcástica, y él entendió la broma.

Me encantaba que fuera capaz de tomarse las cosas con buen humor.

Hizo que su caballo se diera la vuelta, situándose justo a mi lado, y se inclinó para darme un beso en la frente.

—Mi pobre camisa hace tiempo que yace enterrada, pero actualizaré la lápida con ese bonito epitafio.

Me reí.

Justo en ese momento vi que Nickolas ya estaba a lomos de su caballo y que venía hacia mí.

—Buena suerte —dijo Escalus, poniéndose en marcha para unirse a papá.

—El mozo de cuadras es un desastre —protestó Nickolas.

A lo lejos, Grayson, el joven mozo de cuadras al que pagábamos para que mantuviera el secreto sobre nuestros encuentros para practicar, estaba recogiendo un cepillo y una manta del suelo, con gesto abatido. Nunca lo había visto así.

—Cabría pensar que un mozo de cuadras debería ser capaz de ensillar un caballo. He tenido que volver a ponerle todo yo mismo.

Nuestros mozos de cuadras eran excelentes, y ni siquiera el rey había tenido nunca queja alguna. Pero seguro que Nickolas tenía sus propias ideas sobre cómo había que ensillar un caballo.

—Ya me encargaré de que el jefe de cuadras hable con él —mentí.

—Excelente idea, pequeña.

Me estremecí al oírle llamarme así otra vez, pero no pareció que se diera cuenta.

—Y hoy estás mucho mejor —dijo, señalándome el pelo, que llevaba recogido con horquillas.

Eché la mano atrás y me lo toqué. Estaba acostumbrada a llevarlo suelto, incluso cuando montaba a caballo; me gustaba sentir el contacto del viento. No veía la hora de que Noemi me quitara hasta la última horquilla al acabar el día.

—Llevándolo así resulta un poco pesado —comenté.

—Pero pareces toda una dama —replicó.

Yo era más que una dama: era una princesa. No parecía que lo recordara.

—Gracias. Esperaba poder pedirte una cosa. Mira…

—¿Ya estáis listos? —preguntó papá, viniendo a nuestro encuentro. Se le veía ansioso—. Si queréis, Escalus y yo podemos ir con vosotros.

—Escalus ya se ha ofrecido, pero no te preocupes, papá. No es más que una escapada rápida al campo, para saludar a los campesinos y volver a casa. No tiene nada de especial.

107

—Quizá sea mejor que vayamos juntos… —objetó él.

—Papá, estaremos bien.

—Es solo que…

—Llevaremos guardias, y cuento con mi escolta personal —dije, señalando a Nickolas—. ¿Qué peligro puede haber?

—Seguro que tienes razón —dijo él, asintiendo.

Pero no parecía tan seguro. Se le veía nervioso. Y entonces me di cuenta de que era la primera vez en tres años, desde la desaparición de mamá, que me dejaba alejarme de palacio y me perdía de vista.

—Todo irá bien, papá. Te veré esta noche, cuando brindemos por el futuro de Kadier —le prometí.

—Hasta entonces —dijo él.

Había demasiadas cosas rotas entre nosotros como para que pudiera decir: «Te quiero». Y aunque pudiera, yo no tenía muy claro que hubiera podido responderle lo mismo.

Así pues, nos limitamos a hacer girar nuestros caballos y nos pusimos en marcha en diferentes direcciones.

Estaba tan abatida por cómo me había despedido de mi padre que no fui capaz de hablar con Nickolas durante la mayor parte del trayecto. Viajamos en silencio, pasando junto a campos y más campos. Al ver el estandarte real que sostenía uno de los guardias, los niños acudían corriendo al camino a darme flores, y yo me prendí todas las que pude en el cabello. La noticia de nuestro compromiso se había extendido tan rápidamente como pensábamos, y Nickolas y yo recibimos una lluvia de buenos deseos de los súbditos de Kadier. Habría podido girarme a hablar con él en cualquier momento. Tendría que haberlo hecho. Pero no me veía con ánimo.

Antes de que me diera cuenta, nos habíamos alejado más de lo que tenía pensado. Un pequeño puente de madera atravesaba una quebrada poco profunda y marcaba el límite de Kadier y la frontera con Kialand. Los guardias sabían perfectamente que no había salido del castillo desde hacía mucho tiempo, así que era impensable que saliera del país. Nickolas no parecía saber que nos encontrábamos en la frontera, así que, en lugar de dirigirme a él, fui directamente al jefe de la guardia. Saltándose el protocolo, asintió y me guiñó un ojo. No pude evitar sonreír al encontrarme frente aquel atisbo de libertad.

—Antes me has dicho que querías hablar de algo —me dijo Nickolas—. La última vez que lo hiciste acabó en compromiso. ¿De qué se trata, pequeña? —dijo, riéndose de su propia broma.

Aj. ¿Es que iba a llamarme así siempre?

—Me preguntaba si te parecería bien que viviéramos fuera de palacio cuando nos casemos —dije—. Solo al principio —añadí, al ver su gesto de asombro.

—¿Y por qué ibas a querer vivir en algún otro sitio? El palacio es espléndido. Los jardines son perfectos. Tu padre ha creado un hogar maravilloso.

—No me malinterpretes. Me encanta el palacio —dije, con la mirada perdida en la distancia—. Pero tú y yo... Nickolas, pese a los años que hace que nos conocemos, prácticamente somos dos desconocidos. Si queremos que nuestro matrimonio tenga éxito (y que sea un ejemplo para todo Kadier), creo que deberíamos intentar conocernos mejor. Y no creo que pueda hacer eso bajo la atenta mirada de todos los miembros de la corte. Yo solo quiero que seamos felices.

Hubiera estado bien poder decirle que quería hacerme mi propia opinión de él sin la influencia de toda la gente del palacio, lejos del protocolo. Necesitaba conocerle.

Él tiró de las riendas de su caballo y se puso a trotar en círculo a mi alrededor.

—Nadie en el mundo será tan feliz como nosotros —aseguró—. Sé que piensas que soy algo... rígido, pero con el tiempo verás que tengo razón. Lo único que intento es cuidar de ti. Ya lo verás, Annika, te cuidaré muchísimo.

Intenté no poner los ojos en blanco.

—Y yo te lo agradeceré muchísimo. Pero aun así querría pasar un tiempo lejos del palacio. Esperaba que fuera un año, pero me bastaría incluso con unos meses.

—¿Unos meses? —respondió, evidentemente sorprendido por mi petición—. Annika, no consigo entender qué ganaríamos. Estaremos juntos todo el tiempo igualmente si nos quedamos en palacio, y nos beneficiaremos no solo de las comodidades de tu hogar, sino también de la sabiduría de tu padre y de tu hermano. ¿Cómo crees que se sentirán si nos vamos? Pensarán que te estoy apartando de ellos.

—No si se lo explicamos —le rogué.

—Annika, tengo que decir que...

Se interrumpió, y me giré para ver qué era lo que le había lla-

109

mado la atención. A su izquierda, justo por delante de mí, aparecieron cinco personas a caballo por entre los árboles. No parecían tener nada de especial, pero me sorprendió un poco el sigilo con que habían aparecido. Había una chica con un vestido de color claro acompañada por un cuarteto de caballeros, y se los veía algo desaliñados e inseguros…, pero no fue eso lo que más me llamó la atención.

El joven que encabezaba el grupo me miraba fijamente a los ojos. Había en su rostro algo inquietantemente familiar que me provocaba escalofríos. Y es más, me miraba, parpadeando, como si estuviera viendo un fantasma, palideciendo por momentos.

Sacudió la cabeza y se dirigió a sus compañeros.

—Cambio de planes. Cogedlos. La chica es mía.

Al momento, Nickolas salió al galope en dirección contraria. Yo hice girar mi caballo todo lo rápido que pude, siguiéndolo. Los guardias desenvainaron las espadas, y se pusieron a galopar a nuestro lado para protegerme. Aún veía a Nickolas, pero galopaba a toda velocidad, con gesto decidido.

Deseé con todo mi corazón no haber hecho caso a lo que hubiera podido decir la gente y haber cargado mi espada en el caballo. Deseé haber permitido que papá hubiera venido con nosotros. Deseé tener algo con lo que protegerme. Corrí todo lo que pude por entre una espesa arboleda, intentando quitarme a mi perseguidor de encima. Oía su caballo tras de mí, pero no quería girarme y que pudiera ver lo aterrada que estaba.

Nickolas estaba delante de mí, a mi derecha, y vi que uno de los jinetes lo había alcanzado. Se acercó lo suficiente para darle con el mango de la espada, y Nickolas cayó de la silla hacia un lado, quedando colgado del cuello de su caballo.

—¡No! —grité, cambiando inmediatamente de rumbo y dirigiéndome hacia él.

Para cuando llegué a la altura de Nickolas, su atacante ya huía perseguido por los guardias. Bajé de mi caballo de un salto y fui corriendo hasta mi prometido para ver si respiraba, si le latía el corazón.

Aquello fue una tontería, porque en cuanto bajé del caballo mi atacante me alcanzó.

Me giré y le vi desmontar, acercándose. Estaba acorralada, pero tenía que intentarlo. Eché mano de la espada de Nickolas, la desenvainé y me puse en guardia.

LENNOX

*M*e sorprendió que enseguida adoptara una posición de combate, con las piernas bien separadas y la espada en ristre, junto a la barbilla. Costaba imaginar que esa pobre chica supiera luchar, viéndola con el cabello cubierto de florecillas silvestres, tan impecablemente vestida y con ese aspecto tan tierno…, una imagen que ya había visto antes. Pero había que reconocer que al menos sabía sostener una espada.

A punto estuve de reírme al verla así, pero su fría mirada me dijo que sería un error. Así que desenvainé mi espada y planté los pies en el suelo, asintiendo a modo de invitación. Al momento cargó, atacando con decisión, como si esperara arrancarme un brazo. Bloqueé su golpe y pivoté, divertido.

Sin embargo, ella no parecía nada divertida. Se la veía rabiosa. Cargó de nuevo, blandiendo la espada otra vez con ambas manos. La dejó caer con fuerza, pero no de forma descontrolada; era evidente que no era la primera vez que combatía. Me miró fijamente y se tiró de la camisola, intentando colocarse bien el vestido; daba la impresión de que le molestaba la falda. Pero incluso así, era ágil y rápida, una rival decente.

No me molesté en atacar, dejé que fuera ella quien lo hiciera. Al final se agotaría, y podría inmovilizarla. A nuestro alrededor oía entrechocar espadas, y vi a Inigo por el rabillo del ojo, atacando a uno de los guardias. Entre la ventaja del ataque sorpresa y nuestro entrenamiento, teníamos las de ganar. Pero al mismo tiempo ella insistía en su ataque, lanzando golpes de todos los modos posibles. Cada vez que parecía que iba a tirar la espada, agotada por el aparente peso del arma, sacaba fuerzas de flaqueza y volvía al ataque. Una y otra vez, golpeando como si no fuera más que una jaula llena de rabia a la que hubieran abierto por fin la puerta.

Sin parar.

Al final dejó de lanzar mandobles y empezó con las estocadas, con la esperanza de superar mis barreras. Yo llevaba ya tiempo esperando que se agotara, pero ella seguía atacando. Como si estuviera cogiendo el ritmo, tomó la espada con una mano y la hizo girar con una floritura. Corrigió el agarre, cargó contra mí y tuve que dar un salto hacia atrás con ambos pies para evitar que me atravesara.

Bajé la vista y vi que me había hecho un jirón en la ropa. Se estaba acercando. Vi su gesto decidido y me di cuenta de que iba a tener que hacer algo más que defenderme. Pivoté y cargué, pillándola desprevenida. Ella bloqueó el ataque bastante bien, pero ahora que la estaba atacando se tensó. Fui a por su espada, no a por ella, golpeando una y otra vez, esperando que se le escapara de las manos o, por lo menos, que se asustara y se rindiera. Tras unos minutos de acoso, la pobre chica perdió el equilibrio y cayó sobre una rodilla.

Al resbalarse, levantó la vista y me miró, decepcionada, y aquella mirada tan especial, en esos ojos tan únicos, me resultó tan familiar que tuve que parar de golpe. Conocía esos ojos. Me habían perseguido durante años.

Estupefacto, vi que se ponía en pie de un salto, que levantaba la espada y soltaba un golpe vertical que me hizo un corte en el pecho. Gruñí de dolor y luego, como un niño reaccionando a una bofetada, solté el brazo y le hice un corte en el brazo izquierdo con la espada. Soltó un grito y cayó de rodillas, llevándose la mano a la herida.

Aproveché la oportunidad.

Bajé la espada, acercando la punta a solo unos centímetros de su cuello.

—Suelta el arma.

Ella me miró fijamente, como si estuviera planteándose realmente decir que no. Pero entonces miró a su alrededor. Parecía evidente que no tenía mucho sentido seguir adelante.

Dejó caer la espada y yo aparté la mía.

—Ponte en pie —ordené, y ella lo hizo, aunque por su mirada era evidente que odiaba tener que hacerlo.

Estaba acostumbrado al miedo, a los temblores, aunque de ella me esperaba una reacción digna, silenciosa. No estaba preparado para esa rabia apenas disimulada.

Saqué la cuerda que llevaba al cinto y me dispuse a atarle las manos. Grilletes, eso habría tenido que traer.

Una vez solucionado el problema de la chica, eché un vistazo al resto del grupo, para ver si necesitaban mi ayuda. Sherwin estaba subido encima de un guardia, mientras que Inigo tenía a otro atado. A lo lejos, Blythe y Andre traían a otro, sometido.

—¿No hay más? —pregunté.

—No. Uno de los guardias está muerto —informó Andre.

La chica emitió un lamento casi inaudible.

—¿Y qué hay de él? ¿Nos lo llevamos? —preguntó Inigo, señalando al caballero desmayado a lomos de su caballo.

—No. ¿Lo habéis visto? —dije, mirando a la chica—. Ni siquiera se ha preocupado de ella. No sirve para nada.

En los ojos de la chica se reflejaba el dolor, y verlo me dolió también a mí, aunque eso no tenía sentido. Metí la mano en la bolsa y saqué el rollo de gasa. Le vendé el brazo a toda prisa para evitar que siguiera sangrando.

—Gracias —murmuró.

Ahí estaba la dignidad silenciosa.

Inigo vino a mi lado y me habló en voz baja:

—¿Qué es lo que acabamos de hacer? —preguntó, lleno de rabia.

—Son de Dahrain —le dije.

—¿Cómo lo sabes?

—Lo sé —repliqué con decisión—. Tres guardias. ¿Qué crees que nos dirán cuando hayamos insistido un poco?

Él se quedó pensando un rato; luego señaló a la chica con un gesto de la cabeza.

—¿Y esa?

—Tengo planes.

Si esas palabras la asustaron lo más mínimo, no permitió que se le notara. Los otros llevaron a los guardias hasta sus caballos, atados de manos y con la cabeza gacha.

—Arriba —dije, bajando una mano para que la chica apoyara la bota y le resultara más fácil montar.

Ella se agarró a la silla para tomar impulso.

—Alteza —dijo uno de los guardias, y el corazón se me paró de golpe al oír esas palabras, que confirmaban mi temor—. Lo sentimos.

Ella apartó mi brazo de un empujón y se giró a mirar por encima

113

del hombro, en dirección a los tres guardias que quedaban, que estaban masticando algo. A los pocos segundos cayeron al suelo soltando espumarajos por la boca. Y al momento estaban muertos.

—No —murmuró ella—. Así no. No por mí.

La cogí del brazo bueno.

—¿Tú también tienes eso que se han tomado? Si lo tienes, dámelo inmediatamente.

Por la mejilla le caía una lágrima solitaria. Meneó la cabeza, abatida, sin dejar de mirar a los hombres en el suelo.

—Haré que te registren.

—Me encantaría ver qué encontráis —dijo ella, sin perder la compostura.

—¿Y ahora qué? —preguntó Inigo.

La mente me daba vueltas a toda velocidad. Según los mapas, ni siquiera nos habíamos acercado a Dahrain, pero de algún modo había capturado a su princesa. Eso demostraba que la invasión era más factible de lo que nos habían hecho creer. También demostraba que tenía las agallas de llegar hasta donde había llegado mi padre, y que podía salir con vida. Y una princesa debía de tener la información que necesitábamos. Si eso no era motivo de esperanza, no veía qué otra cosa podía serlo.

—Con ella nos basta —dije, intentando convencerme a mí mismo tanto como a los otros—. Si queremos tener alguna posibilidad de llegar a Vosino esta noche, tenemos que irnos ya. Vamos.

Subí a la princesa a mi caballo y monté detrás de ella. Suspiré, tiré de las riendas y emprendí el camino a casa.

ANNIKA

*T*ras un viaje interminable, por fin llegamos a un castillo completamente abandonado.

A juzgar por el recorrido del sol, mi secuestrador me había llevado hacia el este. Tenía la sensación de que también habíamos ido hacia el norte, pero no estaba segura del todo. Contemplé la silueta lateral del castillo, con la esperanza de poder recordarla en caso necesario.

El líder del grupo desmontó y me tendió las manos para ayudarme a bajar. Me irritaba que se comportara casi como un caballero. En comparación con sus compañeros, llevaba la cabeza más alta y la espalda más recta. Supuse que sería por eso por lo que estaría al mando.

Tardé un rato en darme cuenta de que probablemente tendría más o menos mi edad, pero el ceño fruncido le hacía parecer mayor, más amenazante. Su cabello oscuro contrastaba con sus ojos, de un azul llamativo, y aunque su mandíbula trazaba una línea recta, tenía la nariz curvada, como si se la hubieran roto en su juventud. Con gesto malhumorado me hizo entrar en el castillo y avanzar por el pasillo.

—¿Quieres que me quede con ella? —preguntó la única chica del grupo de secuestradores, acercándose.

—No. Es mía —se limitó a responder él.

—Deberías curarte la herida, Lennox —insistió ella, situándose a nuestro lado.

—Estoy bien. Déjame.

Ella no cedió:

—Ha sido un largo viaje. Podría infectarse. Necesitamos…

Él se giró de golpe, y la rabia hizo que me agarrara aún con más fuerza.

—¡Por Dios, Blythe, ya basta!

Por un momento se quedaron mirándose fijamente.

—Tampoco hace falta que la tomes con ella —apuntó otro de los jinetes.

—Ahora no, Inigo.

—¿Lennox?

Todos nos giramos y nos encontramos con otro joven que iba cogido de la mano de la chica que tenía al lado.

—Rami, ¿por qué no vuelves dentro? Enseguida voy.

Por la mirada de ella daba la impresión de que habría preferido no hacerlo, pero le obedeció, y al marcharse cruzó una mirada conmigo.

—Pensaba que tardaríais días, quizá semanas —susurró.

—Cambio de planes. ¿Qué crees que podemos obtener a cambio de una princesa?

El recién llegado me miró y sus ojos se abrieron como platos, incrédulo pero alborozado.

—Esto tengo que verlo —dijo, uniéndose al grupo.

Yo no había dejado de recoger información desde el primer momento que me habían subido al caballo. Había estudiado el terreno todo lo posible y ahora intentaba registrar todos los giros que dábamos por el antiguo castillo. Además, iba aprendiendo sobre la dinámica de aquel grupo. En este momento tenía que tomar una decisión. Podía alterar los planes de ese chico y meterle en un buen problema, o mantenerme quietecita y en silencio. Que él perdiera cierto nivel de credibilidad no me aportaría nada a mí, y si iban a llevarme ante su líder, las probabilidades de que pudiera escapar eran mínimas.

De momento, la mejor opción era un silencio orgulloso.

Me metió en una habitación que me recordó el gran salón de casa. Era más oscuro, apenas tenía ventanas, y estaba iluminado con numerosas antorchas. Las mesas y los bancos parecían ser tan viejos como el propio castillo. Cuando entramos, la gente que aún estaba acabando su comida se giró y nos miró. Solo tardé unos segundos en darme cuenta de que yo era la atracción secundaria; todos le miraban a él.

Miraban a ese tal Lennox.

Me llevó por el pasillo central, en dirección a un hombre que parecía tan ancho como alto; era difícil decirlo, ya que estaba sentado en una silla enorme que supuse que tendría que ser un trono. A su lado había una mujer bella pero de cierta edad, que prácticamente estaba echada sobre él, apoyada sobre su brazo, en una postura que en casa se habría considerado indecente.

Lennox se arrodilló ante ellos y se dirigió al hombre.

—Kawan, he regresado de mi misión y vengo a hacer mi ofrenda. —Volvió a ponerse en pie; aparentemente no quería mostrarse más sumiso de lo necesario. Los ojos de la pareja se posaron en mí.

—¿Esto qué es? —preguntó el hombre, contemplando mi rostro, horrorizado.

—La heredera del trono del monstruo.

La mujer se me quedó mirando, atónita.

—Es idéntica a...

—Lo sé —respondió Lennox—. Dado que lleváis años diciendo que vamos a reclamar Dahrain, pensé que ella podría ser la llave que nos abriera las puertas del castillo.

Dahrain. Hasta entonces no caí en que ya había dicho ese nombre antes. ¿Se habría confundido?

—¿Tú... has ido a Dahrain? —preguntó el grandullón, atónito.

—Sí. No ha sido fácil. Hemos matado a unos cuantos guardias y nos hemos llevado a una princesa. Imagina lo fácil que sería hacernos con todo un reino solo con un poco más de información. —Había algo acusatorio en su tono—. ¿Quieres que te consiga unas cuantas respuestas?

El hombre asintió, enmudecido, sin dejar de mirarme.

—Bueno, pues más vale que nos pongamos manos a la obra —dijo Lennox, haciéndome dar la vuelta con un empujón mucho más brusco que cuando no tenía público y sacándome del salón tan rápido como habíamos entrado.

—Llevadla abajo y ponedle unos grilletes —ordenó Lennox—. Blythe, quédate con ella hasta que vaya yo.

—Sí, señor —respondió malhumorada, y se me llevó tirando de mí—. Vamos.

Su agarre era claramente más firme que el de Lennox, lo cual me sorprendió. No le importaba que tropezara por las escaleras, y cuando giramos la esquina y llegamos a lo que debían de ser las mazmorras, me lanzó contra una pared, dejándome sin aliento y haciendo que me resonara un eco en la cabeza.

117

—No te muevas —me advirtió.

Yo obedecí y me quedé inmóvil contra la pared mientras ella descolgaba unos grilletes de un gancho y me los acercaba.

—No debería haberte gritado —le dije en voz baja.

—Tampoco hables.

Me puso los grilletes antes de quitarme la cuerda, lo que demostraba que sabía lo que se hacía. Tenía la impresión de que todos lo sabían.

Ella suspiró, me agarró del brazo de la herida y me lanzó al interior de una celda. Había algo parecido a un catre pegado a la pared y un agujero con un travesaño que hacía las veces de ventana.

—¿Podría...? Necesitaría...

Ella me señaló un cubo en la esquina.

—Oh. Estupendo.

—¿El alojamiento no es de vuestro gusto, alteza?

No tenía otra opción, así que me puse en cuclillas sobre el cubo, sosteniendo el vestido lo mejor que pude con las manos encadenadas, dándole la espalda. Si sobrevivía a todo aquello, desde luego ese detalle lo dejaría fuera de mi relato.

—¿Puedes decirme al menos dónde estoy? —le pregunté a la chica—. Nunca he estado tan al este. Ni siquiera sabía que este territorio estuviera habitado.

Por lo que yo sabía, era imposible llegar a aquel lugar.

—No me sorprende —dijo ella, con un bufido—. Tu pueblo ya se ha hecho con todo lo que quería, ¿no? No tenía ninguna necesidad de preocuparse por los que vivimos en la miseria.

Me puse de pie y me acerqué a ella.

—¿De modo que este lugar no tiene nombre?

—Nosotros lo llamamos castillo de Vosino —replicó—. Y si el territorio ha tenido nombre alguna vez, ya ha caído en el olvido.

Asentí. Parecía ser que las palabras «tierra no reclamada», tal como figuraban en nuestros mapas, estaban muy equivocadas.

—Qué curioso. ¿Y lleváis aquí mucho tiempo? El castillo tiene pinta de estar algo descuidado.

—El castillo lo encontraron hace una década más o menos, y hemos hecho todo lo posible por mantenerlo en buen estado. Pero no parece que tengamos vuestros recursos, ¿verdad, alteza?

Se apartó de la pared y se puso a caminar por la estancia.

—Me pregunto qué harán contigo —dijo, como si nada—. Hace años que no usamos el potro de torturas.

Intenté que no se me notara el miedo que sentía de solo pensar en ello.

—Pero dado que eres de la realeza quizás opten por algo más refinado. ¿Tú qué crees?

—Dado que no torturamos a nadie en Kadier (que es de donde soy yo, por cierto, no de ese Dahrain del que habláis), no puedo opinar. No puedo concebir que ninguna forma de brutalidad pueda ser mejor que otra —dije, deseando poder mover las manos. Odiaba sentirme tan desvalida.

—¿No estaría bien que nos dejaran a las dos ahí fuera un rato a solas? —fantaseó—. Tenemos un campo de lucha, y por lo que he visto parece ser que al menos eres capaz de sostener la espada. ¿Qué tal un cara a cara?

—Odiaría tener que matar a una dama —respondí educadamente—. Además, por el modo en que se comportaba mi captor, da la impresión de que es más probable que se ponga de mi lado que del tuyo.

Ella cruzó la estancia en tres pasos rápidos y me dio un bofetón. Solté un quejido sin querer y me tambaleé ligeramente. Eso no ayudaba precisamente a combatir el dolor de cabeza que sentía desde que me había tirado contra la pared.

—Si dependiera de mí, te ataría a una piedra y esperaría a que subiera la marea.

—Afortunadamente para ella, no depende de ti.

Ambas nos giramos al oír aquella voz firme y tranquila.

Lennox entró en la sala con un aspecto mucho más aseado y, de algún modo, más siniestro, precisamente por ello. Se había lavado la cara y se había peinado la larga melena hacia atrás. Llevaba una casaca similar a la de antes, con las mangas ajustadas y hebillas a un costado. Pero esta no tenía un corte en la pechera.

—Puedes marcharte, Blythe —dijo.

Ella se quedó allí un momento, cruzada de brazos, pero luego dio media vuelta y se marchó.

Él esperó a que hubiera salido para cerrar la puerta. Aparentemente la gran llave que habían usado funcionaba por ambos lados. Apoyó la espada en la pared y se cruzó de brazos.

—Así que tú debes de ser Annika —dijo, con calma.

119

Meneé la cabeza.

—Me impresiona ver lo mucho que sabes de mí. Especialmente teniendo en cuenta que yo no he sabido de tu existencia hasta hoy.

Apartó la mirada y echó a caminar por la sala, igual que había hecho esa tal Blythe.

—Yo tampoco sabía que tú existías. Bueno, no estaba seguro. Oí tu nombre una vez —dijo, girándose hacia mí. Me observó con atención, evidentemente esperando que reaccionara a lo que iba a decir después—. Fue lo último que dijo tu madre antes de morir.

LENNOX

*S*e calló de golpe, y la máscara de orgullo tras la que se ocultaba cayó de pronto: los ojos se le pusieron vidriosos.

—¿Qué?

—Debo confesar que los últimos tres años me pregunté si «Annika» sería algún tipo de oración en un idioma desconocido. Pronunciaba esas sílabas con tanta serenidad en la voz, con tanta esperanza, que me preguntaba si no sería un ruego que extendía a alguna deidad o su modo de despedirse del mundo.

—¿Mi madre estuvo aquí? —dijo, con la voz convertida en un susurro.

Yo asentí.

Respiraba agitadamente y miraba hacia todos los lados, sin saber muy bien qué pregunta hacerme primero.

—¿De verdad está muerta?

La escruté en silencio un momento, casi conmovido con aquel tono de voz que reflejaba la muerte de una esperanza.

—Sí.

—¿Y tú estabas con ella cuando murió?

—Sí.

—¿Ella... —tragó saliva, haciendo esfuerzos por mantener la compostura—... sufrió?

—No —reconocí—. Se fue rápido y con el mínimo dolor posible.

Una única lágrima le surcó la mejilla congestionada. No sollozó ni se desmayó, no se dejó llevar por la rabia. Me pregunté si sabría lo mucho que se parecía a su madre.

—Gracias por tu honestidad —dijo con un hilo de voz, al tiempo que levantaba el brazo para limpiarse la mejilla, y al hacerlo no pudo evitar una mueca de dolor.

—De nada. A cambio espero el mismo nivel de honestidad. Siéntate —dije, señalando el banquito que había junto a la pared lateral, y ella obedeció.

Tras la revelación sobre su madre, se había desvanecido toda su rabia. Levantó las cejas.

—¿Qué quieres saber?

—Números, princesa. Necesito saber cuánta gente vive, exactamente, en el reino que nos habéis robado, cuántos barcos tiene la armada, cuántos...

—Un momento —dijo ella, levantando una mano—. ¿Robado? Nosotros no hemos robado nada.

—Sí, claro que sí. Conozco vuestra historia mejor que tú, princesa. Apuesto a que toda tu vida te han contado que tus ancestros fueron elegidos para liderar a los clanes y llevarlos a la victoria contra los invasores. ¿No es así?

—Sí, porque así fue. Y eso es lo que ocurrió.

Meneé la cabeza.

—Quizá consiguierais repeler a los que intentaban acabar con los siete clanes, pero robasteis vuestra corona de mi pueblo, el clan de Dahrain. La mayoría de los que estamos aquí somos sus descendientes, y el único motivo de que actualmente no ocupemos el trono que ostentáis es que vuestros tatara-tatarabuelos aniquilaron a la mitad de nuestro clan y echaron a la otra mitad, robándonos el lugar que nos correspondía.

Al oír eso tuvo la audacia de esbozar una mueca burlona.

—Estás muy equivocado. El territorio que ocupa actualmente Kadier se componía de seis clanes, no siete. Y mis ancestros dominaban la mayor parte. No tendríais nada que invadir ilegalmente de no ser por nosotros.

Chasqueé la lengua.

—Te han mentido. La tierra donde se encuentra tu castillito, donde te hacen la camita, pertenece a mi pueblo, Dahrain. Vivimos en el exilio desde hace generaciones, y queremos recuperarla. Y tú nos vas a ayudar —le dije—. O morirás.

Se me quedó mirando, como si intentara decidir si mentía o no.

—Es todo cierto —insistí.

—Aunque fuera así, no tengo lo que tú buscas —replicó, burlona—. Y los soldados que mataste probablemente tampoco. Mi padre tiene el censo bien oculto. Y en cuanto a los soldados y los barcos..., ellos quizá tuvieran una idea. Pero dado que no soy la hija mayor, y que además soy chica, a mí esa información no me la comunican.

Me puse delante de ella y bajé la mirada, obligándola a mirarme a los ojos. Desde luego, aquella mirada penetrante me resultaba muy familiar. Era como ver otra vez a su madre, aunque no lo fuera.

—Sabes algo —insistí—. Al menos, más de lo que estás dispuesta a decir. Yo creo que una chica que cabalga en un caballo robado y que esgrime una espada como si fuera un caballero debe de tener más información de la que quiere que se sepa que tiene.

Tragó saliva. Ahí estaba. Otro no habría sospechado que escondiera gran cosa, ni información ni ninguna otra cosa. Pero ocultos bajo esos tirabuzones y ese vaporoso vestido yo había visto un corazón y un cerebro que el resto del mundo había pasado por alto. Ella los había escondido bajo llave, y ahora lo que había que hacer era encontrar esa llave.

Eché a caminar por la celda, pensando. A veces, el silencio bastaba por sí solo para que algunos prisioneros se pusieran tan incómodos que lo confesaban todo, aunque solo fuera por llenar el vacío. Quedaba la posibilidad de la tortura, por supuesto, pero a mí eso nunca me había gustado. Mi objetivo no era el dolor, sino la victoria.

¿La clave para obtener la victoria con ella? Darle algo de la información que tenía yo.

—Te haré una oferta. Dime cuántos guardias hay en el palacio, y te diré lo que más deseas saber.

—¿Y qué se supone que es?

—Te contaré exactamente cómo murió tu madre.

—¿De verdad estuviste presente? —preguntó otra vez, ablandando el gesto por un momento.

—Sí.

Bajó la mirada, pensativa. Cuando volvió a levantar el rostro, tenía los ojos cerrados y los párpados fruncidos.

—Los días normales hay sesenta y ocho soldados de guardia en el palacio. Si hay alguna fiesta o celebración, el número aumenta, pero casi nunca son más de cien.

Levanté las cejas. Aquello era un dato muy conciso, específico.

123

Si conseguía que siguiera hablando, tendría Dahrain en la palma de mi mano.

—Bien hecho, princesa —dije, acercándome a ella otra vez hasta situarme de pie frente a su taburete—. Tu madre estaba a mi cargo. Estuve en la habitación con ella unos veinte minutos intentando que hablara, como ahora contigo. No reveló nada significativo, al menos nada que nos sirviera para nuestra misión. Así que fue decapitada. —Hizo una pausa—. Y el encargado de hacerlo fui yo.

Sus ojos se oscurecieron.

—¿Tú? —susurró.

—Sí.

—¿Cómo pudiste hacerlo?

Ladeé la cabeza y di un paso atrás.

—Tenía que morir. Y creo que ya sabes por qué.

Sus ojos… se volvieron salvajes como el mar, cargados de una rabia que se acumulaba bajo esa compostura regia. El pecho se le hinchaba y se le deshinchaba con furia, y estaba claro que mentalmente estaba llenando los espacios vacíos de la historia.

—Ahora adivina tú —le dije—. Vi tu rostro en el bosque. Enseguida me llamaste la atención, eres la viva imagen de tu madre. Pero tú también me reconociste. Une las piezas del rompecabezas, Annika. ¿Quién soy yo?

El pecho se le hinchaba y se le deshinchaba a toda velocidad mientras rememoraba escenas terribles.

—Eres el hijo de ese monstruo, Yago.

Esbocé una reverencia.

—Así que ya lo ves, era de justicia. Tú decapitaste a mi padre.

—Yo no hice nada —dijo ella—. No lo juzgué ni lo condené, aunque es evidente que merecía castigo por su crimen. Y al menos tu padre tuvo un juicio.

—¡Pusisteis su cadáver sobre un carro y dejasteis que se perdiera en el bosque! Si lo recuperamos, fue por pura suerte. ¿Y aún tienes el valor de decir que vuestras acciones fueron nobles?

—El cuerpo de mi madre… —Se le quebró la voz—. ¿Está aquí? ¿Está enterrada aquí?

—Sí.

Apartó la mirada, como si no quisiera que viera sus lágrimas. Le concedí un momento para que se recompusiera.

—Si tuvieras la mínima decencia —dijo en voz baja—, me quitarías estos grilletes de las muñecas, me darías una espada y me sacarías ahí fuera. No hay duda de que te vencería.

—No, no lo harías —respondí, tajante—. Tienes talento, eso te lo concedo, pero yo tengo mucha más experiencia. Y sé que cuando se ataca dominado por la rabia, se cometen errores. Te volvería a ganar.

Meneó la cabeza. No tuve claro si quería decir que no estaba de acuerdo, si estaba aclarando sus pensamientos o si era simplemente la frustración por no poder evitar el llanto. Quizá fueran las tres cosas.

—Tengo más preguntas.

Soltó una carcajada gélida.

—Si crees que hay «alguna» posibilidad de que te responda a algo más, estás completamente equivocado.

Se cruzó de brazos, algo nada fácil con las cadenas que tenía en las muñecas.

—Me quedaré para mí la información que pueda tener, y tú puedes explicarle a tu líder que el interrogatorio ha acabado a causa de tu propia arrogancia.

Oyendo el resentimiento en su voz y sabiendo que me arrastraría por el fuego antes que admitir la derrota ante Kawan, me inundó la rabia. A punto estuve de estallar, pero no quería que viera el daño que me había hecho.

Saqué la navaja del cinto.

—Tienes un cuello muy esbelto, alteza —dije, cogiéndole un mechón de cabello y poniéndoselo delante del rostro—. Cortarte la cabeza sería tan fácil como esto. —Corté el cabello con un rápido movimiento ascendente, tan hábilmente que probablemente ni sintió el tirón, y le puse el mechón cortado delante de los ojos—. Yo que tú empezaría a hablar.

—No.

Su voz era como el hielo: pétrea, inamovible y gélida.

—Me aseguré de que tu madre no sufriera, pero contigo no tengo por qué hacer lo mismo. Aún estoy dispuesto a hablarte de sus últimos momentos, pero solo si hablas.

Y me fui hacia la puerta, girándome a mirar antes de dejarla sola en la fría mazmorra. Aún tenía los brazos cruzados y la mirada puesta en la pared más alejada.

—Volveré dentro de una hora. Valora bien tus opciones, princesa.

ANNIKA

*H*asta que no se fue no me permití llorar.

Me dije a mí misma que era mejor saberlo. Ahora no tendría que preguntármelo nunca más. Tenía respuestas.

«Tu madre está muerta, Annika. No va a volver. Ahora ya lo sabes.»

Se suponía que algún rincón de mi corazón tenía que haber encontrado alivio al saber que no había sufrido y que había recibido sepultura. Pero lo único que conseguía era echarla de menos aún más.

Si alguien tenía que custodiar los recuerdos de los últimos momentos de mi madre, era yo. No él. Odiaba que supiera cosas que yo estaba desesperada por oír y que fuera tan consciente de lo mucho que significaba para mí. Era surrealista tener que hablar con tanta calma con el hombre que había matado a la persona que más quería en el mundo. Me habría esperado encontrar a alguien más siniestro, más como un ogro. Pero no era más que un niño. Como yo.

Ella estaba allí, cerca.

Si le daba cifras, aunque fueran falsas, quizá me llevara hasta su tumba. Quizá pudiera despedirme de ella por fin. El único problema era que yo ahora no quería darle nada. Quería que me lo diera él. Quería encontrar el modo de que sufriera lo indecible. Aunque me hubiera dado una espada y la posibilidad de luchar con él, no sé si podría infligirle el dolor que imaginaba.

Me sequé las lágrimas, intentando pensar con claridad, aunque solo fuera por un momento. ¿Qué podía hacer? «Piensa, Annika.»

Me saqué una horquilla del pelo y me puse manos a la obra con los grilletes. Cerré los ojos, intentando concentrarme todo lo posible en el mecanismo. Me temblaban las manos, estaba cansada y tenía hambre, y si hubiera estado en la seguridad de la biblioteca, junto con Rhett, habría sido una experiencia completamente diferente. En estas condiciones era muy difícil concentrarse.

Me imaginé el olor de los libros viejos, el sonido de las carcajadas de Rhett. Eso me hizo sonreír; empecé a respirar más despacio. Al cabo de menos de un minuto oí un clic y el grillete cayó de mi muñeca izquierda.

Me acerqué lentamente a la puerta. La única antorcha que habían dejado en su soporte de la pared iluminaba gran parte del pasillo. Daba la impresión de que me había dejado allí sin vigilancia ninguna. Supuse que no me creía capaz de escapar.

La cerradura de la puerta era otro asunto completamente diferente, iba a necesitar algo mucho más fuerte que una horquilla para abrirla. Eché otro vistazo al pasillo para asegurarme de que estaba sola. El castillo era tan viejo que daba la impresión de que podía caer desmoronado con un simple estornudo. Agarré la manija con ambas manos y apoyé un pie en la pared. Tiré con todas mis fuerzas para intentar desencajarla. La puerta se movió un poco, pero era imposible que se soltara.

Muy bien. Probaría con la ventana.

Aunque aquello no podía considerarse ni un ventanuco. Era un agujero redondo con un barrote en el centro, sin cristal ni nada. Si llovía, el agua caería directamente sobre esa especie de mísero catre. Aún se veían las manchas de la última lluvia. Agarré el barrote y tiré con ambas manos. Desde luego no salía, pero… se movía hacia los lados.

Me subí y miré más de cerca los extremos del barrote. Allí no habían hecho ningún tipo de manutención. La piedra se había convertido en arenisca, y daba la impresión de que podría hacer saltar al menos una lasca. Por el espacio que quedaba era imposible que pasara un adulto…, pero si la desplazaba, aunque solo fuera un par de centímetros, seguramente tendría alguna posibilidad.

Me había dicho que me concedía una hora, pero no podía estar segura de que mantuviera su palabra. Usé el puño del grillete abierto y golpeé la piedra. Si regresaba de pronto, podía cerrar el grillete, dejarme caer y tenderme en la cama. Ni se enteraría.

—Puedo conseguirlo —murmuré para mis adentros—. Puedo conseguirlo.

127

LENNOX

*D*ejé el mechón del cabello de Annika sobre mi escritorio y observé cómo se enroscaba solo. Iba a tener que matarla, ¿no? Intenté recordar algún momento en que me hubieran enseñado a mostrar piedad. No lo conseguí.

Quizá con Annika fuera un caso diferente. La última vez que tuvimos a alguien con sangre real en el castillo yo fui el único que tuvo valor para matarla. Si ahora me negaba, ¿quién se ocuparía de Annika?

Thistle soltó un gemido desde la ventana.

—¿Entras o sales? —le pregunté.

Ella bajó y aterrizó en mi cama. Se estiró, con la cabeza sobre las patitas. No tenía muy claro que los zorros pudieran mostrar preocupación, pero sus ojos me decían que estaba preocupada por mí.

—No te preocupes —dije, para tranquilizarla.

Crucé la habitación y me agaché a acariciarle la cabeza. Al hacerlo, me miré las manos. ¿De verdad iba a usar las mismas manos con las que acariciaba a Thistle, con las que apuntaba a las estrellas en los mapas celestes, con las que pretendía construir un ejército…, para rodear el cuello de Annika y acabar con ella?

Me agaché a recoger la ramita que tenía preparada y no pude evitar una mueca de dolor al hacerlo; luego me puse la capa sobre los hombros y salí al exterior.

El viento arreciaba de nuevo, agitando mi capa de camino al cementerio. Cogí la ramita, aún verde y con hojas, y la puse sobre el resto de las que cubrían la tumba de su madre.

—Otro tributo —dije, colocándola con cuidado—. La he conocido. He conocido al objeto de tu oración póstuma —le dije—. Está enfadada. No quiere que se le note, pero lo está. Me pregunto de dónde habrá sacado eso. De ti no, desde luego.

Miré de nuevo en dirección al castillo. Desde allí se veían las mugrientas ventanas de la parte trasera, donde vivían los nuevos reclutas. Siempre se decía que un día construiríamos alojamientos dignos. Yo aún no los había visto.

Tragué saliva.

—Me temo que voy a tener que matarla. No quiero, pero... es demasiado... observadora. Ya sabe demasiado.

Por primera vez desde hacía mucho tiempo, los ojos se me llenaron de lágrimas. Estaba tan cansado... Cansado y furioso y listo para algo nuevo. Pero ahí estaba yo, atado a aquel lugar olvidado de la mano de Dios, en ese castillo moribundo, ante la tumba de una mujer que había llegado a quererme mucho, demasiado, en los pocos minutos que me había conocido. Y de pronto la odié por ello.

—No entiendo por qué sigo viniendo aquí. ¡Estás muerta! No pudiste salvarte, y desde luego no puedes salvarme a mí. Nunca entenderé la bondad de tus ojos, ni por qué tengo la sensación de que me pasaré el resto de mi vida pidiéndote perdón. ¡Tu marido mató a mi padre! Y ese es el motivo de que mi madre esté en brazos de ese cerdo. Una vida por una vida.

Me giré y solté un grito que atravesó la noche.

—¿Por qué tuviste que ser tan buena conmigo? —grité—. ¿Por qué me hiciste eso?

Me quedé mirando su lápida, sabiendo que su recuerdo me perseguiría siempre. Cuando pensaba en toda la gente que había matado, a la única persona a la que recordaba era a ella. No pidió clemencia. No me escupió a la cara. Aceptó el desenlace, me aceptó a mí, y se encaminó a la muerte como si llevara años esperando encontrarse cara a cara con ella.

—A veces yo también me siento así —confesé—. A veces creo que cualquier cosa sería mejor que esto. Pero tengo la sensación de que, si en el otro lado los mundos están divididos, cuando llegue yo no estaremos los dos en el mismo sitio.

Una lágrima me surcó la mejilla, era la última que me iba a permitir derramar. Miré la lápida: aún recordaba su imagen, y ahora que había conocido a su hija la imagen era aún más vívida. Las recordaría a las dos por siempre.

Yo nunca huía, jamás apartaba la mirada, nunca buscaba excusas. Y así era como había sobrevivido. Así que tendría que seguir ha-

129

ciéndolo. Tenía que sacarle algo a Annika para poder presentárselo a Kawan. Tendría que ser implacable. Me negaba a fracasar. Me había quedado arrinconado en el lugar que había escogido yo mismo, y ahora iba a tener que buscar una salida.

Entré en el castillo como una exhalación, sin que me saliera nadie al paso. Llegué hasta las mazmorras, cogí la llave de la pared contraria y la metí en la cerradura. A través de los barrotes de la puerta vi que estaba hecha un ovillo en su catre, con la espalda contra la pared y las rodillas recogidas contra la barbilla. Al verme levantó la vista, y yo intenté leerle la mirada. Vi tristeza, pero también un gesto desafiante que no prometía nada bueno.

—¿Te lo has pensado? —le pregunté, cerrando la puerta tras de mí.

—No tengo ningunas ganas de hablar, y mucho menos contigo. Asesino.

La palabra me dolió tanto como la herida que me había abierto en el pecho cuando estábamos en el bosque.

—Yo prefiero considerarme ejecutor. Además, desde ese día no ha habido ninguna otra agresión entre nuestros pueblos. A eso le llamaría progreso.

—Eso lo dice el hombre que nos ha secuestrado a mí y a mis guardias —comentó, poniendo los ojos en blanco.

Estuve a punto de echarme a reír. Tenía toda la razón.

—Escucha, alteza, necesito…

—Deja de llamarme así —dijo, girándose para mirarme de frente—. Y ahórrate ese tono desdeñoso. Mi posición es producto de mi nacimiento, y no es algo que yo pueda controlar. Y desde luego no me merezco que me juzgues por ello.

—Pues tú me juzgas a mí por mi nacimiento, ¿no es así? Para tu pueblo el mío no es más que basura, tan insignificantes que no merecíamos conservar lo que era nuestro, y ahora…

Levantó una mano delicada, sin que los grilletes que aún le colgaban de las muñecas le supusieran ningún estorbo.

—Muy bien; la visita guiada por tu castillo ha sido muy limitada, pero dime: ¿tenéis una biblioteca en esta chabola?

—No —dije yo, cruzándome de brazos.

—Me lo imaginaba. ¿Y cómo puedes estar tan seguro de que tenéis algún derecho a reclamar mi reino?

—Nuestra historia es oral, se ha transmitido de generación en generación. Lo sabe hasta el último súbdito de mi reino.

Ella meneó la cabeza, suspirando.

—Yo no había nacido cuando se fundó Kadier, y tú tampoco. Tú dices que su historia es una, y yo digo que es otra. Yo diría que sé la verdad, dado que soy yo la que vive allí. No es desconsideración, no es una opinión. Y lo que sí sé es que eres la persona que me quitó a mi madre. Y no quiero tener nada que ver contigo —dijo, con tanta desenvoltura como dureza.

—Muy bien, pues, Annika. Entonces, si tan lista eres, estoy seguro de que en algún lugar de esa cabecita tuya custodias la información que necesito. Y yo sé cosas que sé que querrías saber. Probablemente lo desees más aún que la posibilidad de volver a casa. Si cooperas, puede ser que consigas ambas cosas.

Ella ladeó la cabeza.

—No vas a devolverme a mi casa, así que no finjas que lo vas a hacer.

Su tono era sereno. Parecía resignada ante la posibilidad de morir, pero le dije la verdad igualmente:

—Si puedo, te llevaré a Dahrain yo mismo.

—¿Antes o después de invadirlo?

Apreté los puños y cogí aire.

—Como mínimo te convendría evitar ponerte tan difícil.

—A ti te convendría dejar de matar a gente.

Me puse en pie y le di una patada al taburete, que salió rodando, dejando tras de sí una enorme estela de silencio.

—Lo siento —susurró.

Me giré a mirarla, sorprendido.

—Estoy cansada —confesó, mirándose las manos y moviendo los dedos—. En un mismo día se me han llevado de casa y he sido testigo de la muerte de cuatro de nuestros mejores guardias. No tengo ni idea de qué ha sido de mi prometido, y en cinco minutos me has dicho más cosas de mi madre de las que nadie me ha contado en los últimos tres años. Es sobrecogedor para alguien de mi condición y de mi sexo. Necesito dormir. Si me dejas dormir, hablaré.

Prometido. Vaya. Quizá también tendría que haberlo apresado a él.

Mi plan era agotarla. Volverla tan loca que no pudiera hacer otra

131

cosa más que hablar. Y de momento lo único que estaba consiguiendo era que me atacara y me dejara como un tonto.

—Volveré al amanecer. Pero tú prepárate. Si no me das algo, pedirán tu cabeza.

Parpadeó al tiempo que seguía moviendo los dedos nerviosamente.

—Lo entiendo.

Me dispuse a marcharme, pero entonces, sin poder evitarlo, me giré una última vez.

—¿Tienes una constelación favorita?

Ella me miró, sorprendida, como era lógico. Luego hizo una mueca, como si aquello fuera una confesión, algo que no debía decirme.

—Casiopea.

Resoplé con un gesto burlón.

—Está colgada cabeza abajo. Para siempre. ¿Por qué ella?

Jugueteó con el anillo que llevaba en el dedo —un anillo de compromiso, supuse— antes de responder.

—Hay modos peores de vivir —dijo. Y luego, como si no estuviera muy segura de que hiciera bien preguntándolo, me lanzó una mirada fugaz y añadió—: ¿Cuál es la tuya?

—Orión.

—Eso es tan…, todo el mundo dice Orión.

—Exacto. El guardián del firmamento. Todo el mundo conoce Orión.

Ella me miró, y de pronto suavizó el gesto:

—Un buen modelo para ti, supongo.

Asentí.

—Supongo.

—Sabes que Orión no fue ningún santo, ¿no? —comentó—. Deberías apuntar más alto. A algo mejor.

Sentí el pulso en los oídos como si fuera un ruido ensordecedor y tuve que ponerme mi armadura para no dejar que aquello me afectara. Sus palabras se acercaban peligrosamente a las de su madre, y no podía volver a oírlas. Tragué saliva.

—Volveré al amanecer.

—Al amanecer.

Tiré de la puerta y eché la llave. Y con ello eché la llave a mi fatigado corazón.

ANNIKA

*T*enía el presentimiento de que mencionar mi feminidad y mi vida entre algodones provocaría en Lennox cierta confusión. A veces hasta la gente más impredecible es, en el fondo, predecible.

Esperé a estar segura de que se había alejado lo suficiente y volví a sacarme la horquilla del pelo. Pensé en Rhett, sentado más cerca de lo que debía, en la atención que dedicaba a su trabajo. Pensé en él intentando hacerme reír.

Clic.

Un grillete suelto. Faltaba el otro.

Cambié de mano. Con la mano izquierda no me desenvolvía tan bien, y me dolía al forzarla, pero aun así no podía parar.

Esta vez pensé en Escalus. Pensé en él, bordando con aguja e hilo, concentrado y en silencio. Pensé en él, actuando exactamente igual con una espada. Pensé que, si estuviera aquí, estaríamos absolutamente concentrados en salvarnos el uno al otro. Daba la impresión de que nos pasábamos la vida haciéndolo.

Clic.

Ya me había quitado los grilletes.

Me subí al catre y presioné la barra. Conseguí ganar unos tres centímetros ladeándola levemente. Quizá bastara. Pero desde luego con ese vestido no iba a conseguirlo. Demasiado voluminoso. Empecé a quitarme horquillas y a desatar cintas, quitándole las capas externas al vestido y lanzando a un lado mi casaca de montar. Una vez en corsé y camisola pensé que quizás así tuviera alguna posibilidad. Me miré de arriba abajo, preguntándome si habría algo más que entorpeciera mi huida.

Sí que lo había.

Me quité el anillo de compromiso y lo dejé sobre el montón de ropa. Me subí al ventanuco, girando la cabeza de lado para que cupiera por la abertura. Ladeé el cuerpo, pasé los brazos y los hombros y presioné desde el otro lado del muro. El corte del brazo me dolió con el esfuerzo, pero mantuve la boca cerrada y seguí adelante. Era difícil de creer que allí fuera hiciera tanto viento, dado que en la celda no se notaba, pero así era. Ojalá hubiera podido sacar también mi vestido, pero no valía la pena arriesgarse a volver. Tenía que poner toda la distancia posible entre Lennox y yo.

Volví a presionar. Tenía las caderas atascadas. Eso también me iba a doler. Empujé repetidamente, ganando un milímetro cada vez.

—Puedo hacerlo —me dije otra vez.

Me hacía daño. Estaba segura de que el brazo estaría sangrando. El corsé se me estaba rompiendo por el roce con la piedra, y sentía cómo se me clavaba en la pelvis. Notaba la presión sobre mis viejas heridas y, aunque no se abrieran, era como si me estuvieran cortando la piel.

No me importaba el dolor. Iba a escapar. No me iban a tener atrapada; no me iban a matar como a mi madre.

Él había dicho que estaba enterrada allí. Si la buscaba, quizá pudiera encontrarla. Lennox tenía razón: había cosas que deseaba más que huir. Quería saberlo todo. Quería saber todo lo que le había hecho y por qué daba la impresión de que lo recordaba tan bien. Quería saber qué aspecto tenía, y quería ir a llorar sobre su lápida.

Pero pensé en Escalus. Lo más importante era llegar a casa y advertirles a él y a mi padre de que se avecinaba una guerra.

Cuando conseguí pasar los muslos por el ventanuco, las piernas salieron con facilidad, y caí al suelo torpemente. Estaba tan dolorida que me resultaba más fácil gatear que caminar.

Aun así me puse en pie. Tenía que ponerme en marcha. Tenía como mucho hasta el amanecer antes de que se dieran cuenta de que me había ido. Si pudiera conseguir un caballo, sería mucho más fácil, pero no podía contar con ello. Tenía que evitar que me vieran y seguir adelante.

Mi camisola era blanca. Mi corsé era blanco. Llamaba la atención como una antorcha encendida en plena noche. Hundí las manos en un fango congelado y me lo extendí sobre la ropa y sobre la piel, intentando fundirme con las sombras. El frío ya empezaba a penetrar en mi cuerpo y me llegaba hasta los huesos.

«Muévete, Annika. Muévete, y te calentarás.»

No vi ningún guardia, ningún soldado de ronda. ¿Por qué iban a molestarse? Nadie sabía que estaban ahí. Ellos eran los depredadores, no las presas.

Mantuve el cuerpo tan pegado al suelo como pude, girándome a mirar atrás tantas veces que perdí la cuenta. Cuando vi que el castillo se había convertido en una mancha pequeña, aceleré el paso. Vi la espesura de los árboles a lo lejos.

Me abrí paso por entre los árboles, sabiendo que al otro lado había un claro. Pero me dio la impresión de que tardaba demasiado en llegar a ella: tropecé con las raíces y me golpeé contra los árboles más de una vez. Sin embargo, al final vi el prado. A lo lejos me esperaba aquel bosque traicionero, pero si Lennox había podido llegar a Kadier, yo también. Levanté la vista, buscando la Estrella Polar, escrutando el cielo en busca de referencias. Me orienté y eché a correr. Corrí hasta que me dolieron las piernas. Corrí tanto que tuve la impresión de que los pulmones iban a explotarme. Corrí hasta que mi cuerpo no fue más que un haz de músculos en tensión y nervios doloridos.

Corrí, corrí y seguí corriendo. Me iba la vida en ello.

135

LENNOX

*E*l cielo aún estaba gris cuando acudieron a llamar a mi puerta. El sol todavía estaba pensándose si salir o no, y por un momento deseé profundamente que decidiera no hacerlo.

Casi no había dormido. Despierto en la cama, lo único que veía eran los ojos orgullosos de Annika, desafiándome a que me enfrentara a ella, diciéndome que me equivocaba. Y al cerrar los ojos seguía viéndola, observándome, pronunciando «Casiopea» con esa elegancia, recordándome que las palabras podían ser a la vez tan bellas y tan misteriosas.

Y ahora, en los segundos entre golpes en la puerta, vi su lápida junto a la de su madre.

—¡Lennox! ¡Levanta, muchacho!

Me puse en pie de un salto, buscando a Thistle por toda la habitación para estar seguro de que se hubiera marchado. Kawan no nos permitía desperdiciar recursos en animales, y por su voz daba la impresión de que estaba de mal humor. No me molesté en ponerme la camisa ni el chaleco. Era raro que quisiera algo tan temprano, así que su visita no presagiaba nada bueno.

—¿Sí, señor? —dije, abriendo la puerta—. ¿Qué necesita?

—Se ha ido —dijo Kawan.

Suspiré, sin saber muy bien si el suspiro era de frustración o de alivio.

—¿Qué?

—He ido a ver cómo estaba —dijo Blythe—. Hay un montón de ropa apilada en el suelo, cerca de la ventana. Se ha soltado los grilletes, ha desplazado un barrote de la ventana y ha huido.

Me quedé estupefacto.

—Se... ¿Se ha quitado los grilletes?

Kawan me dio un sonoro bofetón.

—¡Ha huido del castillo! ¡Y estaba a tu cargo! ¿Cómo has podido permitirlo? ¿Y qué ofrenda se suponía que era esta? ¿Cómo iba a servir de ayuda al ejército? ¡Lo único que has conseguido es delatarnos! Tu padre era un inconsciente, pero desde luego tú eres diez veces peor.

Tuve que hacer un esfuerzo sobrehumano para no lanzarme sobre él. Era lo bastante fuerte, seguramente podría con él. Pero en ese momento había cosas más importantes que mi orgullo herido.

Moví la mandíbula; desde luego no iba a llevarme la mano al rostro para tocarme donde me dolía.

—¿Y cómo iba yo a saber que esa alfeñique iba a ser capaz de soltarse los grilletes?

—¿Cómo has podido ser tan estúpido de no quedarte ahí abajo? —Me miró fijamente a los ojos; los suyos eran muy oscuros—. ¿Es que los recuerdos de su pobre madre han vuelto a perseguirte? —preguntó, sarcástico.

La necesidad de darle un puñetazo iba en aumento. Solo uno. Con uno me bastaba.

—Mi único error ha sido no conocer a mi enemigo —le dije—. Mi misión pretendía demostrar lo fácil que es penetrar en un territorio que llevas años diciendo que debíamos atacar. Esa chica nos puede haber enseñado algo muy importante esta noche. Quizás en su país todos sepan cómo huir de las cadenas. Eso cambiará el modo en que tenemos encerrados a nuestros presos a partir de ahora, ¿no?

Kawan se quedó muy tieso, irritado ante la posibilidad de que hubiera encontrado el lado bueno de todo aquello. Y yo me concedí un aplauso silencioso por haber sido capaz de sacarme aquella idea de la chistera.

—Arréglalo —me ordenó, señalándome con un dedo a la cara—. ¡Enseguida!

Se dio media vuelta y echó a caminar por el pasillo, haciendo resonar las botas con sus pisadas.

—No te muevas —le dije a Blythe mientras cerraba la puerta.

Cogí el chaleco de la noche anterior y me lo puse, me ajusté el cinto con su bolsa, me calcé las botas y recogí la capa de montar. Estaba claro que tendríamos que movilizarnos inmediatamente.

137

—¿Cuándo has bajado a los calabozos? —le pregunté, mientras abría la puerta y me dirigía a la cantina.

Necesitaba refuerzos. Blythe me siguió de inmediato.

—Hará una media hora.

—¿Los grilletes siguen ahí?

—Sí. Uno de ellos tiene una muesca. Parece que lo usó para golpear la piedra en torno a la base del barrote de la ventana.

Meneé la cabeza. Muy lista. Me pregunté a cuánta gente en el castillo se le habría ocurrido algo así.

—Se ha quitado la capa exterior de ropa para poder pasar por la ventana, y la ha dejado ahí apilada. Si va en ropa interior, no sé cómo sobrevivirá al frío —señaló Blythe.

Asentí, pensando en el duro viento que solía soplar desde el mar, en que no había comido ni bebido desde el día anterior y en que estaría buscando el camino de vuelta a casa a ciegas, en la oscuridad. Si a eso se le sumaba el Bosque Negro, no parecía tener ninguna posibilidad de éxito.

—Bien pensado —dije, pensando que quizás eso me quitara un problema. Era probable que tuviera que morir. Pero ahora, si moría, no tendría que ser yo el verdugo.

—Después de inspeccionar la celda, fui directamente a avisar a Kawan. No le gustó nada que le despertara tan pronto. Cuando le expliqué la situación, se vistió y vinimos a verte a ti.

Repasé la cronología de acontecimientos, intentando recordar cuándo había dejado a la chica. Como mucho, contaría con seis horas de ventaja.

—¿Sabemos si se ha hecho con un caballo?

—No.

—Un momento —dije, parándome de golpe antes de entrar en la cantina—. ¿Qué hacías tú en los calabozos?

Un brillo extraño le pasó por los ojos tan rápidamente que no supe interpretarlo.

—Te estaba buscando. Quería saber cómo iba el interrogatorio.

Se notaba que era mentira, pero no podía decírselo.

—Ahí fuera hay animales —dije, pensando en voz alta—. El terreno es traicionero. No cuenta con provisiones, apenas lleva ropa y no tiene ni idea de dónde está. Lo más probable es que ya haya muerto.

—Probablemente.

—Pero tenemos que encontrarla, o Kawan me lo recordará constantemente.

—Desde luego.

Resoplé y entré en la cantina.

—¡Inigo! ¡Griffin!

No esperé a ver si me seguían, sabía que lo harían. Me dirigí al
lateral del castillo, al anexo que usábamos como establo. A partir ese
momento, llevaría la cuenta de los caballos que teníamos.

Cogí un odre de agua para mí y le tiré uno a Blythe. Griffin e
Inigo ya corrían detrás de nosotros, sin decir nada, en busca de sus
caballos. Montamos y nos dirigimos hacia el oeste. Si la chica tenía
el mínimo sentido común se habría dirigido hacia los árboles, así que
fuimos hacia allí.

ANNIKA

*E*l sol ya había salido, y ahora estaba al descubierto. Mis botas de montar no estaban hechas para correr, y notaba que se me iban abriendo llagas en los pies. Aún me dolían los dedos de las manos del frío de la noche, y cerrar las manos y apretar los puños me producía un dolor insoportable. No había encontrado nada parecido a la civilización desde que había salido de ese vetusto castillo, así que no tenía manera de pedir ayuda.

A juzgar por la posición del sol, me dirigía al oeste, pero esa era la única referencia que tenía. Y cuando llegara a ese terrible bosque, el sol iba a ser de poca ayuda. Cada vez me costaba más pensar con claridad. La tensión de la huida me había impulsado durante horas, pero ahora lo único en lo que podía pensar era en los cuerpos de los soldados muertos, abandonados a los elementos, y en que no había regresado a casa tal como había prometido. Mi padre no quería que me alejara de él, y estaría preocupado. Por otra parte, había estado muy cerca de mi madre y había tenido que dejarla atrás. Todos esos pensamientos me daban vueltas en la cabeza una y otra vez, aunque se mezclaban con cosas mucho más tangibles: dolor, hambre, agotamiento.

Al entrar en la espesura del bosque, me dije que todo eso no importaba: lo único que tenía que hacer era alejarme todo lo posible de Lennox. Parecía que me habían llevado al castillo para matarme y que Lennox era el encargado de hacerlo, aunque no parecía que lo deseara. Ni siquiera cuando le había hecho enfadar. Meneé la cabeza. No podía permitirme simpatizar con el hombre que había asesinado a mi madre.

Estaba empezando a marearme de tanto correr, y tuve que apoyarme en un árbol. Me arañé un brazo con una rama y contuve un grito, sorprendida incluso de tener aún sensibilidad en la piel.

Fue entonces cuando oí los caballos.

Miré hacia atrás y, a lo lejos, vi cuatro jinetes. Reconocí a Lennox al instante por su capa. Había fracasado. No me había movido con la suficiente velocidad.

El árbol junto al que me había parado tenía un hueco en un lateral. Lo único que podía hacer era intentar meterme en el hueco para ocultarme. Si alguien pasaba por delante, me vería, pero no había opción. Solo eran cuatro, y no sabían dónde estaba. Me dije que tenía alguna posibilidad de que pasaran de largo.

Hice un esfuerzo por controlar la respiración y apreté los brazos contra el cuerpo todo lo que pude para encajarme en el hueco del tronco.

«No te muevas, no te muevas, no te muevas.»

—Separaos.

Me tensé al oír el sonido de su voz. Estaba inquietantemente cerca.

—Vosotros tres, extended el campo de búsqueda hacia el sur. Es muy probable que esté desvanecida en el suelo, en algún sitio.

—Sí, señor —respondieron ellos, y oí como los tres caballos se distanciaban.

Esperaba oírle avanzar también a él, pero durante un buen tiempo no oí nada. Hasta que oí un caballo dando un paso, luego otro, y supe que seguía allí cerca, reconociendo el terreno.

El corazón me latía con tanta fuerza que me resonaba en los oídos.

Tras unos pocos minutos de tensión lo vi. Estaba montado sobre el mismo caballo del día anterior, una bestia oscura y temible. Sus ojos estaban hundidos bajo el ceño fruncido, como siempre, y vi que en la mejilla tenía una marca roja, parecida a la que aún notaba en la mía. Suspiró, pasándose las manos por el cabello negro, y detuvo el caballo.

Parecía agotado. No físicamente…, sino necesitado de ese tipo de descanso que no se obtiene con el sueño.

De pronto levantó la vista como si hubiera visto algo, aunque yo no había hecho ningún ruido. Con un gesto de interrogación en los ojos, como preguntándose si aquello era posible, ladeó la cabeza… y me vio.

Se acercó al trote, pero en su rostro no vi la expresión de victoria que esperaba. No sabía qué podía ocurrir; él se limitó a mirarme un

141

rato. Me sentí humillada, consciente de que estaba en corpiño y camisola y poco más, cubierta de barro de la cabeza a los pies. No era el final digno que esperaba.

Esperé a que se abalanzara sobre mí, pero él se limitó a mirarme. Luego metió la mano en la bolsa que llevaba colgada del cinto, sacó algo y me lo tiró.

—Coge —dijo en voz baja.

Extendí las manos instintivamente antes de que aquello cayera al suelo. Inspeccioné el pequeño rectángulo que tenía en la palma de la mano. Parecía una barra de avena con melaza y envuelta en papel.

Él cogió el odre de agua que tenía colgado de la silla, le dio un trago enorme y luego lo dejó caer al suelo.

—¡Uy!

Luego levantó la mano y tiró del cordón que le sujetaba la capa, que cayó por su propio peso sobre el lecho del bosque.

—No te muevas —me dijo—. Cuando acaben de buscar, los dirigiré al campo que tienes ahí atrás, para que sigan hacia el sur. Cuando ya no oigas los caballos, y solo entonces, ve hacia ahí —añadió, señalando en la dirección a la que ya iba en principio—. La capa es lo suficientemente gruesa como para protegerte de las espinas. Antes de llegar a casa, deshazte de ella y del odre. La última vez que me has visto es cuando te dejé en el calabozo. ¿Está claro?

Estaba convencida de que seguía arrugando la nariz cuando acabó de decir todo aquello, evidentemente confusa.

—La próxima vez que se crucen nuestros caminos no seré tan indulgente. Cuando vengamos a por tu reino, morirás, Annika.

Levanté la cabeza.

—Agradezco la advertencia. Que sepas que yo tampoco tengo ninguna intención de perdonarte la vida, Lennox.

Las comisuras de sus labios se movieron ligeramente hacia arriba, insinuando una sonrisa.

—Tomo nota. Hasta entonces —dijo, y bajó levemente la cabeza como si fuera un caballero.

De momento dejé la capa donde estaba, pero el odre estaba lo suficientemente cerca como para agarrarlo solo alargando el brazo, así que lo cogí. No me importaba que hubiera pegado la boca a la abertura; me lo llevé a los labios y tragué, sedienta. Cuando acabé de beber estaba jadeando, y me giré para asegurarme de que no se acercaba nadie. Bajé la vista, miré la barrita de comida y decidí probar a darle un mordisco. Me sorprendió ver que era dulce y crujiente. Casi solté un sonoro suspiro al comprobar lo buena que estaba. Le di otro bocado y descubrí que tenía algo familiar. Canela.

Sonreí para mis adentros, relajándome, decidida a esperar.

143

LENNOX

—*N*i rastro de ella —dijo Blythe, con un tono que dejaba claro su malestar.

—¿Y vosotros? —les pregunté a Inigo y a Griffin.

—Nada —respondió Inigo, desanimado, mientras Griffin se limitaba a menear la cabeza.

—¿Algún rastro de animales? —pregunté.

—No —dijo Inigo—. Pero eso no significa que no la haya podido pillar alguno. Es poco probable que haya conseguido atravesar el bosque sola.

Asentí, convencido.

—Bueno, pues ya está —dije—. Volvemos al castillo. Asumiré la responsabilidad. Se escapó estando bajo mi custodia, y vosotros habéis buscado incansablemente. La culpa es toda mía, y la asumiré.

—Podemos ir contigo —se ofreció Inigo—. Como mínimo, presentar un frente unido. No es culpa tuya que la chica sea tan escurridiza.

Por segunda vez en el día, estuve a punto de sonreír.

—Agradezco la oferta. De verdad. Pero estaba bajo mi custodia, así que me toca a mí. Pongámonos en marcha. Y bebed con mesura —añadí—. Yo he perdido mi odre por alguna parte.

—¿Quieres que lo busquemos? —preguntó Blythe.

—No —dije, meneando la cabeza—. Quiero volver al castillo y acabar con esto. En marcha.

Cabalgué por el bosque a paso ligero, llevándomelos hacia el sur tal como había prometido. En cuanto llegamos a campo abierto, paré junto a una arboleda.

—Tengo que ajustar la silla, no sé qué le pasa —dije—. Seguid adelante, ahora os alcanzo.

Bajé de un salto y eché un vistazo al bosque a lo lejos, frunciendo los párpados. Un momento más tarde vi un brillo negro por entre los árboles, dirigiéndose al suroeste. Bueno, estaba claro que sabía cumplir órdenes.

Levanté el brazo y arranqué una ramita baja del árbol más cercano. Estaba seguro de que su madre querría oír todo aquello.

Kawan repiqueteó los dedos sobre el brazo de su butaca. Seguro que pensaría que aquello era un trono, pero en realidad no era más que la silla más grande y antigua del castillo. Y aquello no era la sala del trono ni un salón de baile. Era la cantina.

—¿Así que ha desaparecido?

—Ni rastro de ella —mentí, con un tono de voz sereno y claro, como si no me importara quién me pudiera oír en la sala—. Teniendo en cuenta la cronología de los hechos, tendríamos que habernos cruzado con ella. Si no estaba ahí, es que se ha perdido o está muerta.

Él levantó la mano con la que estaba repiqueteando.

—Pero ¿no tenemos cadáver? ¿Nada que enviar al retorcido de su rey?

—No, no tenemos nada. No tengo nada. La culpa es mía.

Se puso en pie, frunciendo los párpados, y dio cuatro pasos, recorriendo el espacio que nos separaba.

—Me muero de curiosidad, Lennox. ¿Qué es exactamente lo que has conseguido con esta misión?

—Hemos aprendido que podemos diezmar la familia real —insistí—. Desde luego ahora podemos...

Kawan echó la mano atrás y me dio otro bofetón en la misma mejilla en la que me había golpeado por la mañana, solo que con mucha más fuerza.

—¡Nos has puesto en peligro! Al menos tu padre fue solo. Igual que el soldado que secuestró a su reina. ¡Tú te has llevado un equipo y me la has traído al castillo! ¡Les has revelado nuestra posición y la composición de nuestras tropas en un espectacular acto de estupidez! Ahora es posible que todos nuestros esfuerzos no valgan para nada. ¿Quieres recuperar tu tierra o no, hijo?

Apreté el puño. Por el rabillo del ojo vi a mi madre irguiendo la espalda en su silla, consciente de que Kawan había ido demasiado lejos.

145

—No soy tu hijo —murmuré, horadándole con una mirada gélida—. Seré tu soldado. Seré las manos que se mancharán de sangre para que tú no tengas que manchar las tuyas. Seré el líder de cualquier misión que decidas. Pero nunca, nunca jamás seré tu hijo.

Él frunció los ojos, desafiándome a que le volviera a retar.

—Todo lo que hay aquí es mío. Harías bien en recordarlo.

Quizá debería haber mantenido la boca cerrada. Pero ser humillado innecesariamente por Kawan dos veces en un mismo día era demasiado para mí.

—Qué gracioso. Dices que todo es tuyo. ¿Cuándo será tuyo el trabajo? Yo soy quien mantiene tu ejército en forma. He sido el único que ha tenido las agallas necesarias para matar a una reina. Me encantaría saber cómo puedes decir que algo de lo que hay aquí es tuyo.

Discutir nunca había sido su fuerte, así que dio un giro de cintura y me soltó un puñetazo en la nariz que me hizo retroceder dando tumbos hasta los brazos de Inigo, que esperaba detrás.

—Si no quieres tener que vértelas con mi espada —me espetó—, más vale que aprendas cuál es tu lugar.

Mi lugar. Durante años, mi lugar había sido el del que llena los huecos a los que su cobardía le impedía llegar.

Fijé la vista en mi madre. Si le había afectado ver sangrar a su hijo, lo escondía muy bien.

—Fuera de mi vista —me espetó Kawan.

—Con mucho gusto.

Me zafé del agarre de Inigo y me fui de allí, con la cabeza bien alta y goteando sangre por la nariz. Giré la esquina y seguí adelante a paso firme, sin darme cuenta de que Inigo, Blythe y Griffin me seguían de cerca.

—Toma —dijo Inigo.

Me giré y vi que me tendía un pañuelo. Normalmente no me habría molestado en taponar la hemorragia, pero daba la impresión de que salía mucha sangre.

—Gracias. Y gracias por agarrarme. —Me llevé el pañuelo a la nariz y los miré a los tres—. No teníais por qué venir conmigo, ni tampoco seguirme al salir. Él me odia, siempre me ha odiado. Si os pegáis demasiado a mí, también vosotros acabaréis siendo blanco de su ira.

—Creo que, quién más quien menos…, bueno, todo el mundo recibe —observó Griffin.

Sonreí, y al hacerlo me dolió la cara.

—Estoy seguro de que muy pronto me asignará alguna otra misión para compensar este fracaso. Y será aún más peligrosa que esta, ya está claro que prefiere verme muerto antes de que pueda tener éxito. Si preferís no acompañarme, podéis decirlo ya.

—Cuenta conmigo —dijo Inigo, cruzándose de brazos, sin pensárselo un momento.

—Yo hablo por Andre y por Sherwin. Iremos contigo —aseguró Griffin.

Miré a Blythe.

—Ya lo sabes —dijo ella.

Por primera vez desde hacía años no me sentía solo. En parte me aterraba la idea, la posibilidad de ser conocido. Pero ahora la guerra asomaba en el horizonte —después de que mis errores nos hubieran delatado, tenía que estar al caer— y, si íbamos a combatir, iba a tener que contar con gente en la que confiar.

—Gracias —dije, e interpreté las sonrisas prudentes de todos ellos como una declaración de acuerdo informal. Éramos un equipo.

147

ANNIKA

Estrujé el odre, sacándole las últimas gotas de agua, y la mente se me fue a mi casa. Aunque era la persona que menos ganas tenía de ver, no podía dejar de pensar en Nickolas.

Ni siquiera se había girado a mirar qué había sido de mí.

Pensé en nuestra pelea, en su negativa a concederme tiempo a solas con él tras la boda. No estaba muy segura de qué debía decirle cuando volviera a verle. Y aunque supiera qué decirle, ¿podría hacerlo? Ahora nuestro compromiso era público. Todo aquello me hacía sentir un poco indefensa.

«Acabas de huir de tus captores, Annika. Has mantenido la sangre fría. Has conseguido escapar de una mazmorra y has atravesado un bosque que tu padre consideraba impenetrable. De algún modo has convencido al hombre que mató a tu madre para que te dejara vivir. No estás indefensa.»

Paré un momento y me quedé inmóvil en un campo. Era cierto. Acababa de sobrevivir a algo que hasta para Escalus habría sido una gran dificultad. Lo había conseguido.

Me eché a los hombros la capa de Lennox, que ondeaba al viento, y erguí mi fatigado cuerpo. No estaba indefensa.

Ya algo más animada, avancé sabiendo que por mucho que tardara conseguiría llegar a casa. Mientras caminaba, vi, en la línea del horizonte, algo parecido a un ejército. Era una columna de caballería, de quizá cuarenta unidades de ancho, y no se veía dónde acababa. El sol aún estaba lo suficientemente alto, y pude distinguir el verde pálido de la bandera de Kadier que sostenía el portaestandarte a la izquierda de mi padre, cuya corona brillaba a la luz del atardecer. A su derecha iba Escalus. Y a la derecha de Escalus distinguí la estirada figura de Nickolas.

—¡Escalus! —grité, corriendo con todas mis fuerzas y casi sin voz de la emoción—. ¡Escalus!

—Alto —gritó alguien, y toda la compañía se detuvo.

—¡Annika! —exclamó Escalus, desmontando y corriendo hacia mí a través de la alta hierba. Tras él, la tropa en pleno soltó vítores y gritos de alegría; su princesa estaba sana y salva.

No pude evitarlo, me eché a llorar. Apenas me podía mover, pero no importaba. Escalus venía hacia mí, y ahora todo estaría bien.

Se me echó encima con los ojos llorosos y me abrazó con tanta fuerza que me dolió, pero no me importaba.

—Annika, ¿qué estás haciendo aquí?

—¿Qué estoy haciendo aquí? ¿Qué estás haciendo tú aquí?

Se echó a reír.

—Hemos venido a rescatarte, por supuesto. Avanzando a ciegas hacia el este y rezando para encontrarte.

Sonreí, con los ojos llenos de lágrimas.

—Tranquilo. Me he rescatado sola.

—¡Ja! —exclamó, levantándome del suelo y haciéndome dar vueltas a su alrededor—. No me lo puedo creer. Teníamos miedo de haberte perdido.

—A punto habéis estado. Tengo muchas cosas que contarte.

Pero antes de que pudiera hacerlo se acercaron papá y Nickolas.

Mi padre me miró a los ojos y, por un momento, pensé que me diría todo lo que tanto había deseado oír: «Perdóname», o «Cásate con quien quieras», o «Te quiero». Pero mi padre seguía siendo el rey, y solo se le ocurrió pensar en los asuntos de Estado.

—¿Qué tienes que decirnos? —preguntó, mirándome y dándose cuenta de que estaba en ropa interior y cubierta de barro.

—He conocido al hijo de Yago —dije—. Hay un ejército ahí fuera. Tenías razón, Yago no trabajaba solo. Pero no es un país vecino el que acecha, sino algo mucho peor. Se acerca una guerra, y tenemos que prepararnos para ella.

—¿Estás segura? —preguntó Nickolas.

—Oh, mira quién ha reaccionado —le espeté—. Muchas gracias por cuidar de mí en el bosque.

—Annika —dijo papá, con un tono de voz que era más bien una advertencia—. De no ser por Nickolas, no habríamos tenido ni idea de lo que te había ocurrido.

149

—Yo te diré lo que me ha ocurrido —dije, mirando fijamente a los fríos ojos de mi padre—. Que me han dejado sola en manos de un asesino.

Mi padre resopló, molesto.

—Entonces no saldrás más a pasear a caballo.

—Esa no es la respuesta —repliqué, poniendo la mirada en el cielo.

—Quizá no, pero tampoco lo es regañar a tu prometido.

—Ya basta. Tenemos que ir a casa —dijo Escalus, imponiendo el sentido común—. Annika, monta conmigo.

Mi padre se adelantó y comunicó a la tropa el éxito de la misión. Ellos soltaron gritos de alegría y cantaron, levantando y bajando las espadas al ritmo de su cántico.

—¿No deberíamos enviar a los hombres por delante? —preguntó Nickolas—. Al fin y al cabo, prácticamente va sin ropa.

Escalus miró al desdichado de mi prometido y habló por mí:

—Querido Nickolas, cállate, por favor.

SEGUNDA PARTE

En el mismo momento en que Lennox daba vueltas sobre su fino colchón, los colgantes de tela del dosel de la cama de Annika se agitaban impulsados por la brisa de la madrugada. El tiempo estaba cambiando. Lennox estaba acostumbrado al viento fuerte, y aquello no le importaba demasiado, pero Annika, cuya ventana había quedado abierta por error, empezaba a tiritar.

El frío del aire le penetró en la piel, despertándola por fin, y levantó la cabeza un momento para observar la habitación a fondo. El frío nunca le había importado demasiado, pero ahora le provocaba un nuevo efecto. La trasladaba a la mazmorra del castillo de Vosino. Había sido capaz de cosas que nadie esperaba de ella, pero eso no significaba que sus miedos hubieran desaparecido. Seguían flotando en su mente cuando se echó otra vez en la cama, a la espera de que el sol saliera de nuevo y le atemperara el cuerpo.

Lennox, por su parte, ya estaba observando la salida del sol por el horizonte, no demasiado brillante por efecto de la bruma que flotaba sobre el océano. Tal como hacía cada día desde la huida de Annika, se la imaginaba acorralada en el bosque, agazapada y lista para atacar. Y pensaba que, pese al gran parecido que guardaba con su madre, no había sido capaz de predecir sus movimientos ni de adivinar qué sería capaz de hacer.

Se acercó a su escritorio y sacó el mechón de cabello rubio ceniza. Hablando con ella, incluso discutiendo con ella, había sentido que alguien lo miraba como nadie más lo había mirado. Aún no tenía muy claro qué conclusión sacar. El pueblo de esa chica era responsable de la muerte de su padre y de la fractura de su familia, y un día su ejército marcharía por las tierras del enemigo para conquistarlas.

Pero le gustaba Casiopea. Esgrimía una espada. Y recordaba que el cabello le olía a agua de rosas.

No quería destruirla. Pero lo haría.

Mientras tanto, Annika volvió a levantar la cabeza y se quedó sentada en su cama, suspirando. Se acercó a la ventana, la cerró en silencio y corrió el pestillo. Pero seguía tiritando y, aunque había muchas mantas, se arrastró hasta el arcón a los pies de su cama.

Sobre un montón de vestidos de cuando era niña y de unos dibujos de su madre, había una capa de un negro intenso con dos largas cintas. La sacó y se cubrió el cuerpo con ella para protegerse del frío. Aunque Lennox había sido su captor, también había sido inesperadamente generoso. Podía haberla matado.

Pero no lo había hecho.

Le había dicho que vendría a reclamar su reino, pero ¿qué significaba eso? El palacio era suyo, siempre lo había sido. Se ajustó mejor la capa. Si aspiraba con fuerza, percibía un olor parecido al del océano.

Le había salvado la vida. Le había dado con qué cubrirse. En cierto modo, se había preocupado más por ella que su propio prometido.

Pero también había matado a su madre. Y si atacaba Kadier, ella saldría a luchar. Por todo lo que había querido en la vida, tendría que acabar con él.

Annika y Lennox se quedaron un rato cogiendo con las manos las cosas que se habían quedado el uno del otro, sabiendo que la próxima vez que se vieran, uno de los dos tendría que morir.

ANNIKA

*D*espués de escapar de Lennox me había pasado una semana entera en mi habitación. Tenía un gran corte y unos cuantos arañazos que debían cicatrizar, y muchas cosas en las que pensar lejos de las miradas curiosas de los demás.

Había estado asimilando la muerte de mi madre. Ahora que sabía lo que había sucedido era como pasar página y, aunque sospechaba que no recuperaríamos nunca su cuerpo, me encargaría de que se celebrara un funeral con todas las de la ley en cuanto fuera posible.

El mayor problema ahora mismo era que había un ejército ahí fuera dispuesto a invadirnos. Se aumentó el número de guardias en torno al palacio. Y no solo en el palacio, sino también en la frontera. Si finalmente llegaban, estaríamos todo lo preparados que podíamos estar.

Pero, para mí, personalmente, lo más importante era que había tomado una decisión. Esta vez no transigiría.

Tenía una idea clara de lo que significaba yo para mi pueblo. Al regresar de lo que parecía una muerte segura, me habían regalado seis caballos, alimentos exóticos y tantas flores que no tendría que volver a salir de mi habitación para tener la sensación de pasear por un jardín. ¡Y las cartas! Las leí todas, y todas estaban llenas de elogios, algunas de ellas incluso estaban manchadas de lágrimas de alegría y de preocupación por mi vida.

Había dedicado mucho tiempo a preocuparme por mi pueblo, a mostrarles afecto. Ahora sabía que era un sentimiento mutuo.

—Esto es perfecto, Noemi —dije, mirándome al espejo.

—¿No se enfadará el señor, milady? —me preguntó, colocándome la sencilla corona en la cabeza.

—De eso se trata, más o menos. —Me giré y me eché un largo

mechón de pelo a la espalda. Era una declaración muy simple, pero de un significado evidente.

—Pero le golpearon y quedó inconsciente de verdad —señaló ella, aunque no con demasiada convicción.

—No se trata de eso —dije yo, negando con la cabeza.

Recordaba cada minuto de mi secuestro con una transparencia cristalina. El dolor del corte que me había infligido Lennox en el brazo con la espada, la desazón al ver que mis guardias habían preferido inmolarse antes que permitir que el enemigo los utilizara, la mueca socarrona de Lennox al encontrarme en el bosque… No podría olvidarlo ni aunque me lo propusiera. Y sabía que nunca podría sentir respeto por Nickolas.

—Si su única culpa fuera que lo dejaran inconsciente, no tendría motivo para quejarme. Pero en cuanto aparecieron ni siquiera se giró a mirarme. Salió corriendo y me dejó allí sola. Cualquier caballero decente se habría girado al menos a mirar, independientemente de su posición. No creo que haya modo de huir de este matrimonio, pero desde luego acaba de perder el derecho a controlarme.

156 Ella suspiró, agarrándose las manos.

—Para alguien de sangre noble, desde luego su comportamiento fue algo sorprendente. Su hermano nunca haría algo así.

Me di media vuelta.

—Con o sin sangre noble, no debería haberlo hecho. Y tienes razón: Escalus habría muerto antes que permitir que me capturaran —dije, girándome a mirar por la ventana.

—¿Es solo su comportamiento el que la tiene así de abatida, milady? Parece triste —dijo Noemi, subiendo las manos, aún agarradas, hasta debajo de la barbilla.

—Supongo que sí.

Ella recorrió el espacio que nos separaba y habló casi en un susurro:

—Ha conocido al hombre que mató a su madre. Ha presenciado la muerte de sus compatriotas. Ha sido interrogada. Ha huido de una mazmorra y ha regresado a casa a pie. Conozco muchos hombres adultos que habrían fracasado de haber estado en su lugar; tiene todo el derecho a estar triste, enfadada o a sentir lo que quiera sentir.

—Eso no es todo —confesé.

—Entonces, ¿qué?

Cerré los ojos, recordando cómo había cambiado su tono de voz una vez acabaron sus preguntas y sus amenazas.

—Me preguntó por mi constelación favorita. El chico que me capturó. Y luego yo le pregunté por la suya.

Noemi abrió más los ojos, perpleja.

—¿Cómo pudo siquiera hablarle?

—Ya sé, ya sé —dije, asintiendo—. Y eso es lo que me incomoda. Ahora sé cosas de esta persona…, que es una persona como cualquier otra. Ahora sé que se ha visto obligado a adoptar su papel. Deberías haberle oído cómo hablaba de las estrellas, cómo usaba las palabras en general. Sé que tiene los ojos azules de un tono a medio camino entre el hielo y el cielo. —Tragué saliva—. Pero mató a mi madre. Quiere hacerse con mi casa, con la corona de mi padre y con todo lo que me he pasado la vida defendiendo.

Noemi me miró, comprensiva como siempre.

—Eso no podemos permitírselo.

Negué con la cabeza, con la mirada perdida en algún lugar del infinito.

—No lo haremos. Estoy dispuesta a casarme con Nickolas por el bien de mi país, por el futuro de mi hermano. Y combatiré a Lennox por esos mismos motivos.

Ella se estremeció.

—Por muchas veces que le haya oído decirlo, cuesta creer que sea una persona real y que tenga un nombre.

—Pues sí, vaya si lo tiene —dije, al tiempo que me ponía el vestido.

A ella no podía decirle (no podía decírselo a nadie) que su nombre resonaba en mi cabeza desde el primer momento, a veces con miedo, a veces con rabia, y lo que más me horrorizaba, a veces con una sensación de gratitud.

Entré en el comedor con la cabeza bien alta. No solía llevar puesta mi corona, pero hoy sentía que resultaba indicado. Los hombres de mi vida ya estaban sentados a la mesa de la cabecera. Papá, por supuesto, estaba en el centro, en su silla de respaldo alto, examinando su comida como si alguien le hubiera ofendido.

A su izquierda, mi querido hermano, Escalus. Con los ojos relucientes, una sonrisa acogedora y una actitud que debería poder esperar de mi padre.

A la derecha de mi padre había un asiento libre esperándome, y al lado de mi silla estaba mi querido Nickolas, perfectamente compuesto y rígido, concentrado en dar cuenta de su comida. Estaba a medio bocado cuando levantó la vista y me vio entrando en la sala con la melena suelta a la espalda y la mirada fija en la suya, desafiándole a que hiciera alguna objeción.

—Buenos días, hermano —dije, rodeando la mesa, y luego hasta me agaché para dar un beso a mi padre en la mejilla. Él se quedó tan sorprendido como yo, y me miró con una mueca de perplejidad.

Me puse comida en el plato y me senté. Pasaron unos segundos hasta que mi prometido encontró el valor de aventurarse a hablarme.

—Es un placer volver a verte en pie y en plena forma —dijo por fin.

Sonreí, pero no respondí. Había prohibido que nadie más que Escalus y el médico entraran en mi habitación. Si papá se había presentado a mi puerta, nadie me lo había dicho, pero Nickolas había venido tres veces y Noemi le había cortado el paso las tres.

—Pequeña, no quiero iniciar una discusión en nuestra primera mañana juntos otra vez, pero espero que te recojas el cabello después del desayuno —susurró, intentando que sonara como una petición amable.

Desgraciadamente para él, ni siquiera eso iba a funcionar en esta ocasión.

Me giré poco a poco, mirándolo con una expresión gélida en los ojos, y fue lo suficientemente listo como para retirarse un poco.

—En primer lugar, si vuelves a llamarme «pequeña» otra vez, te meteré un tenedor por la garganta. En segundo lugar, nunca accedí a llevar el cabello recogido. Tú me lo pediste, y quise darte el gusto en esa ocasión, pero ahora, más que nunca, quiero parecerme a mi madre. Eso no me lo vas a quitar. Y en tercer lugar, me resulta fascinante que aún creas que me puedes dar órdenes.

Echó la cabeza atrás, mirándome como si le hubiera amenazado con un atizador candente…, algo que no descartaba si seguía diciendo tonterías.

—Te estás comportando como una niña —protestó papá, meneando la cabeza—. Tu madre…

—Mi madre habría estado de acuerdo conmigo —repliqué con decisión—. Y si tú me hubieras hablado de este modo en su presencia, se habría avergonzado de ti. —Eso le hirió, era evidente—. Y desde luego nunca me habría colocado en una posición en la que tuviera que depender de una persona así.

Él me miró, calibrando mi determinación.

—No me pongas a prueba, Annika —me advirtió—. No será agradable.

—Como si la última vez lo hubiera sido —dije, bajando la voz y acercando el rostro.

Observé cómo se le tensaba la mandíbula.

—No intento anular nuestro compromiso. Nuestro pueblo necesitará estabilidad, ahora más que nunca. Pero tú, querido —dije, girándome hacia Nickolas—, no deberías esperar tener permiso para presentarte ante mí más de una o dos veces antes de nuestra boda, que tendrá lugar cuando esté preparada para ello. Y después de casarnos, espero que mantengas las distancias. Puede que me arrebates mi libertad, pero no te permitiré que me quites la alegría.

Me puse en pie, no había acabado el desayuno, pero no estaba dispuesta a seguir allí. Salí de la sala, agarrando el borde de mi vestido con la mano, y recordé a mi madre haciendo exactamente lo mismo. Y pensé: «Soy su hija».

159

LENNOX

*T*ras el monstruoso error cometido al dejar huir a Annika, nos añadieron nuevas tareas a nuestra rutina diaria. Aunque todo el mundo tenía esperanzas de que la chica hubiera muerto en el bosque, Kawan no estaba de humor para correr riesgos. Así que ordenó hacer constantes rondas en el castillo y patrullar los confines de lo que llamaríamos «nuestro territorio».

—Gracias por dejarme venir contigo —dijo Blythe, otra vez.

—En realidad, no es nada. Las patrullas hay que hacerlas en pareja.

—Lo sé..., pero te lo agradezco.

Estábamos de ronda, en el límite del bosque, escrutando el terreno hasta donde alcanzaba la vista. De noche era más duro, más peligroso. Me estaba planteando pasar la noche ahí fuera, tanto si era necesario como si no. Últimamente me costaba conciliar el sueño.

—¿Lennox?

—¿Sí?

—¿Qué hacemos aquí?

Por fin aparté los ojos del horizonte y la miré a ella.

—¿Patrullar?

—No —dijo—. Quiero decir... Entrenamos... y esperamos... Pero ¿nunca te preguntas si vale la pena luchar por esta tierra?

Fruncí los párpados, y evoqué las palabras de Annika cuando me había dicho que me habían engañado. Mi padre me había contado parte de nuestra historia, y Kawan había rellenado los huecos del relato al presentarse en nuestra casa, repitiendo nuestro apellido como una oración. Recordé muchas cosas de las que habían hablado él y mi padre sentados a nuestra mesa: la palabra «Dahrain», la historia de las guerras, el nombre de otros clanes desaparecidos. No teníamos que vivir en la periferia del territorio de otro pueblo, nos dijo. Un día podríamos hacernos con nuestra propia tierra.

—Yo solo quiero recuperar nuestro reino —dije—. Es todo lo que siempre he querido: un lugar que sea mío de verdad.

Ella pareció considerar aquello mientras seguíamos avanzando al paso.

—¿Puedo hacerte una pregunta tonta?

—Claro.

—¿Y por qué no aquí?

—¿Qué?

Ella señaló con un movimiento del brazo la tierra que teníamos atrás, el viejo castillo a lo lejos.

—¿Por qué no podríamos hacer de esto nuestro hogar? Ya estamos aquí. Conocemos el terreno, sabemos cómo trabajarlo. Tenemos recursos... ¿Por qué no empezamos a construir un hogar de verdad aquí mismo?

Me quedé mirando el lugar en el que nos escondíamos. Era aquí donde me había convertido en el hombre que era ahora, donde había encontrado a Thistle, donde había hecho los pocos amigos que tenía. Disponía de un rincón de aquel lugar para mí, y con un poco de esfuerzo podía vivir con lo que tenía. No es que pudiera aspirar a grandes comodidades, pero aun así...

—No puedo abandonar la lucha por Dahrain. Y si no consigo llegar allí, no tengo muy claro que pueda quedarme aquí, con Kawan. Si no puedo regresar a mi hogar, buscaré un pedazo de tierra que nadie quiera y la haré mía.

—¿Te vas a instalar por tu cuenta y vas a construir un país de la nada? —me preguntó, escéptica.

—Nah —respondí, sonriendo ante aquella idea tan audaz—. Solo una casa. Una casa de verdad. No para un ejército, sino para una familia.

Nuestras miradas se cruzaron.

—¿Con alguien en particular? —preguntó.

—Blythe...

—Por ejemplo, ¿qué hay de esa chica? —preguntó, con un tono muy mesurado.

«Esa chica.»

Había cientos de chicas en el castillo, se habría podido referir a cualquiera. Pero yo sabía que estaba hablando de Annika.

161

—Fuiste casi... amable con ella —añadió—. No te muestras así con nadie.

—Esa chica es la personificación de todo lo que odio en el mundo —repliqué con firmeza—. Así que si vas a perder el tiempo haciéndote la celosa, yo me buscaría otro blanco para tus dardos.

Blythe pareció tranquilizarse un poco, y se giró a mirar en dirección al horizonte otra vez. Apenas había pasado un minuto cuando levantó un brazo:

—Mira ahí —susurró.

Seguí su mirada y vi tres figuras que caminaban por el campo del oeste. Hombres. Anchos hombros y cintura fina. No corrían, así que no estaban en peligro ni desesperados. Llevaban bolsas a la espalda, de modo que no estaban necesitados. Y llevaban ropas del mismo color verde pálido que los guardias que cabalgaban con Annika.

—¿Soldados de Kadier? —preguntó Blythe en voz baja.

Asentí.

—Si los han enviado en nuestra busca, eso significa que muy pronto vendrán más, sin duda. Si no llamamos la atención puede que se den la vuelta; es posible que no sepan qué están buscando.

—Pero si lo saben... —susurró, leyendo mis pensamientos.

Desenvainé y Blythe armó el arco.

Espoleé mi caballo y nos pusimos en marcha.

Casi al momento nos vieron; levantaron la vista, horrorizados. Me pregunté si ellos también desenvainarían o si darían media vuelta y echarían a correr. Pero no hicieron ni una cosa ni la otra. Al acercarnos, los tres se pusieron de rodillas y el que estaba a la izquierda se sacó un pergamino del bolsillo y levantó el brazo para que lo viéramos.

—¡Tened clemencia! —exclamó.

Yo levanté la mano, aunque Blythe ya estaba frenando.

—Venimos en son de paz —nos aseguró—. Nuestra princesa ha regresado y nos lo ha contado todo...

—¡¿Está viva?! —le interrumpió Blythe, incrédula.

El hombre asintió.

—Nos lo ha explicado todo. Yago, la reina Evelina, la historia de nuestros pueblos. El rey Theron quiere firmar la paz.

—Es cierto —dijo el del centro. Estaba muy asustado, y nos lan-

162

zaba miradas a los dos alternativamente, con las manos pegadas a la barbilla como un ratón.

—¿Paz? —preguntó Blythe—. ¿Cómo?

El que había hablado en primer lugar se aclaró la garganta.

—Propone una reunión en territorio neutral. Hay una isla frente a las costas de Kadier —dijo, intentando desplegar un mapa con manos temblorosas—. Venid a hablar con él. Tiene intención de abrir el comercio, hacer regalos... —añadió, tendiéndonos un paquete lleno de papeles.

Yo no veía clara esa reunión. ¿De verdad podía firmarse la paz entre nuestros pueblos? ¿Después de todo lo sucedido? Al menos eso suponía reconocimiento, respeto.

Aun así, no me fiaba mucho de ellos.

—Estáis mintiendo —dije—. Estáis mintiendo y habéis invadido nuestro territorio. Os enviaré de vuelta a vuestro rey en una caja.

—¡No, no, no! —exclamó el hombre—. Es cierto. Mirad. Llevamos nuestros cuchillos de caza, pero por lo demás vamos desarmados. Solo hemos venido a entregar el mensaje y a citaros en la isla —insistió—. Llevadnos con vosotros para que podamos explicároslo todo con más detalle.

Todo aquello era muy raro. Resultaba demasiado fácil.

Pero no era yo quien estaba al mando.

—Dejad caer vuestras armas —ordené, y los tres sacaron cortos cuchillos de caza que tiraron al suelo—. Y dejad también vuestras provisiones.

Desmonté y me acerqué al abanderado.

—Las armas fuera, todos vosotros. Le contaremos vuestra historia a nuestro líder. Él decidirá vuestro destino.

163

ANNIKA

*E*ntré en la biblioteca real sintiéndome como nueva. Rhett no estaba en su mesa, así que eché a caminar por entre las estanterías escuchando por si le oía. Tardé un momento, pero hacia la parte trasera de la sala oí el roce de los libros que estaba colocando en su sitio. Me asomé por la esquina y lo vi.

Rhett estaba de pie, leyendo con atención los lomos de los libros, comprobando que todo estuviera en su sitio. La pasión que mostraba por su trabajo era admirable. De pronto caí en que nunca le había visto hacer nada sin su habitual diligencia, sin esa pasión.

Levantó la vista y vio que le miraba. Dejó los libros tal cual sobre un estante vacío, algo impropio de él, y vino corriendo a mi encuentro, con un gesto de preocupación en los ojos. Me rodeó con sus brazos y se puso a hablar precipitadamente:

—Oh, Annika —dijo, y solo con oírle pronunciar mi nombre ya noté lo mal que lo había pasado. Se echó atrás, me miró a los ojos y me envolvió la barbilla con la mano—. No puedo creerme que consiguieras huir. ¿Cómo te encuentras?

Esa era la cuestión, ¿no? Ni yo misma podía explicarme todo aquello aún. Me sentía a la vez contenta y agotada, orgullosa y derrotada, agradecida y decepcionada.

—Es difícil decirlo —reconocí—. Supongo que habrás oído lo de mi madre.

Asintió.

—¿Y has tenido delante al asesino?

—Sí.

—Yo creo que de haber sido yo, habría intentado matarle —murmuró.

Me reí, pero no era una risa divertida.

—Bueno, le sugerí que me devolviera mi espada y que me dejara la oportunidad de enfrentarme a él, pero se negó. Yo no estaba en posición de negociar.

—Pero aun así conseguiste escapar —dijo Rhett, pasando de la rabia a la admiración.

—Sí. Y ahora que me siento mejor, tengo cosas que investigar.

Eso le gustó.

—Pues has venido al lugar indicado. ¿Qué puedo hacer por ti?

—Quiero las notas del juicio de Yago —le dije—. Quiero leer todo lo que tengamos sobre las pruebas y sobre la sentencia. Después de conocer a su hijo, siento la necesidad de saber más de lo ocurrido.

Rhett asintió, analizando mis palabras.

—Muy bien, pues. Por aquí. Los documentos judiciales están en la sección de historia. —Echamos a caminar y observé que movía los dedos nerviosamente—. ¿Recibiste mis cartas?

—Sí —respondí, bajando la cabeza, pensando en sus notas. Aunque eran muy vagas, reflejaban perfectamente sus anhelos.

—No puse nada por escrito —susurró, aunque estábamos solos—, pero, después de oír que Nickolas había regresado sin ti, decidí que quería otra oportunidad para ofrecerte mi mano.

—Rhett… Yo…

—Ya sé que vas a rechazarme —dijo, sonriendo—. Pero espera unos minutos a hacerlo, para que pueda hacerme la ilusión de que he tenido posibilidades un ratito más.

En sus ojos había una gran tristeza; tenían el color de las esperanzas rotas. Le cogí de la mano.

—Déjame que te diga una cosa, Rhett: gracias. Me salvaste la vida.

Me miró, confuso, y su frente se llenó de arrugas.

—Cuando me atraparon en el bosque, me ataron las manos con cuerdas, pero cuando me dejaron en la mazmorra, me pusieron grilletes. No habría podido quitármelos si tú no me hubieras enseñado a hacerlo. Me sacaste de aquella mazmorra, como si hubieras estado allí conmigo.

Me miró con una gran ternura, de nuevo esperanzado.

—¿De verdad?

—De verdad.

Tras un momento de vacilación cubrió la distancia que nos separaba, acercándose como si quisiera besarme.

165

—Rhett —le susurré, y él se detuvo, tragando saliva, con el rostro a apenas unos centímetros del mío.

—Perdón. Tus palabras me han… emocionado.

—Rhett, eres mi mejor amigo. Y no quiero perderte nunca, pero voy a casarme con otro hombre. Así que, si no puedes evitar besarme, me veré obligada a mantener las distancias.

Me miró, decepcionado.

—¿Después de todo lo que ha pasado? ¿No te abandonó?

Asentí.

—No lo quiero. Ni siquiera lo respeto. Si fuera libre, nunca permitiría que me unieran en matrimonio a un hombre como él. Para mí casarme con Nickolas no es más que firmar un contrato. —Me encogí de hombros—. Pero no puedo hacer nada al respecto. En cualquier momento podría presentarse un ejército ante las puertas del palacio. Y aunque pasen años y no ocurra, el día en que llegue quiero que se encuentre un frente unido. Es lo mejor que puedo hacer por mi pueblo.

Se me quedó mirando, impresionado.

—Ojalá yo fuera la mitad de bueno que tú. No se me ocurren muchas cosas por las que estuviera dispuesto a sacrificar toda mi vida.

Sonreí.

—Pues entonces hazme el favor de mantener esta biblioteca en perfecto estado. Puede que en el futuro no pueda seguir combatiendo con la espada, así que quizá se convierta en mi único refugio.

Rhett resopló, sonriente, y levantó la vista para buscar el libro que necesitaba.

—Si proteger esta biblioteca es el único modo en que puedo quererte, la protegeré con mi vida.

LENNOX

—Cuéntame exactamente lo que han dicho —me ordenó Kawan por enésima vez.

Estábamos en un cuarto pequeño, hablando de la llegada de nuestros visitantes inesperados. Mi madre estaba presente, y también Aldrik, Slone, Illio y Maston.

—Ya te lo he dicho —respondí, sin alterarme—. Nos entregaron las armas y nos transmitieron el mensaje de que el rey Theron nos ha invitado a una reunión en una isla. Más allá de eso, no sé nada.

Kawan se giró hacia Blythe.

—No opusieron ninguna resistencia —dijo ella—. Ni siquiera cuando los encerramos en sus celdas.

—Que esta vez estarán vigiladas, supongo... —dijo él, mirándome con gesto amenazador.

—Por supuesto.

Él se recostó en su silla y resopló, rascándose la espesa y desaliñada barba con sus dedos rollizos. Al cabo de un momento soltó una sonora carcajada, echó la cabeza atrás y dio un palmetazo sobre la mesa.

—¿Quién lo iba a decir? —exclamó—. De haber sabido que se rendirían tan fácilmente, habría atrapado a su princesa hace años.

—Pero es que esa es la cuestión —precisé—. Ya atrapamos a su reina hace años. Y nadie vino a buscarnos.

—Al ser una acción tan poco coordinada, debieron de pensar que se trataba de un incidente aislado. Ahora saben que vamos a por ellos, y quieren hacer algo al respecto.

Aquello para mí no tenía sentido. Habían tenido tres años para darse cuenta de que el ataque había sido cosa nuestra. Es más, si habíamos matado a su reina y secuestrado a su princesa, ¿por qué iban a ofrecernos la paz? No me fiaba. Pero podía hablar de mi desconfianza todo el día, que eso no cambiaría nada a los ojos de Kawan.

—¿Cómo quieres proceder? —le pregunté.

—Lo primero es interrogarlos —dijo, decidido—. Separadlos. Hacedles las mismas preguntas. Y ved si cuentan lo mismo. No deben comer ni dormir hasta que tengamos todas nuestras respuestas. —Hizo una pausa—. Y a ver si podéis eliminar al más débil.

—¿Por algún motivo en concreto?

—Aún no lo he decidido.

Asentí.

—¿Puedo sugerir que la primera ronda la haga Blythe?

—¿Por qué? —preguntó, escéptico.

—Tendrías que haberla visto a caballo con su arco y su flecha. Se quedaron de lo más impresionados al verla. Y creo que el hecho de que les interrogue una mujer los descolocará.

Kawan nos miró a los dos.

—Muy bien. Quiero información. Números, el tamaño de su ejército. No quiero la paz. Lo quiero todo. Quiero derribar hasta el último ladrillo de su castillo —dijo, y las últimas palabras fueron más bien como un gruñido grave.

—Sí, señor —dije.

Me giré para marcharme, y Blythe me siguió.

—¿Debo ir directamente a interrogarlos? —me preguntó, cuando ya Kawan no podía oírnos.

—Yo creo que necesitarás aplicar diferentes estrategias. El que llevaba la bandera probablemente te responderá a todo lo que le preguntes. Pero el del centro…

Blythe suspiró.

—Parecía aterrorizado. ¿Quizá mejor intentar hablar con él antes? ¿Conversar un poco?

—Buena idea —dije, asintiendo—. Creo que puede ser el eslabón más débil, pero podría equivocarme.

—Haré todo lo que pueda —me aseguró.

—Sé que lo harás bien —dije, apoyándole una mano en el hombro. Ella me miró con los ojos muy abiertos, y yo retiré la mano carraspeando—: Voy a ver si encuentro papel.

Annika había hecho hincapié en el hecho de que no teníamos

biblioteca, y aunque yo sentía una gran admiración por nuestra historia oral, sabía que la palabra escrita tenía una fuerza mayor.

Me fui a mi habitación. En la parte trasera de mi escritorio había un montoncito de hojas en blanco. Cogí unas cuantas y una de mis plumas. La tinta iba a ser otro problema. Abrí los tinteros y vi unos grumos secos en el fondo. Esperaba que con un poco de agua la tinta volviera a cobrar vida. Me guardé el papel y la pluma, y cogí un tintero. Luego volví corriendo con Blythe.

Desde el pasillo oí su voz en las mazmorras, presionando al más asustadizo de los tres soldados para que hablara. Encontré dos taburetes y los puse uno junto al otro para crear un escritorio. Encontré un resto de agua en un cubo cercano; me mojé los dedos y dejé caer unas gotas sobre la tinta seca.

Esperaba que aquello funcionara.

Habíamos separado a los hombres en zonas diferentes de los calabozos; la idea era que si querían comunicarse tendrían que alzar la voz, y nosotros lo oiríamos. Eso quería decir que, desde donde yo estaba, oía la conversación de Blythe, aunque no la viera.

—Lo sé —dijo Blythe, suavizando la voz—. Nosotros también hemos atravesado esas tierras hace poco. No hasta llegar a Kadier, creo, pero entiendo por lo que habéis pasado.

—Ha sido una caminata horrible. Y también lo es esta celda. Ya os hemos dicho que venimos en son de paz. ¿Por qué estamos encerrados? ¿Por qué me habéis separado de mis amigos?

—Necesitamos hablar con vosotros, eso es todo. Y estáis aquí por vuestra propia seguridad. No sabemos cómo os recibirían arriba, así que os pedimos un poco de paciencia.

—Ya —respondió él, aparentemente satisfecho con la explicación.

—Haré todo lo que pueda para que estéis más cómodos, pero no puedo prometeros mucho. Llevamos una vida bastante espartana.

—La vida en los barracones no es mucho mejor.

Casi me imaginaba a Blythe ladeando la cabeza en señal de complicidad, con una sonrisa en los ojos mientras hacía la pregunta siguiente:

—¿Es que vuestro rey trata a sus soldados con dureza? ¡Con todo lo que hacéis por él!

—Desde que su esposa desapareció está de los nervios; no paramos de patrullar. ¿Sabes cuántos kilómetros camino a la semana? Desde luego la paga no compensa, eso ya te lo digo yo.

—Qué horror —comentó Blythe—. ¿Es que tiene concentradas a muchas tropas en el palacio?

—Sí, pero la mayoría están posicionadas en los confines del territorio. No quiere que las visitas no deseadas se acerquen demasiado.

—Lo entiendo. Nosotros también hemos estado vigilando últimamente por si teníamos compañía —comentó Blythe.

Hubo un momento de silencio, y me pregunté qué estaría pasando.

—No tenéis que preocuparos por nada —respondió Asustadizo en voz baja—. Ahora os tiene miedo.

—¿Qué quieres decir? —dijo Blythe, adoptando su mismo tono de voz.

—Controla todo con puño de hierro. A sus hijos, su corona, su reino. Si está dispuesto a hablar, es que lo habéis asustado.

Hubo otro momento de silencio. Blythe estaría disfrutando con la idea de un rey intimidado, igual que yo.

170

—Gracias —dijo ella—. Volveré muy pronto con más información.

Me quedé escuchando y oí cómo abría y cerraba la puerta con llave. Asomé la cabeza por la esquina y vi en sus ojos la esperanza que yo también sentía en el pecho. Vino hacia mí a paso ligero, hablando en voz muy baja.

—¿Has oído eso?

—Sí —le confirmé, seguramente con mi mayor sonrisa de la última década—. Tenía mis reservas, pero suena a que está diciendo la verdad.

—Lennox, si esto es cierto, tendríamos la posibilidad de evitar…

—Un baño de sangre.

Blythe asintió.

—Tenemos que tomar nota de todo lo que digan. —Sumergí mi pluma en la tinta y tracé una raya en lo alto de papel a modo de prueba. Estaba algo espesa, pero serviría. Luego le pasé la pluma a Blythe, pero ella se ruborizó y agachó la cabeza.

—Yo no sé —susurró.

Era evidente que se avergonzaba, así que no dije nada más.

—No pasa nada. Yo sí —dije, algo incómodo.

Era la segunda vez que salía a colación el tema, y empezaba a resultarme extraño ser el único que sabía leer. Claro que, hasta hacía poco tiempo, tampoco resultaba tan útil.

—Cuando recuperemos nuestro reino tendrás tanto tiempo libre que podrás pasarte las tardes leyendo —le dije—. Ya te enseñaré yo cuando lleguemos a Dahrain.

—¿De verdad? —preguntó ella, sonriente.

—Por supuesto. Pero ahora vamos a apuntar todo esto, antes de que se nos olvide.

ANNIKA

*P*or la mañana tenía una carta de Nickolas.

—Parece ser que el duque la ha pasado por debajo de la puerta esta noche —dijo Noemi.

—Eso es de lo más romántico, viniendo de él —comenté yo, arrugando la nariz.

—Un hombre desesperado enseguida se pone sentimental —dijo ella, chasqueando la lengua—. Quizá la quiera más de lo que se imagina.

—Quiere verme —dije, después de ojear la nota.

—Me lo imaginaba. ¿Lo recibirá? —preguntó Noemi, al tiempo que sacaba tres vestidos y los apoyaba en el respaldo del sofá para que eligiera. ¿Era cruel por mi parte que quisiera ponerme algo que le rompiera el corazón?

—Ya le he dicho que no quiero verle a solas hasta la boda. Estaremos juntos a la hora del desayuno, y con eso ya basta para todo el día. —Metí la nota en el sobre y bajé de la cama de un salto—. Creo que hoy me pondré el de flores rosa.

—Excelente elección. Es uno de mis favoritos para…

No acabó la frase. Me giré y vi que estaba mirando por la ventana. Algo la había distraído.

—¿Estás bien? —le pregunté.

Al acercarme a la ventana, vi qué era exactamente lo que le llamaba la atención.

A lo lejos había cientos de soldados entrenando. No era raro que lo hicieran en el recinto del palacio, pero tampoco era algo normal.

—¿De qué cree que se trata? —preguntó.

Suspiré.

—Si están entrenando aquí, debe de ser algo que tiene que ver específicamente con el palacio.

—¿Usted cree? ¿Tantos?

Me encogí de hombros.

—Quizá necesiten toda esa tropa para hacer las rotaciones necesarias, y para evitar agotarlos. Y con lo tenso que está últimamente mi padre, no me sorprendería que hubieran redoblado la protección de Escalus y la mía.

Noemi asintió.

—Entonces convertiremos esta habitación en un oasis —dijo, casi para sus adentros.

Aún tenía la vista puesta en el horizonte, pero yo la miraba a ella. Para mí era todo un lujo que, con todo lo que estaba pasando, solo pensara en hacer que cada situación fuera lo mejor posible para mí.

Tras ajustarme el corsé y atarme las cintas del vestido, Noemi se dedicó a mi peinado. Me peinó hacia atrás y dejó que la melena cayera libre sobre los hombros. Mientras jugueteaba con un mechón, pensé en mi madre. Ahora siempre lo haría, cada vez que me peinara. Saqué una flor de uno de los jarrones y corté el tallo lo suficientemente corto como para poder ponérmela sobre la oreja.

Cuando consideró que estaba lista, Noemi abrió la puerta. Salí, pero cuando llegué al comedor, vi que la mesa de la cabecera estaba vacía salvo por Escalus, que parecía perfectamente cómodo pese a estar solo. Llevaba una casaca verde y el cabello peinado hacia atrás. Me acerqué y le di un beso en la mejilla.

—¿Dónde está papá?

Me senté en mi sitio de siempre, aunque eso suponía estar algo apartada de él.

—Está reunido.

Me quedé mirando a Escalus. Había algo diferente en su tono. Bajé la voz:

—¿Tiene eso algo que ver con el ejército que hay plantado ahí fuera?

Él echó una mirada fugaz a la multitud que teníamos delante, luego volvió a mirarme a mí y asintió.

Ya me lo diría, pero en ese momento no podía ser.

—Bueno, ¿y dónde está Nickolas?

—¿No te has enterado? Lleva encerrado en su habitación desde ayer a la hora del desayuno. Su mayordomo dice que ha rechazado todas las comidas. Yo creo…, yo creo que le has roto el corazón, Annika.

173

—Por favor… —dije, poniendo los ojos en blanco.

En el breve tiempo que hemos estado prometidos, no ha hecho otra cosa que darme órdenes y tratarme como si no existiera. Y si cree que voy a olvidar que me abandonó en el bosque, se equivoca mucho.

Escalus se encogió de hombros.

—En momentos de presión todos podemos precipitarnos. Aunque no es que defienda sus acciones —se apresuró a añadir.

Yo no respondí. ¿Qué iba a decir?

Se puso a cortar su comida, frunciendo el ceño.

—Annika, probablemente ya te hayas dado cuenta de que no soporto a Nickolas. Su mera presencia resulta agotadora. Pero…, si yo tuviera algo importante que decir, querría que me escucharan.

—¿Sabes que me ha enviado una carta pidiéndome eso precisamente?

Escalus chasqueó la lengua.

—No, pero no me sorprende. Ve a verle, déjale que diga lo que tiene que decir. Si aun así no se redime, de acuerdo. Tendrás un matrimonio distante y sin amor. —Suspiró—. Pero te conozco. Sé que te arrepentirás de haber perdido todo este tiempo si luego resulta que te quería desde el principio.

Nickolas se alojaba en una de las mejores habitaciones del castillo, a solo unos pasillos de la de Escalus. Respiré hondo y llamé a su puerta. Un mayordomo vino a abrir, y puso los ojos como platos al verme.

—Su alteza real —dijo, haciéndome una gran reverencia.

—¿Es ella? —preguntó Nickolas desde el interior de la habitación. Oí sus pasos apresurados en dirección a la puerta, que abrió de golpe—. Annika —dijo, haciendo sonar mi nombre como si fuera una cuerda lanzada a un náufrago.

Tenía el pelo hecho un asco, el chaleco abierto y el pañuelo desatado, caído a los lados del cuello. Nunca le había visto ni un pelo fuera de su sitio. Nickolas siempre iba impecable, pero ahora presentaba un aspecto realmente desastrado, desaliñado.

Reconocía que lo prefería así.

—Quiero decir… Su alteza real —añadió por fin, haciendo una

reverencia—. Espero que esto signifique que has recibido mi carta y que estás dispuesta a hablar conmigo. Te debo la mayor de las disculpas. Por favor, entra y hablemos.

—¿Te encuentras bien? —pregunté, manteniendo mi tono duro y distante.

—¡No! —exclamó, agarrándose el cabello con las manos—. ¡No he estado tan descentrado en toda mi vida!

No hizo ningún gesto para hacerme pasar, lo cual era otro signo de aflicción; Nickolas era de lo más ceremonioso. Antes de hablar miré a uno y otro lado del pasillo, para comprobar que estaba vacío.

—Nickolas, nunca he imaginado que pudiéramos ser felices juntos, y había acabado aceptándolo. Pero después de cómo te has comportado… —meneé la cabeza— … no tengo esperanzas siquiera de que podamos mantener una relación amistosa. Muchos matrimonios entre gente de nuestro rango son así —añadí, y contuve las ganas de echarme a llorar. Era devastador tener que admitir eso en voz alta—. Pero no cancelaré mi petición, y no te exigiré nada. Lo único que te pido es que me dejes sola. De hecho, no te lo pido. Te lo ordeno. Buenos días.

Me giré para marcharme, pero él alargó la mano y me agarró de la muñeca.

—Annika.

Pronunció mi nombre en un susurro tan desesperado que me hizo parar. Entonces aprovechó mi perplejidad para acercar la otra mano, cogerme de la mía y apoyar una rodilla en el suelo.

—Lo siento muchísimo. Si supiera…, si supiera cómo expresarme mejor, lo haría —dijo, con la mirada gacha y el gesto nervioso. A Nickolas nunca le podían los nervios—. Doy gracias porque aún quieras casarte conmigo, pero… ¿no hay esperanzas de que haya lugar para el amor en nuestro matrimonio?

Aparté la mirada por un momento.

—Nickolas, si alguna vez me has querido, lo has escondido extraordinariamente bien.

Cuando volví a mirarlo, estaba asintiendo.

—Quizás «amor» sea una palabra demasiado fuerte. Pero eres lo único de lo que he estado seguro en mi vida.

Y el modo en que me lo dijo por un momento me hizo ver su miedo. Ese era en parte el motivo por el que Lennox me había asus-

175

tado tanto. Me había pasado la vida al servicio de la corona. La idea de que alguien me arrebatara eso me descolocaba. Aunque a veces fuera duro, aunque supusiera hacer cosas desagradables, era algo que no quería perder.

Kadier era mi vida.

Y fue esa sensación de responsabilidad, de cumplimiento del deber, la visión de mis propios miedos en los ojos de Nickolas, lo que me llegó al corazón. No me lo encendió, pero llegó igualmente.

—Si hay algo de cierto en eso, demuéstralo.

Me soltó, levantando las palmas de las manos.

—Sí. Por supuesto. Pero... dame tiempo.

Me giré y me alejé, preguntándome en qué lío me habría metido esta vez.

LENNOX

*P*or la mañana ya teníamos los testimonios de nuestros prisioneros, y todos decían lo mismo. Las cantidades de soldados en posiciones específicas eran similares. Los tres nos habían señalado el castillo y las zonas de entrenamiento en nuestros viejos mapas, y hasta nos habían ayudado a ponerlos al día en la medida de lo posible. Y todos confirmaron la misma historia: el rey de Kadier quería celebrar una reunión, hablar del futuro y firmar la paz.

Le entregué a Kawan mi informe, escrito por mi inexperta mano. Al menos las líneas estaban bastante rectas.

Yo imaginaba que, lógicamente, me preguntaría cosas como: «¿Cuándo se supone que debemos reunirnos?» o «¿Todo concuerda?». Pero Kawan tenía sus propias prioridades.

—¿Quién te ha dado este papel? —me preguntó.

Solo hicieron falta esas seis palabras para hacerme comprender que lo que ya imaginaba era cierto: no quería que supiéramos leer y escribir.

—Lo encontré en los almacenes. No había demasiado papel, y la tinta estaba seca. Pido disculpas si he usado recursos del castillo innecesariamente, pero he pensado que una información de tal magnitud valdría la pena tenerla por escrito.

Me miró un buen rato y luego observó las páginas. Pasó los ojos bruscamente por las líneas de datos, que conducían todas a la misma conclusión, pero no parecía que se le iluminara el rostro.

¿Es que él... no sabía leer?

Se aclaró la garganta.

—Habéis hecho un buen trabajo. Ya veo que queréis compensar los errores de vuestra misión anterior.

Seguía hablando con un tono duro, y sus palabras continuaban sonando agresivas, pero yo aún me estaba recuperando de la impresión que me habían causado sus primeras palabras amables como para prestar atención a otra cosa.

Solo había un motivo para que me hubiera hecho un elogio: estaba ocultando algo. Si sabía leer, sería de forma muy rudimentaria. Tenía que tomar una decisión, y debía hacerlo rápido. Podía ponerlo en evidencia y observar cómo perdía cierta respetabilidad ante sus secuaces más cercanos, o podía encubrirlo. De momento.

—Gracias —dije—. Tal como ves, los tres han coincidido en sus respuestas. Y nos han ayudado a actualizar nuestros mapas, permitiéndonos situar con mayor precisión su palacio, los terrenos de práctica de su ejército y los pocos bastiones defensivos que tienen.

»La reunión debería tener lugar aquí —dije, señalando un fragmento de terreno llamado simplemente «la Isla». Costaría un poco llegar hasta allí, pero Kawan era demasiado tozudo como para pedirles que buscaran otro lugar—. Según parece, allí el tiempo es impredecible, así que lleva muchísimos años deshabitada. El rey quiere hablar de comercio y de una posible iniciativa común para la construcción de una carretera entre nuestros territorios que facilite el transporte de mercaderías. Dice que tiene un montón de regalos preparados como señal de buena voluntad.

De lo que no habían hablado los enviados era del reino en sí; todo lo demás, a mi modo de ver, era información sin interés.

—¿Y cuándo debería tener lugar ese encuentro? —preguntó.

Cambié de posición, moviendo los pies, intentando mantener la calma.

—Dentro de unos días. El rey se encontrará con nosotros allí y hará todo lo posible por… apaciguar los ánimos.

—Apaciguar los ánimos —dijo él, con una sonrisa burlona—. Los aniquilaremos. Acabaremos con ellos igual que ellos acabaron con nosotros.

La codicia se estaba apoderando de él a ojos vista.

—Lo mataremos —añadió—. Mataremos a su rey en esa isla y lanzaremos el cadáver al mar. Una vez que nos hayamos librado de él, entrar en Dahrain será fácil. —Se rascó la barba—. Los apresaremos a todos, a todo el ejército. De hecho —añadió, con una sonrisa cada vez mayor—, no le dejaremos llegar siquiera a la isla. Atacaremos en el mar, le demostraremos de qué somos capaces. Lamentarán haberse quedado con mi corona.

Aquel plan no me gustaba nada. Teníamos unos cuantos barcos de pesca, pero no navíos que pudieran transportar todo el ejército. ¿De dónde íbamos a sacar todos los barcos necesarios? ¿Cómo iba a luchar en el mar una tropa entrenada para la lucha en tierra? Y, sobre todo, ¿por qué no evitar la violencia? Daba la impresión de que habíamos intimidado al rey hasta el punto de someterlo; ahora que estábamos tan cerca, quizá bastaría con marchar sobre el país.

—Mi señor, ¿estás seguro de que es la mejor estrategia?

Lentamente, Kawan levantó la vista del papel. Quizá no fuera capaz de leer las palabras que tenía delante, pero yo sí podía leer su mirada. Y exigía silencio, obediencia.

—En primer lugar, vosotros dos volveréis a interrogar a esos hombres. Quiero que os confirmen el tamaño de la comitiva de su falso rey, y quiero saber la hora exacta a la que quieren encontrarse con nosotros. No me falléis —advirtió—. Mientras tanto haremos planes para la fiesta.

—¿Fiesta? —pregunté. Su mente, como siempre, iba en una dirección completamente diferente de lo que cabría pensar.

—Naturalmente. Si nuestro pueblo va a recuperar su hogar, lo celebraremos.

Asentí y me giré, sabiendo que Blythe estaría dos pasos por detrás de mí. Ella cerró la puerta y yo me quedé en el pasillo, atónito.

—Eso… no es lo que me esperaba —reconoció, en voz baja.

—Ni yo tampoco. ¿Por qué quiere obligarnos a combatir? —respondí.

No se me ocurría ningún motivo que explicara su decisión. Nos iba a poner a todos en peligro.

—¿Una celebración? —preguntó Inigo—. ¿Y qué vamos a celebrar? ¿Que vamos a la guerra?

Asentí. Estábamos al aire libre, sentados en unas rocas, contemplando el mar. Con aquel viento no habría nadie más que quisiera estar ahí, y nuestras quejas se perderían en el aire. Necesitaba respirar, escapar por un momento de la rabia que me embotaba la mente. Pero hasta el momento no lo estaba consiguiendo.

179

—Pero ¿sabéis qué es lo que me tiene más desconcertado?

—¿El qué?

—El día después de la supuesta reunión, cuando deberíamos estar tomando posesión del nuevo territorio o viajando de vuelta a casa...

—Es el Matraleit —dijo Inigo, con un gran suspiro.

—Exactamente. Y no ha dicho ni una palabra de eso. Ni banquete ni celebración. Si vamos a luchar por nuestro pueblo, al menos debería recordar nuestras tradiciones.

Inigo se quedó mirando al horizonte.

—Menos mal que estás tú aquí. Tú llevas la cuenta de cada cosa. Yo conocía parte de nuestra historia, pero la mitad de lo que sé lo he sacado de otros habitantes del castillo, después de llegar aquí.

—No sé por qué no tenemos todo eso escrito en algún lugar. Nos habría resultado útil en más de una ocasión.

Meneé la cabeza, haciéndome la pregunta que desearía haber hecho antes de la muerte de mi padre. Si Kawan nos encontró, si sabía que buscaba a determinadas familias, ¿eso de dónde lo sacó? Mi familia ya sabía lo que era el Matraleit, pero otras cosas nos las enseñó él. Otras familias corroboraron sus historias, y, un poco entre todos, reconstruimos la historia todo lo que pudimos. Pero él sabía muchas cosas cuando se presentó a nuestra puerta. ¿Cómo podía ser?

—No te preocupes —dijo Inigo, quitándole importancia—. El hecho de que Kawan no vaya a celebrar el evento no quiere decir que las chicas lo vayan a pasar por alto.

Al oír aquello puse los ojos en blanco.

—¿Tú vas a hacer una pulsera para alguien?

—Nah —dijo, riéndose—. No creo que nadie la quiera. Y no espero ninguna. Pero tú, por tu parte, deberías abrir los ojos.

—No empieces.

—Ya sabes que va a llegar, antes o después. Quizá sea mejor dejarse llevar —dijo, encantado de haber encontrado algo con lo que meterse conmigo.

—Yo no me dejo llevar. Nunca.

Inigo contuvo una risita, pero ahora que lo había mencionado, miré por encima del hombro, escrutando los campos a lo lejos. Por supuesto, había gente recogiendo la paja.

Tragué saliva. La base del Matraleit eran los lazos, los vínculos.

La permanencia. En algún momento de nuestro pasado, la gente había empezado a tejer pulseras y a regalárselas a sus seres queridos. A veces también lo hacían los hombres, pero sobre todo eran las mujeres. Era fácil ver a gente que lucía toda una colección de pulseras, orgullosos de demostrar que eran capaces de robar tantos corazones. A veces las pulseras se entregaban con gran ceremonia, y suponían un primer compromiso de matrimonio. A veces, en cambio, se dejaban de forma anónima, y el receptor tenía que adivinar quién las había elaborado. Las pulseras se habían convertido en el símbolo de la fiesta.

A mí nunca me habían regalado ninguna. Y si este año recibía una, solo podía ser de una persona.

—Escucha —dijo Inigo—, bromas aparte, no dejes que Kawan te saque de quicio. Llegará un momento en que necesitaremos actuar con precisión, con planificación. Y eso no puedes hacerlo si la rabia te tiene distraído.

Aparté la mirada y tragué saliva.

—Lo sé.

—Así que, por una vez, quizá valdría la pena dejarse llevar. Aunque solo sea por tener otra cosa en el corazón.

Me lo quedé mirando.

—Lo tendré en cuenta, si tú me prometes no volver a hablarme así en la vida.

Se rio.

—Trato hecho.

Le di una palmada en el hombro y me dispuse a volver a mi habitación. Tenía muchas otras cosas en la cabeza, pero la mente se me iba todo el rato al consejo que me había dado. No quería decepcionarle…, pero no me parecía que fuera capaz de seguirlo.

ANNIKA

*E*staba asegurando el último punto de mi bordado cuando resonó en la puerta la llamada especial que usaba Escalus. Noemi se iluminó y fue corriendo a abrirle.

Él entró con paso decidido y con la cabeza alta. Llevaba un ramo de flores silvestres en la mano.

—Es todo un detalle —dije, señalando los ramos que había por toda la habitación y que no dejaban de llegar—. Pero ya ves que no tengo dónde ponerlas.

—Me lo imaginaba; por eso estas son para tu doncella —dijo, entregándoselas a Noemi—. Ella también se merece algo bonito. La gente suele olvidarse de que tiene la dura tarea de atenderte a ti.

—¿Perdona? —exclamé, fingiéndome ofendida, mientras Noemi se reía.

—Su alteza real se porta muy bien conmigo, señor. Si alguien se lo preguntara, puede decirle que se lo he dicho yo misma —dijo Noemi.

Luego hundió la nariz en las flores y me sentí un poco culpable.

—Lo intento, pero Escalus tiene algo de razón. ¿Cuándo fue la última vez que se me ocurrió traerte algo… porque sí? Y tú haces tanto por mí…

—Te lo he dicho —remachó Escalus, sentándose.

—No tengo ninguna queja, milady. Voy a poner estas en mi habitación —dijo, alejándose a paso ligero, con energías renovadas.

—Eres muy detallista, Escalus. Conmigo, con Noemi…, no conozco a nadie que haya necesitado algo de ti y que no lo haya recibido.

—Hago lo que puedo —respondió con una sonrisa—. Igual que tú.

—Ojalá pudiera hacer más. El reino no se acaba donde acaba el castillo, ya sabes. —Puse la mirada en mi bordado e hice una mueca de concentración—. Después de lo ocurrido, no creo que papá me deje ir a ningún sitio durante un tiempo..., si es que me deja volver a salir alguna vez.

A Lennox le habría encantado saber que me había arruinado la vida en más de un sentido.

—No te desesperes —dijo él—. La gente te aclama, está deseando verte. Quizá si se lo recuerdas a papá, podrías convencerle para que cambie de opinión.

Noemi estaba de vuelta y miró por encima de mi hombro.

—Ese ribete le ha quedado muy bien, milady. Puede que sea el mejor trabajo que ha hecho hasta ahora.

Aquello me produjo una satisfacción minúscula, pero agradable.

—¿Quieres que esto lo pongamos en tu habitación, Noemi? ¿Para alegrar un poco la estancia?

—¿De verdad? —dijo ella, encantada.

—¿Y qué te parecería un cojín con un acabado horroroso? —preguntó Escalus, que le daba las últimas puntadas a su labor—. Estoy seguro de que combinará muy bien.

Ella se rio.

—Tienen que parar los dos. Yo aceptaré todo lo que me quieran dar sus altezas, pero tampoco hace falta que me llenen la habitación de regalos.

Tenía su mano junto a mi hombro, así que me giré para besarla.

—Eres demasiado buena, Noemi.

—Probablemente, una de las personas más dignas de confianza que he conocido nunca —añadió Escalus, poniéndose serio—. Motivo por el que puedes quedarte mientras le digo a mi hermana lo que tengo que decirle.

—Entonces, ¿sabes algo de esos soldados? —le pregunté.

Él suspiró.

—Annika, mi padre quizá no lo reconozca en tu presencia, pero el modo en que actuó cuando te llevaron..., se sintió como si fuera culpa suya. No paraba de culparse por haberte perdido de vista. También estaba furioso con Nickolas, pero tenía que guardar las apariencias: ahora que el compromiso es público, no puede dejar que la gente piense que escogió mal. Así que estamos todos en guardia y están patrullando constantemente las fronteras. Yo...

183

Escalus no acabó la frase, se quedó pensando un momento para escoger bien sus palabras.

—No sé, actúa de un modo… Tengo la sensación de que todo esto esconde algo más grande, pero no puedo estar seguro.

—¿Qué más podría haber? —pregunté, pensando en voz alta—. Si ataca, será el rey quien habrá puesto fin a más de ciento cincuenta años de paz; él nunca lo haría. No tenemos adónde huir, y ellos en realidad no tienen razón para reclamar el reino. Lo único que le queda es protegernos.

Justo en ese momento llamaron a la puerta. Noemi fue corriendo a abrir y saludó al guardia que había acudido a decirnos que su majestad quería vernos con urgencia. Quizá fuera por las palabras de Escalus, o quizá porque papá raramente reclamaba nuestra presencia, pero sentí una presión en el estómago. Nos pusimos en pie y nos dirigimos a sus aposentos.

Llamamos a la puerta de mi padre. Escalus y yo cruzamos una mirada mientras pasaban los segundos. Por fin un mayordomo acudió a abrirnos y nos hizo pasar al tiempo que salía un torrente de personas, entre consejeros y militares de alto rango.

Papá estaba en su gran mesa, amontonando papeles y guardándolos. Nos miró y fue al grano:

—Ah, justo a vosotros os quería ver —dijo, indicándonos con un gesto que nos acercáramos a la mesa. Encima, en el centro, había un gran mapa de Kadier—. Liberad vuestras agendas para el jueves. Necesitaré contar con vosotros para un asunto de Estado.

—¿Con los dos, majestad? —dije yo, frunciendo los párpados.

Él asintió, señalando una zona del mapa.

—Annika, ¿cómo decías que llamaban a su tierra? ¿Dahrain? Sea lo que sea, vamos a celebrar una cumbre en la Isla para intentar firmar un tratado de paz. Y quiero que vengáis los dos.

Me quedé helada.

—Padre…, cómo…, ¿por qué vas a hacer algo así? ¿Por qué los invitas a venir tan cerca? Ya te he dicho que tienen un ejército. Llevan años entrenando para invadirnos. Te ruego que lo reconsideres.

—Ya he enviado una delegación. Si aceptan, llegarán el jueves por la mañana. Así que preparaos para ir al muelle.

Miré a Escalus con gesto suplicante. Él se aclaró la garganta.

—Padre, ¿estás seguro? Son los mismos que enviaron a un hombre para asesinarte. Son los que consiguieron matar a nuestra madre y estuvieron a punto de hacer lo mismo con Annika. ¿Cómo vamos a estar tranquilos teniéndolos tan cerca?

Lo vi tan claramente como aquel instante en que cayó un plato al suelo y se rompió en doce pedazos: sus ojos de pronto cambiaron, y se apoderó de ellos aquella rabia oscura que le dominaba tan a menudo. Cogí aire y me preparé para capear la tormenta.

—¿Es que tenéis que llevarme la contraria a cada momento? —preguntó, y enseguida adoptó un tono burlón—: «¡No me quiero casar con él!»; «¡No me quiero casar con ella!»; «¡Quiero esto!»... ¡Ya vale! Ahora mismo no soy vuestro padre, sino vuestro rey. Voy a reunirme con el cabecilla de este supuesto ejército el jueves. Quiero tener a mi heredero a un lado y a la princesa que escapó de sus garras al otro. ¡Presentaremos un frente unido, y vosotros no diréis ni una palabra!

Me imaginé mirando por la ventana, viendo a Lennox en el exterior. Sus penetrantes ojos azules mirándome desde fuera, su capa aleteando al viento. No habría pared ni espada que lo detuviera.

Un silencio furioso cayó sobre nosotros. Su majestad nos indicó la puerta con un gesto de la mano; yo hice una reverencia, mi hermano bajó la cabeza y ambos abandonamos la estancia. Seguí a Escalus por el pasillo, sintiendo la tensión que desprendía, como si fueran ondas.

Doblamos una esquina y él apoyó la espalda contra la pared. Se llevó una mano a la frente.

—¿Qué hacemos? —pregunté—. Escalus, no podemos aceptar esto.

Él meneó la cabeza.

—Creo que tenemos que hacerlo.

—¿Qué? ¡No! Escalus, está claro que esto es una locura. ¿Y si hablaras con los ministros y consiguieras que lo declararan incapacitado? Tienes la edad suficiente, podrías reinar.

Negó con la cabeza.

—Si lo declaro loco, eso empañará mi reputación y también la de mi descendencia. Ya lo sabes. En cuanto cometa mi primer error, dirán que sigo los pasos de mi padre, y perderé el trono. Además —añadió, cogiendo aire y soltándolo pesadamente—, si ya ha enviado una delegación, el plan está en marcha. Si van a la Isla y no estamos allí para recibirlos, será un insulto, prácticamente una invitación a la guerra. Pondríamos en peligro a todo el mundo.

Me sentía mareada.

—Lo que tenemos que idear ahora es un plan para ti —añadió.

—¿Qué? ¿Por qué para mí?

—Si esta cumbre acaba mal, tenemos que encontrar un lugar donde podamos esconderte hasta que consigas reunir el apoyo necesario para recuperar el territorio.

Fue entonces cuando perdí la esperanza. Escalus, siempre tan compuesto y detallista, se estaba rindiendo. Si quería trazar un plan para que yo pudiera recuperar Kadier, debía de pensar que íbamos a perderlo realmente.

LENNOX

Unas horas más tarde, nuestros tres prisioneros se habían convertido en invitados de honor. Kawan les dio la bienvenida a nuestro banquete de celebración con los brazos abiertos, y todos tuvimos que seguir su ejemplo.

Aun así, yo no los perdí de vista. No se mantenían unidos, como yo me esperaba, sino que se movían por la sala con confianza, recibiendo elogios. No era de extrañar: Kawan prácticamente los había presentado como nuestros salvadores.

Decidí seguir más de cerca a Bandera Blanca. Asustadizo y Reservado estaban tan tensos que quedaba claro que ni con la cálida bienvenida que se les estaba ofreciendo conseguiríamos que abrieran la boca. Asustadizo porque parecía desconfiar de nosotros, y Reservado porque no parecía que todo aquello le afectara. Bandera Blanca, en cambio, parecía estar encantado. Tenía una jarra de cerveza en la mano y se reía con ganas de algo que alguien había dicho. Me acerqué a escuchar.

—Según dicen, la Isla es bonita —comentó Bandera Blanca—. Yo no la he visto nunca, así que me alegro de ir con vosotros.

—¿Qué regalos nos va a hacer el rey? —preguntó una voz emocionada.

Bandera Blanca se encogió de hombros.

—Yo supongo que será comida, pues la tenemos en abundancia. También tenemos excelentes artesanos del cuero, así que no me sorprendería que también hubiera unas cuantas sillas de montar. Pero quizá sea algo aún mejor.

Puse los ojos en blanco al oír cómo se jactaba. Claro que tenían comida en abundancia: por eso nos quitaron las tierras.

—¿Os han contado que todos vimos a vuestra princesa? —preguntó otra persona.

Todos hablaban con soltura y con admiración. ¿Cómo podían haber olvidado tan rápidamente que se encontraban ante el enemigo?

Él asintió y chasqueó la lengua.

—Dejadme que os diga que a todos nos sorprendió oír que se había escapado. Es muy buena persona, una dama, como su madre. Ninguno de nosotros podía imaginar que tuviera esos recursos tan formidables.

Sentí un nudo en la garganta.

—No sé yo si es tan formidable —dijo alguien—. Será lista, pero yo no diría que es fuerte. A mí no me preocuparía cruzarme con ella en un campo de batalla.

Bandera Blanca meneó la cabeza.

—Eso nunca ocurrirá. No me sorprendería si su padre la encerrara, literalmente, en una torre. Su hermano Escalus, por otra parte, da una imagen de decoro y buena educación, pero no tengo dudas de que podría matar a un hombre. Especialmente si es por ella. Si os cruzáis con él, ya podéis echar a correr.

De pronto, gracias a la verborrea de nuestro visitante inesperado estaba aprendiendo mucho de esa familia real.

Según nuestros invitados, no era frecuente encontrar a uno de los dos hermanos solo en público. Annika siempre tenía palabras de elogio para su hermano y no parecía que quisiera a nadie en el mundo como a él. Escalus presumía de los conocimientos y la bondad de su hermana, así como de su fuerza. Habría apostado a que había sido él quien había enseñado a esa chica a manejar la espada. Y por lo que decían los visitantes, no parecía estar muy contento con el compromiso de boda de su hermana.

Este detalle hizo que la mente se me fuera a lugares inesperados. Si no le gustaba su prometido, ¿era porque el hombre en cuestión era un bufón? —que era lo que me parecía a mí—, ¿o porque había otra persona que le gustaba más para ella? También me pregunté por qué se habrían molestado en buscarle un marido a ella antes que una esposa a él. ¿No era mucho más importante esto último?

Mientras yo le daba vueltas a la cabeza, entraron unos cuantos músicos en formación anunciando la llegada de nuestro líder y de mi madre. Las pocas veces que celebrábamos una fiesta hacían su entrada así, como si realmente fueran realeza. Kawan, con su trono falso, mi madre, con sus vestidos robados… Era un espectáculo de mal gusto.

Kawan entró y escrutó la sala con suficiencia. Sin embargo, por mucho que me molestara aquella puesta en escena y el desprecio que sentía por su propio pueblo, nada podía compararse con la rabia que me produjo de pronto mi madre.

Llevaba el vestido de Annika.

Habían retocado el vestido que había dejado en la mazmorra para ajustarlo a la complexión de mi madre, pero resultaba inconfundible. El cuerpo del vestido de color crema, los bordados de flores. Mi madre llevaba la cabeza bien alta y la mano apoyada sobre la de Kawan.

Me puso furioso.

Mientras la gente los aplaudía, crucé la cantina para cogerla de la mano y, con la máxima calma posible, me la llevé fuera.

—¿Qué significa esto? —preguntó.

—Quítate ese vestido.

Ella me miró como si estuviera loco.

—Debes de estar de broma. Es el primer vestido que tengo que ha sido elaborado expresamente para la realeza —dijo con una sonrisa—. Y voy a disfrutarlo.

Le corté el camino.

—No… eres… una reina. Kawan no se ha molestado en casarse contigo ni en darte un cargo oficial. Puedes pasearte por ahí con todos los vestidos que quieras, pero eso no cambiará el hecho de que, a sus ojos, eres sustituible.

Se me quedó mirando fijamente, con los labios tensos de rabia.

—¿Por qué eres siempre tan cruel con tu madre?

Solté una carcajada burlona.

—¿Yo, cruel contigo? Te quedas ahí, sin hacer nada, mientras el hombre que mandó a tu marido a la muerte pega a tu hijo en público. ¿Cómo puedes hablarme de crueldad?

Tragó saliva.

—No me gusta que sea tan violento contigo, y desde luego no me gustó que lo hiciera delante de tanta gente. Lo siento mucho.

—Eso es un gran consuelo —respondí, cruzándome de brazos—. Especialmente sabiendo que si decidiera pegarme de nuevo esta noche, tú seguirías en tu sitio, a su lado.

Apartó la mirada, confirmándome lo que ya sabía.

—¿Es que no lo entiendes? —le susurré—. Te retiene a su lado para no perderme. Nadie más tiene las agallas para matar a una rei-

189

na, para secuestrar a una princesa, para matar a los que deciden huir cuando se dan cuenta de que nunca va a darles lo que les prometió. Si me pierde a mí, toda su operación se viene abajo. Hace mucho tiempo que quiero huir, encontrar algo mejor, y si no lo he hecho antes es porque sigo esperando que reacciones y recuerdes que soy tu hijo.

Ella miró el suelo, el puño de la manga, la antorcha en la pared... Cualquier cosa menos mirarme a mí.

—¿Es que alguna vez me has querido? ¿Alguna vez me has mirado y has visto algo más que un soldado?

—Lennox, por supuesto que te he querido.

En pasado. No me equivocaba.

—Pero es que eres idéntico a él —reconoció, llevándose la mano a la boca—. Me duele mirarte y ver en ti la sombra del hombre con el que me casé y que perdí. Tenemos que sobrevivir aquí, Lennox. Para poder recuperar todo lo que buscamos, tenemos que sobrevivir.

Me pasé los dedos por el cabello, casi con ganas de arrancármelo.

—Yo llevo años sobreviviendo, y es la excusa más triste que se me ocurre para vivir de esta manera. Estoy listo para empezar a vivir mi vida, madre. Y no tengo la más mínima duda —dije, acercándome— de que, cuando lo haga, tú no formarás parte de ella.

Hacía ya un rato que se le estaban llenando los ojos de lágrimas, pero ahora de pronto rebosaron.

—¿Qué quieres de mí, Lennox?

—Quiero avanzar. Quiero ir a por nuestro reino, pero de la forma correcta. Por la memoria de padre. Quiero saber con quién cuento. Y quiero..., quiero a mi madre. Pero mi madre murió cuando se convirtió en la amante de Kawan —dije, con los labios temblorosos—, y no creo que vaya a regresar nunca.

Mantuvo la mirada baja, pero levantó la barbilla, negándose a avergonzarse. Yo ya sabía que no lo haría. No tenía ningún poder. No podía hacer nada, y eso hacía que me dieran ganas de gritar de frustración.

—Siento ser una decepción para ti —susurró.

—No, no eres nada para mí —la corregí—. Eres una nulidad que se pavonea como si fuera una reina. Eres un fraude.

—Muy bien —dijo, endureciendo la mirada—. Pues entonces considera que para mí no eres más que un soldado.

—Ya lo hago.

Se dio media vuelta y echó a caminar hacia la fiesta con la cabeza bien alta. Yo metí la mano en el bolsillo de mi chaleco, cogí el botón de mi padre y lo froté entre el pulgar y el índice.

Ya había enterrado a mi padre, físicamente, y había llegado la hora de hacer lo mismo con mi madre, mentalmente.

Salí del castillo convertido en un huérfano.

ANNIKA

—¿Qué es lo que ha hecho? —preguntó Rhett, atónito—. ¿Y ahora qué pasa?

Me encogí de hombros.

—Pues que tenemos que ir. Ya está todo en marcha. Pero ¿qué pasa si intentan invadirnos? Te aseguro que si Lennox considera que la invasión es posible, eso es lo que hará. Renunciará a cualquier tipo de reunión y vendrá directamente a este palacio.

Suspiré, frotándome las sienes. Desde el momento en que mi padre había anunciado sus planes, me había entrado un dolor de cabeza que no me dejaba en paz.

Rhett alargó la mano y cogió la mía.

—¿Qué podemos hacer? ¿Cómo puedo ayudar?

Le miré a los ojos y vi preocupación en ellos. El instinto me decía que no estaba preocupado por sí mismo.

Estaba preocupado por mí.

—Tengo dos cosas que pedirte. En primer lugar, quiero que cojas los libros de historia más importantes y los empaquetes. Si Lennox abandona la reunión y viene aquí, tienes que huir y llevarte la verdad. Este es nuestro reino. Y si llega el momento en que tengamos que reclamarlo, tú tendrás las pruebas.

Asintió. Estaba claro que ya tenía preparada alguna lista con los libros más esenciales.

—Eso es fácil. ¿Qué más?

—Quiero practicar con la espada. Si la reunión sale mal y sus enviados esperan encontrarse con una pobre damisela, quiero que lo lamenten. Tengo claro que te importo lo suficiente como para no permitir que esté indefensa. ¿Me puedes ayudar?

Se quedó mirándome, sonriendo.

—Annika, no solo me importas. Te quiero. Nunca lo he ocultado.

Sentí que me ruborizaba. ¿Es que iba a ponerme en ese compromiso cada vez que tenía ocasión? Si no estuviera comprometida con Nickolas, si no hubiera vínculos de honor y deber entre nosotros, ¿me dejaría seducir por Rhett? No lo tenía claro. Y, probablemente, lo mejor sería no pensar demasiado en ello, por mi bien.

—Ya sé que me quieres.

—Y yo sé que te hace sentir incómoda. Resulta evidente —dijo, riéndose—. Pero me conformo con quererte de lejos. Desde esta antigua y polvorienta biblioteca. Hay cosas peores.

Le miré fijamente a los ojos, admirada.

—¿Puedo preguntarte algo que podría considerarse que cruza una línea roja?

—Por lo que a mí respecta, no hay líneas rojas entre tú y yo. Puedes preguntarme lo que quieras, siempre.

Sentí que se me aceleraba el pulso, una sensación similar a cuando me habían llevado al gran salón del castillo de Vosino. No hice caso.

—¿Cómo lo supiste? Dices que me quieres. ¿Cómo supiste siquiera que era amor?

Él respiró hondo y se acercó.

—Tú has leído todos los cuentos de hadas de esta biblioteca, Annika. ¿Es que no lo sabes? El amor no se parece a nada —dijo, susurrando—. El amor tiene un sonido propio, es como mil latidos del corazón al mismo tiempo. Es como el estruendo de una cascada o la paz del amanecer. Puedes oírlo por la noche, en forma de arrullo cuando vas a dormir, o alegrando tus días más oscuros, como una carcajada.

»El caso es que a algunos nos han enseñado a escucharlo, así que cuando llega resulta muy fácil distinguir su sonido. Pero hay otras personas que no lo distinguen entre tantos otros sonidos que lo ahogan. Esas personas tardan más. Pero, cuando por fin se abre paso, es como una sinfonía.

Me puso un dedo bajo la barbilla y me la levantó para mirarme a los ojos.

—Tú escucha, Annika. Escucha. Llegará.

Me dio un beso en la mejilla con la máxima delicadeza, quizá con la esperanza de que de pronto se oyera el ansiado sonido.

No oí nada.

Pero le creí.

—Creo que será más fácil oírlo cuando hayamos superado la amenaza de la guerra —bromeé, para quitarle tensión al momento.

Se rio.

—Probablemente tengas razón. Y sí, practicaré contigo. Si conseguiste mantener a raya a ese Lennox, deberías poder plantar cara a cualquiera que se te ponga delante. Pero no corramos riesgos. —Se quedó pensando un momento—. Si están haciendo preparativos, no parará de entrar y salir gente de los establos, tendremos que quedar en otro sitio.

—¿Qué tal mi rincón favorito de los jardines? Donde está la piedra. La vegetación es alta, así que no nos verán, y está lo suficientemente lejos como para que la gente no nos oiga.

—Sí, debería funcionar —respondió, después de pensárselo un momento. Se giró a mirar el cielo, que empezaba a oscurecerse—. ¿Después de la cena?

—Te estaré esperando.

En el momento en que salía de la biblioteca me asaltó una duda: cabía la posibilidad de que Nickolas no hubiera sido informado de los planes de mi padre. A pesar de todos mis recelos, me pareció que sería una crueldad mantenerlo al margen de algo tan importante. Me fui a su habitación.

—Su alteza real —me saludó Nickolas, después de que me anunciaran—. ¿A qué debo el honor de tu compañía?

—¿Ha venido a verte Escalus?

Negó con la cabeza.

—Entonces déjame entrar, por favor. Hay algo que deberías saber.

Si Rhett había reaccionado a la noticia con rabia, Nickolas apenas mostró una leve preocupación.

—No me parece bien que vayas. Altera mi línea de actuación.

—¿En qué sentido? —pregunté.

Suspiró.

—Como súbdito, el instinto me dice que debo pedirle a su majestad que me deje ir con vosotros. Si las cosas no salen bien, quiero poder defenderlo. Pero como prometido... —Me miró a la cara—. Lennox te raptó una vez. Y teniendo en cuenta que eso fue culpa mía, debo procurar que no vuelva a ocurrir. Quiero estar a tu lado.

Observé que paseaba la mirada por el suelo, de un lado al otro, como si estuviera apuntando conceptos mentalmente en dos listas y comparándolas para ver cuál pesaba más.

—¿Puedo hacer una petición?

—Por supuesto —dijo, mirándome a los ojos.

—Protege a Escalus. Mi padre tendrá un enjambre de guardias al lado, y ya te habrás dado cuenta de que, en caso de necesidad, sé defenderme con la espada.

Hice una pausa. No quería seguir adelante, pero tragué saliva y reconocí la evidencia:

—Todos sabemos el lugar que ocupo yo en esto. Es mucho más importante que Escalus regrese sano y salvo. Si yo muriera, todo puede seguir adelante; pero si le pasara algo a mi hermano, sería un desastre. —Respiré hondo—. Será mucho más útil que protejas a Escalus. Él es mucho más valioso para el reino.

Bajó la mirada y respondió tan bajito que me costó oírlo:

—No para todos.

Estaba claro que, para él, reconocer aquello era como grabar nuestros nombres en una losa de mármol o escribir una ópera en mi honor.

—¿Nickolas?

—A mí no se me dan bien las palabras grandilocuentes —dijo, sin ser capaz aún de mirarme a los ojos—. Si así fuera, las habría usado hace ya mucho tiempo. Pero para algunos de nosotros…, para mí…, sería mucho más devastador perderte a ti.

»Annika, siempre me han dicho que para ser un miembro de tu familia eran esenciales el protocolo y la corrección en las formas. Mis tutores y la gente que me cuidó me criaron con la idea de convertirme en alguien digno de ti a los ojos de todo el reino; lo que no consiguieron es hacer de mí alguien que tú también pudieras considerar digno de ti.

»Quizá sea demasiado tarde para enmendar mis errores. El bosque…, no te culpo por odiarme. Pensé que nuestro país estaba siendo atacado, y mi instinto fue salir corriendo al palacio para informar. Tendría que haberte llevado a ti al palacio. Ahora me siento de lo más tonto. Nunca podré disculparme lo suficiente por ese momento.

195

Se frotó las manos, nervioso; de pronto, tras tantos años convencida de que sabía quién era Nickolas, observé, perpleja, que quizá no sabía nada de él. Me pregunté si ahora, después de esto, oiría algo que sonara a amor.

De momento, no.

Aun así, agradecía muchísimo su honestidad.

—No es demasiado tarde, Nickolas.

Me miró con incredulidad.

—Me gustaría muchísimo volver a empezar, Annika. Sin expectativas. Conocerte, y que tú me conocieras a mí.

Asentí.

—A mí también me gustaría. Pero no puedo pensar en ello hasta que pase todo esto. Si sientes algo por mí, como dices, por favor, no pierdas de vista a mi padre y a mi hermano cuando vayamos a la Isla. Protégeles todo lo que puedas. Sé la voz del sentido común.

Nickolas asintió.

—Tus deseos son órdenes.

LENNOX

Con lo oscuro que estaba no era un buen momento para alejarse, pero no podía quedarme dentro de las paredes del castillo. No lo soportaba. Por encima del murmullo de las olas en la orilla oí a los pocos músicos que teníamos rememorando una vieja canción popular de Dahrain. Cuando era niño, mi madre me la tatareaba para ponerme a dormir. Si tenía letra, hacía tiempo que se había perdido. Pero ¿no debía estar contento con esta empecinada marcha para recuperar nuestras tierras, basándome en la poca historia que conocíamos? Lo único en lo que podía pensar era que nos estábamos engañando, y que este plan de Kawan nos iba a hacer más mal que bien.

Y mi madre…

Me situé junto al campo de combate, donde la luz de las antorchas de las puertas y las ventanas aún me permitía ver lo suficiente como para saber por dónde pisaba. Y fijé la vista en la arena, deseando tener a alguien con quién entrenar, algo que me ayudara a dar rienda suelta a esa sensación que me oprimía el pecho.

—Es demasiado tarde —dijo alguien con un tono burlón.

Me giré y vi a Inigo acercándose con un puñado de gente tras él.

—Me has leído la mente —le dije, girándome para ver quién le acompañaba. Blythe estaba ahí, por supuesto, pero también Andre, Sherwin, Griffin y Rami—. ¿Qué pasa?

Inigo se encogió de hombros.

—He visto que te marchabas, y Blythe me ha dicho que daba la impresión de que ibas a salir. Me imaginé que tendrías un buen motivo, dado que no ibas a vigilar a los prisioneros.

—Quizá no te hayas dado cuenta, pero ya no son prisioneros exactamente —respondí, con gesto de hastío—. Son invitados ilustres que nos van a meter en un buen lío.

—¿Estás seguro de ello? —preguntó Griffin.

Me giré hacia Blythe, que suspiró.

—Si es cierto lo que dicen, es posible que la realeza no esté en Dahrain. Podríamos avanzar y tomar el castillo. Y así podríamos reclamar nuestro reino sin luchar demasiado, si es que hay que luchar. Pero en lugar de invadir un trono desarmado —que sería algo tan notable para nosotros como humillante para ellos— Kawan quiere usar esa reunión como la oportunidad para matar a su rey. Puede que salga bien... o puede que no.

—Tú tienes un mal presentimiento, ¿no? —me preguntó Inigo.

—Sí. No sé decirte por qué, pero después de todo lo que ha pasado no creo que quieran realmente celebrar una reunión con nosotros sin que eso tenga algún tipo de repercusión.

Fijé la mirada en el suelo, algo avergonzado por dejarme llevar por mis sensaciones y sentimientos. Los sentimientos solo te traen problemas.

—¿Cuál es el plan? —preguntó Inigo.

Levanté la cabeza, sorprendido.

—Tienes algo *in mente* —dijo Sherwin—. ¿Nos necesitas a todos o solo a unos cuantos?

—¿Aunque sea como distracción? —se ofreció Rami—. La última vez no me dejasteis hacer nada —añadió, y le guiñó un ojo a Blythe, que soltó una risita.

Parpadeé varias veces, intentando entenderlos.

—¿Queréis..., queréis saber cuál es mi plan?

—Por supuesto —respondió Blythe al momento—. Porque tienes uno, ¿verdad?

Tragué saliva. Sí lo tenía. Casi.

—Yo creo que deberíamos ir a la conquista del castillo. Cuando nos pongamos en marcha, no será demasiado difícil perderse en esos bosques. Con tanta gente ahí, no echarán de menos a un puñado de soldados —dije, convencido—. Si me equivoco y Kawan consigue matar a su rey, registraremos una doble victoria: el rey está muerto, y nosotros tenemos su reino en nuestro poder, todo a la vez.

Inigo asintió.

—¿Y esto vamos a mencionárselo a Kawan?

Los miré a todos, y observé las muecas de escepticismo en sus rostros.

MIL LATIDOS DEL CORAZÓN

—No creo. Nos lo impediría si lo supiera, pero no puede pararnos si no lo sabe.

—Bien —dijo Inigo—. Tendremos que movernos rápido... Se supone que iremos a pie.

—Y probablemente tengamos que llevar provisiones en abundancia, por si acaso —añadió Andre.

Asentí, aunque aún no había pensado en todos esos detalles. La conversación derivó en especulaciones. En lo rápido que nos podríamos mover, hasta qué punto serían exactas las cifras que nos había dado su princesa... No teníamos mucho en lo que apoyarnos, pero ellos ya se habían apuntado.

Me tomé un momento para mirarlos a todos mientras hablaban. Aunque no debía sorprenderme su decisión, esa voluntad de seguirme: cuando les había planteado una misión más fácil de la que habíamos programado en principio, se habían opuesto. Cuando ordené poner fin a la persecución a Annika, cumplieron mis órdenes. Cuando incluso ese plan falló, me dieron su apoyo ante Kawan.

Tenía amigos.

Blythe se giró y me brindó una de esas sonrisas que parecía reservar únicamente para mí. Ojalá pudiera hacer lo que me había sugerido Inigo, dejarme llevar. Sería casi un acto de rebelión, ¿no? Kawan me hacía sentir que la muerte esperaba tras cualquier esquina, que querer a alguien no era más que un lastre. Dejarse llevar sería como una dulce venganza.

Aun así, no podía hacerlo.

Pero eso no significaba que no pudiera rebelarme.

—¿Alguno de vosotros está interesado en aprender a leer? —pregunté.

Griffin fue el primero que levantó la mano, como un resorte. Observé la pulsera de paja que lucía orgullosamente en la muñeca.

—¿Tú sabes leer? —preguntó Rami, ilusionada.

Asentí.

—Mi padre me enseñó. Puedo enseñaros a todos, si queréis.

—Todos a un lado. Es el turno del segundo de a bordo —dijo Inigo, extendiendo un brazo y situándose a mi lado.

No pude evitar soltar una risita. Cogí una de las flechas despuntadas que habían dejado en un montón junto a la arena y escribí las letras de su nombre en la tierra: «I-N-I-G-O».

Él ladeó la cabeza.

—Tiene un aspecto… fuerte.

—Es un nombre robusto —observé—. Un nombre sólido para una persona sin fisuras.

No levanté la vista, pero oí que Inigo carraspeaba, emocionado.

—¡Nada de lloriqueos! Ya te lo advertí una vez.

Se apartó, riéndose entre dientes.

—¡Me toca a mí! —insistió Blythe, acercándose a toda prisa.

Escribí lentamente las letras de su nombre, seguro de que Blythe querría tener tiempo para asimilarlas y recordarlas.

—Me gusta esa del centro —dijo, señalando.

—Eso es una y griega —le dije.

—Es muy bonita.

—Tu nombre es bonito. Mi caligrafía no tanto.

—Sí que lo es. Espera, escribe también tu nombre. Quiero verlo —insistió, tirándome del brazo.

—Vale, vale —respondí, riéndome—. Un momento.

Garabateé mi nombre justo debajo del de ella. Sonrió.

—Siempre pensé que tu nombre sonaba muy serio. También tiene un aspecto serio. ¿Qué letra es esa del final?

—Se llama equis.

—Es la que más me gusta —comentó en un susurro.

Sentí el roce de su hombro contra el mío. Y una vez más deseé poder dejarme llevar, sin más. Giró la cabeza y caí en que nuestros rostros estaban muy cerca el uno del otro. Sentí un instinto en mi interior, algo que debía de llevar mucho tiempo dormido. Habría podido besarla. Habría podido bajar los labios unos centímetros, y estaba seguro de que ella lo habría querido. Era tan fácil que casi me sentía que hacía algo malo al contenerme. Pero aun así me contuve.

Me aclaré la garganta, mirando a mi alrededor, al pequeño grupo que habíamos formado. Pensé en sus sonrisas, en nuestras charlas desenfadadas, en las ganas que tenían de seguir adelante, y afloró otra emoción que no me resultaba nada familiar: orgullo.

Sus risas iluminaban la noche.

—Yo nunca he formado parte de nada parecido a esto —susurró Rami.

Sonreí.

—Bienvenida a la rebelión.

ANNIKA

La espada de Rhett impactó contra la mía con tal fuerza que saltaron chispas. El brazo izquierdo me ardía en el lugar donde Lennox me había herido, y mi rodilla derecha estuvo a punto de ceder ante el impacto, pero aguantó. Me revolví y giré el cuerpo para atacarle por la espalda.

Rhett había insistido en que ambos nos pusiéramos múltiples capas de protección en torno al torso, acolchadas y con cuero. Yo me había reído de él, considerando que era una tontería. Pero tal como le había pedido yo, no se estaba reprimiendo. Al final, el acolchado me evitaría unos cuantos cortes, aunque sin duda me quedaría con uno o dos cardenales.

Tal como esperaba, mi reacción fue demasiado rápida para Rhett, y le golpeé entre las escápulas.

—¡Ay! Buena, Annika —dijo, con una mueca de dolor, ajustándose los soportes del acolchado—. Escalus te ha enseñado bien.

—¿Hemos acabado? —pregunté, decepcionada.

—Por esta noche. Empieza a hacerse tarde, y sigues teniendo que levantarte por la mañana y hacer de princesa —respondió, guiñándome el ojo.

—Pues eso es más trabajo de lo que la gente cree.

—Oh, ya lo sé. Por eso te mando a la cama.

Me puse a deshacer los nudos que sostenían el acolchado mientras caminaba por mi escondite preferido del jardín. No tenía las bonitas flores y las fuentes que había en los espacios más cercanos al palacio, de modo que por aquí nunca venía nadie más que los jardineros. Rhett y yo estábamos en el sendero de grava que creaba un círculo en torno a la piedra central, y usábamos la pendiente como elemento de entrenamiento. No sabía lo que me esperaba.

—¿Has visto eso? —pregunté—. Hay un barco en el muelle.
Rhett asintió.

—Yo siempre me digo que lo más seguro para ti es estar junto al rey, con sus guardias de élite. Aunque ahora mismo eso no me reconforta demasiado.

—Me siento tan… perdida… Todo podría venirse abajo en unos días, y no sé qué debo hacer. No puedo llevarle la contraria a mi padre, pero tampoco me puedo quedar cruzada de brazos. —Meneé la cabeza—. Últimamente no paro de sentir que todo lo que sucede a mi alrededor va mal. —Miré a Rhett, que me contemplaba con ojos comprensivos—. Perdona. Ya sé que no debo quejarme.

—Llevas el peso de las preocupaciones de todo un reino sobre los hombros, Annika.

—Pero es que de eso se trata precisamente: nunca ha sido mío. Es de mi padre y, cuando él muera, pertenecerá a Escalus. Yo siempre he intentado apoyarlos con toda mi alma, porque, aunque nunca vaya a estar en mis manos, adoro Kadier. Con todo mi corazón, quiero a este país. Y no dejo de preguntarme si todo ese amor habrá sido en vano. Si daría lo mismo que yo no estuviera aquí.

Rhett tiró la espada al suelo y me agarró de los hombros:

—Annika, no quiero que vuelvas a decir eso nunca. No tienes idea de cómo me vendría abajo sin ti. Lo digo en serio. No sabría qué hacer. —Tragó saliva—. Sé lo mucho que quieres a tu hermano, y sé lo mucho que quieres a Kadier, y precisamente por eso me he resignado y he aceptado que nunca huirás conmigo. Pero eso no significa que no me venga abajo si desapareces.

Esbocé una sonrisa triste.

—No es que no te quiera, Rhett.

—Eso también lo sé. Imagino que en otras circunstancias quizá hubiéramos tenido alguna posibilidad de ser felices. Pero tú eres una princesa, y tu amor por Kadier siempre se impondrá. Si estás dispuesta a casarte con un idiota, desde luego tu amor por tu país ha de ser inmenso.

Me reí.

—Hace lo que puede.

—Aun así, lo odio —dijo Rhett, encogiéndose de brazos.

Fui a recoger mi espada y me encaminé de nuevo al palacio, sonriendo.

—Estoy segura de que no eres el único que lo ve así, pero quiero darle la oportunidad de mejorar.

—Por mucho que se esfuerce, yo no voy a verlo de otro modo —dijo, convencido—. Cualquier hombre que se interponga entre tú y yo es mi enemigo.

Y de pronto un escalofrío que no tenía nada que ver con el fresco de la tarde me recorrió la columna vertebral.

Al llegar a las escaleras cada cual se fue por su camino, y Rhett se giró a sonreírme de camino a su habitación. Sabía que debería irme a la cama. Pero no podía, aún no.

En cuanto giró la esquina del pasillo y desapareció, me fui hacia el otro lado. Era más tarde de lo que pensaba, y el palacio estaba en completo silencio. Me encantaba verlo así, cuando podía fingir que era todo mío.

Caminando rápido, me dirigí al salón donde estaba el cuadro de mi madre. Había envainado la espada, pero aún la llevaba en la mano. Me pregunté qué habría dicho mi madre de todo aquello. Pensé en aquella vez que se presentó en mi habitación con un trozo de tarta de una fiesta a la que yo no podía asistir porque era demasiado pequeña. Nos sentamos en el suelo, junto al fuego, comiendo tarta con nuestros tenedores, sin echar de menos los platos.

Nunca hacía ascos a un buen secreto. Creo que le habría gustado ver que yo también era capaz de guardarlos.

Cuando llegué junto a la puerta, me detuve un momento… Oía algo. Alguien estaba llorando. Me oculté tras una gran planta y miré al otro extremo del salón, donde estaba el cuadro de mi madre.

Me quedé de piedra, en un silencio absoluto, al ver las dos siluetas abrazadas bajo la tenue luz de la luna.

La de Escalus era inconfundible. Pero la de la chica que estaba en sus brazos —una figura que conocía muy bien— me dejó atónita.

—Noemi —susurró Escalus—, no voy a morir. Solo va a ser una reunión diplomática rápida. Iré y volveré el mismo día.

—Escalus, no confío en esa gente —dijo Noemi, pronunciando su nombre sin ningún miramiento—. Desde que volvió, Annika tiene pesadillas y se despierta temblando. Ellos no son como nosotros. No se contendrán como vosotros.

Él tiró de ella, acercándosela al cuerpo.

—Lo que hagan ellos no depende de mí. Solo puedo responder por mis acciones. No soy ningún cobarde, así que iré —dijo, envolviéndole el rostro con la mano, como si fuera algo frágil en precario equilibrio—. Pero tampoco soy tonto. Volveré contigo. Ningún hombre ni ningún ejército podría detenerme.

Ella suspiró, sollozando, y Escalus bajó la cabeza y la besó.

Ahora quedaba claro que esos cuentos de hadas que había leído se cumplían. En un segundo, sentí la verdad de todos y cada uno de aquellos libros golpeándome con fuerza en el pecho. Quizá yo no tuviera el privilegio de llegar a conocer un amor absoluto, obra del destino. Pero Escalus y Noemi sí.

El tono decidido de la voz de él, el delicado arco que trazaba el cuerpo de ella entre sus brazos, el silencio que se hizo de pronto dieron paso al momento en que se encontraron sus labios. Se querían tanto que habían aprendido a ocultarlo a la vista de los demás.

No solo eso: se querían, aunque fuera un amor maldito. Aunque Noemi no hubiera sido una criada, Escalus tendría que casarse con alguien que perteneciera a una familia real. Llegaría un momento en que tendrían que separarse, por fuerza, y afrontar el dolor que eso supondría…, y no les importaba.

Se querían demasiado como para dejarlo. Me atreví a suponer que probablemente ya lo habrían intentado en algún momento y que no habrían sido capaces de hacerlo.

Antes de que me pillaran y de que les estropeara aquel momento perfecto, me di la vuelta y me fui por donde había venido tan rápido como pude.

La cabeza no dejaba de darme vueltas, y los pensamientos entrechocaban en mi cerebro como olas en el mar. Ahora de pronto veía a mi hermano de otro modo. Claro que traía regalos para Noemi cuando me traía alguno para mí. Probablemente fuera lo contrario: solo hacía cosas por mí para que no se notara que las hacía por ella. Le hacía cumplidos constantemente; instaba a Nickolas a que se asegurara de que Noemi estaba presente cuando hacíamos cosas juntos. Quería estar cerca de ella en todo momento.

Y Noemi… Sabía que era capaz de guardar secretos, pero me sorprendió ver la razón que tenía. De pronto me di cuenta de que no tenía ni idea de cuántos me había estado ocultando ella. Aunque no la culpaba. Si esto salía a la luz, la expulsarían del palacio al momento. Lo que no tenía muy claro era lo que le ocurriría a Escalus.

Y luego estaba yo… No me dolió tanto pensar que quizá mi hermano no me quisiera tanto como yo creía, porque estaba segura de que nada cambiaría el amor que sentía por mí. Y no me dolió tanto que Noemi no me hubiera confiado este secreto, porque sabía que ella seguiría protegiéndome con todas sus fuerzas. Lo que me dolía, tanto que no era capaz de expresarlo con palabras, era constatar lo celosa que me sentía.

Lo que había estado esperando toda la vida quedaba fuera de mi alcance. Ni siquiera podía tenerlo tal como lo tenían ellos, convertido en algo breve pero precioso. Y nunca lo tendría. Ahora lo tenía claro. Rhett me adoraba, y eso me halagaba, pero yo no sentía nada tan intenso como lo que sentía él. Y… no me parecía que pudiera llegar a sentir por él lo que quería llegar a sentir por alguien. Quería sentir el ansia, el anhelo, la pasión, la ternura y… un amor que no tuviera sentido sobre el papel, pero que fuera innegable en persona.

No tendría esa oportunidad.

Para cuando mi autocompasión había alcanzado cotas máximas, ya estaba frente a mi puerta. Solté la espada y me quité las botas, con el rostro lleno de lágrimas. Me desnudé de cualquier manera, tirando la ropa en un sofá, y me fui directa a la cama dispuesta a hundirme entre las sábanas y evadirme del mundo, de esa sensación de decepción que no podía quitarme de encima.

Y deseé, con todas mis fuerzas, que mi madre estuviera a mi lado.

LENNOX

Reconocí el olor casi inmediatamente, aunque no veía rostro alguno.

—Estás lejos de casa —dije.

—Tú también —respondió ella. Y era cierto—. Pero estoy lista para marcharme.

Sin decir una palabra, entrecruzó sus dedos con los míos. Hasta donde me alcanzaba la vista, solo veía hierba alta y flores. Me quedé mirándole la cabeza por detrás, siguiendo con la mirada el camino que me marcaba su larga melena castaño claro.

Observé que me resultaba fácil seguirle el paso. Era agradable agarrarle la mano, su piel suave, propia de quien había llevado una vida fácil. Y su voz sonaba dulce, animándome a seguir adelante, diciendo:

—Solo un poquito más.

Caminé hasta que los campos dieron paso a una cuesta. Pronto, muy pronto, lo vería. Por fin vería mi hogar. Pero entonces, de golpe, Thistle me despertó lamiéndome la cara. Cogí aire, sobresaltado, confuso y decepcionado.

Thistle soltó un gañido, inquieta. Estaba claro que estaba alterada, probablemente porque me veía nervioso a mí. No dejaba de lamerme la punta de los dedos, intentando tranquilizarme lo mejor que podía. Últimamente había estado por ahí más tiempo de lo habitual, pero me dije que eso era bueno. Al fin y al cabo, era un animal salvaje.

Erguí el cuerpo y le rasqué las orejas. Ojalá tuviera forma de explicarle que yo también iba a estar por ahí fuera, que quizá no volviera.

—Pero estarás bien sin mí —dije—. Aun así, intenta cuidarte y no vengas a rondarles a los reclutas que queden en el castillo. Quizá te tomen por algún animal comestible.

»Y si no vuelvo, gracias por hacerme compañía. Durante mucho tiempo has sido la única. —Bajé la voz hasta convertirla en un susurro—. No se lo digas a los otros, pero sigues siendo la mejor compañía.

Le besé la cabeza y me puse en pie, y ella enseguida se acurrucó en mi fina almohada. Sonreí y me dispuse a prepararme lo mejor que pudiera. Me metí la camisa en los pantalones más resistentes que tenía y me abroché la casaca.

Empaqueté lo que solía llevar; metí una muda completa en mi bolsa, por si acaso. Iba a ser un viaje lento, con mucha gente avanzando a pie. Viajaríamos todo el día, acamparíamos por la noche y llegaríamos al mar al día siguiente, así que cogí algo sobre lo que dormir.

Por una décima de segundo estuve a punto de coger el mechón de cabello de Annika. Por algún motivo, tenía la sensación de que sería una suerte de talismán, algo que me protegería. Algo la había protegido a ella, eso estaba claro. Pero no, me dije, yo no necesitaba protección. Probablemente, el rey Theron acudiera solo con una pequeña guarnición de soldados; nosotros iríamos en masa.

De todos modos, me acerqué y lo saqué del fondo del cajón de mi escritorio. Aún estaba curvado, y me lo enrosqué en torno al dedo. Casi me daba pena por ella. Mientras se escondía en algún lugar, yo estaría tomando posesión de su castillo, mi castillo.

Me sobresalté al oír que alguien llamaba a la puerta y enseguida escondí el mechón de Annika. Thistle se fue a esconder en un rincón. Me sorprendió ver a Blythe allí tan pronto, y con un paquete en la mano.

—Buenos días.

—Buenos días a ti. ¿Qué es esto? —dije, señalando el paquete.

—No lo sé. Estaba aquí fuera, junto a la puerta, así que lo he cogido.

Me lo dio. Parecía un bulto hecho con tela negra y atado con cordel. Tiré del lazo y el paquete se abrió, desplegándose la tela. Recogí la prenda y al momento la reconocí por su forma.

No había ninguna nota —¿cómo iba a haberla?—, pero enseguida supe qué era aquello y de dónde venía. Nadie más que mi madre podía conservar la capa de montar de mi padre. Tragué saliva, mandando algo que no podía describir a lo más profundo de mi ser,

207

junto con la infancia que tanto echaba de menos, junto con el color verduzco de la mano de mi padre muerto, junto con el vómito que no pude contener después de matar a la madre de Annika, junto con el temor que sentía cada vez que alguien significaba lo más mínimo para mí, junto con el pavor que leía en un par de ojos al darse cuenta de que yo sería la última persona que verían.

No iba a llorar. Hoy no.

—Deberías ponértela —sugirió ella—. Tienes un aspecto mucho más imponente con una capa aleteando a tus espaldas. Además, no sabemos qué nos espera ahí fuera.

Tragué saliva otra vez y me eché la capa a los hombros.

A diferencia de la mía, aún tenía un color negro intenso, lo que quería decir que, aunque habían pasado muchos años, mi madre la había conservado bien. Las cintas eran largas y tenían borlas al final, y el forro estaba hecho con una tela más fina que el de la mía. En el interior del cuello había un emblema de algún tipo bordado en cordoncillo negro, de modo que había que saber que estaba ahí para verlo. Yo no sabía lo que era, pero me gustó comprobar que, después de todo aquel tiempo, mi padre aún tenía sus secretos.

Al ponerme la capa encima tuve una sensación que era como un abrazo, e intenté no pensar demasiado en ello.

—Te queda bien —dijo Blythe, de nuevo con esa luz en los ojos y un leve rubor en las mejillas.

Meneé la cabeza y cambié de tema:

—¿Cuál es el motivo de que hayas venido tan pronto?

—En realidad, hay dos —dijo, bajando la mirada.

Al principio no lo había visto a causa del paquete, pero ahora distinguí la pulsera que tenía en las manos, tejida con hierbas y tela azul, que debía de haber robado o elaborado ella misma.

No podía despreciársela.

—Gracias —murmuré, reconociendo al menos el valor que había tenido al dármela—. No quiero que te molestes…, pero no estoy listo para ponérmela.

Se mostró comprensiva, más de lo que me merecía.

—No necesito que la lleves. Solo necesitaba hacerla.

Cruzamos una mirada fugaz y aparté la cara, ajustándome mi nueva capa al cuello.

—Hum…, ¿cuál era el otro motivo?

208

—Oh —dijo, ruborizándose—. Kawan ha preguntado por ti. Están haciendo los últimos preparativos.

Asentí.

—Vamos.

Cogí mi bolsa y mi espada y me giré a echar una última mirada a Thistle. Ella parpadeó una vez, y yo deseé con todas mis fuerzas verla de nuevo al volver. Dejé la pulsera sobre el escritorio, cerré la puerta y seguí a Blythe por el pasillo.

Encontré a un buen número de soldados en el exterior, y vi a Bandera Blanca, Asustadizo y Reservado mirando con curiosidad, con la inquietud reflejada en sus ojos. Era evidente que no parecíamos un grupo de personas preparándose para recibir a una comitiva: viendo cómo se enjaezaban los caballos y se afilaban las espadas, estaba claro que aquello era un ejército que se preparaba para la guerra.

Kawan me hizo un gesto para que me acercara y fui hasta allí, con mi capa aleteando tras de mí. Para ser tan robusta, pesaba muy poco. Conforme pasaban los minutos, me iba dando cuenta de lo bien que estaba hecha.

Ya podía estar muriéndose de hipotermia mi mejor amigo: jamás me desprendería de esa capa.

Al acercarme vi a mi madre, como siempre, junto a Kawan. Tragué saliva, sin tener muy claro qué decir o hacer. Pensaba que habíamos cortado hasta el último hilo que nos unía. Pero ahí estaba yo, con la capa de mi padre que había recibido de ella.

Me detuve y extendí las manos, preguntándole sin palabras qué le parecía. Pese a la distancia, vi las lágrimas en sus ojos. Ella asintió brevemente, con una sonrisa tensa.

¿Alguna vez la entendería? ¿Me entendería ella alguna vez a mí?

Quizá tendríamos que contentarnos con esto.

—Nuestros invitados insisten en que dejemos aquí las espadas —dijo Kawan.

—Sería considerado una agresión —aseguró Bandera Blanca—. Su majestad no lo tolerará.

—¿Y por qué tenemos que arriesgarnos a viajar desarmados? —preguntó Kawan.

Bandera Blanca meneó la cabeza.

—Nosotros hemos sido sinceros desde el primer momento. ¿Por qué cree que íbamos a aconsejarles mal?

—Yo sigo diciendo que llevemos armas —insistió él, con gesto amenazante.

—Y yo sigo diciendo que es un error.

Se produjo un silencio lo suficientemente largo como para darme tiempo de desenvainar la espada y apuntar con ella directamente a la garganta de Bandera Blanca. Reservado y Asustadizo dieron un paso atrás, pero enseguida se vieron rodeados y no hicieron ademán de escapar.

—A mí me parece que alguien que quiere asegurarse de que no llevamos armas sabe sin duda que las necesitaremos. Responde a mi pregunta y no me hagas perder el tiempo con una mentira: el rey no estará solo, ¿verdad?

El mensajero refunfuñó.

—Lo más probable es que vaya acompañado por su hijo y un puñado de guardias.

Una vez más, no podía estar seguro, pero sentía en las tripas que aquello era mentira.

Kawan, que quizá tuviera la misma sensación, agitó la mano en el aire para zanjar el asunto:

—Llegados a este punto, no importa. Vamos a llevar nuestras armas, y muy pronto vuestro rey os acompañará a la tumba. Lennox —añadió, casi como si fuera algo obvio—, ocúpate de ellos.

Sentí un nudo en el estómago, pero no hice ni una mueca.

—Atadlos —ordené, y Aldrik, Illio y Slone, que estaban detrás de Kawan, se adelantaron y les ataron las manos por delante del cuerpo. Cuando acabaron, les señalé el camino que nos llevaría hasta el mar—. Caminad.

Inigo echó a andar a mi lado.

—¿Necesitas ayuda? —me susurró.

Negué con la cabeza.

—Esto tengo que hacerlo solo. Asegúrate de que los otros están listos. Ahora no tengo dudas.

Me los llevé por el camino, entre las rocas, y cuando ya no nos podía oír el resto de la tropa Asustadizo se puso a hablar:

—¿Coleman? ¡Coleman, di algo! ¡Diles que les hemos dicho la verdad!

—No nos creen, amigo mío. No puedo hacer nada más —respondió Bandera Blanca, resignado.

—¿Qué? —replicó Asustadizo, echándose encima de Bandera Blanca. Tenía los ojos llenos de lágrimas, consciente de que su muerte era inevitable.

Reservado, que iba a la cabeza del grupo, también se giró, esperando obtener una respuesta mejor. Como todos.

Bandera Blanca —Coleman— me miró, y luego observó a sus compañeros.

—Aunque tuviera algo más que decir, no podría hacerlo. Mi silencio será mi último servicio a nuestro rey. —Y me señaló con un movimiento de la cabeza, dando por sentado que yo le contaría hasta la última palabra a Kawan.

No tenía ni idea.

—Seguid caminando. Hasta la costa —dije.

Tras intercambiar unas cuantas miradas agrias, los tres iniciaron el triste camino hacia la muerte.

Cuando llegamos a la arena negra de la playa, los puse en formación al borde del agua, frente a mí. El cielo se estaba cubriendo de nubes que amenazaban lluvia.

—No toleraré más mentiras. Hablad claro y hablad rápido. ¿Cuál es el principal punto débil de vuestro rey?

Bandera Blanca se negó a hablar, pero Asustadizo parecía esperanzado, como si con sus respuestas pudiera conseguir una prórroga.

—Sus hijos. Si tuvierais a uno de ellos, os daría lo que fuera.

—¡Cierra la boca, Victos! —le ordenó Coleman.

—¿Y vuestro príncipe?

—Su hermana. Ella es su debilidad, y él la de ella. Solo necesitáis a uno de los dos.

Coleman tenía las manos atadas, pero las agitó juntas golpeando a Victos, que cayó de rodillas.

—¿Es que quieres morir por esto? —le preguntó Victos desde la arena.

Coleman me miró con unos ojos penetrantes como cuchillos.

—No tendría ningún problema en morir por venganza, por la paz futura.

Me giré hacia Reservado, el que no había dicho nada desde el momento de su llegada. Miró al suelo, y no tuve claro si era en señal de desafío o si aceptaba su destino.

—Tú. ¿Cómo te llamas?

—Palmer —respondió él.

—¿Tú no tienes nada que decir?

Victos se puso en pie, y Coleman miró a Palmer, ansioso por oír lo que tenía que decir. Él se me quedó mirando un momento.

—Su alteza real dice que afirmas que nuestro reino es vuestro.

—Es cierto. Lo afirmo.

—También dice que no pudiste aportar ninguna prueba de ello.

—Nosotros no tendremos vuestras grandes bibliotecas, pero eso no hace que sea menos verdad.

—La princesa puede tener una sensibilidad más bien romántica, pero es una persona razonable. Si tuvierais pruebas de eso, encontraría el modo de alcanzar la paz. En eso es como su madre.

Asentí.

—Y más dura de lo que cabría pensar.

Palmer me miró con una mueca que no supe interpretar.

—Claro que es dura. Ni te imaginas por lo que ha pasado.

Fruncí los párpados. Conocía bien una parte de su dolor, se lo había causado yo mismo.

—¿Qué quieres decir?

Me miró a los ojos.

—Si muero hoy, no será con la vergüenza de haber divulgado sus secretos. No puedo decir más.

Era evidente que suscitaba una gran lealtad entre sus súbditos.

—Una última pregunta, pues: si tanta devoción sientes por ella, por su familia, ¿por qué me cuentas todo esto?

—¿La verdad? Tendrías que matar a su majestad para arrebatarle la corona de las manos. Y lo mismo en el caso del príncipe. Pero ¿la princesa? —Palmer bajó la mirada y meneó la cabeza—. La he observado desde la distancia durante años, desde antes de que perdiera a su madre, y puede que sea una de las pocas personas que entiende que en este mundo hay cosas más valiosas que los títulos y las coronas. Hará lo correcto siempre que pueda. Es la única llave que te puede abrir la puerta del reino, si es que hay una. Pero yo los apoyaré hasta el fin si resulta que no eres más que un mentiroso. Y sin ánimo de ofender, espero que vivan, pase lo que pase.

Chasqueé la lengua.

—No me ofendes. Gracias por tu honestidad.

Coleman respiró hondo.

—¿Bueno, qué? ¿Nos tenemos que poner de rodillas?

—No —respondí, meneando la cabeza—. Tenéis que nadar.

Se giraron y miraron las enfurecidas aguas del mar.

—Estoy cansado de derramar sangre innecesariamente. Vais a nadar. Si os ahogáis, será cosa vuestra. Si sobrevivís y conseguís llegar a la costa..., bueno, para cuando lleguéis, esa tierra será mía, así que yo no os aconsejaría que os quedarais.

Se quedaron inmóviles un buen rato, atónitos.

—Bueno, en marcha. Tengo cosas que hacer.

Victos y Coleman echaron a caminar hacia el agua. Yo sabía que no era imposible del todo mantenerse a flote durante horas con las manos atadas..., pero desde luego sería complicado.

—Palmer —susurré—, las manos.

Él alargó los brazos y le corté la cuerda lo suficiente como para que tuviera la posibilidad de soltarse y ayudar a los otros.

—Un regalo de un hombre sincero a otro.

Él asintió y siguió a los otros al agua.

Me quedé mirando un rato, hasta que desaparecieron tras unas rocas frente al extremo sureste de la playa.

Envainé mi espada y volví con el grupo. Busqué a los de la noche anterior, con la seguridad de que todo lo que sospechaba era cierto. Aquello no iba a ser tan sencillo como pensaba Kawan. Su rey pretendía acabar con Kawan, por lo menos, si no ya con todos nosotros. Y su castillo estaría a nuestra disposición. Miré a Inigo, asentí y él me devolvió el gesto. De momento, no hacía falta decir nada.

Kawan salió a mi encuentro, sobresaltándome:

—¿Y bien?

Ni siquiera tuve que mentir:

—Sus cuerpos ya están en el mar.

213

ANNIKA

*I*ba descalza, y una densa bruma lo cubría todo. Aunque la noche era oscura y no veía nada, el instinto me decía que no estaba sola. La luna estaba casi llena e iluminaba las gotitas de humedad que flotaban en el aire. Busqué hasta encontrar aquella sombra allí cerca, brillando entre la niebla, en claro contraste con el negro cielo. Me acerqué, me estaba esperando.

—¿Dónde estamos? —pregunté.

—En casa —respondió él.

Escruté la noche de nuevo. Seguía sin ver nada más allá de la bruma, pero tenía la sensación de que me decía la verdad. Así que cuando me cogió de la mano no vacilé. Ni cuando cruzó el pulgar sobre mis dedos, ni cuando apoyó sus fríos labios contra el interior de mi muñeca, ni cuando me puso un anillo en el dedo.

—¿Qué es esto? —pregunté.

—Ahora es mío —dijo—. Y tú también.

Levanté la cabeza de golpe y me llevé la mano al pecho.

—¡Milady! ¿Está bien? —exclamó Noemi, corriendo a mi lado.

—Sí —respondí, aunque no lo tenía tan claro—. Creo que el estrés me está provocando pesadillas.

—¿Ha tenido otra?

Asentí.

—¿Podrías pedirme algo para desayunar? Aún no me veo con fuerzas para enfrentarme a toda esa gente.

—Iré a buscarlo yo misma —se ofreció. Era una oportunidad para ver a Escalus, claro, aunque fuera de lejos, y yo no tenía ninguna intención de detenerla—. Y puedo devolver ese libro a la biblioteca si quiere.

No tenía muy claro si lo había acabado.

Me giré para ver de qué hablaba. El libro, con una encuadernación en cuero verde, estaba en la misma mesita redonda de la esquina donde lo había dejado.

Los registros de los juicios. Con todo lo que había pasado, me había olvidado de él por completo.

—No. En realidad…, ¿puedes dármelo, por favor?

—Por supuesto, milady. Le traeré algo de comer. —Dejó el libro sobre mi cama y observé que no tenía el pulso tan firme como siempre.

—Y…, Noemi, si mi hermano está por ahí, ¿quieres ir a ver cómo está? Sé que tiene que estar nervioso. Y dile que puede venir cuando quiera si me necesita.

Vi que hinchaba el pecho, emocionada al tener un motivo para hablar con él.

—Por supuesto, milady —dijo, y salió a toda prisa de la habitación mientras yo cogía el libro.

No tenía muy claro por qué me ponía tan nerviosa abrirlo. El nombre de Lennox no aparecería en él. Cogí aire, lo abrí y pasé las páginas de otros casos que en comparación me parecían frívolos e insustanciales. Había uno sobre un divorcio, otro sobre lindes entre terrenos. Por fin llegué a las notas sobre el juicio de Yago. No constaba apellido, pero en la transcripción leí que él mismo había declarado «Ninguno de nosotros tenemos apellidos». Recordé que me habían dicho que había actuado solo, pero estaba claro que había declarado «nosotros». Alguien debía de haberse dado cuenta. En la lista de asistentes al juicio estaban los nombres de los miembros del jurado, un puñado de señores de gran influencia, y el de mi madre. Hacía tanto tiempo que no veía su nombre escrito que sentí como si me clavaran una daga en el corazón. Yago no quiso decir su edad, declaró que vivía solo en una tierra despoblada y se negó a dar ninguna otra información. No hizo ninguna mención a esposa ni hijos.

Eso no tenía ningún sentido. Estaba claro que tenía esposa e hijo.

Miré más adelante, decepcionada al ver que las notas eran tan breves.

El tal Yago es de complexión fuerte, tiene el cabello oscuro y enmarañado y los ojos oscuros, casi negros. Se presenta ante la corte con gesto desenvuelto, aceptando los cargos que se le imputan. No mira alrededor, a la sala, sino únicamente al portavoz del jurado, esperando a que se pronuncie.

—Yago el Solitario, se te acusa de intento de asesinato contra su majestad el rey Theron. ¿Cómo te declaras?

—Culpable.

—¿Y lo haces por voluntad propia?

—Sí.

—¿Cuál es el motivo de tu acto criminal?

—La justicia. Este reino no es vuestro. Lo único que lamento es haber fracasado.

Pero ¿lo había dicho con contundencia? ¿Con tono desafiante? ¿Estaba en sus cabales?

¿Y por qué nadie tomó nota de su declaración? Les dio un motivo, y de eso no se volvió a hablar nunca.

—Muy bien. Tal como has reconocido tú mismo, eres culpable de este delito, de modo que el jurado te declara culpable. Serás colgado y descuartizado, y los pedazos de tu cadáver se exhibirán por todo el reino.

Al emitirse el veredicto se produce mucho ruido en la sala. Su majestad la reina habla con su majestad el rey, que levanta una mano y se pone en pie.

—Dado que es mi vida la que ha estado en juego, quiero tener voz en la sentencia. No soy un rey especialmente benevolente, pero tampoco soy un monstruo. Si este criminal hubiera logrado su propósito, el castigo habría sido acorde al delito. Pero como he sobrevivido, quiero modificar la sentencia y dejarla en decapitación. Pero no quiero que ninguna parte de su cuerpo permanezca en nuestra tierra.

El jurado delibera brevemente.

—La sentencia se ejecutará mañana al amanecer.

Suena el mazo.

Me quedé mirando la página, fijándome en el nombre de mi madre y en el del padre de Lennox. Este momento los vinculaba, y por tanto nos vinculaba a Lennox y a mí. Nadie podría haberse imaginado entonces que ese momento habría desembocado en la pérdida de una reina, una esposa y una madre.

Ojalá hubiera modo de saber si lo que decía Lennox era cierto. Si Yago había venido decidido a matar a mi padre, debía de creer en aquella causa con todo su corazón. Había abandonado a su familia para hacerlo. Había muerto por ello. Pero nuestra historia no decía nada de un séptimo clan, y mucho menos de que tuviera derecho alguno a la corona. Mis ancestros habían alcanzado el poder, mis ancestros habían repelido los ataques de los invasores. Eso era lo que yo sabía, desde siempre.

Y ahora estábamos a punto de firmar la paz con un pueblo que quería arrebatárnoslo todo.

No podía permitir que Lennox intentara quitarme a mi familia, mi castillo, mi país. Me había secuestrado. Había matado a mi madre, mientras que su padre había tenido un juicio.

Pero también me había dejado escapar.

Ahuyenté aquella idea de mi cabeza. Lennox debía seguir los pasos de su padre, porque el mío iba a volver a casa, igual que mi hermano.

Haría lo que fuera necesario para que así fuera.

Noemi regresó en silencio, sosteniendo la bandeja de comida con una mano.

217

—Su alteza real tiene pensado venir a verle hoy. Parecía muy agitado.

—Es comprensible —dije, picoteando de la comida, aunque no tenía muy claro cuánto sería capaz de comer—. Noemi, necesito tu ayuda.

—Por supuesto, milady. ¿Qué puedo hacer por usted?

—Necesito que hagas algo que podría ir en contra de los deseos de mi padre. Quizás incluso de los de mi hermano. Y necesito que lo mantengas en secreto.

LENNOX

*P*or primera vez, había juzgado mal el interés que Kawan tendría en mí. Estaba convencido de que estaría tan absorto en sus planes para el ataque, pensando en cómo robar más barcos, o en lo que fuera a hacer después, que no me prestaría ninguna atención.

Sin embargo, me encomendó la misión de dirigir la travesía por el bosque, y ahora sí que no podía escabullirme. Mientras buscaba los mejores caminos para los caballos, los carros y el torrente de personas que me seguían, me pregunté si tendría otra oportunidad.

Casi parecía que Kawan conocía mis planes. A medida que pasaba el día iba encomendándome tareas nuevas, dándome mensajes para transmitir, teniéndome ocupado. Crucé unas cuantas miradas de decepción con Blythe, Inigo y el resto de mi equipo; era evidente que teníamos que abandonar nuestra misión. Curiosamente, Kawan no me quitaba los ojos de encima.

El sol avanzaba tan despacio como nosotros, y paramos a pasar la noche en un gran campo que suponíamos que estaría en los confines de Stratfel.

Griffin se puso a hacer fuego mientras Rami le sonreía y le traía ramas. Era curioso. Cuando le había comunicado que tenía que incorporarse a la misión, los dos habían llorado tanto que al final decidí dejar que se quedara. Ahora posiblemente nos enfrentábamos a algo mucho más peligroso, pero ambos parecían tranquilos, satisfechos.

Supuse que era porque estaban juntos.

Me senté en la hierba, Inigo tomó asiento cerca de mí y poco después lo hicieron Blythe y Andre. Al cabo de un rato vinieron también Griffin y Rami.

—Siento que las cosas no hayan salido bien —dije—. Llegados a este punto, no sé si hay modo de seguir adelante.

—Somos los que tenemos una experiencia más reciente orientándonos por este terreno, y ya nos hemos enfrentado a sus soldados. Yo creo que Kawan piensa que podemos suponer una ventaja para él, pero no quiere llegar al punto de alabar nuestras virtudes. De ser así, tendría que compartir la victoria —dijo Inigo, meneando la cabeza.

Era una reflexión tan clara y evidente que me dio rabia que no se me hubiera ocurrido a mí.

—Tienes razón —reconocí con un suspiro.

—Sigues diciéndolo como si te sorprendiera —replicó.

Yo sonreí, negando con la cabeza mientras levantaba la vista hacia el inmenso cielo, que parecía una tela de terciopelo negro salpicada de brillantes.

—¿Sabes?, tú fuiste quien me enseñó a orientarme por las estrellas —dijo Andre.

Yo me giré, sorprendido. Andre no solía ser quien iniciara las conversaciones.

—A mí también —dijo Blythe.

—Sí —añadió Griffin—, apuesto a que todos los que están aquí saben orientarse gracias a ti.

—Bueno, no es un gran mérito —dije, bajando la cabeza—. Probablemente, todos erais unos estudiantes excepcionalmente buenos.

—Excepcionalmente aterrados —murmuró Andre, y todos se rieron.

—Una vez nos dijiste que había dibujos en las estrellas —dijo Blythe—. ¿Eso qué significa?

Pensé en cómo explicarlo.

—Hay grupos de estrellas (las constelaciones) que tienen sus propias historias.

—Cuéntanos una —insistió Sherwin.

Tragué saliva, viendo todos aquellos pares de ojos puestos en mí, esperando a que hablara.

—Hum… —Levanté la vista, intentando pensar por dónde empezar. Supuse que lo mejor sería volver a lo básico—. Bueno, todos conocéis la Estrella Polar, la que usáis para orientaros.

—Sí —dijo Inigo.

Tracé un dibujo en el cielo con el dedo.

—Y sabéis que hay cuatro estrellas que forman una caja y que van siempre detrás de ella.

219

—¡Sí! —respondió Blythe, siguiendo la explicación con entusiasmo.

—Bueno, no sé si os habré dicho que ese grupo de estrellas compone la Osa Mayor.

—¿Una línea torcida y un cuadrado? ¿Eso se supone que es un oso? —preguntó Andre, escéptico.

—Yo no me lo inventé —respondí, encogiéndome de hombros—, solo os cuento la historia.

—¿Y cuál es la historia? —preguntó Blythe.

—Bueno, había una vez un dios que se enamoró de una ninfa. Pero este dios ya estaba casado. Así que cuando su esposa se enteró de la existencia de la ninfa, la convirtió en una osa. Y ahora está ahí atrapada, girando sobre sí misma sin poder escapar.

—Pues es un castigo terrible —dijo Sherwin mirando en dirección a las estrellas con gesto incrédulo.

—No sé —dijo Blythe—. Yo creo que la esposa tenía razón.

—Sí —concordó Rami—. Yo también habría ido a por la ninfa.

Meneé la cabeza, no tan seguro.

—Yo creo que habría estado más justificado castigar al marido. La ninfa no sabía que él estaba casado, pero él sí, desde luego.

—Entonces ambos deberían ser osos —dijo Blythe—. Lennox, escoge otras estrellas y crea otro oso.

Hice una mueca, divertido.

—No me parece que tenga la autoridad necesaria para hacer algo así. Además, la mayoría ya tienen su descripción.

—Pero eso nosotros no lo sabemos —dijo Inigo—. Blythe tiene razón. Venga. Haz otro oso.

Protesté con algo parecido a una risa, pero me puse a buscar algo que pudiera asociar a un oso.

—Bueno. Ahí —dije, señalando a lo lejos—. No solo es lo del oso; también sucede que, aunque ambos estén atrapados en el cielo, no pueden acercarse entre sí.

—Yo doy mi aprobación —dijo Andre, chasqueando la lengua.

La charla de mis compañeros me animó, pero el pesimismo que me invadía me advertía de que no debía disfrutar de ese momento, pues la verdad era la de siempre: querer a alguien solo hacía que perderlo resultara mucho más duro.

ANNIKA

*N*oemi y yo nos pasamos el día en la habitación, así que no vi a Escalus hasta después de la cena. Las dos reaccionamos al oírle llamar a la puerta, y yo guardé bajo la cama los libros que había sacado de la biblioteca, montones de retales y otras cosas mientras Noemi corría a la puerta.

Le saludó con una reverencia, evitando mirarle a los ojos, como solía hacer.

—Su alteza real...

—Buenas tardes, Noemi. —Se la quedó mirando—. ¿Es que mi hermana te ha convertido en su muñeca? El pelo así te queda muy bien.

—Gracias, señor. Creo que me está usando como distracción para no pensar en lo de mañana —comentó, sonriendo.

Si no hubiera estado tan centrada en mí misma —en lo mucho que echaba de menos a mi madre, en la rabia que me provocaba mi prometido, en desear más cuando ya tenía tanto—, me habría dado cuenta de aquello mucho antes. Se hablaban con las miradas, tenían conversaciones enteras que yo solo veía; ellos se oían.

Eso seguro. El amor no se parece a nada, el amor tiene un sonido propio.

—¿Estás preparado? —pregunté, frotándome las manos nerviosamente—. Porque... yo estoy hecha un flan.

—Yo también —dijo él, rodeándome con sus brazos—. Pero la verdad es que prefiero dirigirme hacia lo desconocido que pasar aunque solo sea un día lejos de ti.

—No seas tan dramático —protesté, aunque mis palabras quedaron algo amortiguadas por el contacto de su casaca con mi boca.

—No he parado de pensar en mamá, Annika. Ha sido casi insoportable.

Noté que tragaba saliva, conteniendo las lágrimas para no apenarme.

—Y así es como me sentiré yo si te ocurre algo —dije con firmeza—. Mamá ya no está, y papá prácticamente es como si no estuviera, así que si no te tengo a ti... —Respiré hondo, casi no podía ni decirlo—. Debes tener cuidado, Escalus.

—Lo tendré —susurró—. Pero esto en teoría va a ser poco más que una ceremonia. No hay motivo para que ninguno de los dos nos preocupemos. Aun así... —añadió, y tragó saliva, con la mirada puesta en el suelo—, si me equivocara y me sucediera algo, tú huye. Y si te conviertes en la heredera al trono, quiero que luches por Kadier. Quiero que plantes cara como le plantaste cara a papá, a Nickolas, como te enfrentaste a Lennox. Protege el país.

—Eso no ocurrirá —repliqué, a punto de llorar.

—Escucha —dijo, agarrándome de los hombros y haciéndome dar un paso atrás—. Hay cosas que deberías saber. Yo siempre he pensado que podrías ser una gran líder, y si...

Llamaron otra vez a la puerta, y Noemi se apresuró a abrir.

—¡Oh! Su alteza real, el duque está aquí.

Nickolas apareció en el umbral, con el mismo gesto de preocupación en los ojos que Escalus.

—Ah. Ya veo que hemos tenido la misma idea —dijo—. Escalus, ¿podría pedirte que me dejaras un momento para darle las buenas noches a la chica más guapa de Kadier?

Escalus no parecía tener muy claro cómo reaccionar a aquel cambio de actitud. Yo tampoco estaba muy segura.

—Por supuesto —dijo por fin mi hermano, soltándome.

—Te quiero —le dije.

—Y yo te quiero a ti. Casi más que a nada en el mundo —dijo, guiñándome el ojo como para tomarme el pelo. Un día antes no habría sabido qué quería decir.

—Noemi, creo que me gustaría estar un momento a solas con el duque para darle las buenas noches. ¿Querrías acompañar a mi hermano al jardín y recordarle una vez más por qué tiene que ir con cuidado? —dije, y vi que los ojos se le iluminaban como dos pequeñas luciérnagas esperanzadas.

—Como desee, milady.

Escalus le tendió el brazo y ella se agarró de él, y era evidente que estaban felices de tener permiso para poder tocarse en público.

—Eres muy generosa con el servicio —observó Nickolas cuando se hubieron ido, aunque afortunadamente con un tono nada sentencioso.

Me encogí de hombros.

—Ella tiene su papel en la vida, y yo, el mío. El papel que desempeñamos no define nuestro valor como personas, así que pienso tratarla con amabilidad, a ella y a cualquier otra persona.

Asintió.

—A mí ya me has mostrado más amabilidad de la que merezco. Cuando regresemos de esto, me esforzaré para ser digno de ella.

Tragué saliva, odiándome por lo que estaba a punto de decir.

—Nickolas, quizá ya hayas notado que últimamente mi padre no está muy entero.

—Lo he notado —dijo, bajando la cabeza.

—Si mañana mi padre toma decisiones cuestionables, por favor, no olvides tu promesa. Quédate con Escalus.

Me tendió la mano, buscando la mía. Yo se la di.

—Haré lo que sea para no perderte, Annika.

Y de pronto fue acercándose lentamente, vacilante. Si lo hubiera hecho en cualquier otro momento o de algún otro modo, quizá le habría dado un bofetón. Pero dado que nos enfrentábamos a un mañana muy incierto, levanté la cabeza, esperando la llegada de su beso. Y en el momento en que sus labios tocaron los míos, escuché atentamente.

Nickolas me besó con ganas, del modo en que tendría que haberme besado la noche de nuestro compromiso. De pronto caí en que quizá en aquel momento le hubiera faltado el valor. Y aunque este beso era mucho más bienvenido, el único sonido que oí fue el crepitar de la leña en la chimenea.

Dio un paso atrás con una leve sonrisa en el rostro. Habló en un susurro:

—No empezamos de la mejor manera, pero habrá tiempo para avanzar juntos cuando vuelva. No..., no estoy preparado para decir lo que sé que dicen los caballeros cuando están a punto de hacer algo peligroso...

—Y yo no estoy preparada para oírlo —respondí, susurrando como él.

223

Él asintió, esbozando una sonrisa que sin decir nada dejaba claro que me entendía perfectamente.

—Entonces, buenas noches —dijo.

Me besó la mano, bajó la cabeza y me dejó con mis enmarañados pensamientos.

Cuando se cerró la puerta, volví al trabajo, sacando mi espada y la piedra de afilar. No me detuve cuando oí el crujido de la puerta, sabía que sería Noemi. Ella se situó a mi lado, sacó el vestido que estábamos preparando para ella y los cintos de ambas, con bolsas a los lados.

—¿Se lo has dicho? —le pregunté.

—No, milady. No le mentiré: estaba tentada de hacerlo. Pero tiene razón, es mejor esperar. A estas alturas espero que sepa que sé guardar un secreto.

Suspiré con fuerza.

—Oh, Noemi, lo sé.

LENNOX

Volvía a despertarme con el canto de los pájaros. Era el despertar más placentero posible, incluso para un día marcado por la incertidumbre. A medida que fui desperezándome oí otros sonidos: Blythe recogiendo su tienda, Andre echando agua sobre las brasas, e Inigo gruñendo en voz baja mientras se estiraba.

Me pasé las manos por los ojos para quitarme el sueño de encima y empecé a recoger.

—¿Qué vas a hacer? —me preguntó Inigo.

Le miré y observé que Blythe y Andre me seguían con la mirada.

—¿Cómo?

—Sé que sigues pensando en el plan. Así que ahora tienes elección. O lo dejas estar y te centras en lo que sea que se nos viene encima… o puedes decírselo a Kawan. Puedes sugerirle que nos deje ir por delante hasta el castillo.

Sherwin, Griffin y Rami ya habían acabado con sus tareas y seguían la conversación mirándonos en silencio.

—Mira cuántos somos. Quizá no le importe prescindir de un puñado de nosotros —añadió.

Me lo pensé un momento. Si mis sospechas eran correctas y su rey no era sincero con la oferta de acuerdo, el ataque al castillo solo podía mejorar las cosas. Si me equivocaba y la oferta de paz era honesta, no se me ocurría nadie en todo el ejército que deseara aceptarla, así que aunque el ataque al castillo fallara tampoco estropearía nada. Suspiré.

—Ahora vuelvo.

Me abrí paso por entre un mar de gente en diversas fases de preparación para la campaña del día y me presenté ante Kawan. Él me echó una mirada y puso los ojos en blanco antes incluso de que me acercara.

—¿Todos en la retaguardia están listos? —preguntó.

—Aún no. Pero tengo una propuesta que hacerte.

Aldrik, a su lado, estaba afilando su espada con la piedra, sin molestarse en reaccionar ante mi presencia. Maston e Illio estaban comprobando el estado de los carros, pero no vi a Slone ni a mi madre.

—Que sea rápida —dijo Kawan, impaciente.

—Con tu permiso, me gustaría llevarme a un pequeño grupo para tomar el control del castillo de Dahrain. Teniendo en cuenta cómo se comportaron ayer los prisioneros, creo que esta cumbre será menos pacífica de lo que creíamos en un principio. Estoy convencido de que llevarán el grueso de sus fuerzas a la Isla y que el trono estará desprotegido. Y además contamos con la ventaja de que, a pesar de que se hagan con algunos de nuestros soldados o incluso aunque escapen, no tienen ningún sitio al que ir. Estaremos esperándolos.

Hice todo lo que pude para que no pareciera que mi plan entraba en conflicto con el suyo, sino que era un complemento. Aun así, no parecía impresionado, para nada.

—Nunca estás satisfecho, ¿verdad?

226 —¿Señor?

—Si no estás alardeando con la espada, tienes que hacerlo con tu ingenio. Si no es con tu ingenio, con las estrellas. Y si no tienes ocasión de hacer nada de eso, tienes que alterar mis planes y adaptarlos a los tuyos. —Sus labios se torcieron en una mueca burlona—. Estás convencido de que eres mejor que yo, ¿verdad?

La palabra no salió de mis labios, pero me vino a la mente al momento: «Sí».

Mi error fue dejar que mis labios se curvaran en una sonrisa fatigada y dejar caer los brazos en un momento de pura incredulidad. Un instante más tarde alargó el brazo y me agarró del cuello.

El aliento le olía a algo muerto, y habló en voz baja, a apenas unos centímetros de mi rostro.

—Todos los demás cumplen con las órdenes. ¿Por qué tú no? ¿Pretendes usurparme el trono? —preguntó.

«Si tuviera una ocasión clara, sin duda», pensé.

—Las sospechas infundadas no nos ayudarán en este momento, señor —respondí sin alterarme—. Estamos a punto de enfrentarnos al enemigo.

Lanzó el brazo con tal rapidez que no lo vi venir. Pero sentí que la piel del ojo se me separaba de la carne en el momento del impacto, y el calor del contacto de la sangre justo después.

Me tambaleé sin caer al suelo, pero mareado por el golpe.

—Si no eres lo suficientemente inteligente como para mostrar humildad en mi presencia, ya me encargaré yo de bajarte los humos —me dijo—. Sea lo que sea lo que creas que vas a poder quitarme, no lo conseguirás.

—Lo único que quiero es lo que prometiste —respondí, mirándolo fijamente—. Juraste darle a nuestro pueblo una vida que debería haber sido nuestra desde el principio. Yo solo me he ofrecido para ayudarte a conseguirlo. —Levanté la ceja que me sangraba—. Da la impresión de que no soy el único que tiene problemas con la humildad.

Me barrió con la pierna, derribándome.

—¡Aprenderás cuál es tu sitio! —gritó, atrayendo la atención de los que teníamos más cerca—. Y seguirás mis órdenes, o esta vez serás tú quien pruebe el filo de la espada.

—Ambos sabemos que no tienes agallas para eso —dije, dejando que el orgullo se impusiera al sentido común.

Dio un paso atrás y me soltó una patada en las costillas. Me doblé en dos y caí en un ovillo como un niño, sintiendo el olor de la hierba húmeda a mi alrededor.

Kawan se puso en cuclillas y apoyó las manos en las rodillas.

—Si quieres vivir lo suficiente como para ver Dahrain, te sugiero que cierres la boca.

Se giró, siguió con lo suyo, y yo quedé tendido en el suelo, humillado.

Me puse en pie lentamente, pero los rumores viajaban más rápido que yo, y me encontré con gente que susurraba antes y después de que yo pasara a su lado. Cuando estaba a medio camino, más o menos, dos de los reclutas más jóvenes salieron a mi encuentro.

—Tenemos una pregunta. Nosotros...

El chico, que no debía de tener más de trece años, me vio el rostro, con sangre en un lado y tierra en el otro, y perdió el hilo de lo que iba a decir. Le di un momento, pero no estaba de humor para tonterías.

—¿De qué se trata? —pregunté. Bueno, o más bien gruñí.

Los dos dieron un par de pasos atrás, pero el que no había hablado le dio un codazo al otro, animándole a que acabara con aquello.

227

—Bueno..., nos han encargado llevar a los caballos de vuelta al castillo. El sol está saliendo por ahí —dijo, señalándolo—. Y he puesto un palo en el suelo, y la sombra dice que el este también está por ahí —añadió—. Y si giramos ligeramente hacia el norte, deberíamos llegar al castillo antes de caer la noche. Es correcto, ¿verdad?

Me miró, y era evidente que sus esperanzas de tener razón se habían impuesto a su miedo. No pude evitar sonreír levemente.

—Mucho antes de que caiga la noche. Buen trabajo.

El chico resopló, satisfecho.

—Gracias, señor.

—Usad lo poco que veáis del cielo en el bosque, ¿de acuerdo? No os fieis de la brújula. No funcionará.

Asintieron. El que había estado callado le dio una palmada al otro en la espalda, y ambos salieron corriendo, listos para cumplir con su misión. Me los quedé mirando un momento con orgullo. Les había enseñado algo. Lo habían recordado, y hoy eso nos ayudaría a todos de alguna manera. Ya no sentía el dolor en las costillas.

Volví lentamente con mi grupo, y por el estado de mi cara supieron todo lo que necesitaban saber. Rami se fue a buscar algo para mojar en agua, de modo que pudiera limpiarme la herida.

—Asunto zanjado —dijo Andre.

Rami me limpió la sangre con cuidado mientras Blythe e Inigo observaban haciendo muecas de dolor.

—Lo único que podemos hacer es estar atentos. Y tener paciencia.

Si Kawan me hubiera oído decir eso, me hubiera vuelto a pegar. ¿Quién era yo para dar órdenes? Pero no me importaba. Si él solo pensaba en salvarse a sí mismo, tenía que haber alguien que pensara en salvar a mi pueblo.

ANNIKA

*P*or primera vez en mi vida, era yo la que ayudaba a Noemi a vestirse. No podía permitir que cabalgara a mi lado pareciendo una doncella, o los soldados podrían pensar que era prescindible. Y no podía soportar la idea de dejarla atrás. Todos sabíamos lo que era quedarse esperando a tener noticias, que a veces era aún más doloroso que saber la verdad. No iba a hacerle eso.

Su vestido era uno de los míos, modificado por ella y adaptado a sus medidas, casi idéntico al que llevaba yo. De haber tenido yo el cabello más oscuro o si ella hubiera tenido pecas, habríamos podido pasar por hermanas.

Usando su pequeño e ingenioso invento, mi espada quedaba perfectamente oculta bajo mi vestido, pero los dos cintos de cuero que había conseguido los llevábamos por fuera. No llevábamos gran cosa en ellos —galletas de supervivencia, un trozo de pedernal por si aquello se alargaba hasta la noche, unas monedas de oro por si necesitaba sobornar a alguien para salir de alguna situación complicada—, pero saber que no iba con las manos vacías me hacía sentir algo más tranquila.

Le hice una trenza tal como habíamos experimentado el día antes, y ella me peinó la parte delantera del pelo en dos trenzas unidas en la parte trasera, pero dejando el resto de la melena suelta: iba a presentarme a aquella cumbre con el aspecto de la mujer que habían asesinado y, a la vez, con el de la chica que no habían conseguido matar.

—¿Estoy aceptable? —preguntó Noemi por fin, extendiendo los brazos—. Me siento un poco ridícula.

—Bueno, te queda bien —dije, sonriendo—. Y el color también. Cuando volvamos, creo que deberíamos prescindir de tu uniforme.

—¿Cómo? —dijo, poniéndose seria de pronto.

—¿No te gustaría?

—¡No, no, claro que me gustaría! —se apresuró a responder—. Pero la gente supondría que soy una dama de compañía, no una doncella. Sería inapropiado.

—La gente usa demasiado esa palabra, ¿no crees? «Annika, es inapropiado luchar con la espada. Es inapropiado que lleves el cabello suelto.» Empiezo a pensar que no significa nada.

Noemi se me acercó y me cogió las manos.

—Pero, en parte, sí que significa algo. Sabe que sería inapropiado hacer caso omiso a su padre, así que no lo hace. Sabe que sería inapropiado abandonar su título, así que no lo hace.

—Eso tiene mucho más que ver con el amor y con el decoro —dije, frunciendo el ceño—. Así que, ya sabes, cuando volvamos, se acabó lo del uniforme. Te quiero.

—Y yo la quiero a usted, milady. Tanto que estoy dispuesta a seguirla en esta locura, así que más vale que nos pongamos en marcha.

Sonreí.

—Vamos.

Nos dirigimos a los establos para escoger caballos. Grayson estaba muy servicial esa mañana, se movía con rapidez.

—Gracias —dije, lanzándole una de las monedas de mi bolsa—. Espero que alguien cuide de esto en nuestra ausencia.

—Por usted lo que sea, milady —respondió él, sonriendo.

Montamos en nuestros caballos y yo me giré para mirar a Grayson. Esperaba equivocarme. Esperaba que fuera una cumbre sin más, aunque incluso eso me hacía sentir incómoda. Esperaba con todas mis fuerzas haber juzgado mal a Lennox, y que estuviera ahí para asistir al tratado o lejos, en su viejo castillo. En cualquier sitio, mientras no se presentara en la puerta del palacio.

Llegamos a la puerta principal y nos encontramos una gran formación esperándonos. Noemi y yo cruzamos una mirada, sorprendidas ante el enorme número de militares que había decidido reunir mi padre para nuestra comitiva.

—¡Ni hablar!

Levanté la cabeza de pronto y me encontré con Escalus, montado en su caballo, acercándose al trote.

—¿Qué?

—Tú —dijo, señalando a Noemi—, vuelve dentro ahora mismo.

—Te recuerdo que trabaja para mí, no para ti —protesté.

—Y yo te recuerdo que tengo un rango superior al tuyo.

Me pregunté si todos verían la sorpresa reflejada en mi rostro. Escalus nunca apelaba al rango para imponerse a mí, ni en privado ni en público.

—Escalus, voy a llevarme a Noemi —le dije, sin alzar la voz—. Si mis sospechas se cumplen y Lennox viene al castillo, prefiero que esté conmigo.

Escalus suspiró con fuerza y miró a Noemi. Una vez más, tenían una de sus conversaciones silenciosas. Los ojos de ella le suplicaban. A cada segundo que pasaba, él cedía un poco más. Era evidente que deseaba desesperadamente tenerla cerca, aunque fuera peligroso.

—Quiero que las dos estéis siempre detrás de mí, ¿entendido? No tenéis permiso para cruzaros por delante.

—Por supuesto —respondí.

—Como desee, alteza —respondió Noemi, bajando la cabeza.

Nos fuimos los tres a la cabecera del grupo, donde mi padre estaba hablando con Nickolas. Ambos parecían estar centrados. Lo tomé como una buena señal. Padre me miró y vio a Noemi.

—Ah. Una asistente. Buena idea, Annika —dijo, algo tenso—. Bueno, aseguraos de manteneros las dos detrás de mí. Escalus, Nickolas, vosotros también. Yo encabezaré la marcha. Vamos a los barcos. Quiero asegurarme de que llegamos a tiempo.

Avanzamos por el ancho camino que llevaba a los muelles, un lugar que yo no había visto desde hacía años. Mi madre y yo solíamos viajar, solíamos ir al campo, visitar reinos vecinos. Aún recordaba aquellos viajes, la cálida recepción que nos brindaban nuestros súbditos, la manzana que me había regalado una vez una extraña, las flores que había recogido y habíamos traído a casa para decorar nuestras habitaciones. Ahora era como si todas esas cosas las hubiera hecho otra persona; una gran distancia separaba a esa niña de la persona que yo era ahora.

Cuando llegamos al muelle, me quedé sorprendida. Miré a Escalus y vi que él también lo estaba.

—Majestad —preguntó—, ¿por qué hay tres barcos?

—Oh —respondió mi padre con desenvoltura—. Llevo regalos. Ofrendas de paz. Nosotros iremos en el del medio, vamos.

Hizo que su caballo subiera por la rampa de desembarco y a mí se me hizo un nudo en la garganta. ¿Dos barcos llenos de regalos? ¿Qué les iba a dar? ¿Por qué estaba haciendo todo aquello? No tenía ningún sentido.

Una vez a bordo, desmontamos y se llevaron a los caballos a las bodegas. Papá estaba hablando con el capitán del barco, y Nickolas estaba a su lado, escuchando atentamente. Parecía absolutamente decidido a agradar.

—¿Cómo has podido? —me preguntó Escalus, viniendo a mi lado—. ¿Cómo has podido meter a Noemi en esto?

—No me ha parecido seguro dejarla sola.

—Quizá no pueda protegeros a las dos —dijo, meneando la cabeza—. Puede que resulte herida, o algo peor.

—No le pasará nada. Te prometo que correré si hay que correr y que ella siempre estará a mi lado.

Escalus me miró con dureza y se marchó sin decir palabra, enfadado.

—¡Escalus!

Me miró por encima del hombro.

—¿Sigues ahí?

Tragué saliva, esperando que dijera algo más. Asintió, pero guardó silencio.

Y eso casi fue peor.

Esperaba que el encuentro con los dahrainianos fuera pacífico. No estaba de humor para más peleas.

LENNOX

*E*l reino de Stratfel estaba en la costa, y su economía dependía en gran medida de la pesca. Por ello tenía una enorme flota pesquera y muchos barcos que podíamos robar. Las suficientes embarcaciones pequeñas como para llevar a los nuestros a la Isla y dejar en la ruina a decenas de familias del lugar.

Me mantuve a distancia para no tomar parte en el robo. Me limité a subir al barco cuando me lo indicaron, consciente de que no tenía otra opción. Me puse a juguetear con las sogas del barco, probando los nudos que sabía hacer. La vuelta de escota, la presilla de alondra, el nudo margarita... Yo esperaba que con la acción se deshiciera el nudo que sentía en la garganta, pero no era así. Nos mantuvimos cerca de la costa para no someter los barcos a peligros innecesarios. Pero al mismo tiempo teníamos la vista puesta en el mar, preguntándonos si estarían cerca.

—Ni siquiera sé qué es lo que estoy buscando —confesó Blythe—. ¿Cualquier barco que aparezca en el horizonte?

—Básicamente —respondí.

Inigo y Blythe seguían a mi lado, al igual que Griffin y Rami.

—Yo no veo nada —comentó Inigo, desanimado—. ¿No nos habrán dado una fecha errónea?

—No —respondí, meneando la cabeza—. Esto lo pensaron para atraernos a mar abierto, al menos a parte de nosotros. Están ahí fuera.

Justo en aquel momento rodeamos un saliente rocoso de la costa y nos encontramos enfrente tres enormes fragatas. Ahora que veía las embarcaciones de las que disponían, mi mayor miedo quedó confirmado: aquello era un ataque en toda regla.

—Preparad las armas —le grité a mi tripulación—. Sus barcos

son más grandes, pero eso los hace más lentos. Es posible que aún no nos hayan visto, pero pronto lo harán. Cuando eso ocurra, estad atentos. No sabemos con qué defensas cuentan. Necesitaremos todos nuestros efectivos, así que cubríos los unos a los otros.

—¡Sí, señor! —respondieron todos.

Inigo ya estaba ajustando las velas, aprovechando el viento y nuestro menor tamaño para ganar ventaja. Blythe y Rami estaban una junto a la otra, disponiendo las antorchas sin encender en filas en ambos flancos del barco.

Sentí aletear la capa de mi padre a mis espaldas, y me pregunté si tendríamos que habernos dicho algo más mi madre y yo. Y, sobre todo, ¿tendríamos ocasión de decírnoslo después de este día?

Inigo supo aprovechar perfectamente el viento, y nos hizo adelantar a muchos de nuestros barcos. Yo me situé en la proa, observando. No tardarían mucho en darse cuenta de que nos tenían detrás, así que no le quité el ojo a la popa de sus barcos, esperando a que ocurriera. Miré a los lados para asegurarme de que todos estuvieran listos.

Cuando me giré a la derecha, vi a mi madre agarrada al mástil de un barco pequeño, el tercero desde el mío, observándome con un gesto que casi podría considerarse orgullo. Un momento después se señaló la ceja en referencia a la mía. Me encogí de hombros y esbocé una sonrisa. Que pensara que me había caído o que me había golpeado practicando. Ahora no era el momento de preocuparla. Asentí, y ella hizo lo propio. Me giré y me centré en lo que nos esperaba.

Quizás un minuto más tarde, un vigía nos vio. Oí sus gritos frenéticos por encima de las olas.

—Encended las antorchas —ordené.

Estábamos cerca, muy cerca. El corazón se me disparó en el pecho al pensar en ese precioso y enorme barco hundiéndose en el mar. Sería el primer paso en la aniquilación de toda su armada. La armada, luego la monarquía, luego el castillo. Dahrain sería nuestro al cabo de pocos días.

Pero entonces se giraron.

Con una agilidad mayor de lo que pensaba que sería posible en un barco tan grande, orientaron la cubierta de babor de su fragata contra nuestra mísera flotilla, lo cual creó un muro imponente.

—¡Dispersaos! —grité, viendo que nadie más daba ninguna orden—. ¡Fuego!

Estábamos tan cerca que algunas de las antorchas llegaron a la cubierta. Varias rebotaron contra el costado, pero el contacto no fue lo suficientemente prolongado como para que se extendiera el fuego. Desde aquella distancia era difícil saber si las que habían llegado a la cubierta habrían provocado daños de consideración.

En la popa del barco que teníamos más cerca se veía un penacho de humo, y eso me hizo sonreír brevemente, hasta que vi que una bala me pasaba junto al hombro.

—¡¿Qué ha sido eso?! —gritó Blythe, encogiéndose.

—¡Tienen mosquetes! —respondí.

Por supuesto que los tenían.

Llegó otra bala, que impactó contra el costado del barco, haciendo saltar astillas de madera.

—¡Agachaos! —ordené.

Sin embargo, yo, haciendo caso omiso a mi propia orden, di un salto adelante para comprobar los daños. Dos o tres de nuestros barcos se estaban hundiendo, y sus ocupantes buscaban desesperadamente algo a lo que agarrarse, suplicando que alguien les lanzara un cabo. En otro barco alguien gritaba de dolor, sangrando por un orificio en el brazo.

¿Dónde estaba mi madre? La busqué con la vista y la encontré donde la había visto por última vez, a unos barcos de distancia. Pese a la distancia pude ver las lágrimas que le caían por el rostro mientras lanzaba maldiciones y antorchas al enorme barco, dando rienda suelta a años de rabia contenida.

Yo ya sabía que era una criatura formidable. Tenía algo especial, algo más profundo que el empeño que ponía en sobrevivir. Era casi algo animal. Siguiendo su ejemplo, me giré y les grité a Blythe y a Rami:

—¡Encended las antorchas, y yo las tiraré desde aquí!

Rami me pasó la primera.

Recordé el rostro de mi padre y tiré una.

Recordé mi fría habitación y tiré otra.

Recordé la sangre que había derramado innecesariamente y tiré otra.

Recordé hasta la última cosa que iba mal por culpa de ellos, y combatí con todas mis fuerzas.

Entre todo el griterío y el estruendo de los disparos de mosquete, de las olas y del clamor, oí una voz que me hizo parar de pronto.

235

—¡Annika, vuelve!

Estaba ahí.

Bandera Blanca —Coleman— había dicho, específicamente, que la mantendrían lejos del combate. Así pues, ¿por qué? ¿Por qué estaba ahí?

Ahí estaba. La encontré en la popa del barco, buscando algo. Iba de blanco.

Me quedé atónito, inmóvil, viendo como el viento le agitaba el cabello, revolviéndoselo.

Recorrió los barcos con la vista y al final nuestras miradas se cruzaron.

Dejó de buscar.

¿Era a mí a quien quería ver?

No sabía muy bien cuánto tiempo había pasado, cuánto llevábamos ahí mirándonos el uno al otro, sin movernos. Algo en mi interior me decía que ambos estábamos exponiéndonos a un peligro innecesario.

—¡Lennox! ¡Lennox, coge la antorcha! —gritó Rami.

—¿Qué? —dije, reaccionando.

Ella irguió el cuerpo para acercarse más.

—Coge la antor…

De pronto, Rami estaba tendida en la cubierta, con un charco rojo cada vez mayor rodeándole el abdomen. Le habían disparado dos veces en un momento, y las balas estaban actuando a gran velocidad.

—¡Rami! —gritó Griffin, acercándose, y la rodeó con sus brazos. Le temblaban los labios. Temblaba todo él.

Ella apenas emitió sonido alguno; se limitó a mover los ojos, mirando las nubes, luego el barco y a las personas que la rodeaban… hasta que vio a Griffin.

—Tú —susurró mientras Griffin le agarraba la mano con fuerza—. Tú has arrojado luz sobre mi mundo.

—No digas eso —respondió él—. Podemos curarte en cuanto lleguemos a tierra. Tú mantén la presión sobre la herida.

Eso no valdría de mucho. Inigo ya estaba presionando la herida, y la sangre seguía saliendo.

Rami no apartó la mirada de Griffin.

—Tú has hecho… que todo… valga la pena.

—Por favor —dijo. No podía pedirle nada más—. Por favor.

—Te quiero —le dijo ella, con un atisbo de sonrisa en el rostro.

Griffin asintió.

—¿Cómo no ibas a quererme?

Rami sonrió con ganas.

—Te quiero. Y no dejaré de quererte —prometió él.

—No —susurró ella—. Yo… tampoco.

Rami levantó la mano y le pasó un dedo por la mejilla. Luego la mano cayó sobre la cubierta, sin vida. Griffin soltó un grito gutural, y aquel sonido agitó algo en lo más profundo de mi cuerpo. Blythe, también con el rostro cubierto de lágrimas, le cerró la boca a Rami. Inigo se había puesto en pie junto a Blythe. Estuvo a punto de pasarle la mano por la espalda, pero recordó que la tenía empapada de sangre y se frenó, limitándose a mirarla con preocupación.

Yo apenas conocía a Rami, pero solo podía pensar en cómo le habían robado la vida, desperdiciada sin sentido. El fuego de la rabia volvió a encenderse en mi pecho, y me puse en pie, mirando de nuevo en dirección a la fragata.

Annika ya no estaba en la cubierta. En su lugar estaba aquel cobarde del Bosque Negro, el prometido.

Teníamos que cambiar de táctica.

—¡Retroceded! ¡Retroceded! —ordené, y me giré hacia Inigo—. Poned rumbo a la Isla. Los sorprenderemos en tierra.

Él asintió y pasó a la acción, moviendo con rapidez las manos manchadas de sangre.

—¡Eh!

Me giré y vi el barco de Kawan a mi lado.

—¿Quién eres tú para dar órdenes? —me increpó.

Miré más allá, buscando a mi madre. Seguía allí, parecía ilesa, salvo por los fantasmas que la atormentaban.

Me dirigí a Kawan:

—Un soldado entrenado tarda unos veinte segundos en cargar un mosquete; en condiciones de guerra, más, por la tensión y el miedo. Se pueden convertir en treinta segundos, en un minuto. Y treinta segundos para mi espada o la de Inigo, treinta segundos para el arco de Blythe o el de Griffin… es tiempo suficiente como para someter a un país. Déjanos desembarcar para que dispongamos de ese tiempo.

Se lo quedó pensando un momento y luego asintió.

237

Miré a mis espaldas y vi a Griffin besando a Rami en la frente. Le apartó un mechón de pelo del rostro con delicadeza y no le soltó la mano mientras cambiábamos de rumbo en dirección a la orilla.

Era fascinante ver cómo el amor podía suavizar el carácter de alguien, animarlo o calmarlo según la ocasión. Era una perspectiva sobrecogedora. El amor era complicado.

Complicado, pero inesperadamente bello.

ANNIKA

*N*o le conté a nadie lo que había visto. No sabía si podría hablar nunca de ello, ni siquiera con Escalus. Había un mundo entre preocuparse por la posibilidad de que alguien muriera y presenciar su muerte.

Estábamos en guerra.

En aquellos barcos no había regalos, solo montones de soldados. No íbamos a firmar ningún tratado en la Isla; simplemente íbamos a luchar lejos de nuestro reino, para que nuestra tierra no sufriera las consecuencias. Ni siquiera éramos lo suficientemente valientes como para ser honestos y reconocerlo: los habíamos arrastrado a un rincón del mapa.

—¿Milady?

Al sentir el contacto de Noemi me sobresalté.

—Lo siento mucho, milady —dijo, situándose frente a mí.

Me llevé una mano al corazón, intentando frenarlo.

—Hoy nada de milady, Noemi. Llámame Annika. ¿Qué pasa?

—Ya casi hemos llegado. Por lo que parece hemos registrado muy pocos daños y no se ha perdido ninguna vida. Su majestad dice que somos muy superiores en número. Debería ser una victoria fácil y rápida.

Asentí. Eso era lo que queríamos, ¿no? ¿No era lo que yo había dicho que quería desde un principio? Si había que escoger entre ellos y yo, tendría que ser yo. Y si no era yo, al menos Escalus. Escalus tenía que sobrevivir.

—¿Tú lo sospechabas? —le pregunté—. ¿Que íbamos a atacarlos?

Ella negó con la cabeza; en sus ojos se reflejaba el mismo horror que en los míos.

—Voy a subir al puente. Quiero estar ahí, Noemi. Quiero estar junto a Escalus.

—Al rey no le gustará —susurró.

—Ah, bueno —respondí. Me puse en pie y me dirigí a la cubierta superior.

Ahora el ambiente era tranquilo; los hombres iban de un lado para otro, preparando mosquetes y munición. Yo llevaba la espada al cinto, sin molestarme en ocultar mis intenciones. Mirando al horizonte, vi la Isla cada vez más cerca.

Vi que había una ensenada perfecta para el desembarco de naves del tamaño de las nuestras. La mayoría del terreno estaba cubierto de bosques, aunque los árboles no me resultaban familiares, y a lo lejos vi las cimas de unas montañas. Lo único amenazante eran las nubes procedentes del noreste, densas e imponentes. Yo me había imaginado este sitio como un lugar inhóspito, pero los árboles eran tan verdes y el cielo estaba tan radiante que, si ahora me hubieran pedido que describiera la isla con una palabra, habría dicho «atractiva».

240 Los hombres dirigieron el barco al viejo muelle para atracar y yo monté a caballo.

Noemi también se disponía a montar, tal como le había indicado yo, pero Escalus se acercó.

—¡No! No vas a desembarcar, bajo ninguna circunstancia. Una cosa era que vinieras con nosotros cuando pensábamos que esto no era más que una pequeña comitiva, pero, ahora que tenemos ahí fuera todo un ejército, no vas a salir de este barco —dijo, agarrando las riendas del caballo de Noemi. Tragó saliva y añadió—: Lo prohíbo.

—Y yo desautorizo tu prohibición —dije.

—Annika, no me presiones. Hoy no —me advirtió Escalus.

Suspiré.

—Si las cosas se ponen feas, ella siempre puede volver al barco.

Él seguía enfadado conmigo, furioso por el hecho de que yo hubiera podido ponerla en peligro. Pero un momento más tarde relajó los hombros.

—De acuerdo. Pero no cambia nada. Os quedaréis detrás de mí y os marcharéis si os doy la orden. ¿Entendido?

—Desde luego, su alteza real —dijo ella, asintiendo. Habló con gravedad, y estaba claro que era un mensaje de entendimiento entre los dos.

Sabía que estaba preocupado por la seguridad de Noemi —yo también lo estaba—, pero sería mejor para ambos que estuvieran en el mismo sitio, donde supieran exactamente qué estaba pasando. Si algo me había transmitido Lennox, era esa extraña sensación de paz que me daba el saber la verdad. Eso, al menos, tenía que agradecérselo, y no se lo arrebataría a mi hermano ni a Noemi. Menos aún en un día como aquel.

Me pregunté cómo habría quedado el ejército de Lennox. ¿Cuántos habrían sobrevivido a la masacre? ¿Ya habrían desembarcado? ¿Se estarían dirigiendo hacia nosotros? ¿Habrían quedado tan diezmados que se les habían quitado las ganas de seguir adelante? A mí se me habrían quitado, desde luego.

Tragué saliva y miré a Escalus, que estaba montando a caballo, y a mi padre, que lo hizo un momento después, y a Noemi, que se estaba apartando un mechón del rostro, e incluso a Nickolas. ¿Qué iba a hacer si al acabar el día había perdido a alguno de ellos?

Ahuyenté esa idea de mi pensamiento y los seguí a tierra. Nuestros soldados también estaban desembarcando, marchando en formación a través de la espesura. Mi caballo no parecía estar tan tranquilo en aquel lugar como en casa, y me preocupó que él también percibiera que pasaba algo raro.

Tuve que respirar hondo varias veces para calmarme mientras avanzábamos en silencio bajo las copas de aquellos extraños árboles. A lo lejos, el silencioso bosque se abría en un claro.

El cielo estaba como partido en dos, en una mitad refulgía un sol brillante y la otra estaba cubierta de densas nubes de lluvia. Mi padre levantó una mano al llegar al confín del bosque y yo detuve mi caballo.

—Yo también los veo —susurró Escalus.

—Lo cual quiere decir que ellos también nos ven a nosotros —añadió Nickolas.

—No hay motivo para ocultarse, majestad. Para esto hemos venido: vamos a acabar con ellos lo antes posible y nos volvemos a casa.

Mi padre hizo una larga pausa, mirando primero a Escalus y luego mirándome a mí. Meneó la cabeza, como si hasta aquel momento no fuera consciente de dónde nos había metido. Suspirando, contempló el campo vacío y se preparó para lo que se nos venía encima. Y nos pusimos en marcha.

Yo tenía un nudo en el estómago. Estábamos condenados a librar una batalla que no había visto venir. ¿Cómo iba a acabar bien?

No pude contenerme. En cuanto salimos a la luz del sol, busqué a Lennox con la vista. Cuando por fin lo encontré —con el cabello agitado por la brisa y la capa al viento—, él ya me estaba mirando a mí. Tenía la espada desenfundada, pero aquellos ojos azules no tenían el aspecto amenazador que me esperaba.

Aquellos no eran los ojos del Lennox que me había ordenado que me rindiera y que me había atado las manos; eran los ojos del Lennox que me había dejado escapar cuando habría podido atraparme de nuevo.

Yo no sabía cómo empezaban las batallas. En lo más profundo de mi ser esperaba que mi padre —que parecía haberse dado cuenta por fin de lo terrible de la situación— se adelantara para hablar tranquilamente con ellos, y que su líder fuera a encontrarse con él a medio camino. Esperaba que después de haber sufrido tantas pérdidas estuvieran dispuestos a ceder para salvar vidas. Esperaba que pudiéramos cederles la isla como gesto de paz, después de haber matado a tantos de los suyos. Esperaba que entre todos pudiéramos reconducir la situación.

Pero no pasó nada de eso.

Sin previo aviso, la mole de Kawan se destacó de entre sus filas a una velocidad muy superior de lo que yo creía posible. El arco que sacó de debajo de varias capas de pieles y cuero apenas se vio, pero la flecha que surcó el cielo gris sí la vimos todos, avanzando en línea recta hasta hundirse en el pecho de mi hermano.

—¡Escalus! —gritó Noemi, saltando del caballo para correr en su ayuda.

A mi alrededor, los soldados salieron a la carga sin esperar recibir la orden. Vi a mi hermano echando el cuerpo hacia delante, respirando con dificultad, mirando la flecha.

—¡No la saques! —le advirtió a Noemi—. Eso solo empeoraría las cosas.

¿Así que eso era todo? ¿Iba a morir?

Escalus iba a morir. Estábamos lejos de casa, y tenía una flecha alojada en el pecho, cerca del hombro, sin posibilidad de que se la quitáramos.

Y de pronto me encontré en pleno campo de batalla.

Lennox seguía donde le había visto antes. Era como si lo supiera. Su pueblo podía avanzar, y mis soldados podían cargar, pero él y yo no podíamos medirnos con ningún otro. Espoleé a mi caballo, que salió disparado. Mientras galopaba oí a alguien a mis espaldas que gritaba mi nombre. Yo hice caso omiso, con la vista fija en Lennox, que me miró un momento, asegurándose de que iba a por él, pero luego dio media vuelta y se fue corriendo. Entre la distancia y su velocidad, tenía cierta ventaja. Pero eso no iba a salvarle. Se introdujo en el bosque que tenía detrás, moviéndose ágilmente por entre los árboles y saltando sobre los pequeños arroyos. Yo desenvainé la espada y la sostuve en alto.

Había matado a mi madre. Me había secuestrado a mí. Mi hermano podía estar a punto de morir por el ataque de su ejército. Me parecía evidente que no cabía otra opción más que la de rebanarle la cabeza. Al acercarme, cuando me disponía a soltar el brazo, se agazapó, sintiendo que me tenía justo encima. Se giró y siguió en otra dirección, y yo frené el caballo y le hice girar para perseguirle. Se detuvo tras una arboleda demasiado densa como para poder atravesarla a caballo. La rodeé, intentando encontrar un paso, algún lugar por donde cortarle el paso. No lo había.

Sabía lo que estaba haciendo. Si quería ir a por él, tenía que desmontar. Odiaba perder aquella ventaja, pero era necesario.

Bajé del caballo y miré fijamente los ojos de mi enemigo, de un azul penetrante. Él me observó un momento antes de salir a la luz.

De pronto, todos los sonidos del mundo desaparecieron. Dejé de oír el viento por entre los árboles, los pájaros, la hierba peinada por la brisa. La Tierra misma contuvo el aliento mientras nos disponíamos a enfrentarnos por última vez.

—Alteza —dijo él por fin, bajando la cabeza.

Luego cargó.

Levanté la espada para parar el golpe, pensando en lo que me había enseñado Rhett: no podía limitarme a defenderme, tenía que atacar, que golpear.

Le devolví el golpe, y mi espada le pasó peligrosamente cerca de la mejilla. Cuando recuperó la posición, consciente de que había estado a punto de quedar desfigurado, parecía casi impresionado. Aunque aquello no le detuvo mucho tiempo, y volvió a por mí, atacando de nuevo. Parecía que no quería atravesarme con la espada, sino primero agotarme, luego ya entraría a matar.

Aunque a ese juego también podía jugar yo.

Solté un golpe bajo, obligándole a retroceder o a echarse a un lado. Él era mucho más voluminoso, así que ese tipo de movimientos sin duda le cansarían más a él que a mí. Más de una vez nuestras espadas entrechocaron levantando chispas. No teníamos la misma fuerza, pero estábamos igualados, por lo que la lucha iba a prolongarse más de lo que yo habría querido. Y sospechaba que él tenía la misma impresión.

Estaba a punto de atacar otra vez cuando el silencio a nuestro alrededor se rompió. Oí un sonido rarísimo, casi como un aplauso estrepitoso. Vi en los ojos de Lennox que él también lo había oído. Como si nos hubiéramos puesto de acuerdo, ambos retiramos las espadas y nos giramos para ver lo que parecía un muro de nubes grises avanzando con la misma determinación que nuestros ejércitos. De pronto nos vimos envueltos en el viento y la lluvia, que se solapaban como si se disputaran el dominio de la situación, avanzando cada vez más al tiempo que el cielo se oscurecía. Debía de ser la tormenta que había visto a lo lejos desde los barcos, pero ahora los nubarrones, de un gris oscuro, cubrían todo el cielo.

Al principio estaba demasiado perpleja como para hacer nada. Aquello era un espectáculo sobrecogedor, misterioso e imponente. Y cuando vi que el viento arrancaba un árbol de raíz, eché a correr.

Al momento me encontré a Lennox a mi lado, me adelantó y se situó un par de metros por delante, posición que mantuvo durante toda nuestra carrera.

No me molesté en mirar atrás. Oía la lluvia y el viento a mis espaldas, y con eso me bastaba para seguir corriendo. No había visto nunca una tormenta como aquella, no sabía cómo protegerme. No podía agarrarme a un árbol —la tormenta estaba arrancándolos de raíz— y no me parecía que echarme al lecho del bosque pudiera servirme de nada.

Me equivocaba: aquella tierra no tenía nada de atractiva.

Y entonces, a lo lejos, encontré la salvación. En la ladera de una de aquellas montañas rocosas, a los pies de un despeñadero vertical como un acantilado, había una abertura. El único problema era que, por lo que parecía, Lennox se dirigía al mismo sitio. Se giró a mirar por encima del hombro, primero a mí y luego la pared de viento que se nos acercaba. Abrió los ojos aún más y corrió todavía más rápido.

Así que yo hice lo mismo. Desgraciadamente, no tenía las piernas tan largas como él, y mi vestido me limitaba. Pasaron unos segundos más y tropecé con una raíz que me hizo caer de bruces. El impacto me hizo soltar un grito, convencida de que me había magullado las costillas. Me puse de rodillas, desesperada por seguir corriendo, cuando de pronto una mano me agarró del brazo.

—¡Venga! —gritó Lennox, levantándome del suelo y tirando de mí hacia la cueva—. Sigue corriendo —insistió, soltándome del brazo al ver que ya volvía a correr, para que ambos pudiéramos sostener nuestra espada en una mano y darnos impulso con el brazo contrario.

Hice todo lo que pude por mantener el ritmo, y apenas me quedé unos pasos por detrás. Lennox se detuvo en la abertura de la cueva y me tendió un brazo para agarrarme y tirar de mí. Ambos nos giramos y vimos la enorme pared gris.

—¿Qué es eso? —pregunté.

—Un huracán —dijo, con un tono que parecía más una pregunta que una confirmación—. Los hemos sufrido antes, pero nunca tan fuertes ni tan rápidos. Va a echársenos encima. Tenemos que entrar más.

Nos giramos y examinamos la cueva. Por lo que se veía no cabía la posibilidad de penetrar mucho. A partir de la abertura, las paredes se separaban formando una especie de triángulo con las esquinas redondeadas. Daba la impresión de que había algo garabateado en las paredes, pero no podía estar segura. Lo único que importaba era que estábamos atrapados ahí dentro, y que no había ningún otro sitio en el que resguardarse.

El sonido del viento estaba alcanzando un volumen atronador, muy cercano. Noté la succión del torbellino. Ambos nos fuimos a una de las esquinas, deseando haber tenido algo más para protegernos. Levanté la espada todo lo que pude y la clavé con fuerza en el suelo, curiosamente en el mismo momento en que lo hacía Lennox. Él se arrodilló y tiró de mí para que también lo hiciera, y nos agarramos a nuestras espadas en el momento en que el viento penetraba en la cueva.

El ruido era de pesadilla, intenso y caótico, y el viento era tan fuerte que me levantó del suelo un par de segundos. Me agarré con fuerza a mi espada, esperando haberla clavado lo suficientemente hondo como para que aguantara. Al bajar la mirada vi que las rodillas de Lennox también se despegaban del suelo, y le tendí la mano, para tirar de él y devolverlo al suelo. Cuando nuestras piernas volvieron a estar en contacto con el suelo de la cueva, me agarró, rodeándome con una pierna, y yo hice lo mismo. Nos agarramos al mango de nuestras espadas y el uno al otro, luchando por sobrevivir. Noté que cambiaba el agarre de la mano y que tiraba de mí con más fuerza. Estaba convencida de que acabaría con las piernas magulladas de los repetidos golpetazos contra el suelo, y supuse que a Lennox le dolerían los brazos tanto como a mí del esfuerzo. Y entonces, como si me leyera los pensamientos, soltó un gruñido entre dientes, como dando salida a ese dolor. Enterré la cara en su pecho, clavando los dedos en su ropa, aguantando hasta que el viento empezó a menguar con la misma rapidez con que había arrancado.

Estábamos en el suelo, agarrados a nuestras espadas, hechos un ovillo, y jadeando como si hubiéramos cruzado toda la isla a la carrera.

Nos quedamos así un momento, sin tener muy claro si podría volver a avivarse el viento. Ya no aullaba con tanta fuerza, pero aún seguía ahí. Ahora lo que se oía era la lluvia.

Nos soltamos y nos quedamos mirando la cortina de lluvia. La entrada de la cueva hacía pendiente hacia el exterior, así que el agua no entraba, pero desde luego no apetecía nada salir al exterior. Después de haber tenido los ojos cerrados tanto tiempo, me había acostumbrado por fin a la oscuridad y pude ver el gesto incómodo de Lennox.

Me aclaré la garganta, bajé el brazo y estiré las piernas para levantarme. Lennox ya estaba de pie y, con cierto esfuerzo, tiró de su espada para arrancarla del suelo. Si a él le había costado, para mí iba a ser una situación embarazosa. Tuve que tirar tres veces para desatascar la mía.

Lennox ni siquiera me miraba. Estaba caminando, reconociendo el terreno.

Entonces respiró hondo, y en su rostro apareció una gran sonrisa.

—¿Estás lista para retomar la tarea de morir?

—Por supuesto —dije, aunque no tenía ninguna intención de perder la vida.

Levantó la espada, yo hice lo propio y los dos nos dimos contra la piedra.

Intenté corregir la posición, pero no importaba. El techo no dejaba demasiado espacio y, a decir verdad, iba a resultar imposible moverse allí dentro; teníamos tantas posibilidades de lastimarnos nosotros mismos como de herir al enemigo.

Llegamos a la misma triste conclusión a la vez.

—Bueno, ¿y ahora qué? —pregunté, sin saber muy bien qué hacer—. Si no podemos combatir, ¿echamos a correr?

—¿Tú ves algo? —dijo él, señalando la lluvia torrencial.

Me giré y miré, forzando la vista.

—Creo que veo un árbol. Me parece.

—Exacto. Si corremos, no llegaremos a ningún sitio. Así que tú puedes intentarlo si quieres, pero yo no voy a morir así.

—Yo tampoco.

—Entonces me temo que deberemos darnos una incómoda tregua, alteza.

247

Resoplé. Tenía razón, por supuesto, y eso me daba más rabia aún. Lo único que podía hacer era intentar sobrevivir.

—Tú en ese lado de la cueva, y yo en este —ordené.

—De acuerdo —respondió, y nos apartamos el uno del otro.

Nos sentamos en el suelo y nos quedamos mirando hacia el otro lado de la cueva, a los ojos de nuestro enemigo.

LENNOX

*E*l tiempo no mejoraba. No podía decir si habían pasado horas o si era solo una sensación, pero en cualquier caso aquella espera era una tortura.

No tenía estrellas ni sol a la vista para guiarme. Había intentado contar los segundos solo para llevar la cuenta del tiempo que pasaba, pero lo único que conseguía era agotarme, y no podía arriesgarme a dormir.

Al otro lado de la cueva, Annika tenía las piernas dobladas y se agarraba las rodillas contra el pecho, evidentemente pasando tanto frío como yo. El viento frío se me había colado en los huesos también a mí, y la humedad de la lluvia no ayudaba. Pero al menos yo tenía mi capa de montar, así que estaba mucho mejor que ella.

Estaba hurgando con un dedo en un agujero de su vestido y parecía estar pensando en algo con mayor interés del que quería demostrar. Yo también.

¿Por qué había vuelto a por ella? ¿Por qué la había agarrado al entrar el viento en la cueva? Ahora, horas más tarde, intentaba pensar en una excusa. La conocía, era una chica con recursos. No podía dejar su vida en manos de la tormenta. No, al final, si debía morir, tendría que ser yo quien la matara. Cualquiera habría visto claro que tenía que salvarla.

Un escalofrío me recorrió la espalda, y por fin me puse en pie.

—Por favor, dime que llevas un pedernal.

Annika, en su rincón de la cueva, levantó la vista.

—¿Qué?

—No hay señales de que vaya a amainar, y parece que tienes más frío que yo, así que, si quieres sobrevivir, un buen fuego sería un buen comienzo. ¿Tienes un pedernal?

—Aunque lo tuviera, ¿con qué íbamos a hacer fuego?

Puse los ojos en blanco. Aquello no prometía.

Me agaché y recogí un puñado de maleza que el viento había traído hasta allí.

—¿Con esto?

Ella examinó el suelo, y pareció darse cuenta por primera vez de lo mucho que teníamos allí mismo. Suspiró y se puso en pie.

—Deja tu espada en la esquina. Yo también lo haré.

Sonreí, socarrón, acercándome a la esquina para dejar la espada.

—Si quisiera, podría matarte con mis propias manos.

—Yo también —dijo ella abriendo los brazos—. No se trata de eso. Deja la espada.

Me borré la sonrisa de la cara y me giré a mirarla. Estaba seguro de que aquello era un farol —evidentemente estaba más hecha para los bailes de salón que para las peleas a puñetazos—, pero me gustó que tuviera el descaro de mentir así. Carraspeé y cogí otro puñado de leña para hacer una hoguera. Ella empezó a formar una pirámide con los trozos más grandes mientras yo metía las hojas y las ramitas más pequeñas en el centro.

—Esta cueva parece hecha por el hombre —comenté—. O al menos ha sido modificada. No tiene una forma natural. Y la textura de las paredes… Están demasiado lisas.

Ella asintió.

—No dejo de mirar esas marcas en la pared, intentando entender qué significan.

—Bueno, si alguno de los dos tiene que descifrarlo, supongo que serás tú. Esta isla es vuestra, al fin y al cabo. —Acabé mi trabajo y miré de nuevo alrededor—. Es todo un detalle que quienquiera que haya hecho esta cueva nos la haya puesto aquí, pero desde luego no se mataron aprovisionándola.

Annika suspiró.

—No hagamos bromas sobre matar precisamente hoy.

Probablemente debería haberme mordido la lengua, pero no pude contenerme.

—¿Y por qué no íbamos a hacerlas? Tu padre se mofa de mi pueblo y ha decidido masacrarlo, así que deberías sentirte cómoda con el tema.

—Tú no tienes derecho a hacer comentarios sobre matar —res-

249

pondió, indignada, negándose a levantar la vista mientras se metía la mano en el cinto—. ¿Es que no tienes vergüenza?

—No —respondí enseguida—. Me la arrebataron a base de palos hace años.

Al decir aquello vi que miraba hacia uno y otro lado, incómoda. Sí, estaba hablando de más.

Desde luego ella era la última persona del planeta que quería que sintiera compasión por mí.

Sus manos se detuvieron en el interior del cinto, vacilando. Al final las sacó, temblorosas del frío, y con ellas salieron dos trocitos de piedra. Tuvo que entrechocarlas varias veces antes de que las chispas volaran lo suficiente como para prender los trocitos de paja y las agujas de pino que había en la base de la hoguera. Frunció los labios, sopló suavemente y dio vida al fuego.

En realidad, todo aquello le costó muy poco, y me preocupó que fuera tan regia que hasta las llamas le obedecieran.

Conmigo no tendría tanta suerte.

Fue a sentarse contra la pared y extendió las manos para calentárselas. Unas manos minúsculas. Formidables, pero minúsculas.

Yo también habría querido sentarme contra la pared, pero no iba a acercarme a mi enemiga más de lo necesario, así que me senté de espaldas a la lluvia y la miré a través de las llamas. Sus ojos ardían al mirarme. Con odio, con asco. Todo lo que había hecho para mantenerla con vida no podía compensar el hecho de que le había quitado la vida a su madre.

Me pregunté qué vería ella en mis ojos, si veía tanta rabia como yo en los suyos.

Meneó la cabeza.

—¿Por qué?

—¿Por qué, qué?

Tragó saliva.

—Nada.

Lo sabía. Por supuesto que lo sabía.

—Cuando nos vimos la primera vez, te dije que podía darte la información que querías. Te la habría dado si hubieras cooperado mínimamente.

—Y luego me habrías matado.

—Podría matarte ahora —dije, encogiéndome de hombros—. O

más tarde. Antes o después sucederá. Así que tendrías que haber aprovechado la ocasión.

Vi cómo se tensaban los músculos de su rostro. Deseaba saber, con todas sus fuerzas, pero tenía la impresión de que no sería capaz de mostrar debilidad preguntando una vez más.

—Por si te vale de algo —dije—, no sabía que era tu madre. No sabía que fuera la madre de nadie. Me encomendaron una tarea y tenía que ejecutarla. Fue tan sencillo como eso.

—Sencillo —respondió, meneando la cabeza—. Me destrozaste la vida. Eso, de sencillo, no tiene nada.

Miré fijamente a aquella chiquilla egoísta e inconsciente.

—Vosotros os aferráis a vuestro reino sin pensar en las consecuencias. Para vosotros es sencillo, y para nosotros es la ruina. No actúes como si no tuvieras ninguna responsabilidad.

—¡Yo no os quité nada!

—Vale, pues entonces háblame de tus planes para devolvérnoslo —le espeté.

—Ya hemos hablado de esto. ¿En qué te basas para decir que es vuestro?

251

—¡Siempre ha sido nuestro! —grité, y mi voz resonó en la minúscula cueva.

El silencio que siguió era tan inmenso que no cabía en aquella cueva. Nos quedamos callados, incómodos, hasta que no pude contenerme más:

—No había seis clanes, había siete. Durante un breve periodo mis ancestros fueron elegidos para dirigir a los clanes en un frente unido contra Kialand. Los jefes votaron y nos situaron en esa posición de realeza. Pero alguien de tu familia decidió que no le parecía bien. No solo mataron a todo el que pudieron, no solamente nos quitaron lo que era nuestro, sino que además nos borraron de vuestra historia para tapar sus fechorías. Y ahora vosotros coméis en platos de porcelana mientras nosotros permanecemos sentados a la sombra.

—Solté un bufido, observando su bonito vestido con delicados bordados. ¿Quién podía ponerse algo así para ir a la guerra?

—No finjas que tienes las manos limpias —le dije—. Al final, uno de nosotros caerá y el otro resurgirá.

—Bueno, pues qué suerte has tenido de que tuviera un pedernal para que puedas vivir un día más, ¿no?

—¿Y no has tenido tú suerte de que te agarrara para que no salieras volando?

Meneó la cabeza.

—No me hables a menos que sea absolutamente necesario.

—Trato hecho.

ANNIKA

$\mathcal{M}$entalmente, canté el himno de Kadier diecisiete veces. Y luego todos los himnos que sabía del resto de los países. Luego repasé todas las canciones, las baladas y hasta los cantos de bebedores que había aprendido sin que mi padre se enterara. Las horas se alargaban, y el repiqueteo de la lluvia empezaba a provocarme somnolencia.

Para mantenerme despierta me torturé con preguntas. ¿Cuánto tiempo habría pasado desde la batalla? ¿Habría sobrevivido Escalus? ¿Le habría llevado alguien de vuelta a un barco? Los ojos se me llenaron de lágrimas mientras me hacía las preguntas que más me asustaban: ¿ahora sería hija única? ¿La heredera de la corona?

—Cuando eras niña y tus padres te decían que te fueras a la cama, pero tú no querías, ¿cómo combatías el sueño? —se preguntó Lennox en voz alta.

—Ah, así que estamos en la misma situación —dije, con una sonrisa fatigada en el rostro—. Es bueno saberlo.

—Al final tendremos que dormir. Esta tormenta no se va a ninguna parte —constató, girándose para comprobarlo.

Tenía razón. La tormenta era un diluvio nunca visto en Kadier. Estaba cayendo tanta agua que estaba segura de que los ríos se habrían desbordado y las raíces habrían empezado a soltarse de la tierra.

—Nunca he visto nada así. Tan… violento.

Él se rio, burlón.

—Tú no has conocido la violencia en tu vida. Mejor para ti. Yo prácticamente no he visto otra cosa —dijo, girándose y atravesándome con la mirada.

—Desde luego se nota —repliqué—. La dispensas como si repartieras caramelos.

—No es culpa mía que la gente sea golosa.

Le lancé una mirada fulminante.

—Discutir contigo me ayudará a mantenerme despierta. Puedo pasarme horas así.

—Yo odio las discusiones. ¿Tanto te gustan?

—¡Las aborrezco!

—Pues no veo el motivo. Parece que se te dan de maravilla.

Aparté la mirada por fin.

—Casi nunca gano, y luego me paso los días siguientes pensando en qué podría haber dicho de otro modo. Me quita el sueño. Así que ahí tienes, insúltame si quieres.

—Muy bien. ¿Por dónde empiezo? —Se quedó pensando—. No eres nada al lado de tu hermano. ¿Qué tal eso?

Me giré a mirarlo y vi que sonreía, convencido de que aquello me habría ofendido.

—Lo sé —dije.

Dejó caer los hombros, decepcionado.

—No es así como funcionan las peleas. Se supone que no debes darme la razón tendrías que intentar responder ofendiéndome. Diciéndome que estoy maldito o algo así. Yo he sacado a la luz alguno de tus secretos; tú habrás descubierto alguno de los míos.

—Quizá sí —mentí, mirándolo a través del fuego—. Y estoy segura de que encontraré palabras que dedicarte más tarde. Pero en eso tienes razón: yo nunca seré Escalus. Lo sé, mi padre lo sabe, el reino lo sabe. Si está muerto... —Apenas podía pensar en ello, y mucho menos decirlo en voz alta—. Yo estaba dispuesta a colaborar con él, incluso a casarme con Nickolas. Pero esto... —Estaba hablando demasiado.

—Ah, sí, ese patético monigote que te dejó abandonada en el Bosque Negro.

—Ese mismo —reconocí con un suspiro.

Se rio.

—¿Y sigues pensando casarte con él después de eso? No creía que alguien con tu... dignidad pudiera permitirlo.

—Ha expresado su profundo arrepentimiento por la decisión que tomó —dije, encogiéndome de hombros—. Y tengo que aceptar su palabra.

—No, no tienes por qué —dijo, convencido—. Tú nunca debes aceptar la palabra de un hombre. Debes juzgarlo por sus acciones.

Si te abandonó una vez, volverá a hacerlo. Un hombre así es egoísta hasta la médula. Si fuiste lo suficientemente hábil como para escapar de mí dos veces, no seas tan tonta como para casarte con alguien así.

Me lo quedé mirando, entrecerrando los ojos.

—No creo que estés en posición de comentar mi vida privada. Especialmente porque tú... —Meneé la cabeza y me giré. Sentía que me temblaban los labios, pero me negaba a darle la satisfacción de hacerme llorar. Decidí contraatacar—. Si debo juzgar a un hombre por sus acciones, es fácil definirte a ti, ¿no? Asesino. Monstruo. Cobarde.

No intentó negar las dos primeras ofensas que le había lanzado, pero en una voz tan baja que me costó oírla, dijo:

—No soy ningún cobarde.

Por un momento tuve una extraña sensación de vergüenza, como si hubiera violado una norma no escrita. No podía mirarle.

—Cuéntame —dijo por fin, recuperando su tono socarrón de antes—, ¿qué dirá nuestro querido Nickolas cuando sepa que has pasado una noche a solas conmigo?

Encontré el coraje para mirar a Lennox a la cara y vi que sonreía, divertido por mis circunstancias. Yo le devolví la sonrisa socarrona.

—No lo sabrá. Uno de los dos estará muerto antes de que salgamos de esta cueva. Y no tengo ninguna intención de ser yo.

Aquello no pareció afectarle lo más mínimo, y siguió mirándome con el reflejo del fuego en los ojos y una expresión en el rostro que dejaba claro que hacía tiempo que no se divertía tanto.

—¿Te ha bastado esta discusión para mantenerte despierta? —preguntó.

—Sí. Gracias.

Lennox se puso en pie, se estiró y dirigió la mirada al techo, a las inscripciones en la pared, a la lluvia del exterior. Luego, meneando la cabeza, se puso a caminar hasta apoyar la espalda en la pared de la cueva y se dejó caer hasta sentarse a un par de metros de mí.

Lo miré con desconfianza.

—Solo estoy descansando. Tranquila —dijo.

Suspiró y apoyó la cabeza en la pared.

—¿Necesitas discutir un poco más?

Negué con la cabeza.

—No creo que pudiera ni aunque lo intentara. Estoy agotada. ¿Y sabes qué más? La verdad es que no me apetece morir esta noche. No estoy de humor.

Vi que contenía una sonrisa.

—Yo tampoco, a decir verdad.

—Entonces, ¿podemos declarar una tregua de verdad? Cuando deje de llover, puedes volver a atacarme y vengar a tu reino..., lo que quieras —dije, haciendo girar la mano en el aire, como si todo eso fueran tonterías—. Pero, por favor, déjame descansar.

Me miró con aquellos inquietantes ojos azules. Odiaba reconocer que era bastante guapo. Aquel cabello enmarañado por el viento, sus labios tan rosados. Había algo en él que hacía que no pudiera dejar de mirarlo.

—Puedes pensar lo que quieras de mí, pero me educaron para que fuera un caballero, y nunca falto a mi palabra. —Se quitó el guante y me tendió la mano—. Tienes mi palabra de que no sufrirás ningún daño mientras duermas.

Su tono había cambiado. Como si pudiera ofenderse tremendamente si no le creía. No estaba muy segura de hasta qué punto podía confiar en él..., pero no dudé de aquella promesa.

Con precaución, yo también alargué el brazo. Me estrechó la mano y noté en su palma todos los callos que había ido acumulando a lo largo de los años.

—Y tú tienes la mía, como princesa y como dama.

LENNOX

Cuando me desperté, lo primero que noté fue el incómodo dolor en la espalda. Ah, sí, claro, había dormido con la espalda apoyada en una pared. Y de piedra, nada menos.

Luego noté la lluvia. De hecho, el repiqueteo del agua había sido como un arrullo mientras dormía, pero ahora que estaba despierto no hacía más que recordarme que estaba atrapado. El cielo estaba aún más oscuro, así que era de noche. No llevaba allí tanto tiempo. Y de pronto reparé en la presión que ejercía el pie de Annika contra mi pierna.

En algún momento se había acurrucado de lado para protegerse del frío. El fuego ardía con menos fuerza, pero no se había extinguido. Aun así, no daba demasiado calor. Me quedé mirándola. Al dormir su rostro mostraba el mismo aspecto sereno que había visto en el de su madre. Aquello me inquietó. Soltó un leve suspiro, sumida en la placidez del sueño. Tenía que admitir que era bella. Annika era bella del mismo modo que lo es una puesta de sol: tan impresionante que solo puedes contemplarla una vez al día.

Pero desde luego no era fácil. Eso también podía admitirlo. Podía mostrarse rabiosa, decidida y triste, y no acababa de entenderla. Tardaría mucho en hacerlo, y era mejor para ambos que no llegara a hacerlo nunca.

Solo me llevaría un segundo.

Podía partirle el cuello con tal rapidez que ni siquiera lo notaría. Sería la más piadosa de todas mis opciones.

Pero le había dado mi palabra de que no le haría daño mientras durmiera. Y aunque odiaba reconocerlo, de todas las vidas que me había visto obligado a arrebatar a lo largo de los años, la suya sería la que más me dolería. No tenía costumbre de conocer tanto a la gente a la que acababa matando.

Como si hubiera percibido que me había planteado romper mi promesa, se despertó, mirando a su alrededor, confundida, hasta que recordó dónde se encontraba. Se sentó, se echó el cabello atrás y se frotó los ojos.

—¿Ya estás dispuesto a morir? —preguntó, aún adormilada.

Yo contuve una sonrisa y meneé la cabeza.

—No especialmente.

—Yo tampoco.

Se puso en pie y se acercó a la abertura de la cueva. El techo era tan bajo que si se ponía de puntillas y estiraba los brazos podía llegar a tocarlo.

—Ha empeorado. La lluvia —dijo, abatida—. Es increíblemente intensa.

Me puse en pie y fui a mirar por mí mismo. Forzando la vista podía ver un grupito de árboles cerca, pero apenas los distinguía. Nada más. Ni nubes ni hierba, y, sobre todo, ninguno de los nuestros.

—Espero que los demás estén bien —comentó ella.

Era como si me leyera los pensamientos.

—Siento decirte esto, princesa, pero a menos que hayan encontrado dónde resguardarse, podría ser que fuéramos los únicos supervivientes.

—No digas eso —protestó—. Ni siquiera lo pienses. ¿No hay nadie en tu ejército que desearías que siguiera con vida?

—Dos personas —respondí sin pensármelo—. ¿Y tú?

Me miró, compungida.

—Dos. No, tres. —Luego suspiró—. Quizá tres y medio.

Mentiría si no dijera que me sorprendió que el número fuera tan bajo.

—Tu hermano es uno. Eso lo sé —dije—. Le he visto recibir esa flecha, princesa. Quizá ya hayas perdido a uno de tus elegidos.

Tragó saliva.

—Es más duro de lo que crees. Y yo no conozco a tus amigos lo suficiente como para adivinar quiénes son esos dos, pero supongo que una debe de ser tu chica.

Bajé la mirada y luego volví a mirar hacia la lluvia.

—No tengo una chica.

—Seguro que sí —replicó con una mueca socarrona.

La miré y ella me señaló la mejilla.

—Yo me gané un bofetón simplemente por sugerir que habías sido amable conmigo. Seguro que a la rubia eso no le gustó nada —dijo, y al momento se dirigió al fuego moribundo, agachándose para cebarlo.

—De modo que por eso tenías ese golpe en la cara —dije. Blythe tenía más celos de ella de lo que decía—. ¿Y tú has incluido en la cuenta a tu precioso prometido?

—Por el bien de Kadier... —Azuzó el fuego y dejó la frase inacabada—. Él es el «medio». ¿Quién es tu otra persona?

—Inigo —reconocí.

—¿El de la cicatriz?

Asentí. Se había fijado mucho en muy poco tiempo.

—Bueno, espero que tu mejor amigo no esté muerto.

—No he dicho que fuera mi mejor amigo.

—Si quieres que viva, eso es lo que es. Y si quieres que la rubia viva, es tu chica. No creas que no me he dado cuenta de que no has incluido en el grupo a tu madre.

La había dejado fuera, sí. Me miré la capa. Con eso no bastaba para corregir años de abandono. También estaban Griffin, Andre y Sherwin... Supuse que se me daba mejor de lo que pensaba aislarme de la gente.

—Me ratifico en mi número.

Annika meneó la cabeza.

—No sabría decirte todo lo que haría por disfrutar solo de una hora más entre los brazos de mi madre, y sin embargo tú no quieres ni ver a la tuya. No lo entiendo.

—No deberías hablar de mi madre.

—¿Qué? ¿De pronto te preocupa la mujer cuya muerte deseabas hace medio minuto?

—Yo no deseaba su muerte —repliqué.

—¡Desde luego que sí! ¿Te parece manera de hablar de la persona que te trajo a este mundo? Aunque pienses que es una persona horrible o...

—¡No hables de mi madre! —grité, y mi voz resonó en la pequeña cueva.

Por un momento guardó silencio. Pero no duró mucho.

—No he dicho nada peor de lo que has dicho tú. Y teniendo en cuenta que tú mataste a la mía, si yo odiara a tu madre hasta el final de mis días, ¿crees que sería justo?

Me fui corriendo a mi lado de la cueva, recogí mi espada y me lancé sobre ella a tal velocidad que no tuvo tiempo de prepararse. Aun así, en su rostro se veía la misma calma que lucía su madre en el momento de su muerte. La odié aún más por ello.

—¿Matarías a una mujer desarmada? —Meneó la cabeza—. Desde luego eres el cobarde que siempre he supuesto que eras.

Lancé de nuevo la espada a mi rincón y me planté delante de ella, poniendo la cara justo enfrente de la suya.

—¡No soy un cobarde! No tienes ni idea de todo lo que he hecho para eliminar hasta la última gota de cobardía de mi cuerpo, y tú... —Me aparté lentamente, riéndome. Probablemente le parecería que había perdido la cabeza. Lo cierto era que tenía la sensación de haberla perdido realmente.

—Acabo de darme cuenta de una cosa —dije, con los ojos desorbitados—. Puedo contártelo todo. Porque tienes razón: uno de nosotros morirá. O serás tú, y no tendrás ocasión de compartir mis secretos con nadie..., o seré yo, y no estaré ahí para preocuparme de si me difamas una vez muerto. Así que... ¿Quiere saberlo todo, su alteza? Pues ahí va.

Sentí como si todas las ataduras que me mantenían entero se hubieran soltado de golpe. Y ahora Annika iba a saber toda la rabia contenida que llevaba dentro.

—Mi nariz no tiene esta forma porque sí —dije, señalándola—. He perdido la cuenta de la cantidad de veces que me la han roto. Mi madre, a la que tanto he intentado querer, ha estado presente en numerosas de esas ocasiones y nunca ha intervenido. Probablemente me haya roto más huesos de los que pueda contar. Me han pateado el vientre, me han apuñalado, herido, abofeteado tantas veces en la cara que ahora, cada vez que ocurre, apenas siento nada. Como esto —dije, señalándome el ojo—. Esto ha sido un regalo de Kawan, de esta misma mañana. Ahora solo él se atreve a hacerlo. Porque la gente siempre va a por ti cuando creen que eres el más débil. Pero ¿sabes cómo haces que la gente deje de hacerte sentir poca cosa? ¿Alguna idea?

Annika negó con la cabeza, asustada, y con motivo.

—Pues haciendo que te tengan miedo —dije, sin poder contener las palabras que salían de mis labios—. Matas a unos cuantos. Matas a algunos más. Cuando se presenta la ocasión de matar a alguien importante, no vacilas. Cuando alguien desobedece una orden. Cuando alguien te mira mal. Cuando no hace sol. Cuando hace sol. Matas. Y así se lo piensan dos veces antes de cruzarse en tu camino. Ese es el secreto para seguir con vida.

—¿Asegurándote de que no queda nadie que pueda meterse contigo?

Negué con la cabeza.

—Asegurándote de que la gente sabe que no te importan ellos, que no te importa nada. ¿Quieres saber cuándo cambió mi vida? ¿Cuándo mejoró? Un lobo solitario de nuestro ejército, decidido a vengar la muerte de mi padre, decidió secuestrar a una mujer y meterla en la mazmorra. Pero nadie quería mancharse las manos con la sangre de esa mujer. A mí para entonces me habían dado tantas palizas, tantas… Así que, ¿por qué no demostrarles que no era el ser insignificante que ellos pensaban que era? Yo no sabía quién era ella, así que, ¿qué más me daba? Ellos tenían demasiado miedo para hacer lo que había que hacer, así que lo hice yo.

Annika no se encogió ni apartó la mirada.

—Mi madre.

Asentí, hablando ya con más calma, pero igual de decidido:

—Le quité la vida para salvar la mía. Hablé con ella unos veinte minutos, intentando sacarle algo útil. Eso no lo conseguí, así que desenvainé y la decapité con un golpe tan rápido y limpio que no sintió nada. Y me alabaron por ello —le informé, señalándome el pecho con orgullo—. Aún sigo viviendo del prestigio obtenido en aquel momento. Así que de hecho le debo gran gratitud a tu madre. Ella hizo que mi vida fuera algo más fácil que antes. Y si tuviera que hacerlo de nuevo, para salvarme del infierno en que estaba atrapado, lo haría. Ella me sacó de allí, y le estoy agradecido por ello.

Me aparté de ella, pateando el suelo hasta llegar a la pared. Miré la lluvia. No podía echar a correr. Habría querido hacerlo, pero no podía.

Annika seguía al otro lado del fuego, sin moverse, mientras yo rebufaba, maldecía y me consumía por dentro. Cuando por fin se cruzaron nuestras miradas, vi que lloraba en silencio.

—Entonces supongo que yo también puedo estar agradecida.

261

ANNIKA

—*P*ara ya —dijo, furioso—. No quiero tu compasión.

—No tienes mi compasión —dije, sin poder contener las lágrimas—. Tienes mi comprensión.

Lennox me miró, incrédulo.

—¿Cómo vas a…?

Levanté la mano y se calló.

—Prométeme que uno de los dos morirá.

Él levantó las manos, como si se rindiera, atónito.

—Es inevitable.

—¿Me lo prometes?

—Sí.

Asentí y le vi abrir los ojos como platos mientras me levantaba el borde del vestido. Me había jurado que nadie más que el médico, Noemi y mi marido verían esas cicatrices, pero Lennox no iba a creerme a menos que se las enseñara. Se quedó mirando, atónito, siguiendo con la vista toda la pierna… hasta que llegué a la parte trasera del muslo, y su gesto pasó a ser de incredulidad.

—¿Qué demonios es eso?

—Cicatrices —dije, sin más, volviendo a la pared junto al fuego y sentándome.

—¿Quién? ¿Cómo?

Me estiré el vestido sobre las rodillas, haciendo un esfuerzo por no volver a llorar. Ahora no.

—Mi padre ha estado… diferente desde la muerte de mi madre. A veces es el hombre firme pero dulce que conocí de niña; a veces es algo muy diferente. Tiene ataques de rabia, de miedo. Me ha tenido encerrada durante años, planificando mi vida… —Suspiré—. Sé que lo hace con buena intención. Pero cuando mi padre me dijo que tenía que casarme con Nickolas, yo mostré mi desacuerdo. De hecho, me opuse frontalmente. Era la primera vez en mi vida que tomaba una posición firme en algo, así que supongo que no supo cómo tomárselo. Hay que decir que no reaccionó enseguida enfadándose. Me intentó convencer con numerosos argumentos. Me quiso sobornar. Me hizo promesas. Yo lo rechacé todo.

»No es que yo no supiera que tenía que ser así; se hablaba de ello desde que era niña. Que yo me casara con Nickolas era ventajoso para todos los demás, así que se suponía que tenía que aceptarlo. Pero no podía. Discutimos y me dio un empujón. Caí sobre una mesa de cristal, y… —Tragué saliva—. Se veía que lo sentía, pero nunca me pidió disculpas. Tuve que pasarme dos semanas tendida boca abajo para que se curara, y cuando me levanté de la cama me encontré con que ya habían hecho todos los planes por mí. Aquella misma noche estaba prometida.

Me giré para enjugarme las lágrimas.

—Sé que fue un accidente, y sé que ha establecido sus propias normas porque teme perderme. Cada vez que pienso que no podré olvidarle, pienso en eso. A veces estoy más triste que furiosa. Aunque siga ahí, es como si los hubiera perdido a los dos.

Por fin me decidí a mirar a Lennox. Me pareció ver pena en sus ojos.

—Cuando el médico vino a quitarme los cristales, me dijo que, si hubiera obedecido, sin más, aquello no habría pasado. —Tuve que hacer una pausa para negar con la cabeza—. Estaba tan furiosa con aquel médico que habría querido matarlo allí mismo… Por supuesto no lo habría hecho, pero lo pensé. Quería hacerle daño a alguien para que mi dolor fuera algo más fácil de soportar. Así que me temo que no puedo juzgarte.

Me sequé el sudor acumulado sobre los labios y en las mejillas.

—No puedo contarte cuánto he temido que llegue un día mi noche de bodas. ¿Cómo voy a explicar estas marcas? Soy una princesa. No puedo… —Meneé la cabeza—. Espero que no te importe, pero si salgo de aquí con vida pienso decir que me has torturado.

Había un dolor innegable en sus ojos, y hablaba con un gran desasosiego.

—Nadie dudará de ti, eso está claro.

—Cierto.

Por un momento solo se oyó el repiqueteo de la lluvia y el crepitar del fuego. Luego Lennox se sentó mejor y se acercó algo más.

—Oye, cuando te haya matado, voy a tener mucho tiempo libre, así que si me das una lista de nombres, puedo asegurarme de que ese médico también muera. Y Nickolas también, si quieres. Personalmente, no lo soporto.

Resoplé, divertida.

—Ni siquiera lo conoces.

—Eso no cambia nada.

De pronto emergí de las profundidades de mi dolor y me reí. No fue una risa radiante ni bonita, no fue la risita comedida de una princesa. Fue un momento de descarnada esperanza en medio de lo imposible.

—En primer lugar, ese médico fue apartado de su puesto, así que ni siquiera sé dónde está ahora. En segundo lugar, Nickolas es… un pesado, pero no merece morir. Y en tercer lugar, no quiero que mates a nadie, Lennox. Quiero ser capaz de perdonarlos. Eso es lo que habría hecho mi madre.

—Lo sé —dijo él, con una voz tan baja que tuve dudas de si realmente lo había dicho. No estaba preparada para preguntarle cómo lo sabía—. Pero hay cosas peores que la muerte, Annika. Seguro que lo sabes.

Me encogí de hombros.

—Pero es algo tan definitivo. Toda esperanza, toda ambición, todo plan de futuro…, todo desaparece. A ti y a mí nos han robado nuestra dignidad. —Tuve que parar. Me dolía tanto que me costaba respirar—. Al menos por un tiempo. Pero robarnos la esperanza de poder conseguir una vida mejor… ¿No sería eso peor?

Cogió un palo y azuzó el fuego.

—¿No hemos perdido ya la esperanza? Piensa en ello. Si ganas esta guerra, te quedas con tu reino y te casas con un hombre al que desprecias, mientras yo regreso a las sombras. Si gano yo, tu país desaparece. No tienes adónde ir. Y yo tendré que encontrar el modo de seguir a Kawan o de sumarlo a la lista de personas que he tenido que ajusticiar. ¿Qué esperanza nos queda a nosotros al final de todo esto?

—Debes de ser de lo más divertido en los banquetes —dije, con un tono de voz que dejaba clara mi irritación.

Él se rio.

—Nosotros no celebramos demasiados banquetes.

—Entonces, ¿qué sentido tiene? —exclamé—. ¿Por qué os tomáis las molestias de recuperar algo que consideráis que es vuestro, si no tenéis ni idea de cómo celebrarlo?

—En primer lugar, no hay duda de que es nuestro. Y en segundo lugar, yo tengo mi propia manera de conmemorar cosas, sean buenas o malas.

Me crucé de brazos.

—Muy bien, cuéntame. ¿Cómo las celebras?

Echó los hombros atrás.

—Si los dos sobrevivimos a esto, un día te lo enseñaré.

—No. Uno de los dos tiene que morir. Es el único motivo por el que te he contado la verdad, ¿recuerdas? Así que, o muerte, o nada.

—Bueno. —Sonrió—. O muerte, o nada.

Suspiré, contrariada. Lennox era demasiado humano como para que pudiera odiarlo. De hecho, esa conversación tendría que haber sido incómoda, hasta dolorosa, pero estaba resultando tan reconfortante que esperaba que la lluvia durara al menos unas horas más.

—No parece que pueda matarte todavía. ¿Tienes algún secreto más que quieras compartir conmigo?

—En realidad, tengo una pregunta.

Resopló, socarrón, sin dejar de sonreír.

—Adelante.

—Háblame de tu chica.

La sonrisa se desvaneció de pronto.

—Ya te lo he dicho, no es mi chica.

—Aun así. ¿Cómo es? Aparte de su habilidad para hacer que alguien pueda sentir que la cara está a punto de explotarle.

La broma se le pasó completamente por alto.

Bajó los hombros y se giró, mirando la cueva, como si las palabras que buscaba estuvieran grabadas en las paredes, junto a aquellas líneas ilegibles.

—Blythe es lista. Y decidida. Y es agradable ver que siente algo por mí. Quizá sea la única persona en el mundo que lo haga. Así que no es que tenga nada de malo, en realidad. Simplemente es…, es…

—¿Todo pedernal y nada de yesca?

Me miró con los ojos muy abiertos.

—Sí, sí. —Se dejó caer contra la pared otra vez, como si le hubieran quitado un gran peso de los hombros—. Nunca he sabido cómo decirlo.

—Me alegro de haberte ayudado. Pero ¿volverás con ella si sigue viva?

—Supongo —respondió, con un suspiro.

Sonreí para mis adentros.

Aquella chica me gustaba. Me preguntaba cómo sería el mundo si ella y yo pudiéramos ser amigas. Aunque ese mundo en realidad no existía.

—¿Y tú qué? Háblame de Nickolas.

Saqué la lengua como una niña y él se rio.

—Ahora estoy convencida de que siente algo por mí, aunque sea mínimo —dije a regañadientes—. Pero yo lo miro y no siento nada. —No sentía nada y no oía nada—. No parece darse cuenta de lo desconsiderado que es. Y es tan serio…

—Bueno, yo también soy serio —replicó.

—No es lo mismo. Nickolas es…, bueno, si Blythe es todo pedernal y nada de yesca, él es el agua que cae para apagar cualquier chispa que puedas hacer saltar.

—¿Y cómo puede seguirte el ritmo? —preguntó—. Tú eres puro fuego.

Puro fuego. Hum.

—No me sigue. O está por delante de mí, o está levantando un muro para contenerme, o está detrás, muy lejos, intentando llegar a mi altura. Nunca hemos estado en la misma página al mismo tiempo…, y eso me revienta.

Ya. Lo había dicho.

—Bueno, pues me temo que el tema está zanjado —dijo Lennox, muy serio—. Lo voy a pasar al primer puesto de mi lista de víctimas.

—No —dije yo, con una mirada reprobatoria—. Nada de listas de víctimas.

—¡Pero si es lo único que tengo! —respondió él, evidentemente siguiendo el juego.

—Tonterías. Necesitas algo mucho más relajante. Mi hermano hace bordados, quizás eso te iría bien.

Se echó a reír. Con mesura, pero se rio.

—¿Bordados? ¡Debes de estar de broma!

—¡En absoluto!

—Bordados —repitió, divertido.

Después de eso se calló y nos sentamos uno al lado del otro, mirando el fuego. No pude evitar observar lo cerca que estaba. Y que, quizá estúpidamente, no conseguía tenerle miedo.

267

LENNOX

—¿ *T* ú crees que ya es mañana? —pregunté, meneando la cabeza—. Ya sabes a qué me refiero.

Annika sonrió.

—Sí, creo que ya es mañana. Al menos es medianoche, ¿no te parece?

Suspiré, apenado.

—Entonces es Matraleit.

—¿Matraleit?

—Una fiesta. De mi pueblo.

—Oh. —Annika apartó la mirada, casi como si se sintiera culpable—. ¿Y qué se celebra?

—La primera boda —dije, con una sonrisa triste en el rostro—. La leyenda dice que nuestro pueblo procede del primer hombre y la primera mujer que caminaron sobre la Tierra. Aparecieron en lugares separados y vagaron solos durante un tiempo. Cuando se encontraron no sintieron miedo ni ansiedad. Se enamoraron inmediatamente y se casaron en lo alto de una cúpula de roca tan lisa y redonda que parecía un sol de piedra elevándose desde el suelo. Todo nuestro pueblo procede de ellos.

—¿Y cómo lo celebráis?

Suspiré, pensando en el brazalete de Blythe.

—Todo gira en torno a la unión de las parejas y de las familias: en crear vínculos. Así que la gente hace pulseras y se las regala a las personas queridas. Tienen que ser tejidas —añadí, girándome para enfatizar el concepto—. Si es una pulsera tallada en madera o un simple aro, da mala suerte. Si alguna vez te regalan una pulsera en Matraleit y no es tejida, ¡tírala enseguida!

—Vale, lo pillo —dijo, riéndose—. ¿Y qué más?

Encogió las rodillas y apoyó los brazos encima, mirándome con genuina curiosidad.

Seguí explicándoselo, sin poder dejar de sonreír:

—Se comen platos típicos. Y se celebra un baile. Un baile para parejas.

—¿De verdad?

Asentí, todavía sonriendo.

—Dicen que solíamos volver a la roca (a la roca en la que se encontraron) y que las parejas bailaban en torno a la piedra, en recuerdo de la primera pareja y pensando en el futuro.

—Eso es muy bonito —comentó, con voz melancólica. La miré mientras ella paseaba la vista por la cueva—. Dado que es muy probable que acabe matándote... —añadió, con alegría.

No pude evitar reírme al oír su tono jovial.

—Sigue, sigue. Vas a matarme. ¿Y...?

—Quizá deberías celebrarlo una última vez. Si te prometo que no se lo enseñaré nunca a nadie, ¿me enseñarías ese baile?

No era así como me había imaginado que pasaríamos ese tiempo juntos, pero supuse que no teníamos nada mejor que hacer.

—Claro. —Me levanté del suelo y me sacudí el polvo de los pantalones. Annika vino a mi lado, al otro lado del fuego—. Nos ponemos el uno delante del otro y hacemos una reverencia.

—Si no es más que un truco para conseguir que te haga una reverencia, te mataré de inmediato —me advirtió.

—No, no —le aseguré, sonriendo—. Es de verdad. Luego rodeas la oreja de tu pareja con la mano derecha. —Acerqué la mano al lado de su cabeza y ella puso la suya junto a la mía. Estábamos muy cerca. Habría sido muy fácil matarla, acabar con ella. Pero no estaba listo—. Muy bien. Ahora das tres pasos en círculo hacia la izquierda. Muy bien, ahora cambiamos de mano y lo mismo hacia el otro lado.

—¿Lo estoy haciendo bien? —preguntó, sin dejar de mirarme a los ojos. Había algo en ellos que inspiraba confianza.

—Sí. Ahora da un paso a un lado, juntando tu muñeca con la mía. Bien. Y ahora volvemos a caminar en círculo.

—Me estoy mareando.

—De eso se trata. Se supone que se trata de estrechar un lazo, de establecer un vínculo, ¿recuerdas? Cuando llegas aquí, tienes que pasar la otra mano por en medio, de modo que nuestros brazos

269

quedan enredados. Así. Y luego yo te hago girar para deshacer el nudo.

Repetí los pasos unas cuantas veces, y me sorprendió que se sintiera tan cómoda estableciendo contacto físico. No hizo ni una mueca al tenerme tan cerca, ni hizo comentarios sobre la piel endurecida de mis manos. Simplemente se agarró a mí y dejó que la moviera de un lado al otro.

—Bien —dije—. Dum-da-da-da-dum, luego giro, dum-da-da-da-dum, y paso.

Observé cómo se movía, sonriendo, haciéndose enseguida con la rutina del baile, aunque yo iba acelerando cada vez más el ritmo. No era de extrañar que fuera tan ágil con la espada.

Seguimos así un rato hasta que se le pasó un giro y aterrizó pesadamente sobre mi pie.

—¡Au! —exclamé, curvándome hacia delante.

—¡Perdona! —respondió ella, riéndose.

Y fue una situación tan inocente, tan ridícula, teniendo en cuenta nuestras circunstancias, que yo también me reí. Me reí como no me había reído desde hacía años, con una risa que me salió de las tripas y cerrando los ojos con fuerza. Me reí porque nunca nadie se iba a enterar. Me reí porque en aquella cueva me sentía libre.

Cuando me puse en pie, aún limpiándome las lágrimas de los ojos, me encontré delante a Annika, muy seria, como si hubiera pasado algo grave.

—¿Qué pasa?

—Nada… Me había parecido oír algo. No pasa nada.

Asentí. Pero la vi expectante, como esperanzada.

—Bueno, salvo por el final, has hecho un trabajo excelente.

—Eres un buen profesor —respondió, ruborizándose.

Dio un paso atrás y volvió junto al fuego.

En el silencio que se hizo después pensé en muchas cosas. Alguien lo sabía. Alguien conocía la profundidad de mi dolor, la dimensión de mi dolor, el alcance de mi remordimiento. Y aunque gran parte de todo aquello se concentraba en el momento en que había devastado el mundo de Annika, no parecía que me juzgara por ello. Al menos, no más de lo que me había juzgado en el pasado.

Me la quedé mirando. Parecía serena mientras pasaba un dedo por la tierra del suelo de la cueva, como si estuviera buscando cómo hacer una creación artística a partir de la nada. No parecía nerviosa por tenerme tan cerca. Y eso era otra cosa que me aterraba: ver que podía estar cerca de alguien en silencio y no sentirme absolutamente incómodo.

Nos instalamos en un silencio reconfortante, limitándonos a azuzar el fuego ocasionalmente. Yo no dejaba de preguntarme qué le estaría pasando por la cabeza. Al final suspiró y metió la mano en el bolsillo del cinto.

—Me rindo —dijo, sacando algo que parecía un panecillo redondo y duro. Con mucho cuidado empujó con los dedos hasta partirlo por la mitad. Me tendió uno de los dos trozos—. Tomé uno en Kadier, así que deja que te advierta: es terrible. Que aproveche.

Chasqueé la lengua, le di la vuelta a aquella galleta y le propiné un mordisco.

—¡Aj! Qué seca está —dije, masticando.

—Lo sé —respondió ella, riéndose—. Supongo que las hacen para que duren un tiempo, pero yo creo que resultaría más apetitoso un puñado de tierra. —Meneó la cabeza—. He intentado prepararme para cualquier cosa, pero no sabía que mi padre había planeado un ataque hasta que estuvimos en el mar.

—¿No te lo dijo?

—No —respondió Annika, señalando su vestido blanco manchado de barro. ¿Cómo podía confiar tan poco en ella aquel hombre?

Me aclaré la garganta.

—Bueno, cuando uno crece en el ambiente en que me he criado yo, estás preparado para todo, así que a mí vuestros barcos no me sorprendieron para nada —mentí.

Annika me miró fijamente a los ojos. Había palabras en aquella mirada, pero no sabía cuáles eran. Intenté adivinar lo que quería decir, procuré descodificar cada sílaba de su frase. Había algo que me sobrepasaba, que superaba mi capacidad de entendimiento.

—¿Qué? —pregunté por fin.

Ella negó con la cabeza. Carraspeé.

—¿Quién te enseñó lo que sabes sobre constelaciones? —me preguntó, para cambiar de tema. Se metió el último trozo de la dura galleta en la boca y se limpió las manos frotándoselas la una contra la otra.

—Mi padre. Me enseñó eso y lo poco que sé de filosofía y de re-

271

ligión. Madre se centró en la caligrafía y la música. —Me encogí de
hombros—. Aunque eso ya no me sirve de mucho.

—¿Cuándo lo dejaste?

Me quedé pensando un momento.

—Me prometes que uno de los dos morirá, ¿verdad?

—¡Sí! —respondió, con una mirada más traviesa de lo que yo
habría creído posible en una princesa.

—Bien —respondí, conteniendo una risita.

Me giré hacia ella, y ella también se giró para mirarme de frente.
Nuestras rodillas estaban a escasos milímetros de distancia.

—Todo acabó de golpe cuando Kawan nos encontró.

—¿Os encontró? —dijo ella, con una fina línea cruzándole la
frente.

Me comí el último bocado, fijé la mirada en el fuego y me volví
a observarla.

—Tu pueblo nunca ha oído hablar de nosotros, ¿verdad?

Annika negó con la cabeza.

272

—A mí siempre me han dicho que había seis clanes, que se unieron bajo nuestra dirección y que fuimos nosotros quienes encabeza-
mos la guerra contra Kialand. Cuando ganamos, le dimos a nuestro
nuevo país un nuevo nombre que nos uniera a todos, y desde entonces hemos tenido paz y prosperidad.

—Parece que nos habéis borrado del todo —observé, suspirando—. El pueblo de Dahrain estuvo disperso durante generaciones.
Kawan había ido siguiendo rumores y buscando a la gente por su
nombre, intentando reunir al mayor número posible de descendientes. Yo no lo sabía, pero el de mi padre era uno de los pocos apellidos
nobles de nuestra historia. Cuando nos encontró, Kawan se puso
contentísimo.

»También fue Kawan quien descubrió el castillo de Vosino. Había estado abandonado durante siglos; aún recuerdo el olor cuando
nos instalamos. Empezamos a entrenar, pensando en el día en que
recuperaríamos lo que era nuestro. Cuando me ponía a dormir, mi
padre solía decirme que un día me acostaría en el lugar donde había
dormido siempre nuestro pueblo. —Tragué saliva y fijé la mirada en
el suelo—. Pero, por el momento, ni siquiera he visto ese lugar.

Me callé un momento, sintiendo de nuevo aquel dolor profundo.
Me aclaré la garganta y volví a mi historia:

—Al cabo de un año, más o menos, fue llegando gente que buscaba un sitio donde asentarse. Se encadenaron varias temporadas de malas cosechas, que hicieron que cada vez más gente fuera a probar suerte en la tierra no reclamada, solo que se encontraron con que la habíamos reclamado nosotros. Los hambrientos, los marginados..., gente que nadie echaría de menos. Los acogimos a todos. Les dimos de comer, les dimos ropa, les enseñamos. La mayor parte de nuestro ejército se compone de gente marginada en su país de origen.

Annika se quedó pensando en ello.

—Me gusta la idea de acoger a la gente que siente que no tiene un hogar propio. Si vuestro objetivo final no hubiera sido tomar mi hogar al asalto, incluso lo admiraría.

No sabía qué responder, así que cambié de tema.

—¿Y a ti? ¿Quién te enseñó a leer las estrellas?

—Oh, yo misma —dijo, sonriendo—. He pasado mucho tiempo en nuestra biblioteca, aprendiendo por mi cuenta las cosas que quería saber. Así es como aprendí los nombres de las estrellas. Y ese es el único motivo de que supiera cómo usar un pedernal. Y también fue así como empecé a usar la espada, solo que Escalus lo descubrió y decidió encargarse él de enseñarme. —Apartó la mirada un momento, incómoda—. Hasta que un día le hice una herida sin querer. Mi padre se enteró y puso fin a nuestras clases.

Sonreí.

—Solo que tú no lo dejaste.

Negó con la cabeza sin dejar de sonreír.

—Escalus y yo practicamos unas cuantas veces por semana, y guardo mi espada escondida bajo la cama, colgada de unos ganchos que puse yo misma en la estructura.

Cada palabra que decía era como frotarse los ojos tras una larga noche y ver la imagen del mundo cada vez más enfocada.

—Desde luego eres la princesa más rara que he visto nunca.

Se rio.

—¿Es que conoces a muchas?

—No —confesé—. Pero nunca he oído hablar de ninguna que se niegue a cumplir órdenes directas, que estudie lo que quiere y que, además, como entretenimiento, se dedique a abrir cerraduras.

—Ah. Eso tengo que agradecérselo a Rhett.

Por algún motivo, la sonrisa desapareció de mi rostro.

273

—¿Quién es Rhett?

—Es el bibliotecario. Pero lo conocí cuando empezó como mozo de cuadras. Mi madre quería que tuviera amigos todo tipo, posiblemente por eso tengo la sensación de que Noemi es más una hermana que una criada. Bueno, el caso es que Rhett me ha enseñado mucho. Me siento responsable de él.

Hizo una mueca como si acabara de darse cuenta de algo.

—¿Es importante para ti?

Asintió.

—En cierto modo. Es como… Puede que estés en una posición en la que la gente no quiere estar cerca de ti porque se han hecho una idea prefijada de ti. Y en cambio yo puedo pensar que todo el que se acerca a mí es precisamente por la idea que se ha hecho de mí. Rhett no se fija en todas esas cosas.

Eso tenía sentido. Si todo el mundo quería acercársele por la corona, era normal que agradeciera la presencia de alguien a quien no le importara lo más mínimo.

—¿Tú crees que esa agua se puede beber? —preguntó, señalando a la lluvia.

—El agua en movimiento debería ser potable.

—Bien. —Se levantó de un salto y se fue hasta la abertura de la cueva. Luego se giró hacia mí e hizo una pregunta que sonaba más bien a orden—. ¿No vienes?

Estaba claro que tenía sangre real.

—Sí, alteza.

Hizo un cuenco con las manos, pero la lluvia caía con tal fuerza que no podía mantenerlas en posición para recoger agua. Yo saqué las mías, pero la lluvia era tan intensa que también me las movía.

—A ver así —dije, colocando mis manos bajo las suyas.

Bastó para que mantuviera la posición y pudiera llenarlas de agua. Se quedó inmóvil un momento, mirando nuestras manos unidas. Las suyas estaban envueltas en las mías. Luego apoyó los labios en el agua y sorbió de un modo nada elegante, pero maravilloso. Cuando acabó, se mojó las manos otra vez para lavarse la cara con ellas.

—¿Cómo me ves? —preguntó.

«Esperanzada. Enmarañada. Aún más bella que tu madre.»

—Más o menos igual.

Hizo una mueca y se encogió de hombros. Cuando acabó, puso sus manos bajo las mías, empujando para que las sacara al exterior y recogiera agua de lluvia para beber yo también. Ella no tenía tanta fuerza, pero nuestras manos juntas tenían mucha más resistencia que por separado. Era raro sentir aquel contacto, pero por primera vez no me molestó. De hecho, fue agradable.

Annika volvió a tirar de mis manos hacia el interior de la cueva, bebí y me sentí mucho mejor. Seguí su ejemplo y me pasé una mano mojada por el rostro.

Ella ya no me prestaba atención; estaba volviendo hacia el fuego para calentarse las manos. Dio unos pasos adelante y luego otros tres pasos a la izquierda con la mano en alto, como si la tuviera junto a la mejilla de su pareja. La observé mientras ejecutaba la danza que le había enseñado, moviéndose como si aquella oscura cueva fuera un salón de baile, con una sonrisa apenas insinuada en el rostro.

Y pensé para mis adentros que probablemente no habría nada más peligroso en el mundo que aquella chica.

ANNIKA

$\mathcal{M}$e dije que ese ruido que había oído tenía que ser la lluvia. Sería algo golpeando la montaña, o un árbol al caer, o algo así, cualquier cosa. Habría tenido sentido, teniendo en cuenta la situación en que nos encontrábamos. Pero cada vez que Lennox sonreía o me tocaba, o incluso cuando me miraba de un modo determinado, lo oía otra vez. El sonido de mil latidos.

Y el eco de aquel sonido hacía que oyera otras cosas con mayor claridad. Oí el amor por mi hermano, tan puro y lleno de esperanza, e incluso el amor por mi padre, fracturado y lento, pero que seguía ahí. Oí mi amor por Noemi, dulce e inquebrantable. Y mi amor por Rhett, con un sonido suave, no envolvente, y con un matiz de responsabilidad, algo que me sorprendió. Pero lo que resonaba con más fuerza era la dolorosa certeza de que por fin había encontrado el amor del que tanto había leído en cientos de libros, esa fuerza aplastante y arrebatadora del verdadero amor. Y me llevaba a la única persona en el mundo que no podría tener nunca.

Tragué saliva.

—Tengo que contarte algo —dije, jugueteando nerviosamente con el agujero de mi vestido otra vez—. Pero no estoy segura de que quieras oírlo.

Él bajó la cabeza y me miró.

—Llegados a este punto, no creo que ninguno de los dos podamos escondernos ningún secreto. Además, sigo decidido a matarte, así que más vale que digas lo que sea mientras puedas.

Esbozó una sonrisa, y yo también sonreí. Esos ojos… Esa no era la cara de un asesino.

—Después de hablar en la mazmorra, tuve curiosidad. Así que me fui a la biblioteca y saqué los registros del juicio de tu padre.

—¿Qué? —Me agarró del brazo y me hizo girarme para que le mirara de frente—. ¿Hay registros?

Asentí.

—Muy breves. No diré nada más si prefieres no oírlo.

—¡No! Por favor, cuéntamelo. ¿Qué decían? ¿Qué ocurrió?

Noté que estaba temblando, temiéndome las consecuencias de aquella confesión.

—Según las notas, en el juicio estaba tranquilo. No dijo su edad ni quiso revelar nada sobre su familia. Creo que intentaba mantener el secreto para protegeros.

Lennox bajó la vista al suelo.

—¿Quieres que pare?

—No —dijo, y tragó saliva—. Quiero oírlo.

—También consta que dijo «No tenemos apellidos», así que le llamaron «Yago el Solitario».

Lennox estaba dándole vueltas entre los dedos al borde de mi vestido.

—Es cierto. Dejamos de usarlos para favorecer la unidad. Si alguien llega al campamento y tiene un nombre que coincide con el de otra persona, se le cambia. En Vosino solo hay un nombre de cada.

—Oh. —No sabía qué decir—. Él... se declaró culpable del intento de asesinato de mi padre. El jurado quería que lo colgaran, que el cadáver fuera arrastrado por el suelo con caballos y que lo descuartizaran.

Lennox tensó la mano en torno al borde de mi vestido. Tuve claro que era la angustia del momento, no iba a hacerme daño.

—Las notas dicen que mi padre intercedió para que se limitaran a decapitarlo.

El labio le tembló al pensar en aquello.

—Lo siento. Es..., es todo lo que sé.

Lennox asintió, con la respiración agitada por un momento.

—A Kawan le gusta enviarnos a misiones para demostrar nuestra lealtad a la causa. La de mi padre fue ir al palacio. No sé por qué fue tan lejos, no era propio de él. Tengo un montón de preguntas que no puedo hacerle a Kawan, y ahora tampoco puedo hacérselas a mi padre. Supongo... que nunca lo sabré. —Tragó saliva y me miró a la cara—. ¿De verdad fue tu padre quien cambió la sentencia?

—Mi padre la pronunció, pero parece ser que fue a sugerencia de mi madre.

277

—Estuvo a punto de acabar con su marido, y aun así… —dijo, con los labios temblorosos.

Le había dado paz a Lennox; sería el único regalo que le iba a hacer. Muy pronto pararía de llover y saldríamos de allí corriendo, y todo volvería a sumirse en el caos. Pero quería que al menos tuviera aquello, antes de que acabara todo.

—Te he mentido —murmuró.

—¿Qué?

—No volvería a hacerlo. Si tuviera una segunda oportunidad, la sacaría de allí. —Levantó la cabeza y me miró—. Tu madre… me miró y me dijo: «No eres más que un chiquillo. No deberías cargar con este peso el resto de tu vida. Llama a otra persona para que lo haga». Yo… esperaba que rogara por su vida, pero en lugar de eso se preocupó por la mía. Sabía lo que iba a pasar, y estaba claro que la idea le partía el corazón. Aun así, en el último momento era a mí a quien quería salvar.

Respiraba de forma acelerada, dolorosa y profunda.

—Ni siquiera sabía su nombre, y ella se negó a darnos ninguna información que pudiera haceros daño. Lloró, sí, pero no cedió. Annika, tú te pareces mucho a ella.

Había oído esas palabras mil veces. Nunca les había dado tanta credibilidad como ahora.

—Me acerqué… —Tuvo que parar para enjugarse las lágrimas, congestionado—. Le dije que se arrodillara, porque en aquella época prácticamente éramos igual de altos. Lo hizo sin rechistar. Dijo: «Oh, Escalus. Oh, Annika». Esas fueron sus últimas palabras. Pensé que estaba rezando en un idioma desconocido para mí.

Y entonces me eché a llorar yo también. Eso era lo único que podía llegar a saber, lo único que podía contarme. Ahora al menos podía abrazarme a la idea de que me había querido hasta su último aliento.

—Quiero que sepas que fue rápido —se apresuró a añadir—. No sintió nada, y la traté con mucho cuidado. Y quiero que sepas… —Ahora ya hablaba hecho un mar de lágrimas, desolado—. Quiero que sepas que lo siento. Lo siento muchísimo. Tendré que cargar con ello toda la vida, como dijo. Y me lo merezco…, pero, aun así, tienes que saberlo, aunque nadie más lo sepa, que lo he lamentado todos los días de mi vida. No volvería a hacerlo, Annika. Aunque significara vivir el resto de mi vida en un infierno, no lo haría, y necesito que lo sepas. Lo siento…

Hundió la cara entre las manos y tuve claro que aquello le había destrozado por dentro. Antes había bromeado con que estaba maldito. Pero la verdad era que, efectivamente, cargaba con una maldición.

De modo que en ese momento me resultó fácil ver lo mejor de mi madre en mí, y darle a Lennox lo que necesitaba más que nada en el mundo.

Le apoyé la mano en la mejilla, casi esperándome que se echara atrás. No lo hizo. Dejé ahí la mano mientras se limpiaba las lágrimas, avergonzado, aunque no tenía por qué estarlo. Se había visto obligado a guardarse aquello dentro, sin poder compartirlo con nadie, durante años.

—Lennox. Lennox, mírame. Por favor.

Tardó un momento. Contuvo la respiración. Por fin levantó la cara y vi sus ojos de un azul brillante enmarcados en rojo. Me imaginé que los míos tendrían el mismo aspecto.

—Te perdono. Completamente. Libremente. Te perdono.

Se quedó allí sentado, mirándome a los ojos un buen rato. Aquello se me había escapado de las manos. ¿No?

—He vuelto a mentir —susurró, mirándome abiertamente, sin reparos—. No voy a matarte. No quería hacerlo ya antes, independientemente de lo que tu pueblo le haya hecho al mío. Independientemente de lo que le ocurrió a mi padre. Estoy muy cansado de matar, Annika.

—Oh, vaya —dije, meneando la cabeza—. Bueno, pues ya lo has conseguido. No te cuento más secretos.

Sonrió.

—Supongo que tienes razón. Pero no tienes que preocuparte. No le contaré a nadie nada de lo que has dicho.

—Gracias —respondí, apartando la mano por fin.

Irguió la cabeza y se apartó el cabello de la cara.

—¿Y tú qué? ¿Sigues pensando matarme?

Me quedé mirando a aquel chico —que, de algún modo, contra mi voluntad, se había apoderado de mi corazón— y sonreí.

—Bueno, la verdad es que cuesta mucho trabajo.

Sonrió, girándose hacia el fuego. Su brazo rozaba el mío.

—Estoy de acuerdo. Es mucho trabajo.

—Las princesas no trabajan. Al menos no de este modo.

Me quedé escuchando su respiración, que iba volviéndose más

279

lenta, recuperando la normalidad. Noté incluso cómo relajaba los hombros, dejándolos caer. Soltar todos aquellos secretos tenía que ser una sensación agridulce.

Me quedé mirando hacia delante, pero noté que él me miraba a mí. Me pregunté qué sería lo que veía.

No importaba. Al igual que Lennox, yo también tenía preguntas que no encontrarían respuesta.

LENNOX

*P*or primera vez sentí que hinchaba los pulmones al máximo. Noté los hombros más ligeros. Hasta los colores de la cueva habían cambiado. Era un hombre nuevo.

Annika se echó un mechón de cabello por encima del hombro y jugueteó con las puntas, más o menos como había hecho yo con el mechón de pelo que guardaba en mi habitación. Me pregunté si le molestaría que me lo hubiera guardado.

—Bueno, ¿tú qué dices? —preguntó de pronto—. ¿Las dos de la mañana? ¿Las tres?

Asentí.

—Supongo que sí.

—¿Cuánto más puede durar esto?

—La verdad es que no lo sé. Entre la lluvia y ese viento, no es seguro moverse por ahí. Si hay alguien más ahí fuera, espero que haya encontrado refugio.

—En circunstancias normales, diría que Escalus se las ha arreglado. Es muy inteligente. Pero herido como estaba...

Tragué saliva.

—Estoy seguro de que tu hermano estará vivo. Si es la mitad de decidido que tú, algo tan trivial como una flecha no podrá acabar con él.

—Espero que tengas razón. Y espero que tus amigos estén bien.

—Yo también lo espero —dije, asintiendo. Y un momento más tarde añadí—: ¿Debo esperar que nuestro querido Nickolas también esté bien? ¿Se te partirá el corazón si no es así?

Annika suspiró.

—Tiene que vivir. Nuestro matrimonio refuerza la dinastía familiar, consolida el poder y mantiene viva la monarquía. Quizá no debiera decírtelo —dijo, con un suspiro y una sonrisa—. Pero es así.

—¿Así que te casarás con él, aunque no lo quieras?

—Tengo que hacerlo —dijo, y detecté una punta de amargura en su voz.

Fue entonces cuando me di cuenta de que deseaba algo que no podía tener: quería a Annika.

La quería para mí. Quería que me mirara y, a pesar de todas las cosas horribles que había hecho, descubrir que ella también me quería a mí. Entendí de pronto el porqué de mi desdén por Nickolas. Él no quería estar junto a ella con la cabeza bien alta, merecérsela realmente. Pero yo sí.

—¿Puedo preguntarte algo que puede parecerte increíblemente maleducado?

—No estoy segura. Ahora que parece que los dos podemos salir de aquí con vida, no sé si debo contarte la verdad —dijo, pero por su rostro sobrevoló la sombra de una sonrisa.

—Aun así, ¿puedo preguntar?

Asintió.

—¿Alguna vez has estado enamorada?

Levantó la vista y luego apartó la mirada, y observé que se ruborizaba.

—Casi todo lo que sé del amor lo he sacado de las páginas de los libros. Pero supongo que podría haber habido una ocasión —reconoció.

Sentí que mis esperanzas se estrellaban contra una pared. «Podría haber habido una ocasión» sonaba a algo muy distante.

—Tenía diez años —dijo, con una gran sonrisa en el rostro—. Mi madre y yo estábamos de viaje. Nos habíamos desviado un poco de la ruta, y pasamos junto a una pequeña casa de campo.

»Había una mujer atizando una alfombra colgada de un cable, y el marido salió de la casa, limpiándose las manos con un trapo. Y el hijo... estaba sentado en el escalón de la entrada, con un libro. Nos acercamos y mi madre les pidió indicaciones, pero yo no podía apartar la vista del hijo. Justo antes de que nos pusiéramos en marcha, él se levantó de un salto, corrió a una cesta y sacó dos manzanas. Una para mí y una para mi madre.

»Me dio mi manzana, nuestros dedos se tocaron y dijo: «Eres la niña más guapa que he visto nunca». —Soltó una risita para sus adentros, recordando la escena. Pero había un sonido que resonaba con fuerza en mis oídos, latido tras latido.

»El padre dijo: «Hijo, no puedes decir esas cosas a una desconocida». Pero yo le miré y dije: «Dado que...».

—... es cierto, puede decirlo tantas veces como quiera —dije yo, acabando la frase por ella.

Annika me miró, obviamente sorprendida. Apenas podía creer yo mismo lo que acababa de decir.

—Lennox... ¿Cómo...?

—Ya sabes cómo.

Los ojos se le llenaron de lágrimas, mientras me miraba, asombrada.

—¿Tú eres el niño de la manzana? Llevo toda la vida contando esa historia sobre ti.

—Y tú eras la niña del caballo. Llevo guardando ese secreto desde entonces.

Con los ojos aún brillantes por efecto de las lágrimas, sonrió y meneó la cabeza.

—Así que ese era tu padre —dijo con voz dulce—. No recuerdo muy bien su rostro, pero sí su sonrisa. Me dejó huella.

—Eso significa que también vi a tu madre. No recuerdo nada de ella de ese día. Creo que estaba demasiado pendiente de ti.

Debía de estar ruborizado. Esperaba que Annika no se diera cuenta.

—Fue... ¿Cuánto? ¿Unos minutos? Pero no se me ha olvidado cómo me hiciste sentir aquel día.

Meneé la cabeza.

—Tendría que haber sabido que erais realeza. ¿Quién si no iba a responder de esa manera?

—Lo sé, lo sé —dijo, riéndose—. Espero haberme vuelto algo más humilde con los años.

—Así es —le dije—. Aun así sigues teniendo ese aspecto regio. —Tragué saliva, azorado por mi confesión—. Y esa belleza.

Ella apretó los labios, como si no quisiera sonreír. Era una batalla perdida.

Quería decirle que aquello significaba algo. Que si solo había estado enamorada una vez, y de mí, podía plantearse de nuevo esa opción. Quería rogárselo...

Pero de pronto el suelo empezó a temblar.

ANNIKA

—¿*Q*ué es eso? —exclamé, asustada.

Lennox tardó unos segundos, pero apoyó las manos en el suelo de la cueva.

—Un terremoto. De pie, rápido.

Fui corriendo tras él hasta la abertura de la cueva. El suelo se hundió bajo mis pies y grité al caerme hacia delante.

Lennox me agarró y me ayudó a enderezarme. Me miró, sobrecogido.

—Si esto se alarga mucho más, puede acabar quebrando la montaña. Podríamos quedar atrapados. Tenemos que correr.

—¿Hacia dónde?

—¿Recuerdas esos árboles? Nos resguardaremos junto al primero, esperemos que no se venga abajo. Cógeme de la mano y no te sueltes. ¿Me oyes, Annika?

Asentí, con la mirada fija en el árbol.

—Esto es posible —murmuré.

—¡Corre!

Lo seguí, y cuando llegamos al árbol me situó entre su cuerpo y el árbol. Eché la vista atrás, hacia la cueva, que conseguí situar únicamente porque aún se veía el leve resplandor de nuestra hoguera.

Miró hacia derecha e izquierda, por los alrededores del árbol, e incluso hacia arriba. El suelo seguía moviéndose; separé los pies y me agarré con una mano al árbol y con la otra a Lennox. No dejaba de mirar hacia nuestro refugio, con la esperanza de que pudiéramos volver. Ahí fuera no íbamos a sobrevivir.

—¡Lennox! —exclamé, señalando hacia la cueva y observando cómo un río de rocas caía por la ladera, tapando la entrada casi por completo.

Me pareció que seguía viendo algo de luz del fuego, pero no estaba segura de si era verdad o si era más bien lo que habría querido ver.

Lennox tiró de mí hacia la izquierda, agarrándome con fuerza. Sentí otro temblor, y uno de los árboles que teníamos cerca cayó a apenas unos centímetros de nuestra posición. Me quedé observando dónde había aterrizado, atónita, consciente de que me habría podido partir una pierna, o algo peor, si Lennox no me hubiera apartado de allí. ¿Cuántas veces me había salvado ya la vida? Siguió escrutando el terreno en busca de posibles peligros mientras yo alargaba la vista para ver si la cueva seguía abierta.

Se produjo una nueva sacudida, más violenta, y Lennox perdió el equilibrio y me cayó encima. Aproveché la ocasión para abrazarlo con fuerza. Necesitaba hacerle saber que, igual que yo podía contar con él, él podía contar conmigo.

Daba la impresión de que aquel intenso temblor era el gran número final de un inquietante espectáculo, y la Tierra dejó de moverse bajo mis pies.

Lennox siguió cogiéndome entre sus brazos, y yo seguí abrazada a él, ambos inmóviles. Me había quedado sin aliento, entre el miedo y el alivio. Se había acabado y, sorprendentemente, ambos seguíamos vivos.

Bajó la vista y sus ojos se encontraron con los míos. El agua le caía a chorros por el cabello enmarañado. Tenía el pecho apretado contra mí: sentía su corazón latiendo desbocado. Tragó saliva y luego se giró a mirar hacia atrás.

—Está ahí —dije, señalando la cueva—. Creo que podemos volver a entrar.

—Tú la ves mejor. Ve delante —dijo, y yo le cogí de la mano, guiándolo de nuevo hacia la cueva.

El terreno estaba cubierto de ramas rotas y rocas que teníamos que esquivar, y con la lluvia el suelo se había reblandecido. Avanzamos pesadamente, abriéndonos paso hacia la seguridad.

La entrada había quedado reducida a un resquicio, y ambos tuvimos que ponernos de lado para pasar. Buscamos grietas en la roca, posibles señales de que nuestro refugio corriera el riesgo de venirse abajo. Yo no tenía ninguna experiencia en eso, pero me parecía que estaba intacta. Me dispuse a adentrarme, pero Lennox me hizo parar.

—Quítate la ropa mojada aquí. No debemos mojar el suelo. Necesitamos contar con algún lugar seco donde dormir, o corremos el riesgo de enfermar.

Se quitó las botas, y al hacerlo dejó unos pequeños charcos en el suelo. Pensé que seguiría con las calzas negras, pero en lugar de eso se quitó la camisa. Lo hizo rápido, y la extendió lo mejor que pudo sobre una gran roca que bloqueaba la entrada. Me quedé horrorizada viendo el mapa de cicatrices que le cubría el cuerpo.

—No es el mejor momento para tener vergüenza —comentó, viendo que no me movía—. Además, no es que no te haya visto ya en ropa interior.

No pretendía ser gracioso, pero yo no podía parar de reír. Resopló, se acercó y se puso a soltar los cordones de la parte delantera de mi vestido.

—Eso es el *shock* —dijo, con una voz suave—. Ocurre cuando pasas por una situación aterradora y tu mente no sabe cómo gestionarlo. Tienes razón. Descansaremos, y ya verás como te sientes mejor.

Meneé la cabeza, incapaz de hacer mucho más que eso.

—No es eso —susurré. Sus manos seguían moviéndose, soltándome los cordones con el máximo cuidado para no tocar nada más.

—Entonces, ¿qué es? —preguntó, ni molesto ni incómodo. Simplemente intrigado.

Le señalé el pecho.

—Oh —dijo, bajando la mirada y retirando las manos, de pronto incómodo—. Ya me he acostumbrado a ellas. Supongo que… vistas desde fuera pueden llamar la atención. —Dio un paso atrás—. Acaba de soltarte los lazos.

Obedecí y me desaté el vestido.

—Las botas, fuera —me indicó, y yo levanté una pierna y luego la otra para que pudiera quitármelas. Me apoyó las manos en las pantorrillas—. La camisola la tienes prácticamente seca, y también las medias, así que no hace falta que te las quites.

Me quité el vestido y lo apoyé en una de las rocas más grandes.

—Tenemos que hacer una hoguera más grande, para que no se apague en toda la noche. Y tenemos que sentarnos cerca. Puedes usar mi capa, toma —insistió, cogiéndome del brazo—. Ahora mismo estás absolutamente aturdida. Siéntate.

Me situó junto al fuego y me tapó con su capa. Me senté, sin poder reaccionar.

Si se llama *shock* a lo que te pasa cuando no dejan de sacudirte el corazón y la mente, entonces sí, debía de ser eso. Estaba enamorada de Lennox. Ahora lo tenía claro. Me quedé allí, embobada, mientras él iba de un lado al otro de la cueva, recogiendo ramas y restos de vegetación para echar al fuego. Cuando le pareció que ardía bien, hizo otro montón de ramitas y hojas para ir echando más tarde y se sentó, aunque no tan cerca como antes.

—Si quieres que vuelva a ponerme la camisa, puedo hacerlo. No quiero que te sientas incómoda.

—No es eso —dije, reuniendo las fuerzas necesarias para mirarle a la cara—. Es que... —Levanté la mano y señalé la larga cicatriz que le cruzaba el pecho en diagonal—. La cicatriz más grande te la he hecho yo.

Él bajó la vista y la miró.

—¿Y cómo crees que me siento yo? —preguntó, haciéndome reaccionar.

Con suavidad, me pasó un dedo por la cicatriz de mi brazo izquierdo, la que me había hecho al contraatacar.

Suspiré.

—Esa cicatriz no me molesta. Al principio me impresionaba, pero me recuerda que al menos he vivido una aventura en mi vida.

—A mí tampoco me molesta la mía —confesó, bajando la mirada—. Es todo lo que me une a ti.

Mil latidos.

¿Qué..., qué quería decir con eso?

—Bueno —añadió, tímidamente—, no es lo único que tengo. También tengo..., hum..., me guardé ese mechón de pelo que te corté. A veces, cuando estoy abatido, me lo enrosco en torno al dedo. Así.

Me cogió un mechón de pelo, aún empapado, y me enseñó cómo se lo enroscaba entre los dedos.

Diez mil latidos.

—Yo conservo tu capa —confesé en un susurro. Él levantó la vista, sorprendido—. La uso de manta por las noches. Huele a mar, como tú.

—Tu cabello huele a agua de rosas —dijo él en voz baja.

Observé aquellos ojos, azules como un cielo despejado, que se posaron en mis labios, y luego de nuevo en mis ojos, preguntando sin palabras. Se acercó un poco más.

287

—¿Tienes miedo de mí?

Negué con la cabeza y nuestras narices se rozaron.

—No.

—No he besado nunca a nadie —susurró—. A mí tú sí me das un poco de miedo.

—Menos mal que eres tan valiente.

Sus labios entraron en contacto con los míos.

Y el sonido fue ensordecedor.

Levantó la mano, la apoyó en mi nuca y me agarró con la máxima delicadeza. Apoyé una mano sobre su pecho, sin duda tocando la cicatriz que yo misma le había dejado. Tenía la piel muy fría, como yo, pero sentí la calidez de su beso.

Cuando nos separamos y le miré a los ojos, vi a alguien completamente diferente.

Y, por primera vez desde que habíamos entrado en la cueva, sentí miedo de verdad.

Una cosa era estar enamorada de él en silencio, volverme a casa con los brazos vacíos, sin nada más que el dolor de su ausencia. Pero otra cosa muy diferente era obligarle a él a que hiciera lo mismo. Y me aterraba que llegara ese momento.

LENNOX

La Tierra cambió de posición, girando en torno a un nuevo eje. Annika era el centro de mi mundo; por lo que parecía, lo había sido desde el principio.

Sin pensárselo dos veces se movió, situándose entre mis piernas y cubriéndonos a ambos con la capa. Se hizo un ovillo, apartando la melena para no mojarme, y yo la rodeé con mis brazos. Fue tan fácil… Comprendí de pronto cómo podía ser que alguien dejara que otra persona tuviera el control de su corazón. Annika podía hacer lo que quisiera. Podía cogerme el corazón y lanzarlo de nuevo contra ese huracán, y yo se lo agradecería. Era suyo. Yo pertenecía a Annika.

Y no había nada que hacer al respecto.

Se quedó allí, con la cabeza encajada bajo mi barbilla. Parecía estar escuchando los latidos de mi corazón. Y observé que yo estaba acariciándole el brazo con el pulgar sin darme cuenta.

—¿Lennox?

—¿Sí?

—Ya sé que has dicho que ya no usáis apellidos, pero ¿te acuerdas de cuál era el tuyo?

Sonreí. De pronto me pareció fascinante que quisiera saber mi apellido.

—Ossacrite.

—Lennox Ossacrite. ¿Y tienes segundo nombre? —dijo, levantando la mirada, como esperanzada.

Lamenté mucho decepcionarla.

—No. ¿Tú sí?

—Segundo, tercero y varios más. Te ahorraré el suplicio.

Contuve una risa, sin quitarle las manos de encima. No había sentido nunca tanta paz.

—Si esto… —empezó a decir, inquieta, sin poder levantar la vista y mirarme a la cara—. Si esto es solo cosa mía, me lo puedes decir… —Supuse que «esto» podía significar una docena de cosas diferentes, pero sabía que solo significaba una—. Soy más dura de lo que parece. Puedo soportarlo.

—Ya sé lo dura que eres. Y sé que intentas darme la posibilidad de echarme atrás. Pero no la necesito, Annika. No es solo cosa tuya. —La abracé un poco más fuerte—. Es como… el destino.

—Eso es lo que me asusta. En los libros, el destino raramente se muestra generoso con la gente —dijo, y soltó un gran suspiro—. Dime que hay una salida. Dame esperanza.

—Tú eres la especialista en escapar a los grilletes y las mazmorras. Quizá deberías ser tú la que me dieras esperanza a mí.

Se rio y me miró.

—¿De verdad vas a dejarme a mí todo el trabajo? Muy bien.

Me agarró del cuello y me besó. Me besó como si lo hubiera hecho mil veces antes, como si supiera que le pertenecía a ella y a nadie más. Y yo lo agradecí. Agradecí estar completamente en sus manos.

La besé una y otra vez, cayéndome sobre ella mientras ella se reía, enredándome en sus brazos. Si el suelo estaba frío, no lo noté. Nos acercamos el uno al otro todo lo que pudimos, envolviéndonos en la capa.

—¿Esto qué es? —preguntó, al descubrir el bordado en el interior del cuello de la capa. El emblema era circular, con una rama florida en el centro. No reconocía la forma de las hojas, así que siempre había pensado que sería meramente decorativo.

—Yo también me lo preguntaba. La capa era de mi padre, y es la primera vez que la uso. Quizás él también hacía sus pinitos con los bordados.

Eso la hizo sonreír, y yo estaba encantado. Había encontrado un nuevo juego al que jugar, una competición conmigo mismo. ¿Cuántas veces podía hacer sonreír a Annika en un minuto? ¿En una hora? ¿Podría establecer un récord? ¿Y luego batirlo?

Estaría encantado de poder jugar a aquel juego el resto de mi vida.

Nos quedamos allí tumbados un buen rato, abrazados, sin hablar. Ella me pasó un dedo por mi incipiente barba, a la altura de la barbilla, y yo jugué con un gran mechón de su pelo. Empezaba a atemperarme, y miré por encima de su hombro para asegurarme de que no dejaba de llover.

No tenía muy claro qué sucedería cuando amainara.

—Tengo otra pregunta —le dije—. ¿Me puedes hablar de Dahrain? O Kadier, como prefieras llamarlo. Dime cómo es.

—Es bonito —respondió, con una sonrisa triste—. Alrededor del palacio hay prados con árboles plantados estratégicamente para crear senderos. Pero más allá hay suaves colinas con muchas granjas. En invierno suele nevar, pero nunca he vivido una nevada intensa. Es como si el mundo quedara cubierto con una capa de cristal. Y cuando llega la primavera, las laderas de las colinas se cubren de flores de colores que anuncian el renacer de la tierra. Hay mucho espacio, y de no haberme visto obligada a vivir en el palacio, me habría gustado tener mi propia casa en el campo. —Por un momento se quedó muy callada—. No sé qué dicen vuestras historias y leyendas, pero, si son buenas, probablemente sean verdad.

Sentí que los ojos se me llenaban de lágrimas. Quería ver aquello por mí mismo. Deseaba respirar ese aire.

Annika tenía la mano apoyada en mi barbilla, intentando ofrecerme todo el consuelo posible.

—Lo siento mucho —dijo—. No sé cómo arreglar esto.

—No tengo muy claro que haya una respuesta fácil —dije.

—Sí que la hay. Seguro que hay algo evidente que estamos pasando por alto.

—¿Siempre eres tan optimista?

Levantó la vista y me miró.

—Normalmente sí.

—Me gusta. Para mí eso supone un cambio magnífico.

—Entonces, ¿tú crees que estamos condenados? —dijo ella, en tono de broma.

—Por supuesto —respondí, intentando que no se me escapara la sonrisa—. Comprobemos mi registro de actividad, ¿te parece? Salgo de expedición simplemente para llevarme algo de tu tierra y regreso a casa contigo. Intento interrogarte y huyes. Me lanzo a la batalla y acabo acorralado. Juro matarte y…, bueno, ya ves cómo me está yendo.

Se rio, y deseé poder dormirme y despertarme toda la vida oyendo ese sonido.

—Por si te sirve de consuelo, siempre fallas en la dirección correcta.

Asentí, acariciándole la barbilla con la mano.

—Quizá tengas razón.

Empezaban a pesarle los párpados. Había sido una noche larga y durísima. Habíamos empezado peleándonos y habíamos acabado abrazados.

—Puedes descansar —le dije—. Estás segura.

—Lo sé —susurró—. Es solo que no quiero perderme nada.

Acerqué la cabeza y la besé junto a la oreja, susurrándole al oído:

—Pero si duermes, quizás encuentres todas tus respuestas en sueños. Eres una chica muy inteligente.

—La verdad es que sí —masculló, casi sin fuerzas.

Contuve una risita y me giré para mirarla de frente. Ella trazaba líneas sobre mi cuerpo con las manos. Clavícula, cicatrices de batalla, mandíbula. Yo no soltaba un mechón de su cabello que le caía hacia delante, haciéndolo girar entre mis dedos. Fue ella la que se durmió primero, y yo me quedé mirándola, escuchando su respiración lenta y regular.

—¿Estás despierta? —susurré.

Nada.

—Bien. Porque soy valiente, pero hasta yo tengo mis límites. —Acerqué los labios a su oído—. Te quiero. A pesar de todo lo que ha ocurrido y a pesar de todo lo que puede llegar a pasar. Soy irremediablemente tuyo.

Listo. Ya estaba. Ahora ya no tenía más secretos.

ANNIKA

$\mathcal{M}$e desperté sintiendo los besos sobre mi hombro. Me había movido durante la noche y ahora estaba frente a los rescoldos del fuego, con Lennox abrazándome. Sentí su calor en mi espalda, y en el lugar de la cintura que tenía rodeado por su brazo. Intenté recordar la última vez que había dormido tan bien. Asimismo intenté recordar la última vez que me había sentido tan feliz.

Lennox dejó de besarme y enterró la nariz entre mi cabello, justo detrás de mi oreja.

—¿Ya has acabado, tan pronto? —pregunté.

—He acabado mi exploración por tu hombro. Ahora me intriga este punto justo detrás de tu oído, así que le estoy dedicando toda mi atención. Luego están tus muñecas. Son las siguientes en mi lista.

Me reí.

—Ya que estás ahí, siéntete libre de susurrarme zalamerías al oído.

Sentí que adelantaba los labios ligeramente, y que su aliento me hacía cosquillas en la piel.

—Tengo desayuno.

Levanté la cabeza de golpe, me giré y vi cómo se tendía boca arriba, poniéndose las manos detrás de la cabeza. Parecía tan tranquilo, como si no temiera nada. Y, caray, qué guapo estaba.

—Por favor, dime que tienes una de esas cosas de avena como la que me tiraste en el bosque. ¡Por favor!

Él se puso en pie y se acercó al lugar donde estaba su camisa. No me había dado cuenta de que también se había quitado el cinto, pero estaba ahí apoyado. Metió la mano en la bolsa y sacó de dentro las mismas barritas que me había dado en el bosque, envueltas en papel atado con cordel.

293

Me acerqué de un salto.

—He estado soñando con ellas.

—Soy mis favoritas —dijo él, sonriendo.

Cogió dos y me las dio.

—No, no. Tú también necesitas una —dije yo. Di un mordisco a la otra y observé que no estaba tan crujiente como la última vez. Probablemente por la lluvia. Pero seguía estando deliciosa—. ¿Esto es melaza?

—Miel.

—Miel…, claro. Estaba pensando en pedirle a nuestro cocinero que intentara hacerlas así, pero no sabía ni por dónde empezar.

—Yo te puedo enseñar —dijo—. Pero solo si tú me enseñas a aguantar la posición con ese bloqueo con giro que haces con la espada. ¿O soy demasiado alto para hacerlo?

—¡No, qué va! —respondí—. Déjame que disfrute de esto primero y luego te lo enseño.

Echó a caminar con su barrita asomándole por la boca, en la que lucía una sonrisa perfecta. Puso la mano sobre la camisa y la tocó por varios sitios. Hizo lo mismo con mi vestido.

Se puso su camisa mientras le daba un bocado a la barrita y seguía hablando.

—Tu vestido aún está húmedo por abajo, pero no demasiado. ¿Lo quieres?

—Aún no —dije, meneando la cabeza—. Primero las espadas.

Él sonrió.

—Si insiste, alteza.

Me chupé los dedos, disfrutando de las últimas migas. A menos que nos cayera algo del cielo, eso era lo único que teníamos. Saqué los dedos por la abertura de la cueva para lavármelos, y observé que se veía mejor el exterior que la noche anterior. Distinguía perfectamente el grupo de árboles en el que habíamos buscado refugio durante el terremoto. Aún más allá vi unos árboles y unas rocas.

La tormenta no había pasado, pero estaba perdiendo fuerza. Fui a recoger mi espada.

—No tengo muy claro que podamos levantar bien la espada, pero al menos podrás ver cómo es.

Se quedó allí de pie, con una sonrisa socarrona en el rostro.

—Si este era tu plan desde el principio, tengo que aplaudirte. Te ha funcionado perfectamente.

—Ja, ja. Tontorrón, ve a coger la tuya.

Se apartó de la pared sin dejar de sonreír. Hasta su modo de caminar era atractivo.

—Muy bien. Ponte así —le enseñé—. Apoya el peso del cuerpo en las puntas de los pies y luego empuja hacia aquí. Deja que la inercia haga girar la espada.

Lo hice muy despacio porque realmente había muy poco espacio para moverse. Lennox lo intentó, pero era evidente que allí dentro no iba a poder hacerlo.

—Creo que ya entiendo la mecánica —dijo, apoyando la espada contra la roca, cerca de la abertura—. Lo practicaré con Inigo cuando vuelva.

En cuanto lo dijo, se quedó paralizado. Era como si se hubiera roto un hechizo. Ambos tendríamos que hacer planes para lo que pasara después.

Apoyé la espada contra la pared y fui a recoger mi vestido. Me lo eché encima, a modo de abrigo, y me puse a buscar por el suelo.

—¿Dónde está mi cinta?

Lennox se puso a buscar conmigo, y al final la encontramos detrás de la roca en la que había apoyado el vestido. Me la entregó con gesto triste. Empecé a anudarme el vestido, y él se quedó a un par de metros, con la mirada fija en el suelo.

—Doy gracias por contar con Vosino, pero no quiero volver con Kawan —dijo—. Casi preferiría estar solo y construirme una casa en algún lugar de la tierra no reclamada de los confines del país, donde pueda olvidarme de él, y que él también se olvide de mí.

—¿Se olvidará de ti?

—No mientras siga vivo.

Me ajusté la cinta y la oculté bajo el cuello de mi vestido.

—¿Y si…? ¿Y si te vinieras conmigo?

Sonrió.

—Tu perdón significa para mí más de lo que puedo decir. Pero en Kadier soy un delincuente. Si voy allí, me juzgarán. Y dado que tu madre ya no está allí para dispensar clemencia, los dos sabemos lo que me ocurrirá.

Hice una mueca de dolor; no quería ni pensar en ello.

295

—¿Y si no les decimos tu nombre? ¿O si les decimos que has desertado?

—Si estuviera limpio, es posible que nuestro querido Nickolas no me reconociera, pero sería arriesgado. Y aunque no me reconociera, ¿cómo iba a hacerlo? ¿Viviendo en tu cómodo palacio mientras el resto de mi pueblo se esconde? ¿Viviendo bajo el gobierno de tu padre cuando debería sentirme un hombre libre? —Negó con la cabeza—. Annika, créeme cuando te digo que quiero estar donde tú estés más que nada en el mundo. Pero no soy un cobarde. No puedo abandonarlos.

—Tienes razón —dije, bajando la mirada—. No te lo podría pedir.

—Además —dijo, acercándose, y sentí alivio al notar que me envolvía la cintura con el brazo—, soy el único que intenta mantener a raya a Kawan. Si no vuelvo, será una barbarie.

Apoyé la frente en su pecho. No podía prometerme que no lanzaran otro ataque; nadie podía hacerlo. Pero tenía que dar gracias de que al menos pudiera intentarlo.

—¿Y si…? ¿Y si tú vinieras conmigo? —planteó.

Le miré, deseando con todas mis fuerzas que aquello fuera posible.

—No sé quién sigue vivo y quién ha muerto. Si mi hermano ha muerto, me convierto en la heredera. Si también ha muerto mi padre, soy reina. —Lennox me miró un momento; aquello no se lo había planteado—. Si no vuelvo, el reino quedará en manos de Nickolas. Y créeme, eso es algo que nadie quiere.

Tragó saliva.

—Vas a casarte con Nickolas, ¿verdad?

Asentí.

—En Kadier, es mi única opción —dije, y fijé la mirada en el suelo, sintiéndome de pronto tremendamente celosa—. Tú también tienes a alguien esperándote.

—No es lo mismo —replicó él, en voz baja.

Las lágrimas estaban a punto de asomar, pero entonces noté algo en su camisa.

—¿Tienes perro?

Él bajó la mirada y vio los pelos grises que tenía en el hombro.

—No. Tengo un zorro. Una hembra. Se llama Thistle.

—¿Thistle? Me encanta. ¿Cómo has podido domesticar a un zorro?

—Bueno, no es que se haya convertido en mi mascota —señalé—. No se nos permite tener mascotas, consumen recursos. Pero la encontré cuando era una cachorrita. Tenía la patita herida, y la curé. Es muy lista. Dejo la ventana abierta para que entre y salga cuando quiera. —Meneó la cabeza—. Los zorros grises son nocturnos. No sabes cuántas noches se ha presentado en mi habitación solo para ponerse a corretear, tirarme cosas por el suelo y luego volver a salir por la ventana.

Sonreí.

—Debe de haber sido duro dejarla allí y no poder decírselo a nadie.

—Siempre es duro marcharse.

Nos quedamos callados, pero al mismo tiempo fluían entre nosotros interminables conversaciones silenciosas. Yo no dejaba de oír un latido tras otro, y me pregunté si él oiría el grito de hasta la última fibra de mi cuerpo diciendo que le quería.

Quería decirlo. Deseaba que pudiera envolverse en ese amor como hacía con su capa. Pero me preocupaba que aquellas palabras pudieran abrir heridas incurables.

Sabía que él también sentía algo…, pero no quería acorralarlo con mi cariño. Y, de pronto, como si la Isla me dijera que lo dejara, oí que la lluvia cesaba hasta parar del todo.

Aquello cambió la acústica de la cueva. Estaba todo tan silencioso que incluso le oía respirar.

Nos quedamos allí de pie un momento, a un susurro de distancia, simplemente mirándonos. Por fin Lennox miró en dirección a la abertura en la roca, y vimos la imagen del mundo exterior.

—¿Soy un cobarde si sugiero que nos quedemos aquí? —preguntó.

Negué con la cabeza, sonriendo apenada.

—Un cobarde no, pero tampoco eres realista.

Asintió.

—Si debemos irnos, será mejor que nos separemos mientras estamos solos y no esperar a que llegue alguien y nos descubra.

—Eso creo yo —respondí—. No quiero que ningún soldado me descubra contigo. No sé si podría pararlos.

297

El labio le tembló como si fuera a llorar. Pero antes de que pudiera hacerlo me eché adelante y le besé. Le pasé los brazos por encima de los hombros, abrazándolo. Si su risa hacía que sonaran mil latidos a la vez, su beso era como mil despedidas al mismo tiempo.

Me separé, sintiendo el picor de las lágrimas en los ojos. Tenía que encontrar fuerzas para marcharme enseguida, o no lo haría nunca. Me aparté y me froté las manchas del vestido con la mano por hacer algo.

—Un momento —dijo Lennox, y se sacó una pequeña navaja del cinto. La levantó y cortó parte de la cinta de su capa. La borla se agitó con el movimiento.

—¿Qué haces? —protesté—. ¡Eso es de tu padre!

Sin decir nada más me acercó el cordón y me lo ató alrededor de la muñeca. Con el trozo que había cortado bastó para dar dos vueltas y anudarlo.

—Espero que sigas durmiendo con mi capa alguna vez, pero esto es mucho más fácil de llevar.

Extendí la mano y me quedé mirando el efecto de la oscura tela contra mi piel. Tenía montones de joyas en el palacio, pero nunca me había gustado tanto una pulsera. Le sonreí.

—Ahora me toca a mí —dije, agachándome y arrancando el encaje del borde de mi vestido con los dientes.

Levanté la vista y vi que tragaba saliva con dificultad, como si tuviera un nudo en la garganta.

—No tienes que…

No acabó la frase, porque le cogí de la muñeca manchada de tierra. Le envolví mi pulsera en torno a la muñeca varias veces, contenta de que me dejara hacerlo, feliz de que hubiera compartido conmigo aquella bonita tradición.

Resopló lentamente y se quedó mirando el encaje, asombrado.

—Por cierto, ¿esa navaja la tenías todo el rato?

Él miró el minúsculo objeto que tenía en la otra mano, confundido por la pregunta.

—Sí, lo siento —dijo, meneando la cabeza—. Debería habértela dejado antes.

—No —dije yo—. Bajamos las espadas porque no podíamos luchar con ellas aquí dentro, pero tú me podías haber atacado desde el primer momento. Y no lo hiciste.

Me sonrió y se encogió de hombros.

—Me has tenido dominado desde el momento en que me dejaste la cicatriz en el pecho. ¿Qué puedo decir?

—¿Desde entonces? —pregunté, atónita.

Él asintió.

—Estás loco.

—Y tú eres perfecta.

Estaba muy cerca de ceder a la tentación, pero tenía que dejarlo.

—Tengo que irme —dijo, leyéndome la mente—. Si no lo hago enseguida...

—Lo sé —respondí. Levanté la muñeca, agitando la prenda que me había dejado como si fuera un amuleto—. Gracias.

Él levantó su pulsera de encaje.

—Gracias a ti.

Fui a recoger mi espada y volví a mirar al interior de la cueva. Las huellas donde habíamos bailado, los restos de una minúscula hoguera, las marcas que no entendía en la pared. Quería recordarlo así para el resto de mi vida.

Lennox miró al exterior por la fina abertura, examinando la zona.

—Si vas al norte, deberías llegar al lugar donde habéis desembarcado —dijo, y yo asentí, esperando que hubiera alguien allí que me esperara—. Annika...

—¿Sí?

Respiró hondo, haciendo esfuerzos para mirarme a los ojos.

—Tengo que suponer que habrá más batallas. Si es así, y perdemos, ¿puedes prometerme una cosa?

Por supuesto.

—El baile que te he enseñado. Quiero que lo compartas con otros. Quiero que algo de mi pueblo sobreviva si nosotros desaparecemos. ¿Me lo prometes?

Cogí aire, estremecida.

—Te lo prometo. Y si llega esa batalla y perdemos nosotros, te ruego que dejéis que el pueblo, especialmente los campesinos, vivan en paz. Yo también quiero que mi pueblo perdure.

—Te doy mi palabra. Y... no olvides esto —dijo, señalando la cueva—. No dejes que el tiempo te convenza de que no sucedió.

—Ni tú tampoco.

Lennox me miró fijamente a los ojos una vez más y se inclinó para besarme. Se quedó allí de pie un momento, con la frente pegada a la mía y la mano entre mis cabellos. Al cabo de un momento se retiró, abatido, echó una última mirada y se puso a caminar hacia el sur. Me lo quedé mirando un instante, agarrando la pulsera que llevaba en la muñeca con la otra mano y luego me giré yo también, intentando no llorar.

LENNOX

*T*enía normas. Las había integrado en mi vida hasta convertirlas en parte de mi naturaleza.

Nunca huir, ni apartar la mirada, ni dar explicaciones.

Así sobrevivía yo.

Pero ¿apartar la mirada de Annika? ¿Huir de Annika? Más que sobrevivir, aquello era la muerte.

Cuando estuve lo suficientemente lejos, paré un momento y supe que la apertura de la cueva quedaría bloqueada por los desprendimientos. Veía la montaña, recortada e imponente. Fijándome lo suficiente, veía incluso el lugar donde las rocas habían estado a punto de cerrar por completo la abertura por la que habíamos salido. Sentía un extraño vacío en el pecho, lo cual tenía todo el sentido del mundo, ya que mi corazón se había quedado felizmente enredado entre el cabello de Annika Vedette.

Extendí la mano y vi la pulsera de encaje. Me encantaba.

Me encantaba, pero no la podía llevar puesta. Sabrían que estaba con alguien, y si deducían que era ella, la querrían muerta. Tendría que dar más explicaciones de las que podía dar. Paré un momento a los pies de un árbol y miré a mi alrededor para asegurarme de que no me seguían. Me la desaté lentamente, aunque me dolía en el alma deshacer algo que había hecho Annika. Estaba muy sucia, manchada de la tierra de la cueva. Me la metí en el cinto y sacudí la cabeza: me sentía desnudo sin ella.

En un momento había desaparecido la única prueba de que mi vida acababa de cambiar por completo.

Supuse que el ejército se habría dirigido al sur, hacia el lugar donde estaban atracadas las embarcaciones que habíamos robado.

Lo poco que veía del sol, oculto tras las nubes, me decía que iba en la dirección correcta. Seguí adelante y pude ver el horizonte justo antes de iniciar el descenso hacia el mar.

Ahí estaban.

Los supervivientes (más de los que esperaba encontrar) estaban todos allí, buscando las embarcaciones útiles y recuperando los restos de las que habían naufragado para aprovechar las partes utilizables. Éramos un pueblo de recursos, decidido. Me henchí de orgullo. Seguíamos ahí.

—¡Lennox! —gritó alguien.

No, alguien no: Blythe.

Y para mi sorpresa, en cuanto dijo mi nombre, todo el ejército estalló en vítores. Vi que Blythe venía corriendo hacia mí, con los ojos brillantes y una gran sonrisa en el rostro.

—Lo sabía —dijo al llegar junto a mí—. Sabía que lo habrías logrado.

—Por supuesto —dije, y le di un beso en la mejilla.

Estaba tan deseosa, tan contenta de recibir aquel beso, que me abrazó con fuerza, intentando alargar aquel momento. ¿Y yo? Yo esperaba hacer como decía Annika, pasar página y seguir adelante con alguien que me quisiera y guardar aquel recuerdo en un frasco, para no olvidarlo nunca.

Tardé unos cuatro segundos en darme cuenta de que eso no ocurriría. Jamás.

Vi a mi madre corriendo por entre la gente, con lágrimas en los ojos. Por primera vez desde hacía años, se me tiró a los brazos, levantando las manos para tocarme la cara.

—Nunca me preocupo —dijo—. Eres fuerte y listo, y sé que puedes superar cualquier problema. Pero esta vez…, esta vez he llegado a pensar que la tormenta habría acabado contigo.

—Lo ha intentado.

Su sonrisa era triste.

—A veces me duele ver que te pareces tanto a tu padre…, pero verte regresar de entre los muertos… —Meneó la cabeza, incapaz de seguir hablando.

—¿Cómo has podido sobrevivir a la lluvia solo? —preguntó Blythe.

La chica que estoy destinado a amar me ha ayudado a hacer un fuego. Me ha dado de comer y me ha mantenido vivo. Ha reparado mi corazón, muerto desde hacía tanto tiempo. Le debo la vida, y mucho más.

—Encontré una cueva donde resguardarme. ¿Dónde os habéis metido vosotros?

—Conseguimos construir una especie de cubierta para resguardarnos —dijo Blythe, meneando la cabeza—. Ya estaba empezando a desmoronarse; menos mal que ha dejado de llover.

—¿Y tú? —dije, girándome hacia mi madre.

—Me escondí bajo un grupo de árboles de ramas muy gruesas con otras tres personas.

—Inigo también hizo eso —dijo Blythe.

—¡Inigo se ha salvado! Oh, gracias a Dios.

Blythe se rio.

—Que él no te oiga hablar así, o te dirá que te has ablandado.

—Quizá sea verdad —dije, encogiéndome de hombros—. Venga, vamos. Busquemos un barco.

Echamos a caminar por la costa, pero cuando vimos a Kawan, mi madre se distanció de mí. Intenté que aquello no me doliera.

—Estás vivo —dijo, a modo de saludo, aunque por su tono estaba claro que no estaba muy complacido.

—Sí. ¿Cuál es el plan?

—Estamos esperando…

—¡Lennox! —dijo Inigo, acercándose a la carrera. Le tendí una mano para estrechársela y le pasé la otra por la espalda, y él hizo lo mismo. Sonriendo, se giró hacia Kawan—. Hay más barcos algo más allá de esas rocas. Parece que la mayoría están en condiciones de navegar. Estamos mejor de lo que pensábamos.

—Bien. Empezad a movilizar a los soldados —dijo Kawan, despachándonos con un movimiento de la mano.

Nosotros nos pusimos en marcha.

—Antes he oído vítores —dijo Inigo—. ¿Era por ti?

Asentí.

—Sí, no sabía que le importara a nadie.

—Es mucho más que eso, amigo —dijo, girándose a mirar atrás para asegurarse de que ya estábamos lo suficientemente lejos—. Cuando Kawan apareció por encima de esa colina, nadie estaba contento.

—Estás de broma —dije, perplejo.

—No —confirmó Blythe—. No es que no les importara, estaban enfadados. Yo estoy enfadada. Estuvo a punto de conseguir que nos mataran a todos. A nadie le hace gracia que haya sobrevivido a su estúpido plan.

—Bueno, eso no es asunto mío —dije yo—. Al menos no de momento.

—Pues avísame cuando lo sea —dijo Inigo.

Miré a Blythe, que asintió.

—Lo haré.

ANNIKA

Subí y bajé por las colinas hacia el norte, agarrándome la pulsera de Lennox con la otra mano. Me había quedado mirando hasta verle rebasar el collado, dando gracias de que no se hubiera girado a mirar, porque temía que me flaquearan las fuerzas.

Él había dicho que yo era fuerte, pero yo no lo habría conseguido sin él. No solo me había cuidado, sino que también me había escuchado cuando le había contado los secretos más íntimos, sin emitir ningún juicio. Le debía algo más que la vida.

Levanté la vista, volviendo a la realidad, y vi una bandera verde pálido ondeando a lo lejos. Levanté las manos, agitándolas mientras corría, y grité. De pronto fui consciente de que no podría explicarle a nadie el origen de mi pulsera. Me la desaté rápidamente y me la guardé bajo el corsé. De momento tendría que mantener mi amor y mis recuerdos bien escondidos, solo para mí. El chico de la manzana tendría que ser mi secreto más celosamente guardado. Al cabo de unos minutos, dos soldados se acercaron corriendo, saliendo a mi encuentro.

—Alteza —dijo uno de ellos—. El duque ha estado muy preocupado por usted.

Nickolas estaba vivo.

—Estoy bien, así que no os preocupéis por mí —dije, mirándolo a la cara—. ¿Cuánto tiempo hace que ha zarpado el barco que lleva a mi hermano a Kadier?

Se miraron el uno al otro.

—No pudimos zarpar, alteza. Había demasiado oleaje. Uno de los barcos se ha hundido.

Me quedé paralizada. Respiré hondo, intentando mentalizarme.

—¿Mi hermano está vivo?

—Sí.

Prácticamente se me saltaron las lágrimas del alivio.

—¿Y mi padre?

—Está vivo, pero inestable. Se muestra… algo incoherente.

Asentí.

—Llevadme enseguida con Escalus.

Se pusieron en marcha, abriendo paso una vez que llegamos junto a las tropas restantes. Fui corriendo hacia la plancha, subí al barco y los seguí hasta el compartimento del capitán. Nickolas caminaba nerviosamente junto a la puerta.

Tenía la mano sobre la boca y la mirada fija en los tablones de la cubierta que iba pisando, preocupado como si el peso del país recayera sobre sus hombros. Supuse que eso era exactamente lo que pensaba.

—¿Nickolas?

Levantó la cabeza de golpe, con los ojos como platos. Soltó un soplido entrecortado y vino corriendo hacia mí.

—¡Estás viva! ¡Annika! —Dio un paso atrás, mirándome a los ojos, perplejo—. Pensábamos que te habíamos perdido.

Y entonces hice lo que debía: me puse de puntillas y le di un beso. Fue breve, pero suficiente para que lo vieran los soldados, y para mostrar el lugar que ocupaba Nickolas en mi futuro.

—¿Mi hermano?

—Por aquí —dijo, apoyándome una mano en la espalda y haciéndome pasar al compartimento del capitán. Bajó la voz—. Su majestad está en la cubierta inferior. Está…

—Ya sé.

—Su majestad está al mando. He intentado convencerle de que levemos el ancla, pero él se ha negado a moverse hasta que regresaras.

Entré, meneando la cabeza. Noemi estaba junto a mi hermano, limpiándole el sudor de la frente con un paño, delicadamente.

Al verle vivo solté un suspiro entrecortado. Noemi se llevó la mano a la boca y tuvo que apartar la vista un momento, desencajada.

Pero ninguna de las dos conseguimos sonreír.

Escalus abrió los ojos, pero solo un poco.

—Mis oraciones… han… tenido… respuesta —balbució haciendo un esfuerzo.

—Hay que llevarte a casa para que las mías también tengan respuesta.

—¿Cómo...? —murmuró. Yo ya sabía el resto de la pregunta. ¿Cómo había sobrevivido?

Un chico me protegió de la lluvia y del frío. Me dijo la verdad y me dio paz.

—Vi venir el huracán y encontré una cueva en la ladera de una montaña. Era lo suficientemente profunda como para resguardarse y esperar a que pasara.

—Así que eso es un huracán —dijo Noemi—. ¿Cómo lo ha sabido?

Tragué saliva.

—He leído sobre ellos.

Asintió. Era fácil creerse algo así.

—Bueno, demos gracias de que estás bien —dijo Nickolas, apoyándome una mano en el hombro.

—¿Tú dónde estabas? —le pregunté.

—Al principio caminé, intentando regresar a los barcos. Pero sabía que no lo iba a conseguir, así que me resguardé bajo un grupo de árboles. Hasta ahora no he conseguido secarme.

—¿Y os parece milagroso que yo haya sobrevivido? —dije, meneando la cabeza—. ¿Ahora podemos irnos? Escalus necesita un médico.

—Sí —dijo Escalus—. Noemi. Nickolas. —Miró a los dos soldados que esperaban junto a la puerta—. Jattson. Mamun. —Ellos respondieron con un saludo militar—. Los cuatro sois... testigos. Nombro... regente a Annika. Mi padre... debe curarse. Seguid... las órdenes de mi hermana.

Me quedé allí de pie, atónita. ¿Regente? Eso era prácticamente ser reina. No estaba preparada para tal responsabilidad.

—¡Escalus! ¿Estás seguro? —pregunté.

Él asintió.

—Yo necesito tiempo. Sigo..., sigo aquí —me aseguró—. Tiempo.

Lo miré, consciente de que estaba haciendo todo lo posible para darme confianza. Así que yo se la daría a él.

—Muy bien, acepto. —Me incliné y le susurré al oído—. Yo también sigo aquí.

Y, de algún modo, aquello me pareció mucho más intenso que un simple «Te quiero».

307

—Annika —murmuró Nickolas, reclamando mi atención—. Respira hondo. Luego ve al capitán y ordénale que leve anclas. Te acompañaré como testigo de tu regencia. Todo irá bien, pero debemos marcharnos.

—Sí —dije, asintiendo.

Me dispuse a salir de la estancia y me encontré al capitán justo detrás de la puerta.

—Capitán. Ahora yo estoy al mando. Debemos zarpar enseguida, de modo que mi hermano y mi padre puedan curarse. Tenemos que asegurar la integridad de Kadier.

Él abrió los ojos, sorprendido, pero enseguida reaccionó y me saludó.

—Sí, alteza.

Inmediatamente se puso a dar órdenes, y los hombres empezaron a embarcar desde la costa y a correr por las cubiertas, tirando de las sogas y soltando las velas. Me impresionó su velocidad, pero no estaría tranquila hasta ver que Escalus estaba fuera de peligro.

—Lo has hecho bien —me dijo Nickolas en voz baja, a mi lado.

—Gracias. Espero no fallarles.

Negó con la cabeza.

—Posiblemente no haya habido nadie en la historia de Kadier a la que quieran más que a ti. No puedes hacer nada mal.

—Ya veremos.

Cuando por fin estuvimos en alta mar oteé el horizonte, buscando señales de que llegábamos a casa. Pero en lugar de eso lo que vi fue una serie de puntitos a lo lejos.

—¿Son ellos? —pregunté.

—Sí —respondió Nickolas—. Si no tuviéramos que poner a buen recaudo a Escalus, te diría que fuéramos a por ellos ahora que están debilitados. Pero tal como están las cosas no puedo aconsejártelo.

—Estoy de acuerdo. Ahora la prioridad son Escalus y mi padre. El resto… ya lo decidiremos mañana.

—Por supuesto. —Inclinó la cabeza y se alejó, llamando al capitán para hacerle una pregunta.

Observé aquel grupito de embarcaciones a lo lejos. En los libros siempre hablaban de dolor cuando te separas de un ser querido.

Las palabras de los libros no describían fielmente aquel dolor.

«Lacerante» se quedaba corto, igual que «devastador».

Me llevé la mano al pecho y noté mi pulsera desatada ahí dentro, y la borla haciéndome cosquillas en la piel.

Encerré a Lennox en el rincón más remoto de mi corazón y decidí que me conformaría con lo que tuviera que llegar.

TERCERA PARTE

*T*al como había hecho los últimos días, Annika trabajó hasta horas después de ponerse el sol. Y hasta aquel momento, entrada la noche, no tuvo ocasión de repasar la última nota que le habían puesto sobre la mesa: la petición de los nobles del reino de que se casara casi inmediatamente.

Annika no tenía ni idea de cuándo podría llegar el ataque, y no tenía muchos recursos para dar seguridad a su pueblo. Una boda, la promesa del mantenimiento de la dinastía…, eso sí podía dárselo. Se puso en pie, alejándose de todas aquellas tareas que de pronto se habían convertido en su responsabilidad, y se acercó a la ventana. Escrutó el cielo, buscando a Orión.

Ahí estaba, suspendido sobre su cabeza, el guardián de los cielos. Sacó el cordón negro con la borla que llevaba en el bolsillo y se lo enrolló en torno a la pulsera, y sintió que ella también tenía un guardián que la protegía.

En un dormitorio mucho menos fastuoso, Lennox estaba agachado, casi como rezando. Se encontraba de rodillas, con un fragmento de encaje entre las manos, mirando por la ventana que había sobre su cama, buscando a Casiopea. Cuando la encontró, solo pudo pensar en Annika. Pero mientras observaba las estrellas, que brillaban como una lejana esperanza, recordó que no volvería a verla, que nunca más la tendría a su lado. Pensaba pasar todo un día reclamando todo lo que le pertenecía. Sintió una punzada de dolor al pensar que reclamar esas tierras supondría una condena de muerte para Annika.

En su silencio, en su soledad, cada uno de ellos se preguntaba qué estaría haciendo el otro en ese momento. En la imaginación de Annika, Lennox estaba afilando su espada. En la de Lennox, Annika estaba dando órdenes. Ambos sonrieron, aunque estaban muy equivocados.

Pero ¿cómo iban a saber que estaban haciendo exactamente lo mismo, agarrándose a los pequeños fragmentos que conservaban el uno del otro y deseando desesperadamente tener a la persona amada a su lado?

LENNOX

*L*a moral en el castillo estaba baja, lo cual no era de extrañar. Yo nunca había considerado que nuestro ejército fuera enorme, ni siquiera fuerte, pero ahora veía que habíamos estado a punto de conseguir algo grande.

Y no lo habíamos conseguido.

Aquella breve batalla había sido desastrosa. Habíamos perdido a un montón de gente en el mar.

Incluso yo había vuelto a casa abatido.

Me dirigí a la cantina, una parte de la cual había sido convertida en enfermería. Me encontré con Inigo en la entrada.

—¿Ha estado por aquí Kawan? —le pregunté.

—No. Aún no se atreve a dar la cara.

Meneé la cabeza, intentando contener la rabia. Lo mínimo que podía hacer Kawan era presentarse ante la gente que había conducido a la destrucción.

—¿Cuánto tiempo llevas despierto? —pregunté.

—Toda la noche —respondió él, frotándose los ojos—. Iba a irme a dormir hace un buen rato, pero a Enea le subió la fiebre.

Parecía tan abatido como yo.

—¿Ha sobrevivido?

Asintió, pero con un suspiro.

—¿Cuántas bajas crees que hemos tenido? Yo apenas puedo llevar la cuenta.

Claro que no podía. Como siempre, no había registros.

—Escucha. Lo importante es salvar todas las vidas que podamos. ¿Por dónde empiezo?

—Esos son los casos más graves —dijo él, señalando al fondo de la sala—. Brallian ha perdido una mano, y la infección es tan grave que puede que no llegue a mañana. Otros están tan débiles que parece que sencillamente han perdido las ganas de seguir adelante. —Inigo se pasó la mano por la cara—. De los demás, parece que casi todos deberían recuperarse.

Asentí.

—Ve a dormir un poco.

Me apoyó una mano en el hombro y me lo agarró con fuerza como si fuera su última esperanza.

—Por favor —susurró—, por favor, dime que tienes un plan para sacarnos de esto.

Tragué saliva, sintiéndome impotente.

—No lo tengo —confesé—. Aún no. Pero lo tendré. No permitiré que esto siga así indefinidamente.

Le di un apretón en el hombro y me dirigí al fondo de la sala. Al acercarme al grupito de los casos más graves, vi a Blythe. Se movía con rapidez y eficiencia, secándole el sudor de la frente a una paciente mientras la miraba a los ojos. Era raro verla así, compungida y seria. Se puso de pie, frotándose la nuca dolorida, y se pasó la melena sobre el hombro.

316

Blythe era guapa y valiente. Compasiva y tenaz. Era fiel, optimista y más fuerte que muchos de los hombres que conocía. Tenía todo lo necesario para ser la mujer perfecta para mí.

Y yo habría deseado con todo mi corazón poder llegar a amarla.

Me pilló mirándola y esbozó una sonrisa triste mientras yo me acercaba.

—¿Acabas de llegar?

—Sí. Hoy eres mi jefa. Dime dónde debo ir.

—Por aquí —dijo, cogiéndome de la mano.

Hacia el final de la sala a olía algo diferente, a algo que me recordaba la mezcla de olores del metal y la carne rancia. No pestañeé. Yo solo tenía que olerlo; los otros tenían que soportarlo.

—Griffin quiere celebrar una ceremonia de recuerdo por Rami —dijo Blythe en voz baja—. Si puedes, baja a la costa al ponerse el sol; creo que le gustaría que estuvieras allí.

—Pensé que estaría enfadado conmigo. Rami murió al intentar ayudarme a concentrarme.

Blythe negó con la cabeza.

—Él sabe de quién es la culpa.

—Si quiere que vaya, ahí estaré.

—Bueno. ¿Quieres ir a hablar con Aldrik? No está bien, y ha estado preguntando por ti. —Señaló la esquina más alejada…, la esquina de los casos graves.

Me giré hacia allí, incrédulo, y localicé su melena castaña rizada sobre un rostro muy pálido. Me acerqué en silencio; no quería despertarle si dormía. Respiraba con dificultad, tal como me había advertido Blythe, y verlo en aquellas condiciones me puso en tensión. Parpadeó un momento y curvó los labios, esbozando una sonrisa fatigada.

—Ahí estás —consiguió decir.

Intenté devolverle la sonrisa, pero no tenía muy claro que me fuera a quedar natural.

—Me han dicho que has preguntado por mí. Si por fin vas a desafiarme a una pelea con espadas, me temo que hoy estoy muy ocupado —bromeé.

Cada parpadeo de sus ojos era tan lento que parecía requerirle unas fuerzas que apenas tenía. Aun así, consiguió sonreír.

—Yo también estoy ocupado.

Asentí.

—Bueno, entonces, ¿qué te gustaría hacer hoy?

Respiró con dificultad unas cuantas veces más.

—Me he pasado todos los días de mi vida intentando llegar a ser como tú —dijo.

—Cuando te pongas bien, tienes que apuntar más alto —dije, meneando la cabeza—. Puedes aspirar a algo mejor que ser como yo.

—Lennox —dijo, poniéndose serio—. Tengo que decirte algo. Kawan… Tienes que hacer algo. Nadie puede tocarlo —ladeó la cabeza ligeramente—, nadie más que tú.

Al oír aquello me quedé inmóvil, sin saber muy bien qué decir.

—Cuando te fuiste para cumplir con tu misión, se puso de los nervios, preguntándose qué harías para ponerlo en evidencia. Cuando regresaste con una princesa, se vino abajo. Ya sabe de qué eres capaz.

Aldrik paró un momento para toser unas cuantas veces. Estaba cada vez más pálido.

—Por eso no vendrá a verme. Pese a todo lo que he hecho por él. Si tú estuvieras aquí, se pasaría por aquí, aunque solo fuera para asegurarse de que se había librado de ti por fin —dijo, y meneó levemente la cabeza.

317

—Tendría que habértelo dicho antes —añadió, jadeando—. Tendría que haberte dicho que la gente te habría seguido. Sea lo que sea lo que tienen los líderes, tú lo tienes. ¿Por qué crees que Kawan te odia tanto? —Giró la cabeza, tosiendo, y luego emitió un sonido forzado, como si aquello le provocara un dolor insoportable.

No le respondí. En lugar de eso, me concentré en él.

—No hablemos de eso ahora. ¿Qué puedo hacer para ayudarte?

Meneó la cabeza.

—Ya no siento las piernas. Y siento como si tuviera cristales en los pulmones. En algunas partes de mi cuerpo he perdido la sensibilidad, y las otras me duelen. Ya... no me queda mucho tiempo.

—No digas eso. Todas las heridas se pueden curar...

Aldrik me hizo callar moviendo de nuevo la cabeza.

—Lo sé. Te lo digo porque..., lo sé.

Tragué saliva.

—Lennox, tú no lo creerás, pero tienes las fuerzas necesarias. Has soportado muchas cosas, has sobrevivido. No lo retrases. Antes de que muramos todos, haz algo.

318 Me quedé sin habla.

—Prométemelo.

Asentí.

Se dejó caer hacia atrás y fijó la vista en el techo. Ya había dicho lo que tenía que decir, y se había quedado en paz.

—No tengo familia aquí. ¿Podrías quedarte un momento? —preguntó.

—¿Quieres...? —Tuve que apartar la mirada—. ¿Quieres que me quede hasta el final?

Le temblaron los labios. Asintió.

Bajé la mano y la apoyé sobre la suya. Estaba demasiado débil como para devolverme el gesto.

Combatí la tentación de levantar un muro como siempre, de poner una distancia de seguridad entre los dos. No era habitual que alguien me necesitara tanto. Así que dejé fluir los sentimientos. El miedo, la paz, el apego, el dolor. Sentí todo aquello con Aldrik para que él no tuviera que sentirlo solo. Al final me alegré de haberlo hecho. Una hora más tarde, la piel de Aldrik viró del blanco pálido al azul claro, y su mano empezó a enfriarse. Le tapé la cara con la manta, salí de la cantina... y lloré como un niño.

ANNIKA

*L*o que todo el mundo suponía: que había sobrevivido en la Isla usando solo mi ingenio y mis recursos para sobrevivir a la larga noche de lluvia. Lo que todo el mundo sabía: que Escalus había resultado gravemente herido en el campo de batalla. Tras hablar brevemente conmigo en el barco, había quedado incapacitado durante días por culpa de la fiebre.

Lo que nadie sabía: que mi padre también había sido herido en la Isla. La fiebre, en su caso, se había extendido mucho más rápidamente, haciéndole delirar en cuanto se lo llevaron al barco y sumiéndolo en el coma antes de que consiguiéramos llegar a casa.

Una cosa era que el príncipe estuviera herido o enfermo; algo muy diferente era que el rey estuviera fuera de juego. De modo que su estado se había mantenido en secreto, con la esperanza de que se recuperara o de que al menos Escalus despertara pronto.

Cuando Escalus me había nombrado regente, pensé que tendría que ostentar el cargo uno o dos días. Pero ni mi padre ni mi hermano se habían despertado. ¿Y si no se despertaban nunca? Para mí era un honor poder ayudar, un privilegio gobernar a nuestro pueblo, aunque solo fuera momentáneamente, pero no había recibido la formación necesaria como Escalus.

¿Qué se suponía que debía hacer?

Solo había una persona en el mundo a quien habría querido preguntárselo, una persona que sabía que me diría toda la verdad. Y sabía que me cogería de la mano al hacerlo, dándome la fuerza necesaria para seguir adelante, por doloroso que fuera.

Pero no podía pedirle ayuda una vez más, nunca podría pedirle nada más. Era una piedra más que se sumaba al lastre que cargaba sobre los hombros, haciendo que me costara caminar erguida.

Me tapé la nariz con el pañuelo mientras el médico perforaba la herida para drenar el líquido y verterlo en un cuenco. Debía de dolerle mucho, pero mi padre no se inmutó.

—Lo siento, alteza. No vemos ninguna mejora —dijo un segundo médico—. Ahora prácticamente depende de la capacidad de su majestad para combatir la infección.

Asentí y esbocé una sonrisa forzada.

—Entonces no tenemos nada que temer. Su majestad nunca se ha arredrado ante la batalla.

Él me devolvió la sonrisa, insinuó una reverencia y se alejó.

Retorcí el pañuelo entre las manos y fui al costado de la cama de mi padre. Bajé la cabeza y la situé cerca de su oreja.

—¿Me oyes? Soy Annika. —No se movió—. Papá, necesito que despiertes. Tengo muchas cosas que contarte, que preguntarte. Por favor, vuelve.

Le sacudí del hombro, como una niña desesperada, esperando que reaccionara. Estaba a punto de llorar. Me sentía perdida.

Tragué saliva y erguí la cabeza, con la esperanza de dar una imagen de calma y serenidad a los médicos y al servicio. Por dentro podía estar hundida, pero no tenía que enterarse nadie.

—¿Hoy ya ha visto a mi hermano? —le pregunté al médico jefe.

—Sí, alteza. Su situación tampoco ha cambiado. Pero está más estable que su majestad.

—Sé que los médicos han estado haciendo turnos sin parar, pero quiero que haya alguien aquí de guardia a todas horas. En el momento en que mi padre despierte, quiero que me lo notifiquen, sea la hora que sea.

—Sí, alteza. Pero si su majestad no sobrevive, el protocolo…

—Mencionar la muerte del rey es traición, señor —le recordé con firmeza—. No dirá nada más al respecto. Y vendrá a avisarme en cuanto despierte.

—Sí, alteza —repitió muy serio, bajando la cabeza en señal de respeto.

Era extraña esa sensación de que cualquier petición mía se convertía en ley. Pero lo que me preocupaba realmente era que llegara un momento en que mi palabra fuera ley. ¿Qué iba a hacer si ocurría algo importante y no tenía ni idea de cómo gestionarlo?

—Me voy a ver a mi hermano. Muchas gracias, doctor.

Me moví con rapidez, esperando, de algún modo, que si me movía lo suficientemente rápido, llegara a tiempo de verle despertar. Al girar la esquina del pasillo que llevaba a la habitación de Escalus vi a Nickolas saliendo. Se detuvo, cambiando el peso del cuerpo de una pierna a la otra, con aspecto fatigado por la preocupación.

—¿Alguna novedad? —pregunté.

—No —respondió él—. La doncella dice que ha murmurado algo un par de veces, pero nada inteligible. Aunque si hubiera dicho algo, seguro que ella lo entendía: prácticamente no ha abandonado esa habitación desde que llegamos.

Le apoyé la mano en el hombro, consciente de que se estaba guardando sus opiniones para sí mismo.

—Bueno, Noemi es una criada fiel y de confianza, y estoy segura de que Escalus se sentirá reconfortado si ve un rostro familiar cuando se despierte.

—Pero ¿quién está atendiendo a tus necesidades? Estos días estás sin doncella. No es correcto, prácticamente eres la reina.

No podía imaginarse lo repulsiva que me resultaba la palabra «reina» en ese momento. No podía pensar que esa palabra suponía desear la muerte de la poca familia que me quedaba. «Regente» era algo que podía aceptar, pues significaba que acabarían despertándose.

—No tienes que preocuparte —dije—. Tengo varias doncellas que me ayudan, y, como puedes ver, sigo de una pieza. Ahora quiero ir a ver a mi hermano con mis propios ojos. Si no te importa, ve a las cocinas por mí a dar la aprobación a los menús de la semana.

Bajó la cabeza en un gesto rápido. ¿Por qué tanta ceremonia, tal como estaban las cosas?

—Alteza, será un placer cumplir con cualquier tarea que me encomiende.

Se puso en marcha y yo abrí la puerta de la habitación de Escalus con precaución. Tal como era de esperar, Noemi estaba allí, al pie de su cama. No fue lo suficientemente rápida y pude ver cómo apartaba las manos de las de él.

Cuando se giró y vio que era yo, se puso en pie de un salto para hacer una reverencia.

—Alteza.

—Olvídate de eso —dije, mientras cruzaba la habitación para abrazarla—. ¿Has comido? ¿Dormido?

Soltó un gran suspiro.

—Sí. Pero… quiero poder dar la noticia en el momento en que despierte. Tenía tanto miedo de que alguien me obligara a marcharme… —dijo, girándose a mirar, como si pensara que pudiera despertarse justo en el momento en que lo decía.

—Mírame —dije yo—. Si les dices que estás aquí porque te lo he ordenado yo, nadie te lo discutirá. Usa mi nombre todo lo necesario. Nadie podría proteger a Escalus como tú.

Suspiró con la respiración entrecortada.

—Ojalá abriera los ojos. Lo que venga después, lo soportaré… Quiero decir, por el bien de Kadier, por supuesto. Solo espero que se recupere pronto.

—Se recuperará —dije, más para convencerme a mí misma que a ella—. Escalus me dijo que seguiría aquí, a mi lado. No me abandonaría a mi suerte.

LENNOX

$\mathcal{M}$e había hecho llagas en las manos por cavarle una tumba a Aldrik. Sabía que no era demasiado profunda, pero era lo mejor que podía hacer yo solo. Lo que estaba claro era que Kawan no iba a acudir a enterrar a su soldado más fiel, y yo no iba a apartar a nadie de otro trabajo necesario. Además, eso me daba tiempo para asumir el duelo.

Me pasé un buen rato observando las tumbas que más visitaba: la de mi padre y la de la madre de Annika. Había dejado sobre su tumba la rama que había cogido en la Isla para ella el día de nuestro regreso, pero no me había pasado a hablarle. Había tanto que decir que no sabía muy bien por dónde empezar. Así que de momento no le dije nada, no le pregunté nada.

Nunca me había sentido tan solo.

Rami no iba a tener una tumba. Su cadáver había desaparecido con la llegada del huracán, que había zarandeado los barcos, y en cierto modo era mejor así. Apenas habíamos podido transportar a los vivos de vuelta a Vosino. Pero sabía que Griffin lo estaba pasando mal. Todos nos habíamos quedado descolocados con la manera en que había acabado la batalla, pero para él era cien veces peor.

Cuando inicié el descenso por la ladera rocosa que llevaba a la costa, vi que Griffin estaba solo. Estaba anudando trozos de madera en silencio para la ceremonia, trenzando ramitas para formar una corona. A su lado tenía un montoncito de leña y lo que parecían ser ropas de Rami. Ya había encendido una hoguera y parecía muy concentrado en su tarea.

—No estaba seguro de que pudieras venir —dijo, al verme, con un tono de voz sorprendentemente tranquilo—. Sé que has estado muy ocupado.

—Es cierto, pero quería estar aquí, a tu lado —dije, y pateé suavemente el suelo—. Hace tiempo que quiero disculparme. Por lo del barco. Ojalá hubiera podido hacer algo.

—No había nada que pudieras hacer —dijo, agitando la mano—. Además, de no haber sido por ti, quizá ni siquiera habría podido hablar con ella.

—¿Cómo? —dije yo, frunciendo los párpados y acercándome.

Él sonrió.

—Yo estaba sentado en la cantina, escuchando a un grupo de chicas que hablaban en la mesa de atrás. Y oí una voz especialmente melodiosa que se quejaba, diciendo que el soldado alto de cabello negro era una mala persona. —Contuvo una risita—. Dijo que le habías tirado un palo a alguien y le habías hecho un corte en la ceja. Con tu reputación, temía que la cosa pudiera ser aún peor.

»Entendí inmediatamente de quién estaba hablando, así que me giré de golpe y le dije que eras lo peor, y que no debería desperdiciar ni una sola palabra hablando de ti —reconoció, mirándome a la cara—. Y entonces sonrió, y algo dentro de mí…

Se quedó sin palabras.

—Sí, ya. Lo sé.

Asintió.

—Así que, bueno, gracias por ser un patán irracional. Gracias a eso me enamoré.

Le había visto pasar por todo un abanico de emociones en el poco tiempo que había pasado desde la pérdida de Rami. Desesperación, rabia e incluso humor negro. Verlo casi sereno me resultaba raro. Sí, extraño, pero bienvenido.

Oí pisadas, me giré y vi a Blythe, Inigo, Sherwin y Andre acercándose, junto a un puñado de personas que también debían de ser amigos de Rami. Juntos, formamos un semicírculo en torno al lugar donde Griffin estaba construyendo su corona conmemorativa.

—Gracias a todos por venir —dijo—. Pensé que estaría bien compartir algunos recuerdos de Rami. Todos la conocimos de una manera diferente, y me encantaría oír lo que tenéis que decir. Y luego podemos lanzar su recuerdo al mar.

—¿Puedo empezar yo? —dijo Blythe, levantando la mano.

Griffin asintió, y Blythe sonrió.

—Lo que más me gustaba de Rami era lo amable que era. Parece imposible con esta vida que llevamos, pero, aun así, Rami siempre derrochaba amabilidad. Su modo de tratar a la gente es para mí una inspiración, y espero poder hacerlo igual que ella. Gracias por eso, Rami.

—Siempre era muy generosa —dijo una de las chicas—. Rami y yo llegamos aquí a la vez, y aunque ambas teníamos que agradecer las comidas calientes que nos daban, seguíamos pasando hambre. Ella decidió meterse en el agua y pescó un puñado de cangrejos diminutos. —Se rio—. ¡Eran pequeñísimos! Aunque se los hubiera comido todos, no le habría bastado para llenar la barriga. Pero los trajo a la habitación que compartía con otras cinco chicas, hicimos un fuego, los cocinó allí mismo y los compartió con nosotras. —Meneó la cabeza—. Fue la mejor comida de mi vida. No tenía mucho sabor, y casi no había nada, pero lo había hecho con amor y lo habíamos comido en compañía. Eso se lo debo.

A medida que fueron sucediéndose las historias, los recuerdos, vi la vida de Rami a través de una docena de prismas diferentes. Cada una de aquellas personas había experimentado una faceta diferente de su vida, pero su buen corazón era el hilo conductor de todas y cada una de las anécdotas.

Antes de que me diera cuenta, habían hablado todos menos Griffin y yo, y caí en la cuenta de que iba a tener que decir algo de una chica que apenas había conocido. Cuando todos los ojos se posaron en mí, me entró el pánico. Y lo único que podía decir era la verdad.

Me aclaré la garganta y bajé la vista al suelo.

—La verdad es que yo apenas conocí a Rami. Pero lo que sí sé es que, en plena batalla, cuando me distraje un momento, ella me devolvió a la realidad. Me animó a luchar, a seguir adelante.

Los sollozos contenidos que habían empezado a oírse hacía ya un rato empezaban a ganar intensidad, y algunos se habían convertido en llanto.

—Si eso fuera lo único que sabía de ella, ya bastaría para llorar su pérdida. Tal como habéis dicho muchos de vosotros, era valiente. Más valiente que yo, eso está claro. Pero ahora, gracias a vosotros, sé muchas cosas más. Y lamento no haber tenido la oportunidad de conocerla mejor.

Mis ojos se encontraron con los de Griffin, que estaban llenos de lágrimas. Pero algo en su gesto me habló de gratitud. Tragó saliva un par de veces y miró hacia el mar.

—Rami —dijo, con voz temblorosa, cogiendo aire con fuerza—, quería decirte muchas cosas, pero no voy a ser capaz. De momento, déjame que te diga adiós con lo único que espero que siempre hayas sabido: eres mi corazón.

Se quedó callado un momento. Colocó con cuidado el uniforme de Rami sobre la corona, cogió una antorcha de la hoguera y metió la corona en el mar, entrando en el agua hasta que le cubrió la cintura. Encendió la madera y empujó la corona, que quedó flotando sobre las olas.

Volvió caminando lentamente hasta la costa y se quedó a nuestro lado, observando el fuego, que se perdía en la distancia.

Me miró, y en sus ojos leí la pregunta que todos me hacían desde nuestro regreso: «Lennox, ¿qué vas a hacer al respecto?».

Durante años, lo único que había querido era mi reino. Deseaba mi libertad. No quería vivir dominado por Kawan ni pendiente de mi madre. No quería que nadie se preocupara por mí, ni quería preocuparme por nadie.

Pero entonces había podido probar lo que se siente cuando tienes el valor de bajar el puente levadizo que comunica tu corazón con el de otra persona. El miedo venía acompañado de una paz sin parangón. Te permitía encontrar más espacio en los pulmones para llenarlo de aire, ganar visión para poder percibir nuevos colores. Y una vida sin eso no merecía ser vivida.

Me había pasado la vida odiando a los kadierianos.

Pero ahora veía lo mucho que quería a mi pueblo. Y solo por eso valía la pena luchar hasta el final.

—Todos estamos de acuerdo en que debe de haber un modo mejor de recuperar nuestra tierra que el que hemos aprendido y para el que nos han entrenado —dije.

—Sí —respondió Inigo inmediatamente.

—El problema es que no estoy seguro del todo de cuál es. Y luego está el problema de Kawan. Si supiera lo mucho que dudamos de él, nos mataría a todos.

Les di un tiempo para que asimilaran aquellas palabras, para que se dieran cuenta de que podían llegar a perder la oportunidad de ver Dahrain.

—Aun así —añadí—, si nuestras vidas están en juego, yo preferiría arriesgar la mía plantándole cara a Kawan que prolongar esa lucha sin sentido contra Kadier. Y si sentís lo mismo que yo…, bueno, cuando tenga un plan estoy dispuesto a ponerme al mando.

327

ANNIKA

*P*or el bien de mi pueblo, me presenté a la cena con una sonrisa en el rostro.

Aunque los detalles sobre el estado de salud de mi padre y mi hermano no se habían hecho públicos, estaba claro que algunos de los presentes se imaginaban ya que la situación era grave. Lo suficientemente grave como para que yo hubiera sido nombrada regente, al menos. Lo único que esperaba era ser capaz de estabilizar las cosas antes de que nadie pudiera descubrir la verdad sobre lo sucedido. Así que me senté en la silla de mi padre y paseé la mirada por la gente que tenía delante, y por fin dije en voz alta lo único que tenía claro que debía hacer.

—Nickolas —dije, y él se giró enseguida, atento a lo que tenía que decirle—. Creo que es hora de que planeemos nuestra boda.

Él me miró, confundido pero no descontento.

—¿Ahora? Con… ¿Con todo lo que está pasando?

—Precisamente por eso deberíamos hacer planes. De hecho, creo que deberíamos darle mucha publicidad. Decirle a todo el mundo que estoy diseñando mi propio vestido y que tú vas a hacer que te manden el oro de Nalk para nuestras alianzas. Hay que hablar de ello cada vez que tengamos ocasión. Así, cuando mi padre y mi hermano estén mejor, tendremos algo que celebrar. Y si… —De pronto me costó seguir. Un simple «si» podía dejarte sin aliento—. Bueno, pase lo que pase, daremos continuidad a la dinastía, y eso reconfortará al pueblo.

Asintió.

—Sé que nada de esto ha ocurrido tal como esperabas. Tampoco es exactamente como lo había planeado yo. Pero estoy de acuerdo. ¿Debemos fijar una fecha?

—Hablemos de la boda como si fuera inminente. La fecha la podemos escoger en los próximos días, cuando tengamos una idea más clara de cómo están mi padre y mi hermano.

—Entiendo —dijo, asintiendo de nuevo—. ¿Aún quieres vivir fuera del palacio?

La vista se me fue a la gente que tenía delante, comiendo y riendo, ajenos al peligro que afrontaban, con el posible colapso de una familia real y una invasión en ciernes. Y los que vivían en el campo tenían menos medios y estaban más aislados de todo. Necesitaría tiempo para que mi relación con Nickolas se afianzara, pero eso tendría que esperar. Primero había que dar seguridad al pueblo.

—No. Quiero estar aquí.

Eso le hizo sonreír.

—Muy bien. Haré que de verdad traigan el oro de Nalk. Y tú no deberías cargar con la responsabilidad de hacer preparativos para la boda. Eso se lo puedes encargar a tu doncella.

—En este momento está bastante ocupada, pero no te preocupes, delegaré.

Nickolas le dio un bocado a la comida y luego se dirigió de nuevo a mí:

—No me importa cuidar de Escalus. Prácticamente ahora es como un hermano. Si alguien debe estar a su lado en tu lugar, soy yo.

Le cogí de la mano, impostando un tono jovial absolutamente falso.

—Como regente, te ordeno que no te preocupes más de eso. Te prometo que estoy en buenas manos, y que Escalus se encuentra perfectamente atendido. Además, tendrás tanto trabajo que no te quedará tiempo para cuidar a un enfermo.

Me miró y se le ablandó la mirada. Me cogió la mano, se la llevó a los labios y me la besó. Cuando lo hizo oí una docena de voces diferentes que soltaban un «oooh». Aquel sonido reforzó mi convicción. Tenía que casarme con alguien. Y si no podía ser con el hombre que amaba, tendría que ser con Nickolas.

—Si así lo ordenas, aceptaré encantado tu voluntad.

No conseguía dormir tan profundamente como para tener sueños. Ojalá pudiera. Y ahora sabía que los sueños eran el único modo que tenía de ver a Lennox. Pero dormía con un sueño ligero y entrecortado; no dejaba de pensar en él.

Me froté los ojos, rindiéndome, y bajé los pies para ponerme las zapatillas. Me puse la bata y salí a caminar por el palacio.

Quizá debiera sentirme incómoda en aquel silencio, o quizá tendría que echar de menos a criados y guardias que vigilaran cada pared. Pero lo cierto era que la soledad me reconfortaba. Me até la pulsera alrededor de la muñeca mientras me dirigía hacia el cuadro de mi madre y suspiré al llegar frente a ella.

—He sido nombrada regente, mamá, y estoy gobernando Kadier yo sola —dije, abriendo los brazos—. Ojalá pudieras verlo. Siento que por fin estoy haciendo algo.

»Escalus siempre me ha dicho que casarme con Nickolas sería un acto de nobleza. Y sé que así es como voy a acabar sirviendo a Kadier... —Sentía que el llanto me presionaba la garganta, amenazando con salir, pero tragué saliva y lo contuve. No había tiempo para lágrimas, no era el momento—. Ojalá pudiera contártelo todo —le confesé—. Pero siento que, si tiro de ese hilo, podría deshacerse todo, como un tapiz. Por el bien de todos los demás, no puedo venirme abajo.

Me la quedé mirando un buen rato, disfrutando del silencio y de ella.

—¿Recuerdas cuando salíamos a montar juntas? ¿Recuerdas el niño de la manzana? —Le sonreí—. Seguro que sí. Tú lo recuerdas todo.

Ella me miró con unos ojos llenos de sabiduría y comprensión. Sabía que ella también tenía sus defectos. Sabía que no era perfecta. Pero siempre buscaba lo mejor de sí misma, y eso fue siempre lo que me ofreció. Y yo necesitaba desesperadamente sacar lo mejor de mí y darlo a los demás.

—No te preocupes —le dije—. ¿Qué es la muerte para ti y para mí? Tu recuerdo sigue vivo. Yo me encargo de eso.

LENNOX

$\mathcal{M}$e quedé un momento frente a la puerta de mi madre, sin atreverme a llamar. Había muchas posibilidades de que escogiera a Kawan en lugar de a mí —llevaba haciendo eso a diario desde la muerte de mi padre—, pero tenía que saber definitivamente a quién era fiel.

Tras respirar hondo por enésima vez, llamé con los nudillos. La oí moviéndose por la habitación, acercándose a la puerta. Quizá fueran imaginaciones mías, pero me pareció ver que se le iluminaban los ojos al verme. Aun así, yo tampoco veía las cosas con demasiada claridad últimamente. Tardé un momento en ver que tenía el pelo despeinado, y el vestido arrugado.

—Lennox —dijo, sorprendida.

—¿Puedo entrar un minuto?

Asintió con cierta precipitación y abrió la puerta del todo. La cama estaba deshecha, pero por lo demás todo estaba bastante ordenado. La habitación tenía más o menos el mismo aspecto que cuando me había colado a robarle un vestido a Blythe, aunque de algún modo su presencia hacía que la estancia resultara menos impersonal.

—¿Hay algo en particular de lo que quieras hablar?

«¿Por qué le dejaste que me pegara tantas veces? ¿Por qué no nos fuimos, sin más? ¿Te olvidarías de él por mí? ¿Me seguirías? ¿Alguna vez me has querido?»

—¿Eres feliz? —le pregunté por fin.

Ella se me quedó mirando.

—¿Qué quieres decir?

—Es solo que... antes de que llegáramos aquí, cuando estábamos solos papá, tú y yo... Éramos felices, ¿verdad?

Bajó la vista y sonrió, y tuve la impresión de que a su mente acudían una sucesión de recuerdos.

—Sí. Éramos casi demasiado felices.

Moví nerviosamente los dedos, pasándolos por el borde de una uña.

—Bueno, y ahora… ¿eres feliz? ¿Fue todo por él? ¿Eso lo perdimos con la muerte de papá?

Ella apartó la vista un momento, con los ojos cubiertos de lágrimas.

—Quizá sí. Pero no estoy segura de que pudiéramos hacerlo mejor.

—¿Por qué? —dije, más para mí que para ella.

—Lo cierto es que la gente vive su duelo a ritmos diferentes. Cuando alguien pasa página demasiado rápido, los demás se sienten heridos. Y si alguien lo hace demasiado lento, también resulta doloroso. A veces me pregunto si tú sigues de duelo. Yo…. yo tuve que reaccionar rápido.

Tragué saliva; no quería gritar.

—¿Así que seguiste adelante y me dejaste atrás?

—Lennox —dijo, con una voz tan baja que casi no la oí. La miré a los ojos—. Lennox, «tú» me dejaste a «mí».

Abrí la boca para protestar, pero tenía razón. Era infeliz, y yo también. Yo me había hecho mi propio espacio y no había mirado atrás.

La había dejado atrás. Me senté allí mismo, mirando al suelo mientras ella hablaba.

—Siempre albergué la esperanza de que volvieras, pero no lo hiciste. Era como si… —Las palabras se le atravesaron en la garganta, y tuve claro que iba a llorar un segundo antes de que lo hiciera. Pero con las lágrimas llegó la verdad—. He estado intentando recuperar lo posible de las migajas que me ha dejado la vida. Si no podía tener a tu padre, Kawan era un mal sustituto, pero al menos alguien me quiere. Tú no me querías. Era más fácil no sentir nada que sentirlo todo… Al menos eso fue lo que me dije. No me daba cuenta de lo tonta que había sido hasta que te perdí en la Isla.

Parecía apagada, como si la confesión le dejara sin energías. Estaba cansada de vivir así, igual que yo.

Aquello me dejó descolocado.

—Yo pensaba…, todo este tiempo, pensaba que no me soportabas —dije, arriesgándome a levantar la mirada, temiéndome que así fuera.

Negó con la cabeza. Tenía los ojos llenos de lágrimas.

—Lo que te he dicho es cierto. Le echo muchísimo de menos, hay días en que te miro y me desgarro por dentro; te le pareces tanto…, pero ¿odiarte? Nunca.

Nos quedamos allí un momento, en silencio. Había montañas de palabras acumuladas, y tardé un poco en asimilarlo. Se dio cuenta y me miró con ojos fatigados pero pacientes. Tragué saliva. Ella asintió. Y eso fue todo.

—Necesito tu ayuda —reconocí—. Y no se lo puedes decir a Kawan. Si se entera, me matará.

—Lo sé.

Levanté la cabeza de golpe.

—¿Lo sabes?

—Quiero que recuperemos nuestro reino. Y sé que el único modo de conseguirlo es apoyarte. Durante mucho tiempo la gente te ha temido más a ti que a él, y ahora te respetan más a ti que a él. No me sorprende que haya acabado siendo así. Eres un digno hijo de tu padre.

»Dijiste que seguía conmigo para tenerte más cerca —añadió—. Es cierto. Pero yo también me quedé aquí para estar cerca de ti. Desde que fui corriendo a tu encuentro en la Isla se ha mostrado diferente, y yo creo que la relación que podamos tener Kawan y yo ahora mismo se mantiene por inercia. Y por el bien de todos voy a tener que seguir aparentando. Hasta que tengas un plan, debo seguir con él. ¿Me entiendes?

Quería creer todo lo que me había dicho, pero ¿cómo podía dejar que una única conversación —aunque me hubiera llegado al fondo del corazón, donde más dolía— borrara años de abandono?

—Lo entiendo —dije, sin prometerle nada.

—Bien. Ten cuidado con lo que dices y con a quién se lo dices. ¿Ahora adónde vas?

—A la cantina.

Asintió.

—Hacia el mediodía ve al gran salón. Está haciendo planes, y creo que deberías estar al corriente.

—¿Más planes? —pregunté, incrédulo.

—Controla tu temperamento —me recordó, con voz tranquila—. Mide tus palabras. Tú calla y escucha.

—Muy bien —dije, con un suspiro—. Ahí estaré.

Me dispuse a marcharme, dándole vueltas a todo lo que me había dicho.

—¿Lennox?

Me giré, y vi preocupación en sus ojos.

—¿Sí?

—Si ocurre algo…, si tienes que recabar apoyos donde sea y aprovechar una oportunidad… adelante. No me esperes. No mires atrás. Vete. Por el bien del futuro que podamos tener, por favor, vete.

Aquella petición me hizo sospechar que quizá me viera obligado a huir, o que las cosas en el castillo se pondrían insoportables. Pero luego pensé que era mi madre. Y las madres suelen saber las cosas, sin más.

—Si se da esa situación, lo haré —dije, asintiendo—. Y si debo irme, cuando se arreglen las cosas, volveré a por ti. Te lo prometo.

ANNIKA

*E*staba sentada en mi silla, observando los papeles que tenía delante, sobre la mesa. Acuerdos, tratados, solicitudes, peticiones. Ojalá Escalus pudiera verme ocuparme de todas aquellas cosas; estaría muy orgulloso de mí.

Firme el último documento y me dejé caer contra el alto respaldo de la silla. Por una vez, no había nadie en el despacho. Ningún lord, ningún médico, ningún guardia.

Sonreí para mis adentros y decidí que era hora de hacer una pausa. Me recogí las faldas y salí corriendo de la habitación, bajando por la escalera trasera en dirección a mi rincón favorito del jardín, lejos de las ostentosas fuentes y los parterres llenos de flores. Los altos setos me protegían del mundo, y podía caminar sin rumbo por el sendero de adoquines. Era reconfortante no tener mucho en lo que pensar, aunque solo fuera por un momento.

Por supuesto, ahora que no tenía que encargarme de las tareas propias del gobierno del reino, la mente se me fue inmediatamente a Lennox.

Que ambos hubiéramos podido salir de aquella cueva con vida era la única gracia que había concedido el universo a dos personas tan dolorosamente marcadas por el destino.

Me pregunté si pensaría en mí. Y si lo hacía, ¿sería solo como enemiga, una vez más? ¿Pensaría en lo que sentía cuando nos besábamos? Por mi parte, no dejaba de repasar mentalmente aquellos momentos. Sentía sus manos en mi cabello, su aliento en mi cuello, su nombre en mi corazón.

Y cuando lo hacía, me daban ganas de salir corriendo. Quizá podríamos vivir juntos en algún otro lugar, en algún sitio que no le interesara a nadie. Quizá podríamos construir algo que fuera nuestro.

Pero no podía hacer algo así. No podía dejar que se perdiera Kadier. Había sobrevivido a la pérdida de mi madre. Había sobrevivido a la transformación de mi padre, que había adoptado la versión más oscura posible de sí mismo. Había accedido a casarme con un hombre que a duras penas soportaba. Todo eso lo había sacrificado por el trono de Kadier, y no iba a permitir que nadie me lo arrebatara, ni siquiera Lennox Ossacrite.

Aun así, solo de pensar en su nombre se me alteraba el latido del corazón.

El amor de Lennox era complicado. Peligroso pero tierno, abierto pero complejo. Los libros no me habían preparado para algo así, y lo quería con toda el alma.

Paseé la mirada por mi oasis de paz, y caí en lo curioso que era aquel rincón. Normalmente, nuestros jardines tenían un diseño mucho más elaborado, eran casi como un laberinto. Pero aquello no era más que un sendero circular con una piedra en el centro. Tan simple, tan…

Me quedé helada.

—¿Tú qué eres? —pregunté, observando la roca y frunciendo los párpados. Ahora que la examinaba, me daba la impresión de que tenía una superficie extrañamente lisa.

Sentí un escalofrío que me atravesó el cuerpo y reaccioné de golpe: me fui a buscar a los jardineros. Me abrí paso por los senderos de piedra y los caminos de hierba, cruzándome con gente que me hacía reverencias.

—¡Señor! —grité, cuando por fin encontré un jardinero. Él me hizo una gran reverencia—. Necesito que me ayude. Vaya a buscar al menos a otros dos hombres y traiga palas. También para mí.

Por fin tenía un lugar por donde empezar, pero sentía que ya había agotado todos mis recursos. Si había una verdad que encontrar, estaba decidida a encontrarla.

—¿Annika?

Me giré al oír mi nombre pronunciado con aquel tono de incredulidad. Nickolas, por supuesto, estaba en el otro extremo del mundo.

—¿Necesitas algo? —le pregunté, mientras me dirigía a la biblioteca.

—¿Qué le ha pasado a tu vestido? ¿Te has estado revolcando por el suelo? Estás hecha un asco. Ya te dije que necesitabas volver a contar con una doncella que te cuidara. ¿Qué dirá la gente? No es correcto...

Me giré y le miré a la cara, levantando un dedo.

—Nickolas, te agradezco todo lo que has hecho por mí, pero tienes que dejar de intentar convertirme en la versión de esposa que te has construido mentalmente. O me tomas como soy, o te buscas a otra. —Respiré agitadamente y me aparté el cabello del rostro. Sin duda él también tendría sus sentimientos—. Yo soy la princesa. Soy la regente. Si me da por pasear en ropa interior, será lo correcto, y nadie puede decir lo contrario. Si quieres ayudarme, ayúdame.

Parpadeó y cogió aire varias veces, como si estuviera sopesando la situación y hubiera llegado a la conclusión de que, de momento, tenía razón.

—Mis disculpas, alteza —dijo. Tragó saliva y se alisó el chaleco con la mano—. Hay una serie de personas esperándote; ese es el motivo de que lleve una hora buscándote por todo el palacio. Después de todo lo sucedido no podía descartar la posibilidad de que te hubieran raptado de nuevo, y solo de pensarlo he perdido la cabeza.

Era evidente que aquello era una recriminación, pero, por si de verdad se había preocupado tanto, no iba a atacarlo más.

—Siento haberte preocupado, pero tengo algo urgente entre manos. Por favor, diles a los que me esperan que me disculpen por las molestias, pero que los veré mañana.

Me dirigí a la biblioteca y abrí las puertas de un empujón.

—Alteza —me saludó Rhett—. Qué placer... ¿Estás bien? ¿Qué le ha pasado a tu vestido?

—He estado cavando —respondí a toda prisa, dirigiéndome a la sección de historia.

—Ah —respondió, riéndose. Sin juzgarme, sin reprenderme, simplemente riéndose—. ¿Y qué has encontrado?

—Una semiesfera. Una piedra tan redonda que parece el sol surgiendo de la tierra —dije, sintiendo otra vez un escalofrío en los brazos al recordar las palabras de Lennox. Me paré ante la enorme pared de libros—. Rhett, necesito los registros más antiguos que tengamos sobre la creación de nuestro país. Quiero saberlo todo sobre cómo llegamos aquí.

Me miró como si tuviera un montón de preguntas que hacerme, pero se limitó a señalar uno de los extremos de los estantes.

—Empieza por aquí.

337

LENNOX

$\mathcal{M}$e presenté ante la puerta de Kawan prácticamente en el momento en que llegaban sus tres soldados de mayor confianza. Todos me saludaron con un movimiento de la cabeza, y yo entré tras ellos en silencio.

—He oído que has enterrado a Aldrik —murmuró Illio.

Asentí. Él se quedó mirando fijamente la pared de piedra un segundo antes de girarse a mirarme de nuevo.

—Me alegro de que no estuviera solo.

En su voz se detectaba un rastro amargo que dejaba claro que Kawan estaba perdiendo apoyos entre los suyos más rápido de lo que yo era capaz de actuar para ganarlos. Lo único que podría salvarlo sería un plan brillante, infalible. Y por lo que yo sabía, tenía un as en la manga. Así que guardé silencio, tal como me había indicado mi madre, y dejé que los otros se situaran en primera fila.

—¿Qué hace él aquí? —preguntó Kawan, y sin necesidad de mirarle supe que se refería a mí.

Levanté la vista y vi a mi madre apoyada en su brazo, aparentemente tan cómoda que resultaba difícil creer que aquella misma mañana hubiera llamado a ese cobarde «un mal sustituto».

—Es el único que ha hablado con su princesa, y con esos soldados que desertaron. Si alguien puede darnos información de apoyo, es él —dijo ella, sin inmutarse.

—No necesito información de apoyo —replicó Kawan, con una sonrisa socarrona en el rostro—. Ya tengo todo lo que necesito.

Sentí un escalofrío que me recorrió la espalda y me dejó clavado en el suelo. En ese preciso momento, al verlo tan tranquilo, tuve claro que había encontrado el modo de invadir el reino.

—¿Qué quieres decir? —preguntó Illio.

Kawan siguió explicando sin dejar de sonreír:

—Esta mañana nos han llegado dos nuevos reclutas, ambos de Kialand.

Estaba ganando tiempo, creando expectación. Por fin Slone le incitó a que siguiera hablando:

—Supongo que habrán traído noticias frescas, ¿no?

Kawan asintió.

—El príncipe de Kadier está muerto.

Algo en mi interior se desmoronó. Annika estaba ahí, sola, sin su hermano.

—¿Estás seguro? —preguntó mi madre, sorprendida.

—Sí. Y es posible que el rey también lo esté —añadió Kawan, regodeándose.

—¿Qué? —pregunté, sorprendido.

—Hace casi una semana que no se le ve, y empiezan a correr rumores. Esa chica ha sido nombrada regente, lo cual significa que gobierna en lugar de su padre y su hermano. Parece que el príncipe está muerto, pero la casa real lo oculta, y da la impresión de que a ese reyezuelo no le falta mucho. Así que lo único que hay entre nosotros y nuestro reino… es una chiquilla.

No. No, no, no.

—Yo no la infravaloraría —advertí.

—Que se te escapara no significa que pueda derrotar a un ejército —insistió, oscureciendo el tono.

Pero luego, con la misma velocidad, se le iluminó el rostro de nuevo.

—Aun así, no necesitaremos un ejército. Lo único que tenemos que hacer es esperar.

Los soldados presentes se miraron unos a otros.

Pero mientras ellos pensaban en sus cosas, yo pensaba en las mías. Me di cuenta de que me aferraba a la esperanza de verla otra vez. No en el campo de batalla ni durante las negociaciones para la rendición, sino… Solo pensaba en abrazarla otra vez, en besarla. En apoyar la cabeza junto a su cuello y quedarme así, inmóvil.

Su recuerdo revoloteaba en mi mente tantas veces al día que había dejado de contarlas. Eclipsaba cualquier otro deseo, incluso los que sabía que debía realizar. Yo tenía mi camino y ella tenía el suyo.

Meneé la cabeza y me concentré en el momento actual.

339

—Mi señor —dije, midiendo las palabras—, ¿cómo puedes estar tan seguro de eso?

—Porque, mientras tú estabas atascado en la ladera de una montaña, yo estaba acampado bajo un grupo de árboles…, en una tregua obligada.

Todos los ojos se fijaron en él. Yo quería decir que aquello era imposible, pero sabía por mi propia experiencia que probablemente fuera verdad.

—¿Con quién? —preguntó mi madre.

—Con alguien que tiene tanto interés como nosotros en que desaparezca la familia real. Y va a ocuparse de todo —respondió, mostrándose tan ambiguo que resultaba desquiciante.

—¿Y cómo va a hacerlo? —dije yo.

Necesitaba datos. Datos claros.

Kawan esbozó una sonrisa siniestra, complacido.

—Debería estar muerta dentro de una semana —respondió con calma—. Y cuando esté hecho, nuestro informador será… eliminado. Dentro de dos semanas estaremos viviendo en el palacio.

ANNIKA

—*G*racias —le dije a la criada que me puso la comida al lado, y cuyo nombre no conocía.

—De nada, majestad —respondió ella.

—¡No! —exclamé, tan alto que dio un respingo. Me miró con unos ojos temerosos, bien abiertos. Apreté los labios, enfadada conmigo misma—. Lo siento, no pretendía gritar. Es solo que sigo siendo «alteza». Mi padre y mi hermano volverán muy pronto a sus cargos. Yo simplemente… cubro el hueco.

Ella asintió.

—Lo siento mucho, alteza. —Hizo una reverencia y se fue rápidamente.

—De verdad, lo… —antes de que pudiera acabar ya se había ido— … siento.

Suspiré y volví a fijar la atención en los volúmenes que tenía delante. Ya había examinado a fondo siete libros de historia buscando alguna mención al pueblo de Dahrain. No había nada.

Pero aquella piedra del jardín… era como la que Lennox me había descrito en la cueva. Perfectamente redondeada, perfectamente lisa. Había sido enterrada casi por completo en el jardín, pero ahí estaba. Él había dicho que su pueblo volvería y que bailarían en torno a ella. Y si aquel detalle era cierto —si sabía de su existencia pese a no haber puesto nunca un pie en aquel lugar— debía de haber más. Lo sentía en las entrañas.

La puerta se abrió sin que llamaran antes y Nickolas se presentó con una bandeja.

—Ah. Pensaba traerte una ofrenda de paz, pero veo que ya te han traído comida —dijo, indicando con un movimiento de la cabeza los platos que había sobre la mesa.

Ya habían pasado horas desde el incidente del pasillo, y seguía sin saber muy bien qué decir al respecto. ¿Debía pedir disculpas? Y, en ese caso, ¿por qué motivo? Seguí con la conversación, esperando dejar aquello atrás.

—Sí. No sé quién les ha dicho que... —dije, pero no acabé la frase, viendo que Nickolas ponía mala cara, picando del queso con su tenedor—. ¿Puedo preguntarte algo?

—Por supuesto —dijo él, levantando la vista.

—¿Tú has oído decir alguna vez que hubiera un séptimo clan?

Arrugó la nariz.

—¿Eso..., es eso lo que quieres saber?

—Sí.

—Annika —dijo, suspirando—. Nuestro país corre el peligro de perder a la mayor parte de su familia real; se supone que tú y yo estamos planeando una boda; ahí fuera hay un ejército decidido a destruir todo lo que hemos construido, ¿y tú quieres una lección de historia? —Fijó la vista en la pared más alejada por un momento—. No entiendo dónde tienes la cabeza ahora mismo.

342 Se le veía tan derrotado que no me vi con ánimo de ponerlo en su lugar.

—Nickolas, me encuentro en una posición para la que no me han educado en un momento en el que sabemos que hay enemigos en el horizonte. Me preocupan mi hermano y mi padre; casi no he dormido. Si te parezco distraída, es porque esto es demasiado. Todo esto es... —Me llevé la mano al corazón, buscando las palabras—. Es sobrecogedor, maravilloso, agotador e impresionante a la vez. Lo hago lo mejor que puedo.

Se acercó y se arrodilló ante mí.

—Pues déjame que te ayude, Annika. Puedo hacerlo. Ve a descansar. Yo recibiré tus peticiones. Puedo leerlas, clasificarlas y hacerte un resumen esta noche. Respira un poco.

Suspiré. Sentí que cederle mis responsabilidades era como hacer trampas..., pero ¿tan malo era si solo se trataba de leer informes y comunicarme la información pertinente?

—Muy bien. Pero ahora voy a devolver estos libros a la biblioteca.

Él sonrió y asintió, satisfecho. No tenía nada más que decir, así que recogí mis libros y me dirigí a la biblioteca.

—¿Annika? —preguntó Rhett al verme entrar—. ¿Ya estás aquí otra vez?

—Sí. —Dejé los libros sobre la mesa—. Iba a buscar en estos libros una vez más, pero es inútil. No encuentro nada.

Rhett suspiró.

—¿Te has planteado que la ausencia de lo que estás buscando podría ser precisamente la respuesta?

—Yo creo que hay más —dije, meneando la cabeza.

Él se acercó y me agarró de los hombros.

—Muy bien. Entonces dime qué es exactamente lo que buscas. Si está en esta biblioteca, yo lo encontraré.

Resoplé.

—Estoy buscando alguna mención a un séptimo clan. ¿El pueblo de Dahrain? No encuentro ni una referencia... Estaba tan segura de que tenía algo...

Me froté la frente, intentando relajar la tensión. Cuando miré a Rhett vi que sonreía.

—Annika. Claro que no estás encontrando nada. Estás mirando en el lugar equivocado.

—¿Qué?

—Ese pueblo... ¿Dahrain, lo has llamado?

Asentí.

—No está en los libros de historia. Todas las referencias a un séptimo clan desaparecido están en «mitología» —dijo, señalando en dirección a la sección de la biblioteca que ocupaba el centro de la sala, de modo que todo el mundo pudiera verte si consultabas los libros, que estaban encadenados a los estantes.

Mitología.

Antes de que pudiera procesar lo que eso significaba, las puertas se abrieron de golpe y apareció Nickolas, jadeando después de haber corrido todo el camino hasta allí.

—Annika —dijo, casi sin aliento—, no te molestaría si no fuera urgente, pero aquí hay alguien que creo que querrás ver.

Odiaba reconocerlo, pero el corazón me dio un vuelco y la última reserva de esperanza que tenía se despertó en mi interior. ¿Estaba allí? ¿Había vuelto a por mí?

—¿Quién?

—Un soldado que envió su majestad al campamento de Dahrain

343

como emisario, anunciando la visita a la Isla. Lo han tenido encerrado en el castillo, lo han interrogado y luego lo han dejado en el mar, para que volviera a casa a nado. Es el único de los tres que envió su majestad que ha regresado con vida.

Asentí.

—Llévame enseguida con él.

LENNOX

*D*escubrí que podía comunicarme con Inigo y Blythe con una sola mirada. Cuando pasé junto a ellos, que practicaban con un grupo de soldados en el exterior, no hizo falta nada más para captar su atención. Seguí caminando, dirigiéndome a un extremo del campo de prácticas, y sin necesidad de girarme supe que me estarían siguiendo.

Paré junto a un peñasco, intentando ordenar mis pensamientos. No estaría temblando por fuera, pero tenía la sensación de que por dentro sí, helado de la impresión. Me giré y me los encontré ahí, esperando.

—Su príncipe está muerto —les dije.

Blythe se tapó la boca, pero en los ojos se le veía la alegría.

—Ojalá pudiera decírselo a Rami. Ojalá pudiera saberlo...

No le podía decir por qué a mí aquello no me parecía una buena noticia, por qué sentía un peso en mi interior desde el momento en que me había enterado.

—Un informe dice que el rey también estaría muerto —me apresuré a añadir, procurando que no viera, o, peor aún, que cuestionara, mi malestar por la noticia sobre Escalus—. Y si no está muerto, le falta poco. La princesa ha sido nombrada regente. No sé si eso significa que el rey está vivo o si están intentando ganar tiempo para prepararla antes de anunciar la muerte del monarca. En cualquier caso, parece ser que está sola en el palacio.

Inigo tenía los ojos puestos en la hierba, pero veía que fruncía los párpados, trazando líneas en el suelo con la mirada como buscando el final de sus pensamientos.

—¿Lo que estás diciendo es que solo tenemos que acabar con ella? Eso es fácil —dijo Blythe—. Yo misma podría hacerlo.

—¡No! —reaccioné sin poder evitarlo—. Según parece, mientras estábamos en la Isla, Kawan tuvo que esperar a que pasara el diluvio junto a alguien de Kadier. Quienquiera que sea esa persona se encargará de librarse de la princesa.

Se hizo un silencio tenso. Luego Blythe se rio.

—Eso... Eso es exactamente lo que esperábamos, ¿no?

Giró la cabeza de un lado al otro, mirándonos a Inigo y a mí, esperando que alguno de los dos confirmáramos su suposición.

—No podemos estar seguros. Al menos aún no. Quiero ver si podemos saber algo más de lo que está ocurriendo. Si está... —Tragué saliva—. Si la princesa sigue viva, y si la persona con la que habló Kawan es un informador fiable. Ahora mismo no tenemos modo de saberlo.

Vi que Blythe se deshinchaba un poco.

—Por supuesto. Tienes razón —suspiró, echando la vista atrás, en dirección al viejo castillo, que parecía aún más gris de lo habitual—. He visto un destello de esperanza y me he dejado llevar. Seguro que tienes razón, Lennox. Yo te seguiré, Lennox. Todos lo haremos.

La miré, conmovido por la sinceridad de su voz.

346

—Gracias, Blythe.

—Lo digo de verdad —insistió—. Los reclutas, especialmente los más jóvenes..., todos preguntan por ti. Tengo la sensación de que por fin tenemos una oportunidad de verdad.

Esbocé una sonrisa. Era débil, pero se la dediqué igualmente.

—Blythe —dijo Inigo por fin—, ¿podrías dejarnos un momento? Necesito preguntarle algo personal a Lennox.

Ella se quedó tan sorprendida como yo, pero asintió y se fue. Inigo se quedó mirando hasta que estuvo seguro de que no nos oiría.

—¿Qué vas a hacer al respecto? —preguntó por fin.

—¿Al respecto de qué?

—¿Qué vas a hacer con tu chica? —insistió.

Miré a Blythe, que se retiraba confundida, y la saludé de lejos con el brazo.

—Nada... A mí me parece que ella...

Inigo me dio un palmetazo en la mano, haciendo que la bajara.

—Blythe está loca por ti, así que no puede ver la verdad aunque la tenga ante las narices. Yo sí. —Me miró fijamente, pero su mirada no era ni acusatoria ni de rabia—. ¿Qué vas a hacer con tu chica?

Tragué saliva y sentí que se me aceleraba el pulso.

—No sé de qué estás hablando.

—Puedes escondérselo a todos los demás, Lennox, pero a mí no. Si estamos a punto de invadir un país y tú vas a estar al mando, pero no vas a ser capaz de acabar con el último obstáculo que nos separa de lo que siempre hemos dicho que queríamos, necesito saberlo.

—Sus palabras podían haber sido una acusación, pero no lo eran. Lo dijo todo con paciencia y preocupación. Tanta que me asustaba aún más. Señaló a lo lejos—. Si pudiéramos ir corriendo ahora mismo hasta allí, ¿irías a por el trono, o irías a por ella?

—¿Cómo has podido enterarte? —dije, con los ojos irritados de contener las lágrimas.

—Si un hombre pudiera recuperar la visión, imagino que tendría el aspecto que tenías tú la primera vez que la viste en el bosque. Una chica medio desnuda escapa de nuestro castillo y atraviesa el continente a la carrera, y tú regresas sin ella y sin tu capa. Estamos en medio de nuestra primera batalla encarnizada y tú vas buscando un rostro familiar donde no debería haber ninguno. Y cuando volvimos en barco desde la Isla, te metiste la mano en el bolsillo para sacar un trozo de encaje y te quedaste mirándolo al menos seis veces, que yo viera. Y ahora apenas eres capaz de pronunciar una frase entera sobre ella sin que se te rompa la voz.

»Necesito saber cuál es el plan. Porque tanto tú como yo estamos cansados de librar una guerra en la que nadie gana.

Me tomé un momento para coger aire y contuve las lágrimas.

—Inigo... ¿Qué hago? Le quité la vida a su madre con mis propias manos, y me ha perdonado. ¡Me ha perdonado! Me contó los secretos más oscuros de su vida; confía en mí.

Hizo una mueca.

—¿Esa chica tiene secretos oscuros?

—Ojalá no los supiera —respondí, con un suspiro—. Me duele incluso recordarlos.

—Dices que confía en ti. ¿Te quiere?

Resoplé pensando en sus dedos entre mi cabello, en cómo se cubrió los hombros con mi capa, en los besos sin medida.

—Tanto si me quiere como si no, mi corazón no podría fijarse en ninguna otra.

Asintió.

—Lennox, te juré lealtad hace tiempo. He esperado que estuvie-

347

ras listo para erigirte en líder; hace años que sé que puedes hacerlo. Así que dame una orden. Dime qué es lo que quieres y haré todo lo que esté en mi mano para que suceda.

Aparté la mirada; la fe que tenía en mí suponía una presión insoportable. Me llenaba de esperanza y de orgullo, pero siempre irían acompañados de cierto miedo.

—Tenemos que recuperar nuestro hogar, Inigo. Y yo necesito que ella viva. Si muere, muero yo. No puedo tenerla. Eso lo entiendo. Pero Annika debe vivir.

Inigo volvió a cruzarse de brazos, volviendo a su papel de soldado.

—Entendido. —Bajó la mirada y luego me miró a mí—. ¿Y qué hay de Blythe?

Tragué saliva.

—Yo... no...

—Ella siempre ha jugado limpio, así que deberías decírselo.

Y sin una palabra más se alejó, dejándome perplejo al ver lo mucho que se había sacrificado por mí todo ese tiempo.

ANNIKA

—*O*h, por favor, nada de reverencias —dije, entrando a toda prisa en la sala.

El hombre que tenía delante presentaba peor aspecto que el de nuestros soldados al volver de la Isla. Sus ropas estaban hechas jirones, y se le veían unas marcas rojas en las muñecas de las ataduras. Tenía el labio abierto, pero parecía que se le estaba curando, y se le veían algunas magulladuras en la piel a través de los agujeros de la ropa.

Hasta que no levantó la cabeza no le reconocí. El día que había caído sobre aquella mesa de cristal, mi padre se había quedado demasiado aturdido como para ayudarme, pese a la sangre que iba empapando mi vestido roto. Un guardia había acudido enseguida, y me había llevado a mis aposentos. Había sido humillante..., pero estaba agradecida por la ayuda recibida.

La ayuda recibida de él.

—Alteza. Perdone mi estado. Pero quería verla enseguida.

—¿Aún no se han ocupado de ti? —Imaginaba que estaría hambriento y que necesitaría descansar. Negó con la cabeza—. Debes de estar muerto de hambre —añadí, girándome hacia Nickolas.

Nickolas me miró y luego miró al guardia; estaba claro que no quería perderse una palabra de la conversación.

—Por supuesto —dijo por fin—. Volveré lo antes posible.

Salió a toda prisa, y el guardia y yo nos quedamos a solas.

—Antes que nada, quiero pedirle disculpas, alteza. Intentamos evitar que trajeran todo su ejército, pero fue en vano. No nos dieron ninguna pista de que pensaban sabotear el encuentro hasta aquella misma mañana. No conseguí protegerlos. Es imperdonable —dijo, fijando la vista en el suelo, avergonzado.

—No digas nada más. Yo tampoco sabía que su majestad pensaba usar nuestro ejército para acorralarlos. Toda aquella misión fue un desastre. Tú dime lo que puedas.

Asintió y levantó la vista.

—Nuestra misión era decirles que fueran al encuentro de su majestad en la Isla. Debía de ser un terreno neutro, para iniciar conversaciones de paz. El rey les ofrecería regalos y un tratado con la esperanza de una cooperación en el futuro. Eso es todo lo que se me dijo —recordó, y meneó la cabeza.

»Dejamos que nos capturaran. Nos interrogaron, sobre todo sobre el sistema de defensa del castillo. Querían saberlo todo sobre nuestras fortificaciones, aunque había un soldado que preguntaba mucho sobre nuestra historia. Coleman le dio a su líder los detalles mínimos imprescindibles para que se echaran a la mar. Cuando el líder, un tal Kawan, se dio cuenta de que lo estábamos manipulando, ordenó nuestra muerte. El mismo soldado de antes, Lennox, nos llevó a la orilla. Nos hizo unas cuantas preguntas más, sobre el país, sobre usted.

Tragó saliva con dificultad, pensando en aquello. Yo reaccioné al oír su nombre.

—Teníamos las manos atadas…, podría haber acabado con nosotros sin más. Sin embargo, en lugar de eso, nos hizo entrar en el agua y nos dio la posibilidad de llegar a casa nadando. Incluso me cortó las ataduras lo suficiente como para que pudiera liberarme y ayudar a los otros.

Se giró, con los labios temblorosos, buscando en su interior las fuerzas necesarias para acabar su historia.

—Conseguimos soltarnos los brazos, pero la corriente era muy fuerte y no pudimos volver a la orilla. Para cuando conseguimos contrarrestar la fuerza del mar, estábamos agotados… Solo queríamos salir del agua, así que puse rumbo a la primera tierra que vi. Pero la costa era muy escarpada. Las olas nos lanzaron contra las rocas una y otra vez, y… creo que ahí fue donde perdimos a Coleman. No estoy seguro.

Me llevé la mano a la boca, tan conmovida al ver su desolación que habría podido echarme a llorar en cualquier momento.

—Por fin conseguí salir del agua, y tiré de Victos para ayudarle. Exhaustos, conseguimos llegar hasta un bosque. Pero él estaba sudando y tenía delirios. Me dediqué a buscar comida y agua, pero era imposible. Le di lo poco que conseguí encontrar; sin embargo, no bastaba con eso, e intenté mantenerlo alejado del sol, pero no había modo de que le bajara la fiebre. Murió mientras dormía.

Tuvo que detenerse otra vez. Entendía la tortura que suponía aquello para él. Aun con todos los médicos y las medicinas de que yo disponía, no podía hacer que mi hermano y mi padre se curaran, y aquella sensación de impotencia resultaba insoportable.

—He encontrado a gente amable que me ha dejado viajar en sus carros, pero al estar herido he ido más lento de lo que habría querido. Me han contado que la campaña siguió adelante, y que hubo una gran tormenta. ¿Es así?

Suspiré.

—Hubo una breve batalla en el mar. Intentaron quemar nuestros barcos, pero nosotros teníamos mosquetes y los obligamos a mantener cierta distancia. Ambos bandos llegamos hasta la Isla, y cuando nos los encontramos enfrente, desde sus filas alguien lanzó una flecha y le dio directamente en el pecho a Escalus. A partir de ese momento se desencadenó el caos. Pero se desató un huracán y todos tuvimos que buscar refugio. Mi hermano y mi padre tienen suerte de estar vivos.

En ese momento regresó Nickolas, con una bandeja de comida y bebida en la mano. Se apresuró a entrar y la apoyó en la mesa junto al guardia.

—Perdona, me acabo de dar cuenta de que en realidad no sé tu nombre —dije.

El guardia se limpió los ojos con el dorso de la mano.

—Palmer, alteza.

—Por favor, come algo —dije, señalando la comida, y él cogió un trozo de pan casi sin fuerzas.

—¿Así que ahora es regente, alteza?

—Sí —respondí—. Nombrada por mi hermano antes de que saliéramos de la Isla. Desde entonces, tanto él como mi padre están inconscientes, pero confío en que ambos se recuperen.

Observé que Nickolas nos miraba a los dos alternativamente, preguntándose si debía contarle todo aquello.

—¿Son graves tus heridas? —le pregunté—. Me gustaría que te instalaras en una de las habitaciones de invitados y que te viera un médico. Y luego quiero pedirte un favor enorme.

351

Al oír aquello levantó la vista.

—Mis lesiones son mínimas. ¿Cómo puedo servir a su alteza?

—Necesito que alguien le entregue algo a Lennox. Un gesto entre líderes.

—Entonces quieres decir que es para ese otro tipo —puntualizó Nickolas—. Kawan, ¿no es así?

Negué con la cabeza.

—No. Yo he estado ahí. Puede ser que Kawan esté al mando, pero no es el líder de ese ejército.

Palmer asintió casi sin fuerzas.

—Lo que tengo que llevar... ¿Es como hacerles una oferta de paz?

Me quedé pensando en ello.

—Sí, más o menos.

—Annika, ¿estás segura de que es conveniente? —reaccionó Nickolas—. Tu padre y tu hermano están en sus lechos de muerte. Esas personas mataron a tu madre..., y no tengo dudas de que querrán hacer lo mismo contigo. ¿Cómo podemos protegerte si mandas mensajes de buena voluntad después de tal agresión?

Era una buena pregunta. Pasara lo que pasara, probablemente aquello acabaría en guerra. Pero yo era la hija de una pacificadora.

Había luchado muy duro por el derecho a blandir mi espada, había aprendido a usarla. Y ahora sabía que el hecho de envainarla de nuevo sería, por sí mismo, una lucha.

—Actuaremos con precaución, pero me gustaría intentar acabar con esto sin que haya más derramamiento de sangre. Seguro que respaldarás algo así.

Él nos miró a Palmer y a mí varias veces.

—Annika, no sé si puedo estar de acuerdo —dijo con voz grave.

Me acerqué, intentando que esa parte de la conversación se mantuviera en privado.

—Si vas a ser rey consorte, tienes que estar convencido de una cosa: el pueblo es lo primero. Nosotros ocupamos un segundo lugar. Así que tengo que poner sus necesidades por delante de las mías, aun cuando ponga en riesgo mi vida. Y necesito contar con tu apoyo.

Tragó saliva, con la mirada puesta en el suelo.

—Haz lo que tengas que hacer.

—Gracias.

Me alejé y volví junto a Palmer.

—Tómate el tiempo que desees, y si no te sientes cómodo volviendo a su territorio, dilo. No puedo prometerte que regreses sano y salvo, y después de lo que has pasado, lo entendería perfectamente.

—Si puedo comer y descansar esta noche, estaré encantado de partir mañana por la mañana —respondió él al momento.

—¿Tan pronto? ¿Estás seguro?

—Me gustaría poder volver a mirarle a los ojos —respondió, asintiendo.

A mí también. No había nada que deseara más.

353

LENNOX

*P*aseé sin rumbo por el recinto del castillo durante un rato, dándole vueltas a la petición de Inigo para que hablara claro con Blythe. Cuanto más repasaba mis recuerdos, más sentido cobraba aquello. Inigo la había defendido y la había alabado, manteniéndose siempre a distancia de nuestro proyecto de relación. Aun cuando le doliera, Inigo había hecho siempre lo posible por apoyar a Blythe, sin meterse entre ella y lo que más parecía importarle: yo.

Pero ahora me daba cuenta: estaba enamorado de ella. Y yo no podía alargar aquello por más tiempo.

354

Seguí caminando y volví hacia el castillo. Era raro encontrar a Kawan en el exterior, y aún más raro encontrárselo a solas. Pero cuando vi aquella silueta entre las altas hierbas a lo lejos tuve claro que era él. Quizá fuera porque estaba pensando en el altruismo de Inigo, o en el pequeño sacrificio que tenía que hacer, pero el caso es que me fui directo a él.

Estaba limpiando el filo de un cuchillo corto, y entendí que había estado de caza. Probablemente no era el mejor momento para hablar, pero lo cierto es que con él no había momentos buenos. Así que seguí adelante. Y aún no me había acercado cuando vi que ponía los ojos en blanco.

—No estoy de humor —me advirtió, bajando la vista hacia algo que había sobre la hierba.

—Yo tampoco. Pero aun así creo que tenemos que hablar. —Me paré a un par de metros; no quería darle la ocasión de que me soltara un puñetazo si perdía los nervios—. No sé qué es lo que te ofende tanto de mí, pero he hecho todo lo que he podido por ti (y por nuestro pueblo) desde el día en que llegó mi familia. Puede que no te gustara mi actitud, pero he cumplido con todas las misiones que me has asignado.

MIL LATIDOS DEL CORAZÓN

—Has intentado socavar mi autoridad desde el primer día —replicó.

—No, señor —respondí con honestidad—. Yo creía, igual que mi padre, que tú nos llevarías de vuelta a nuestro reino, que te apoderarías de la corona y arreglarías las cosas. He cometido muchos errores, pero aún sigo esperándolo.

Resopló, abriendo los brazos y agitándolos.

—Y así es: recuperaré mi reino. Espera una o dos semanas a que esa princesita muera, y podremos entrar tranquilamente, matar a los granjeros (los descendientes de esos traidores que ocuparon nuestro lugar) y poner las cosas en su sitio.

—¿No hay un modo mejor? —pregunté.

Su mirada gélida fue todo lo que hizo falta para dejarme claro que ya se había cansado de oír mi voz.

—Déjame que te ponga una cosa en claro. Si dices una palabra más en mi contra o en contra de mis planes o mis métodos, te arrancaré la lengua. Me encantará ver cómo te sigue la gente si no puedes dar una orden.

—No estoy hablando en tu contra, te estoy pidiendo ayuda. Hemos perdido a mucha gente en la Isla, y si la información que tenemos sobre la familia real de Kadier no fuera exacta, podríamos encontrarnos con otro…

Kawan volvió a sacar el cuchillo y me apuntó directamente a la cara con él. Lo tenía muy cerca del ojo, y temía que un simple comentario equivocado pudiera costarme la voz y la vista. Aun así, no me inmuté. Aguanté el tipo, inmóvil y en silencio, esperando.

—Una… palabra… más —me amenazó.

Nos quedamos así un momento que se hizo eterno. Me pregunté por qué no me habría matado antes, sin más. Había tenido muchas ocasiones a lo largo de los años. Mi madre no tendría ningún otro sitio adonde ir. ¿Por qué prefería tenerme dominado en lugar de librarse de mí para siempre? Guardó el cuchillo, y lo enfundó antes de agacharse a recoger la pieza que tenía entre la hierba. Horrorizado, le vi levantar un animal de pelaje gris.

No. «No.»

—Ah, y por cierto —añadió—, aquí no tenemos mascotas. —Levantó mi zorrita gris y tuve que reprimir con todas mis fuerzas la tentación de echarme encima de él—. Gracias por la cena.

355

Volvió a girarse y se fue caminando tranquilamente, sabiendo que no lo seguiría.

De hecho giré en dirección contraria y eché a correr. Llegué hasta la puerta oeste, me plegué en dos y vomité.

—Oh, Thistle —sollocé, sin poder levantar la cabeza.

No era solo la idea de su muerte lo que me destrozaba. Era pensar que acabaría en su estómago. Volví a agacharme y vomité otra vez.

Justo cuando parecía que no podía arrebatarme nada más, había encontrado un nuevo modo de desmoralizarme. Si no fuera tan perverso, resultaría impresionante.

Pero ahora ya tenía las cosas muy claras en lo referente a Kawan.

Había intentado seguirle. Había intentado obedecerle. Había intentado razonar con él.

Y, sin embargo, cuando llegara el momento, acabaría con él sin pensármelo dos veces. Aún no sabía cómo, pero ahora mismo cargar con su muerte apenas sería un lastre para mí.

ANNIKA

Entré en la habitación de mi hermano y me encontré a un médico tomándole el pulso. Noemi tenía la labor de costura entre las manos, pero no las movía; estaba perfectamente inmóvil observando cada movimiento del médico.

El doctor se inclinó sobre Escalus y le levantó un párpado y luego el otro, pero yo no sabía qué estaría buscando. Apoyó la mano sobre la frente de Escalus un momento, irguió el cuerpo y se me acercó.

—Majestad —me saludó.

—Alteza —le corregí.

¿Por qué me llamaba así tanta gente? Casi daba la impresión de que les hubieran dado instrucciones; si descubría de dónde procedían, pondría fin a aquello inmediatamente.

—Oh. Sí, por supuesto. Su hermano muestra señales de mejora. Tiene el pulso algo más fuerte que ayer, y aunque la fiebre aún es alta, parece que está bajando.

Miré a Escalus, aún pálido, aún inmóvil.

—¿No hay…, no hay nada más que podamos hacer?

El médico negó con la cabeza.

—Me temo que no. Ahora voy a los aposentos de su majestad. Por lo que me han dicho, da la impresión de que su estado no ha cambiado mucho, pero os informaré enseguida si ha cambiado algo, para bien o para mal.

—Gracias.

Estaba agradecida, pero quería algo más. Más acción, más respuestas. ¿Cómo podía ser que ostentara todo el poder de nuestro reino y que aun así me sintiera tan impotente?

Me acerqué a Noemi por detrás y miré lo que estaba cosiendo por encima de su hombro.

—¿Es una de sus camisas?

Ella asintió.

—Le he arreglado dos cuellos, y este puño tiene un agujero. Hay un par de casacas que también necesitan arreglos, así que son las siguientes en la lista. Cuando su alteza real se despierte, tendrá su vestuario a punto. Ahora lo único que tiene que hacer —dijo, con los labios algo temblorosos— es volver.

Sentía la tensión que desprendía, la desesperación que sofocaba sus esperanzas. Me sentía cansada, de tanta actividad durante el día y tantas noches sin dormir, y quizás ese fuera el motivo de que hablara sin pensar:

—Debes tener fe, Noemi. Si Escalus no vuelve por mí, estoy segura de que lo hará por ti.

Detuvo su aguja. Fue como si las dos nos diéramos cuenta a la vez de las consecuencias de lo que acababa de decir, y nos quedamos mirándonos con los ojos muy abiertos mientras ella recobraba la compostura.

—¿Cuánto…, cuánto tiempo hace que lo sabe? —me preguntó, con una voz que era un susurro.

No podía decirle otra cosa que no fuera la verdad.

—Justo desde antes de que nos fuéramos a la Isla. En parte fue ese el motivo de que insistiera en que vinieras con nosotros; no quería dejarte aquí esperando.

Asintió.

—¿Y bien?

—¿Y bien, qué?

Miré su dulce rostro, cargado de preocupación, y vi que estaba a punto de venirse abajo.

—¿Me odia?

Cubrí la distancia que nos separaba y la agarré de las manos.

—Mi querida Noemi, ¿por qué iba a odiarte?

Se sorbió la nariz y se encogió de hombros.

—Por haberle escondido un secreto tan grande. Siempre me sentí culpable por no habérselo dicho. Pero Escalus insistió. Lo siento mucho…

Le envolví la barbilla con una mano y le hice levantar el rostro.

—Te perdono. Me entristece que hayáis tenido que ocultármelo, pero entiendo que tuviera que ser así. Podría habérseme escapado algo, y te habrían despedido. Y ninguno de los dos podríamos vivir sin ti. —Bajé la mirada y suspiré—. Nickolas no deja de decirme que te aparte de Escalus, pero sé lo mucho que le gustaría despertarse y ver tu cara. Lo cierto es que soy un desastre sin ti. Y no en las cosas que cabría imaginar; no para ocuparme de mis cosas y vestirme, y cosas así. Es más bien el hecho de saber que estarás ahí en momentos de confusión o de miedo. Echo de menos tener a alguien con quien hablar.

Noemi ladeó la cabeza.

—La he abandonado cuando más me necesitaba. Oh, milady. ¿Tan grave es la situación?

—De hecho, el trabajo es bastante gratificante —dije yo, sintiendo los ojos húmedos—. Pero saber que cada error que cometa llevará mi nombre es aterrador. Odio no tener a nadie que me ayude a volver por el buen camino cuando me equivoco.

—¿Ni siquiera el duque? —preguntó, aunque su propio tono dejaba claro que la idea no le gustaba demasiado.

—Noemi… Últimamente noto algo raro en Nickolas —le susurré—. Se ha ofrecido a ayudarme una y otra vez, pero lo hace de un modo algo extraño. Aun así, no sé si es mi cerebro, que me juega una mala pasada, pero me da la impresión de que no entiende el sacrificio que implica…

Noemi asintió.

—Recuerde que no tiene ningún derecho sobre el trabajo o el poder real, y sé que solo quiere ayudar, pero debe tomarse algo de tiempo para usted. Si la regente no se cuida a sí misma, no podrá cuidar de los demás.

Era algo tan obvio que no me podía creer que no hubiera pensado en ello antes.

—¿Lo ves? Estas son las cosas por las que te necesito. Eres mucho más lista que yo.

—Me alegro de que lo piense —dijo ella, con una risita, pero su sonrisa se borró enseguida—. Pero tengo que pedirle una cosa más.

—Lo que sea.

Levantó la mano y se la llevó al cuello, nerviosa.

—Ha dicho que no me odiaba por haberle guardado el secreto. Pero… si de algún modo Escalus y yo consiguiéramos estar juntos, ¿me odiaría…?

Apartó la mirada, incapaz de acabar la frase. Pero en cuanto la había empezado yo ya había entendido adónde iba a parar.

—¿Quieres saber si te odiaría si te convirtieras en reina?

Ella frunció los labios y asintió tímidamente.

Había probado el sabor del liderazgo. Me gustaba. Pero cuando papá o Escalus —o, con un poco de suerte, ambos— se recuperaran, les devolvería el poder. ¿Qué problema podía tener si otra persona me adelantaba en la escala real?

—¿Quién sería capaz de odiar a la reina Noemi?

—¿De verdad? —dijo, temblorosa.

—Tú me has apoyado siempre; yo estaré encantada de hacer lo mismo contigo. —Nos quedamos allí un momento, con las manos cogidas, las vidas entrelazadas—. Pero lo primero es lo primero: tenemos que conseguir que este muchacho despierte. Así que tú cuídalo, y yo me preocuparé de todo lo demás.

La besé en la mejilla y me di media vuelta para marcharme.

—Infórmame si hay cambios. Estaré en mi despacho el resto del día.

Me miró como diciendo: «¿No acabo de decirte que hagas justo lo contrario?», pero sonrió, como si ya supiera desde el principio que no iba a escucharla. Yo no sabía lo que era tener una hermana, pero desde luego aquello era lo que más se le acercaba.

Cuando giré la esquina, me relajé y reduje la marcha. Me llevé una mano al corazón, intentando apagar el dolor que sentía. Le deseaba a Noemi toda la felicidad del mundo, quería que tuviera una vida que no se redujera al servicio, pero me dolía que pudiera llegar a sitios a los que yo jamás podría llegar.

Bueno...

Estaba claro que no era perfecta.

Ahora que me había atrevido a dar forma a esa idea, la aparté de mi mente. Nunca más me permitiría pensar en algo así; si Escalus y ella podían tener una oportunidad, no iba a ser yo quien les creara problemas. Si llegaban lejos con esa relación y la gente mostraba reparos a que una doncella pudiera subir de clase social, daría ejemplo con mi apoyo. Y eso significaba tener que ser mejor de lo que había sido hasta entonces, mejor de lo que era ahora.

LENNOX

Antes, hacer la ronda me parecía una tarea desagradable. Ahora, poder alejarme del castillo, de la muerte, de las discusiones y de la explotación me parecía una especie de liberación. ¿Cuántas veces había intentado imaginarme la vida en otra tierra, teniendo por fin todo lo que podía querer al alcance de la mano? De pronto me daba cuenta de que si me llevaba conmigo toda la manipulación de Vosino a un nuevo palacio, se convertiría en otra prisión.

—¿En qué estás pensando? —preguntó Blythe.

Inigo iba unos pasos por detrás, y Griffin detrás de él. Todos teníamos la vista puesta en el horizonte.

—En el futuro —respondí con honestidad.

Ella sonrió, contenta.

—Estoy impaciente por verlo.

Me giré hacia Inigo y le hice un gesto con la barbilla, pidiéndole sin palabras que nos diera un poco de espacio. Él asintió, disminuyendo el paso hasta situarse al lado de Griffin.

¿Cómo se suponía que iba a explicarle a Blythe que ella no había hecho nada mal? ¿Cómo iba a convencerla de que ahora mis motivos para cortar nuestros vínculos eran diferentes a los de antes? ¿Cómo podía explicarle que era el único modo en que podía expresarle mi cariño?

Cuando conseguimos apartarnos lo suficiente de los demás, me giré y la miré. Ella casi siempre estaba pendiente de mí, y también ahora me miraba.

—Tengo que decirte algo —dije, con gesto serio.

Ella no dejó de sonreír, pero estaba claro que era una sonrisa frágil.

—De acuerdo.

—En primer lugar, quiero darte las gracias. Siempre has visto lo mejor de mí, y la verdad es que nunca he entendido por qué —reconocí—. Sigo sin entenderlo. Pero que lo hayas hecho significa mucho para mí.

En sus ojos se veía que se daba cuenta de que no hacía más que intentar proporcionarle algo con lo que consolarse para cuando le rompiera el corazón definitivamente.

—Hay muchas cosas buenas en ti, Lennox —dijo, en voz baja.

—Quizá sí —respondí, encogiéndome de hombros—. Pero sobre todo quiero que sepas que yo también veo las cosas buenas que hay en ti. Pasé mucho tiempo viendo en ti únicamente a una soldado, pero… eres mucho más que eso.

Tragó saliva.

—No lo alargues —dijo, soltando aire pesadamente y apartando la mirada—. Dilo ya.

Estaba cansado de hacer daño a otras personas.

—Blythe…, tú y yo…

Ella meneó la cabeza.

362

—Mira, si vas a ser un líder, no puedes limitarte a pensar en cómo empezar las cosas; tendrás que pensar también en cómo acabarlas. Y tienes que acabarlas bien. —Me miró fijamente, con frialdad por primera vez desde que nos habíamos empezado a conocer—. Es la última vez que acabo algo por ti —dijo, y se dio la vuelta.

El escalofrío que me recorrió el cuerpo era tan desagradable que estuve a punto de retirarlo todo. Quizá lo hubiera intentado, de no ser porque ocurrió algo mucho más grave.

—¿Lennox? —me llamó Griffin, en voz baja.

—¿Sí? —respondí, bajando yo también la voz.

Al momento, Blythe se agazapó y yo también me agaché junto al mirador.

—A tu izquierda —susurró ella.

Me giré lentamente y me encontré con un jinete enmascarado montando a caballo con una bandera blanca ondeando en lo alto. Para entonces Griffin e Inigo ya se habían unido a nosotros y observaban la llegada del jinete solitario.

—Eso no es accidental —observó Inigo—. Nos está buscando.

—Pues entonces puede encontrarnos —dije yo, saliendo de entre los árboles y situándome en medio de la llanura, mientras los otros seguían escondidos.

El jinete me vio casi al instante y redujo el trote aún más. Cuando estuvo lo suficientemente cerca, dijo:

—Lennox.

—Sí —dije, esperando que mi rostro no revelara mi sorpresa al ver que sabía mi nombre.

—Tengo un regalo para ti, una oferta de paz. Directamente de su alteza real la princesa Annika Vedette.

Dicho así, el título completo de Annika sonaba como un poema.

Fuera lo que fuera lo que me hubiera enviado, lo agradecería. Pero desde luego ningún regalo podía ser mejor que el que me acababa de hacer: el saber que estaba viva. Tendí la mano.

—Entonces entrégame el paquete y vete.

Vi algo en sus ojos que me dejó claro que estaba sonriendo por debajo de la máscara. Tuve la impresión de que ya me había cruzado antes con esa mirada.

—No debo entregártelo hasta que me confirmes algo.

Resoplé, contrariado.

—¿El qué?

—Me ha dicho que no te dé esto a menos que puedas definirme con exactitud qué son esas «zalamerías».

Me quedé de piedra, sonriendo para mis adentros al ver que era capaz de flirtear conmigo de un país a otro.

—«Tengo desayuno» —le dije en voz baja.

Él contuvo una risita y desmontó. Se acercó cojeando levemente y se sacó una bolsita de lona del cinturón. Me la tendió.

Le miré a los ojos un momento y meneé la cabeza, incrédulo, cuando lo reconocí.

—Palmer. Así que llegaste vivo a casa. Qué audaz por tu parte volver aquí.

—Yo hago lo que me pide mi princesa —respondió.

Cogí la bolsa y aparté la mirada.

—Supongo que estará bien.

No podía preguntarle cómo llevaría la muerte de su hermano, pero necesitaba saber algo.

—Está todo lo bien que puede estar. Está intentando gobernar un país, organizar una boda y asistir a su padre y a su hermano en

363

todo lo posible… Estoy seguro de que estará agotada, pero nunca lo reconocería.

Cada palabra de aquella frase fue como un puñetazo en el vientre, por diversos motivos.

En primer lugar, era cierto que gobernaba el país. Sabía perfectamente que era capaz de hacerlo, pero aun así me agradó oírlo.

En segundo lugar, su hermano no estaba muerto. Quizás estuviera enfermo —o quizá próximo a la muerte— pero estaba vivo, como el rey.

Y en tercer lugar…, una boda. Sabía que estaba obligada a casarse con nuestro querido Nickolas, pero se suponía que no había ninguna prisa. ¿Y si la próxima vez que se cruzaran nuestros caminos ya estuviera casada? ¿Cómo me sentiría?

—No —respondí—. No me parece el tipo de persona capaz de reconocer la derrota.

Tiré de los cordones que cerraban la bolsa, y en su interior encontré un frasco de cristal con una tapa perfectamente encajada. Parecía el tipo de frasco en el que una dama podía guardar su perfume o polvos para la cara, algo delicado, pensado para un tocador, no para un largo viaje. No resultaba fácil adivinar qué era lo que había dentro, puesto que el cristal biselado distorsionaba la imagen, pero lo abrí y encontré un minúsculo trocito de papel con una palabra escrita:

«Dahrain.»

Miré debajo y vi una tierra rica y oscura.

Me había enviado un trocito de mi hogar.

No pude evitar la emoción, aunque resultaba embarazoso dejarse llevar delante del enemigo y de mis compañeros soldados. Me llevé el frasco a la nariz y respiré hondo. Oh, qué bien olía. A plantas, a árboles…, a esperanza. Todas esas cosas podrían crecer en una tierra como esa.

Mientras yo miraba aquel frasco lleno de tierra, sentí los ojos de Palmer clavados en mí.

—Mi señor, necesito saberlo: ¿tienes intención de hacerle daño a mi princesa?

—¿Qué? —pregunté, limpiándome los ojos con el dorso de la mano lo más rápidamente posible.

—Necesito saber si tienes intención de matarla. Si existe la mínima sombra de tal posibilidad, acabaré contigo ahora mismo. Ya le he fallado una vez; no volverá a ocurrir.

—Vaya —dije, con una sonrisa sarcástica en el rostro—. Y yo que pensaba que estarías de mi lado.

Escrutó el horizonte y al momento me di cuenta de que había localizado a los otros que estaban escondidos tras los árboles. No pareció extrañarse al verlos allí.

—En cierto modo, lo estoy. Si hay alguna posibilidad de resolver todo esto pacíficamente, te apoyaré. Pero si piensas hacerle algún daño a mi princesa, a mi príncipe o a mi rey..., entonces eres mi enemigo.

—No puedo consentir más muertes. Nunca le haré daño, ni desearé que nadie se lo haga. Y ese es el motivo de que te diga esto: hay alguien en el castillo que quiere acabar con la vida de su alteza.

De pronto abrió los ojos como platos.

—¿Quién?

—Alguien que estuvo en la Isla. Es lo único que sé. Kawan cree que tu rey y tu príncipe están muertos. Voy a dejar que lo siga creyendo. Pero está convencido de que ahora lo único que nos separa de la corona es tu princesa.

Paseó la mirada por la hierba, moviendo los ojos nerviosamente, como buscando posibles nombres.

—Casi todo el ejército estaba en esa isla —dijo, lentamente—. Cualquiera de ellos habría podido verse acorralado por Kawan.

—No conozco cómo funcionan las cosas en vuestra corte. ¿Hay alguien en el palacio que pudiera guardarle algún rencor a la princesa?

Palmer me miró, incrédulo.

—No conozco a nadie en todo el país que no la adore. Es todo bondad.

—Bueno, entonces, en una situación en la que no hay nadie..., ¿podría ser cualquiera? —insistí.

Palmer asintió, horrorizado.

—Debes volver inmediatamente —dije—. Tienes que protegerla. Después de todo lo ocurrido, confiará en ti más que en ningún otro guardia, ¿no? ¿Te dejará estar a su lado?

—Veremos. Pero creo que ambos deberíamos ser sinceros. —Me miró, obligándome a sostenerle la mirada—. Llegados a este punto, ¿quién podría protegerla mejor que tú?

Tragué saliva.

—También es posible que nadie pudiera ponerla más en riesgo.

—Aun así, deberías venir conmigo.

Me giré a mirar hacia los árboles, donde Blythe y los otros esperaban, impacientes. ¿Qué sería de ellos si los abandonaba? Después de tanto esperar, de que pusieran sus esperanzas en mí, ¿cómo iba a abandonarlos?

—No puedo.

Aunque no le veía todo el rostro, observé su decepción a través de la máscara.

—Entonces recemos los dos para que viva. —Se giró y montó en su caballo—. ¿Tienes algo para su alteza? ¿Una prenda? ¿Algún mensaje?

Una prenda. Todo lo que yo tenía se lo daría. Ya tenía mi capa; tenía una pulsera hecha con el lazo; tenía hasta el último rincón de mi corazón. Si pudiera darle algo de gran valor, se lo daría, pero no tenía nada.

Ella lo tenía todo.

366   Me eché la mano al cinto y saqué las barras de avena que tanto le gustaban.

—Dale esto, y por favor dile que no deje de practicar los pasos.

—Otro mensaje en código —dijo él, meneando la cabeza—. Muy bien. Cuídate.

—Tú también.

Se giró y se fue, mirándome por encima del hombro una vez más antes de arrancar a galopar.

—¿Vas a dejar que se vaya? —exclamó Blythe, incrédula, corriendo hacia mi posición, con los otros siguiéndola.

Asentí.

—Ha entregado su mensaje, y yo necesitaba darle otro.

—¿Quién te ha mandado un mensaje? —dijo ella, mirando cómo se alejaba—. ¿El rey y el príncipe no están muertos?

Una vez más, encontré el modo de responder sin mentir:

—Fue la princesa quien lo envió.

—Oh —dijo ella, aparentemente molesta—. ¿Y?

Suspiré, agarrando con fuerza el frasco de tierra envuelto en su bolsita de tela.

—Creo..., creo que quiere la paz.

Blythe se rio.

—Dentro de unos días estará muerta y no tendrá la posibilidad de pedir la paz. Podemos hacernos con su territorio. Menuda imbécil —añadió, cruzándose de brazos y observando cómo desaparecía Palmer entre los árboles.

—¿Estás bien? —preguntó Inigo.

Asentí, con la mirada perdida.

—Sí, es solo que tengo demasiadas cosas en la cabeza.

Pero no eran demasiadas. Era solo una persona. Y no podía creerme que hubiera dejado pasar una ocasión para estar a su lado.

367

ANNIKA

$\mathcal{M}$e había dormido con la cara pegada a los papeles, con la mente dándome vueltas, preocupada por cómo recibiría Lennox mi regalo. ¿Se lo tomaría como si le quisiera pasar por la cara algo que yo tenía y él no, y no como la oportunidad de ver lo que siempre había querido ver? Meneé la cabeza, intentando centrarme otra vez. Me sentía muy desorientada.

Cuando enderecé el cuerpo, me dolía la espalda de haber estado echada hacia delante. Miré a mi alrededor para ver qué era lo que me había despertado y me encontré a Rhett, que me miraba con devoción, mostrándome una sonrisa reluciente.

—Buenas tardes, alteza. Siento despertarla, pero hay un soldado ahí fuera que dice que fue enviado por usted a una misión —dijo, dándole a la frase una entonación socarrona que la convertía en interrogación, como si no se lo creyera.

—Oh, Dios mío —dije, irguiendo la espalda y cepillándome el cabello con los dedos—. Por favor, dime que no tengo tinta en la cara.

Rhett contuvo una risita.

—Tienes el aspecto de una mujer que ha estado trabajando duro para su pueblo. Nunca has estado más encantadora.

—Gracias, Rhett. Siempre has sido un amigo fiel.

Él bajó los ojos, en apariencia complacido, pero cuando volvió a levantarlos vi que también había dolor en su mirada.

—Annika, espero que sepas que yo siempre siempre he estado de tu lado.

—Lo sé —dije, asintiendo.

—Si el día que te pedí que huyeras conmigo crucé una línea roja…, bueno, tú probablemente no entenderás nunca lo que es enamorarse de alguien que está absolutamente fuera de tu alcance…

Tragué saliva.

—Pero esa sensación te hace decir y hacer las cosas más desesperadas, poniéndote en evidencia. Entiendo que vas a casarte con el duque. Sé que ni en mis sueños más alocados podríamos estar juntos. Pero espero que nunca me lo eches en cara. Yo te querré siempre, te serviré y te seré fiel hasta el día en que me muera.

La honestidad de Rhett resultaba reconfortante. No podía ser lo que él quería que fuera, pero no habría podido tener un amigo mejor.

—¿Cómo iba a echarte en cara lo bueno que has sido conmigo? —respondí, sonriendo.

Él también me sonrió y luego adaptó una postura más digna.

—Está esperando en el vestíbulo. ¿Quieres que le haga entrar?

Miré el montón de libros que había sacado, todos ellos aún encadenados a los estantes.

—No, no. Llévame con él.

Seguí a Rhett hasta la entrada de la biblioteca y me encontré a Palmer apoyado en una mesa. Cuando me vio, irguió el cuerpo e hizo una reverencia. A pesar de lo que me había dicho, era evidente que aún estaba dolorido.

—Siento molestarla, alteza, pero pensé que querría saber…

La vista se le fue a Rhett, receloso. Era evidente que no veía claro que debiera informar en presencia de otras personas.

—Puedes proceder. Rhett es un amigo.

Él volvió a mirarlo, pero no quiso desobedecer mis órdenes y siguió adelante:

—Su líder cree que el rey y el príncipe están muertos. Y tenemos motivos para creer que la princesa podría correr peligro. Puede haber alguien en el palacio que quiera atentar contra usted.

Rhett levantó la cabeza de golpe.

—¿Quién?

—No lo sabemos. De momento debe estar bajo vigilancia constante. ¿Puedo pedirle que me nombre su guardia personal? Podría reunir a unos pocos soldados de confianza para que hagan turnos, pero me gustaría estar a su lado personalmente.

—Por supuesto —respondí.

Palmer se giró hacia Rhett.

—Cuida bien de su alteza hasta que vuelva.

—No la perderé de vista —le aseguró Rhett.

369

Palmer asintió, se giró para marcharse, pero luego se frenó de golpe.

—Ah —dijo, mirándome otra vez con una pequeña sonrisa en el rostro—. Dijo el código sin dudarlo. Le conmovió su regalo, y le envía esto a cambio. —Palmer echó mano de su bolsa y sacó un pequeño rectángulo envuelto en papel y atado con un cordel. Noté el olor a canela en cuanto lo sacó, y sentí que el corazón se me disparaba ante la emoción de tocar algo que Lennox había tenido en las manos—. También ha dicho que debe practicar los pasos.

Me sonreí para mis adentros, y pensé que había vuelto a darme de comer.

—Gracias. Ha sido una misión peligrosa, y sé que has hecho un gran esfuerzo físico por mí. No lo olvidaré.

Palmer bajó la cabeza y se fue a cumplir con su misión.

Rhett se quedó mirando cómo me llevaba el paquetito al pecho, cada vez más confundido. Carraspeé y me quite la sonrisa del rostro antes de volver al sitio donde estaba sentada solo unos momentos antes.

370 Volví a sentarme y me concentré en el libro siguiente, con la esperanza de estar más cerca de mi objetivo.

Rhett alargó la mano y cogió la barrita, llevándosela a la nariz para olerla.

—¿Su líder te ha enviado comida?

—Algo así.

—No se te ocurra comerte esto —replicó, indignado—. Ese guardia acaba de decirte que alguien está intentando matarte.

—Ha dicho que alguien de aquí está intentando matarme —dije, y en el mismo momento en que pronunciaba las palabras me di cuenta de que aquello no resultaba nada reconfortante. Cambié de tema—. Estoy seguro de que esto no es peligroso. Pero no importa, tampoco tengo hambre. Lo que necesito es una respuesta.

Rhett se puso a mi lado, pero de pronto parecía malhumorado. Todas esas palabras sobre amor y devoción quedaban muy lejos mientras me miraba a mí y el regalo que había sobre la mesa. Yo no le hice caso; en lugar de eso, me concentré en el siguiente libro encadenado a la estantería.

Hasta el momento, la mitología estaba resultando igual de útil que la historia. En realidad, no, aún menos. La mitad de los libros estaban escritos en una lengua muerta que yo no sabía leer, y tuve que volver a dejarlos en el estante. Aun así, no podía dejar de intentarlo. Para bien o para mal, necesitaba encontrar la verdad.

Por fin Rhett interrumpió mis pensamientos.

—¿Qué es lo que buscas exactamente en relación con el séptimo clan?

—No lo sé ni yo misma. Lo sabré cuando lo encuentre.

—Ah —se limitó a decir.

Echó a caminar arriba y abajo. Yo habría querido que parara, porque me estaba poniendo nerviosa. Pero seguí leyendo igualmente.

Devolví un libro a su sitio y cogí otro, y di gracias de que al menos ese lo entendía. Lo ojeé y, al cabo de un rato, pasadas unas páginas, sentí una emoción repentina en el pecho al ver la palabra «Matraleit» en el texto. Leí más a fondo y encontré el relato del primer hombre y la primera mujer que se casaron sobre una piedra en forma de cúpula.

Ahí estaba. La misma historia, solo que explicada más a fondo.

Casi sin aliento, seguí leyendo. Había otras historias, otras fiestas. Con todo lujo de detalles. No encontré la palabra «Dahrain», pero me pareció que tenía sentido; si es que aquel libro documentaba sus propias costumbres, ¿por qué iban a decir su nombre?

Hacia el final del libro encontré algo que me dejó helada de golpe. Tardé un momento en entender por qué.

Era una especie de árbol genealógico. En la esquina superior de la página se veía perfectamente un símbolo. Lo reconocí inmediatamente: era el que llevaba bordado en el cuello la capa que Lennox vestía en la cueva.

Pasé los dedos por encima varias veces, estudiándolo. Era idéntico, solo que dibujado con tinta.

Y debajo ponía: «Au Sucrit».

Si el pueblo de Lennox había acabado dispersándose, si su historia se había transmitido únicamente por vía oral, no era difícil que «Au Sucrit» se hubiera convertido en «Ossacrite».

Pero el linaje de la página quedaba interrumpido, su rastro desaparecía en la historia prácticamente coincidiendo con la fundación de Kadier. Resultaba de lo más conveniente la desaparición de lo uno y la aparición de lo otro en el mismo momento.

De hecho, si jugaba mentalmente con las palabras «Kadier» y

371

«Dahrain», casi se solapaban: «Kah-Dier-Rain». De hecho, cabría la posibilidad de fundirlas en una sola palabra. Habrían podido inventarse una persona y darle un nuevo título, para que le rindiéramos homenaje, y no aparecería más que en esa página de la historia. Sería una mentira de lo más fácil.

El símbolo, el nombre y la fecha eran demasiada coincidencia.

Ahí, en aquel volumen encadenado a las estanterías de mi biblioteca, estaba la respuesta.

Pero aquello iba mucho más lejos, mucho más de lo que podía saber o adivinar Lennox. Si hubiera tenido la mínima sospecha de la verdad, me la habría restregado por la cara la primera vez que nos habíamos visto.

Porque junto a cada nombre de varón del árbol de los Au Sucrit había una palabra escrita con una caligrafía decidida y potente: «Jefe».

Había encontrado la horma de mi zapato, ¿no?

—¿Alteza?

Rhett y yo nos giramos, y nos encontramos con un guardia en la puerta.

—¿Sí?

—Soy el soldado Kirk. Me envía el oficial Palmer. Si necesita ir a algún otro sitio, ya puede salir de la biblioteca. Yo la seguiré allá donde vaya.

Noté los ojos de Rhett puestos en mí, intentando leerme el rostro. No le sería fácil, porque ni yo misma sabía qué sentía en aquel momento. Tenía que procesar muchas cosas, así que me iba muy bien que me ofrecieran una excusa para salir de allí.

—Gracias. Creo que deberíamos bajar a almorzar. Hasta luego —le dije a Rhett, con un tono que hasta a mí me sonó impersonal, pero era lo único que podía hacer.

Cogí la barrita de avena y me la metí en el bolsillo del vestido, y me pregunté si aquella tensión que sentía en la garganta —el deseo de coger ese libro y apretármelo contra el pecho con fuerza para que nadie más pudiera leerlo nunca— significaría que en realidad no me merecía nada de lo que Lennox pudiera darme.

LENNOX

—*T*engo miedo —susurré.

Una vez más, la madre de Annika guardó silencio.

—Está en peligro. No paro de decirme que no debo preocuparme. —Meneé la cabeza, casi con ganas de reír—. Llevo una cicatriz en el pecho que me recuerda que es capaz de plantarle cara a cualquiera. Pero conmigo…, conmigo al menos sabía que debía estar en guardia. ¿Qué puede hacer contra un enemigo que se presenta oculto tras un rostro amigo?

Me quedé bloqueado un momento. No dejaba de pensar en la posibilidad de que alguien le levantara la mano. Si alguien le arrancaba aunque fuera un pelo de la cabeza, se las vería conmigo.

—No sé qué hacer. Esta gente (mi pueblo) de pronto me ha convertido en su líder. Y creo que puedo hacerlo. Puedo conseguir que volvamos a casa… Quizá incluso pudiera conseguir que lo hagamos de forma pacífica. Pero no sé cómo asegurarme de que ella no corra peligro. Y si le pasa algo…

Entonces me lo imaginé. Vi claramente la imagen, como si lo hubiera hecho yo mismo. Annika en el suelo, pálida e inmóvil. Annika con magulladuras en las muñecas y sangre en el cuello. Annika sin su risa, sin su ingenio, sin derrochar afecto. Es decir, que no sería Annika, sino una mera huella de su paso por la Tierra.

Aquello me dolió tanto que caí de rodillas. Con aquella imagen en la mente apenas podía respirar. Meneé la cabeza y clavé los dedos en la tierra, intentando volver a la realidad. Estaba en Vosino. Estaba ante la tumba de la reina Evelina. No era real. No había ocurrido.

Aún.

Palmer tenía razón. Nadie podría proteger a Annika como yo. A su manera, ella también me había protegido a mí. Cuando estábamos juntos, era como si estuviéramos en una urna de cristal irrompible, intocable. ¿Acaso no había intentado destruirnos la isla? ¿No habíamos sobrevivido a todo juntos, en aquella cueva?

Nadie —nadie— habría podido convertir una situación tan amarga en algo tan dulce.

—Estarías muy orgullosa de ella —susurré—. Ha crecido y se ha convertido en un ser tan bello…, probablemente aún más de como la recuerdas tú. Y cuando sonríe, todo lo que hay alrededor pierde su color y su brillo. Es buena, decidida, inteligente y, quizás, aún más indulgente que tú —dije, y sonreí para mis adentros—. ¿Sabes qué me dijo? Me habló del único chico al que había querido, aparte de mí. Se lo encontró una vez que había salido a montar a caballo contigo. El chico le dijo lo guapa que era, y ella dijo que podía decírselo todas las veces que quisiera. ¿Alguna vez te dijo lo que había sentido? ¿Te partiría el corazón saber que ese chico era yo?

Allí sentado, apoyado en las rodillas, sentí como si se me estuviera deshaciendo un nudo en el estómago. Un torrente de paz y serenidad me invadía por todas partes. Me sentí… libre.

—O quizá no te rompiera el corazón —reflexioné, pensando en lo que sabía de aquella mujer—. Quizá te aliviara de algún modo saber que el chico al que sonreíste aquel día en el camino había vuelto a encontrar su senda. Porque tú nunca te enfadaste conmigo. Jamás me deseaste ningún mal ni me maldijiste. Me perdonaste. Ella me perdonó.

Bajé la mirada y tragué saliva.

—Quizás ella también me quiera. Pero lo que ella no sabe —confesé, con una sonrisa— es que, aunque lo hiciera, no podría quererme la mitad de lo que yo la amo a ella. Por ella pondría el mundo del revés.

En el momento en que lo decía supe que era cierto. Quería odiarme por ello, por el hecho de ser capaz de abandonarlo todo, toda una vida de esfuerzo y duro trabajo, para ir en busca de algo que sabía que no podría conseguir. Si abandonaba todo lo que tenía allí y me lanzaba en brazos de Annika, no tenía ninguna duda de que acabaría muerto.

Pero mejor yo que ella.

—La protegeré —le juré—. No puedo hacer que vuelvas. Pero puedo hacer que ella siga viva. Nunca podré disculparme contigo lo suficiente. Pero podré quererla lo suficiente. Quizá sea lo último que haga…, pero lo haré. La quiero. Adiós.

Me puse en pie y me giré para mirar la tumba de mi padre.

—Todo el mundo dice que eres el mejor hombre que ha existido. Así que yo también seré un hombre honorable. Siento no haberlo conseguido hasta ahora. Espero que me puedas perdonar. Y espero que sepas que estoy muy orgulloso de ser tu hijo.

Bajé la cabeza, mostrándole mi respeto por última vez.

La mente enseguida se me fue a los planes que tenía por delante, pero no tuve tiempo para pensar. Oí una ramita que se quebraba. No podía ser Thistle, así que me giré de golpe a ver quién me había encontrado. Blythe me atravesó con una mirada de reprobación. Los labios le temblaban, y el dolor y la rabia estaban patentes en su gesto.

—¿Cuánto tiempo llevas ahí? —le pregunté.

—Lo suficiente —respondió con amargura—. ¿Así que por eso no soy lo suficientemente buena para ti? ¿Porque piensas en ella?

—Tú siempre has sido lo suficientemente buena, Blythe. Sigues siendo más de lo que…

Me interrumpió, acercándose:

—¿Sabes cuánto tiempo llevo pensando en ti? —Tragó saliva y apartó la mirada un momento—. Casi desde el día en que llegué a Vosino. Vi lo duro que trabajabas, todo lo que hacías, cómo te sacrificabas en silencio por los demás, aunque no habrías sido capaz de reconocerlo nunca. Y de pronto… con la misión aparece la ocasión para que hablemos. Yo pensaba que sería el inicio de todo. ¿Me estás diciendo que fue así como te perdí?

Suspiré, sintiéndome peor por momentos, pero sabiendo que la única salida era la verdad.

—Blythe, no había nada que perder. Hasta hace poco, ni siquiera sabía que fuera capaz de sentir nada que no fuera… rabia.

Su expresión pasó del dolor a la traición.

—Dijiste que ella era la personificación de todo lo que odias.

—Lo era… hasta que dejó de serlo.

—¡Yo nunca te he abandonado! —estalló—. Siempre he creído en ti y te he apoyado. He visto lo peor de ti y no he hecho el mínimo aspaviento. Ahora, cuando estamos a punto de conseguir todo por lo que has trabajado, ¿vas a abandonarlo por una chica que te destrozará la vida?

Meneé la cabeza y hablé con el tono templado:

—Esa es la cuestión, Blythe. Si me quedo, Kawan me tendrá amarrado como a un perro. Y si intento matarlo y liderar a nuestro pueblo, tendré que luchar toda la vida para conservar ese poder. No puedo. Esa parte de mí está muerta, y quiero vivir. Aunque sea una vida corta, aunque sea dolorosa, quiero vivirla libremente.

Se me quedó mirando, aún furiosa, todavía incrédula.

—Eres un traidor, Lennox. Peor que un ladrón, peor que un cobarde. Has traicionado a tu pueblo. —Hizo ademán de marcharse, asqueada—. Solo porque te tengo… —Meneó la cabeza—. Solo porque te tenía un gran respeto, te daré ventaja. Tienes seis horas. Y luego Kawan lo sabrá. Tu madre, Inigo, todo el mundo. Sabrán que nos has dejado tirados sin motivo. Y cuando lleguemos —me miró fijamente a los ojos—, te consideraremos un enemigo más. Y permíteme que te lo recuerde una vez más: yo no fallo.

Pasó a mi lado, dejándome helado. En un instante, Blythe me había demostrado que era tan formidable como había supuesto desde el principio. Y como sabía de lo que era capaz, volví corriendo a mis dependencias; no tenía un segundo que perder.

Examiné todo lo que tenía. ¿Qué valía la pena llevarse? Cogí las plumas y las eché en la bolsa, junto con la capa de mi padre. Me colgué la espada a la cintura y cogí mi odre de agua vacío; no tenía tiempo de llenarlo. Me puse el cinto, que tenía el bolsillo lleno. Saqué el trozo de encaje y me lo enrollé en torno a la muñeca; ahora ya no tenía sentido esconderlo. Todo lo demás se convertiría en un recuerdo.

No podía arriesgarme a que me vieran por los pasillos, no sabía a quién podía encontrarme. Así pues, me colgué la bolsa del hombro y escapé tal como lo había hecho Annika: por la ventana.

ANNIKA

*E*l soldado Mamun era de confianza, pero resultaba pesado tenerlo siempre pegado a la espalda. Era incapaz de estarse quieto, así que no dejaba de sorberse la nariz y arrastrar los pies por el suelo. Tuve que recordarme a mí misma que, aunque no fuera el guardia más elegante de todos, por algún motivo había sido elegido personalmente por Palmer, así que cabía suponer que tenía alguna habilidad que los demás no tenían.

Aunque en realidad no parecía que necesitara vigilancia: cualquier intruso que quisiera llegar hasta mí tendría que superar primero el obstáculo que suponía Nickolas.

Mientras yo revisaba documentos, sentada a la mesa, mi prometido daba vueltas como un buitre, mirando hacia todos lados. Al menos sus pisadas eran constantes, rítmicas, y por lo tanto resultaba fácil no hacer caso. Pero aunque hubiera disfrutado de un silencio total no habría podido evitar tener la cabeza muy lejos de allí.

Tenía una sensación desagradable en el estómago, me preocupaba que algo estuviera yendo mal, peor aún de lo que ya estaban las cosas. No podía dejar de pensar en todo lo que había visto en ese libro.

La roca.

El símbolo.

El apellido.

Todo cuadraba. Y el hecho de que alguien hubiera sentido la necesidad de ocultar aquella historia hacía que resultara aún más convincente. Me sentía rota por dentro, debatiéndome entre la necesidad de cumplir con mi deber y la de satisfacer mis deseos. ¿Cómo me sentiría cediendo el reino? ¿Cómo sería entregarle ese libro a Lennox?

Me habría gustado verle la cara cuando se enterara.

No, ni siquiera eso.

Lo que quería era verle la cara, sin más.

Quería perderme en aquellos impresionantes ojos azules. Quería sentir sus labios junto a mi oreja. Quería pasarle los dedos por el cabello. Lo deseaba tanto que casi me dolía.

—¿Qué es lo que te hace sonreír?

—¿Qué? —Levanté la vista y me encontré con la mirada inquisidora de Nickolas.

—Estás sonriendo.

—Oh. Hum… —dije, girando la cara para que no me viera ruborizada—. Estaba… pensando en mi madre —mentí, rezando para que a ella no le importara que la usara como excusa—. Te parecerá tonto, pero a veces hablo con alguno de sus retratos. Hay uno grande en la otra ala. Aunque ella ya no esté aquí, para mí ha sido como una guía.

Él también sonrió, conmovido por mis palabras.

—¿Por qué iba a parecerme tonto? No me sorprende en absoluto que tengas ganas de hablar con ella, sea como sea. —Bajó la mirada al suelo y se cruzó de brazos—. ¿Quieres que ordene que traigan su retrato a este salón? Solo temporalmente, si lo prefieres. Todos se sentirán mejor sintiendo su presencia.

Ladeé la cabeza, pensativa.

—Es todo un detalle, Nickolas. Sí. ¿Quieres encargarte, por favor?

Se acercó, aún sonriendo, y me besó en la frente.

—¿No te estaba pidiendo que me asignaras alguna tarea? Me encargaré en cuanto pueda —dijo, pero luego acercó la boca a mi oído y bajó la voz—. No obstante, me gustaría esperar a que volviera Palmer. Este chico tan inquieto no me inspira demasiada confianza.

Por una vez daba la impresión de que estábamos de acuerdo.

Pero no importaba lo que yo pensara de Mamun. Porque en el momento en que la puerta se abrió de golpe, demostró su valía. En un abrir y cerrar de ojos se puso en acción, desenvainó la espada y apoyó la hoja en la garganta del intruso.

Pero el intruso no era más que un médico que cayó hacia atrás, cubriéndose la cabeza y gritando:

—¡Alto, alto! ¡Traigo noticias de su alteza real!

Me levanté de mi silla de un salto.

—¡Oh, doctor! Cuánto lo siento —dije, acercándome a la carrera y tendiéndole mi mano.

—Alteza —dijo, casi sin aliento, levantando la vista—. Su hermano está despierto.

Salí corriendo, dejándolo atrás, agarrándome las faldas para ir más rápido. Oí a Nickolas que me seguía por un lado, y a Mamun por el otro. Atravesamos los pasillos, giramos al llegar a la habitación de mi hermano y me encontré con que la puerta estaba abierta de par en par.

Tuve que parpadear para limpiarme las lágrimas y ver bien, pero Escalus estaba ahí, apoyado en almohadas, pálido y débil, pero perfectamente despierto.

—¡Ah! —grité de la emoción, y entré en la habitación para dejarme caer de rodillas junto a la cama, al tiempo que alargaba las manos para coger una de las suyas. Lloré varios minutos, y nadie se atrevió a interrumpirme.

Cuando recobré el aliento, me senté y me quedé mirando a mi querido hermano. Él me sonrió.

—Sigo aquí.

Me había oído. Había oído mi pregunta a través de mis sueños, oraciones y preocupaciones, y me había respondido.

—Tenía tanto miedo… —confesé—. No estaba preparada para que me dejaras.

Su débil sonrisa adquirió un tono levemente jocoso.

—Tendrían que hacer algo más para conseguirlo —respondió.

Solo a él se le ocurriría hacer bromas en un momento así.

—¿Te han puesto al día sobre la salud de papá? —pregunté en voz baja.

—Sí —asintió—. Por eso necesito hablar contigo. Di que nos dejen solos.

—Por supuesto.

Los médicos que estaban allí al lado lo oyeron, al igual que Nickolas y Noemi, pero nadie dio un solo paso hacia la puerta.

—Su alteza real les ha pedido que salgan de la habitación —dije, mirando a uno de los médicos jefe para que marcara el camino a los demás.

Noemi, siempre atenta, pasó a la acción.

—Vengan, caballeros. Si quieren esperar un momento en el pasillo, les traeré un té.

379

Abrió los brazos y los sacó con delicadeza de la habitación. Me giré hacia Escalus.

—¿Te duele? ¿Hay algo que pueda hacer?

En su rostro seguía aquella sonrisa fatigada. Negó con la cabeza y me apretó la mano. No me había dado cuenta de que aún no lo había soltado.

—Annika, los médicos me han contado cómo está papá. Creo que tenemos que prepararnos. Espero que, con lo terco que es, consiga aguantar, pero tal vez nos quedemos huérfanos muy pronto.

Aquella palabra… «Huérfana.» Siempre había pensado que era algo que solo podía aplicarse a los niños pequeños, pero aunque tengas cuarenta o cincuenta años, ¿no es siempre traumático quedarte sin tus padres?

Resopló con fuerzas.

—Tenemos muy poco tiempo para disfrutar de las personas que queremos, no deberíamos desperdiciarlo. Eso me lleva a la cuestión de la que necesito hablarte.

Me giré para mirarle más de frente, para que supiera que contaba con toda mi atención.

—Voy a casarme con Noemi —dijo, sin más preámbulos. En el momento en que las palabras salieron de sus labios afloró en ellos una sonrisa, una sonrisa de verdad; se le veía feliz de haber pronunciado por fin aquellas palabras en voz alta—. No me importa si papá no da su aprobación, ni si los nobles se oponen, ni si lo haces tú. No he querido a otra mujer, y no voy a pasarme el resto de mi vida con nadie que no sea ella. No me importa si el reino entero se derrumba a mi alrededor. Voy a casarme con Noemi en cuanto tenga las fuerzas necesarias para ponerme en pie.

En sus ojos había un brillo desafiante, y una vez más tuve envidia de él. ¿Cómo se sentiría dejar de preocuparse por fin?

No podía dejar de preocuparme.

Me preocupaba que la monarquía se disolviera en la nada. Me preocupaba que nuestro reino estuviera a punto de ser invadido y que no tuviéramos adónde ir. Me preocupaba que la invasión supusiera la muerte de todos nosotros. Y me preocupaba que el único modo de volver a ver a Lennox fuera sintiendo la punta de su espada contra mi cuerpo.

Escalus se había liberado de todo aquello y, al hacerlo, me había colgado a mí el lastre que se había quitado él. No podía negar que pesaba, pero tampoco iba a negar que estaba dispuesta a cargar con él por el bien de mi hermano.

—Te has enamorado de una plebeya —dije, apartando la mano—. He leído los libros suficientes como para saber que es un clásico de los cuentos de hadas.

—¿No estás enfadada?

Sonreí.

—Ella me hizo la misma pregunta.

—Un momento… ¿Noemi te hizo la misma pregunta?

—Sí. —Asentí—. Os pillé a los dos en el pasillo del fondo justo antes de que nos fuéramos a la Isla. He hecho todo lo posible para que pudiera quedarse aquí, a tu lado —añadí, sonriéndole—. Así que no, no estoy enfadada contigo ni te odio. Estoy triste, quizá. Decepcionada porque no me lo dijeras.

Él ladeó la cabeza.

—¿Y tú qué? ¿No tienes ningún secreto para mí?

—Uno —confesé, aunque con un tono juguetón en la voz—. Y resulta que es el mismo que el tuyo: yo también amo a alguien que no puedo tener.

—En primer lugar, yo no amo a alguien a quien no puedo tener —replicó, ingenioso como siempre, pese a estar débil y postrado en la cama—. Yo estaré con Noemi. Pase lo que pase, me casaré con ella. En segundo lugar, espero que no creas de verdad que estás enamorada de Rhett —dijo—. Él tampoco está enamorado de ti. Está… encaprichado, y quizá demasiado, diría yo, porque eres la única chica con la que ha hablado nunca. Además, tienes un gran encanto. Pero no se conoce lo suficientemente bien como para ser capaz de amar, así que no te dejes engañar.

Suspiré. Supuse que no era tan raro que supiera lo que sentía Rhett por mí. Escalus era muy observador. Además, de ningún modo podría contarle que en realidad estaba enamorada de Lennox…, así que no podía culparle demasiado por tener secretos.

—Muy bien —dije, poniéndome en pie y bajando la vista para que no pudiera leerme los ojos—. Ahora que estás despierto, ¿debo traspasarte los poderes de la regencia?

—No —respondió—. Estoy demasiado fatigado, y los médicos dicen que te las has apañado bien.

381

—¿Eso te han dicho?

Escalus asintió.

—Muy bien, Annika. Sabía que podías hacerlo.

Sonreí, feliz por sus elogios.

—Espero que papá mejore pronto y que podamos pasar página. —Me despedí con una reverencia—. Por cierto, manda a Noemi a hacer algún recado, para que la gente no sospeche enseguida. No se ha apartado del lado de tu cama desde que volvimos.

—Lo haré —dijo, sonriendo—. Gracias por ordenarle que se quedara.

Me encogí de hombros.

—Era lo menos que podía hacer. Y gracias.

—¿Por qué? —preguntó, confuso.

—Por seguir aquí, a mi lado.

Asintió, y en aquel simple movimiento vi todo su cansancio.

—Volveré más tarde. Ahora duerme.

Esperé a que respondiera, pero me pareció que había vuelto a dormirse. Me retiré sin hacer ruido, aliviada al pensar que mi hermano iba a recuperarse, aunque fuera lentamente.

En el pasillo, los médicos caminaban de un lado al otro, esperando con impaciencia poder volver con Escalus. Miré a Noemi, asentí, y ella suspiró, entendiendo que las cosas iban todo lo bien que podían ir.

Pasé junto a ellos, con una mezcla de sentimientos en mi interior. Me sentía contenta de seguir un poco más como regente, pero cansada de tantas preocupaciones... y celosa. Escalus y Noemi estaban muy enamorados.

Y yo...

—¿Va todo bien? —me preguntó Nickolas justo cuando llegaba a la esquina.

—No tengo ni idea —respondí en voz baja.

Entonces, sin aviso previo, me rodeó con sus brazos.

Fue una sorpresa. Nickolas siempre había sido todo orden, protocolo, disciplina. Mi rango marcaba las directrices, y aunque más de una vez había amenazado peligrosamente con cruzar la línea que yo había trazado entre los dos, nunca había llegado a rebasarla.

Salvo en ese momento.

Y lo había hecho del modo más agradable posible, así que no dije nada y dejé que me abrazara.

LENNOX

*C*abalgué sin parar. Cuando se puso el sol y me quedé sin luz, me orienté con las estrellas, yendo hacia el este y algo hacia el sur. Ya encontraría agua cuando llegara a Kadier. Y descanso cuando llegara con Annika. Todo lo demás era superfluo.

Avancé sin pensar en nada; lo único que me preocupaba era que alguien pudiera estar siguiéndome. Me imaginé que tendría al menos un día. Kawan no podría movilizar a mucha gente por la noche, con lo agotados y desmoralizados que estaban los soldados tras la batalla. Pero la que me daba miedo ahora era Blythe; quizá se dejara llevar por las ansias de venganza, y de ser así posiblemente también habría perdido a Inigo.

Crucé el campo donde había acampado el ejército la noche antes que hubiéramos robado los barcos en Stratfel. Pasé por el lugar donde había encontrado a Annika por primera vez y donde habíamos combatido. Y reduje el ritmo, avanzando al trote, cuando vi el palacio iluminado a lo lejos.

Ahí lo tenía. Estaba en Kadier. Estaba en Dahrain.

Tras todos aquellos años, después de toda aquella lucha, lo único que tenía que hacer era seguir cabalgando.

Paré un momento, mirando a mi alrededor por si veía algo, algún vestigio de un pasado lejano que llevara grabado en los huesos. No encontré nada.

El aire era diferente, menos salado que en Vosino. Era casi hasta dulce. Y los árboles estaban cargados de unas flores que no había visto nunca. Las casas junto a las que pasé eran pequeñas, pero estaban limpias y ordenadas. Y aunque todo aquello era muy bonito, no me resultaba en absoluto familiar.

Lo único que me dijo que aquello era mi hogar era aquella sensación de calidez en el vientre, algo que me decía que estaba exactamente donde debía estar.

Aunque la sensación era reconfortante, seguía sin saber cómo entrar en el palacio. Desmonté y caminé por las calles hasta que vi las puertas del palacio. Eran robustas, el marco era de piedra y la madera estaba chapada en oro. Estaban abiertas de par en par, pero había guardias a ambos lados, así que supuse que no podría entrar sin más. Me quedé allí de pie y suspiré, intentando pensar en un plan. Por supuesto, podía intentar colarme. Podía rebasar el muro si encontraba algún tramo en el que no hubiera guardias. O quizá podía ir a la parte trasera en busca de algún punto más vulnerable, o menos protegido.

Pero nada de todo aquello solucionaría mi mayor problema: una vez dentro, no sabría cómo encontrar a Annika.

—¿Te has perdido?

La pregunta me sorprendió, y al bajar la vista me encontré con un chico de unos doce años a mi lado. Tenía unos ojos grandes de mirada confiada, y se recolocó una gran bolsa que llevaba al hombro. Era demasiado pequeño para saber lo que significaba tener enemigos. Lástima que mis compañeros de armas fueran a arrebatarle la inocencia tan pronto.

—En cierto modo —respondí—, tengo un amigo en el palacio, pero no estoy invitado, así que no sé cómo entrar.

—Oh. ¿Y cómo se llama? Yo trabajo en los establos —me dijo—. Quizá yo también le conozca.

Me dieron ganas de decirle a ese pequeño curioso que en realidad no era un amigo, sino una amiga…, pero entonces se me ocurrió una idea.

—Pues se llama Palmer. Es soldado. —Repasé mentalmente todo lo que llevaba encima y me llevé la mano al cinto para sacar la navaja—. Esto es lo único que tengo que te puede servir de algo. Es tuya si consigues traerme a Palmer. ¿Podrías hacerlo?

El chico arrugó la nariz.

—Es el que desapareció, ¿verdad? ¿El que volvió todo magullado?

Asentí.

—Sí. He oído que vivió una buena aventura. ¿Tú crees que podrías decirle que saliera y traérmelo aquí?

El chico miró alrededor y luego señaló.

—Espera bajo ese árbol.

Salió corriendo, atravesando las puertas sin que los guardias le miraran siquiera. Llevé mi caballo hasta el árbol y esperé, observando las manzanas que crecían en las ramas sobre mi cabeza. ¿Así que así era la vida en este lugar? ¿Los árboles crecían sin que nadie se tuviera que preocupar de cuidarlos y la comida llegaba sola? Meneé la cabeza. Alargué la mano, cogí una manzana y se la di a mi caballo; me metí otra en la bolsa, para más tarde.

Al cabo de unos minutos empecé a inquietarme. ¿Y si no conseguía encontrar a Palmer? ¿Debía intentar colarme? ¿Cuánto tiempo debería que esperar antes de intentarlo?

A mi lado pasaron un anciano y su esposa. Ella llevaba un bastón, y con la otra mano iba cogida de su marido. Caminaban despacio, procedentes de quién sabe dónde y sin ninguna prisa por llegar a su destino. Tenían aspecto de sentirse seguros, de estar satisfechos. Los kadierianos tendrían muchos defectos, pero debí admitir que la gente común estaba bien atendida.

Atravesaron la puerta, y justo en ese momento vi salir a Palmer. Cuando sus ojos se cruzaron con los míos, sonrió.

—Me alegro mucho de que cambiaras de opinión —dijo, a modo de saludo—. Me temo que la monarquía no pasa por un buen momento, y necesitamos toda la ayuda que podamos obtener.

—Estoy aquí por Annika. Eso es todo.

Asintió.

—Bastará.

—Eso espero. Tengo que advertiros de que mi marcha puede haber acelerado lo que ya era una invasión inevitable.

Palmer asintió.

—Bueno, tal como dices, es inevitable. Al menos ahora estamos avisados, y contamos contigo.

Cogió las riendas del caballo y tiró de él. Juntos atravesamos las puertas del palacio. Mantuve la mirada gacha y la boca cerrada. No tenía ni idea de quién habría estado en la Isla, y no sabía si alguien, aparte de Annika, podría reconocerme. Nuestro querido Nickolas lo haría, desde luego, si se cruzaban nuestros caminos.

Palmer me llevó por un lateral del palacio, y vi que nos dirigíamos directamente a los establos. Annika había mencionado que solía entrenar allí, y sonreí al ver el pequeño espacio en que había tenido que practicar para adquirir destreza con la espada.

385

—Ya te dije que lo encontraría —dijo una voz.

Me giré y me encontré con el chico, que ya estaba manos a la obra, limpiando un cubículo.

—Es verdad. Y aquí tienes la recompensa prometida. —Le entregué mi navaja, algo triste por tener que separarme de ella—. Úsala bien.

—Grayson, por favor, ocúpate de este caballo —le pidió Palmer—. Y si alguien pregunta, he recibido una visita de mi pueblo. No digas nada más.

Grayson sonrió e insinuó una reverencia.

—Sí, señor.

Palmer sonrió y me llevó hacia el castillo.

—Es un buen chico. Su alteza real ayudó al último mozo de cuadras a conseguir un puesto en la biblioteca hace unos años. Rhett. Le cambió la vida. Me atrevo a decir que intentará hacer lo mismo con Grayson en algún momento.

Ah. Rhett. Ese era otro nombre que conocía. Palmer, Rhett, nuestro querido Nickolas y Escalus. Esos eran los hombres que ocupaban un lugar importante en la vida de Annika. Y podía decir que la mitad de ellos no me importaban lo más mínimo.

—¿Dónde está ahora Annika? —dije, sin poder contenerme—. ¿Tendrá una escolta personal, supongo?

Palmer asintió.

—He confiado en ti. Así que no me falles, Lennox. Ahora mismo todo se está viniendo abajo. Si el barco se hunde, confío en que tú la mantendrás a flote.

—Sí, claro —respondí—. Me va la vida en ello. Y la tuya. Y, pensándolo bien, la de todos los demás.

Me miró fijamente a los ojos, intentando ver si le estaba mintiendo. Pero no vio nada.

—Mantén la cabeza gacha y sígueme.

Seguí los pasos de Palmer por los pasillos y las escaleras de la parte trasera del palacio. De vez en cuando me atrevía a levantar la cabeza para observar algún cuadro o algún mueble, pero, por lo demás, le hice caso. Se paró en una esquina, extendiendo un brazo, y yo esperé.

—Vamos —dijo. Avanzó rápido, abrió una puerta y me metió dentro todo lo rápido que pudo—. Espera aquí. Nadie que no sea su alteza o yo mismo se atrevería a abrir la puerta sin llamar antes. Si oyes a alguien que no seamos nosotros, escóndete.

—Entendido.

Palmer salió de la habitación tan rápidamente como había entrado, y al girarme vi dónde estaba exactamente.

Oh.

Sus huellas estaban por toda la habitación. En el bordado a medio acabar que había junto a la ventana, en los libros amontonados al lado de la cama, en los cinco vestidos apoyados en el respaldo de un sofá, en los colores, las texturas y los olores de todo lo que había allí.

Por la ropa que había tirada por todas partes tuve claro que últimamente no tenía doncella; aunque no hacía frío en la habitación, decidí encenderle el fuego igualmente. Cuando prendió, me eché atrás y caminé por la estancia. Quizá debiera tener envidia por la vida de lujo que había llevado. Pero era más fácil alegrarse de que la chica que había amado desde que era niño hubiera crecido en un ambiente cómodo. Me acerqué a los pies de su cama, dejé caer la bolsa y alargué la mano para tocar la vaporosa tela que colgaba del dosel.

Mis manos estaban demasiado sucias para ese lugar.

—Estaré aquí, junto a la puerta, hasta el amanecer.

Me giré y me di cuenta de que era la voz de Palmer al otro lado de la puerta.

—Para entonces tendrá que darme instrucciones y decirme qué planea hacer.

—¿Planear? ¿Respecto a qué?

El corazón me dio un vuelco al oír el sonido de la voz de Annika. Metí la mano en mi bolsa a toda prisa.

—Ahora verá —dijo Palmer.

Abrió la puerta lo justo para que ella entrara, asegurándose de que nadie me viera accidentalmente. Vi el adorable rostro de Annika, que se miraba las manos, confundida, luego el fuego… y después me miró a mí.

Se quedó paralizada, sin poder articular palabra, y pese a que estaba en el otro lado de la habitación, pude verle las lágrimas en los ojos.

Le tiré la manzana y la atrapó al vuelo.

—¿Alguna vez dejarás de sorprenderme? —preguntó.

—Espero que no.

387

—Tengo mucho que contarte —susurró.

Negué con la cabeza.

—A menos que sea para decirme que me quieres mil veces seguidas, puede esperar.

Dejó caer la manzana, cruzó la habitación a la carrera y se me echó encima, haciéndome caer en la cama con ella en brazos.

ANNIKA

—¿ *C* ómo demonios has llegado hasta aquí? —le pregunté, mientras Lennox se echaba el cabello hacia atrás, con una sonrisa en el rostro.

—Hui. Al venir hasta aquí por mi cuenta, quizás haya acelerado los planes de invasión, pero no podía evitarlo. —Se giró a mirarme, con la cara apenas a unos centímetros de la mía—. No puedo estar en ningún sitio sin ti.

—Pues no lo hagas —susurré.

Se acercó, me hundió la mano en el cabello y tiró de mí para besarme.

Era como si no hubiera pasado ni un segundo desde el momento en que nos abrazábamos en aquella cueva oscura. No había lugar para secretos, para preocupaciones, para disculpas. No había nada más que la absolutamente perfecta sensación de ser reconocida finalmente por lo que era.

Cambié de posición, situándome sobre él. Mi cabello le caía sobre el rostro. Y al cabo de un momento dejó de besarme para levantar la mano y pasarme unos ásperos dedos por el pómulo, por el nacimiento del cabello, por la barbilla. Me tocó como si pensara que me iba a romper, como si tuviera miedo de que aquel momento acabara de pronto.

—No puedo creerme que estés aquí de verdad. Lo he deseado tanto…

—Yo también —dijo él, después de tragar saliva. Había algo triste en sus ojos, pero desapareció enseguida, y volvió a sonreír—. He oído que eres regente.

Levanté la cabeza apoyándome en el codo.

—Los rumores son ciertos.

—Debo decir que el liderazgo te sienta muy bien —dijo él, sonriendo—; estás radiante —añadió, enrollándose un mechón de mi cabello en torno al dedo. Empezaba a pensar que era una de las cosas que más le gustaba hacer—. Mi Annika, prácticamente reina. ¿Debo ponerme en pie y hacer una reverencia?

Estaba flirteando, jugando conmigo. Me daba cuenta. Pero eso me llevó enseguida de vuelta a la realidad.

Iba a tener que decirle lo que había descubierto, ¿no? Porque por mucho que amara mi reino, y por mucho que estuviera dispuesta a sacrificarme por mi familia, no podía quedarme con algo que sabía que no me pertenecía.

Pero esperaría..., al menos a que pasara la noche.

Negué con la cabeza.

—Aunque sería lo correcto, ¿tú crees que ahora mismo te soltaría para que lo hicieras?

Al oír aquello sonrió. Parecía increíblemente relajado, aunque en el fondo debía de estar asustado. Había dejado atrás todo lo que conocía, estaba en territorio enemigo y podrían pillarlo en cualquier momento. Como si leyera mis pensamientos, de pronto se puso serio.

—Estoy seguro de que Palmer te habrá contado lo que ha sucedido.

—Solo que corro peligro, y que parece que hay alguien en el palacio compinchado con Kawan.

Asintió.

—Descubriré quién está detrás de todo esto.

Volví a pasarle los dedos por la cara. Era tan tan guapo...

—Ven aquí. —Me puse en pie y lo llevé hacia el lavabo de la esquina.

Le eché agua sobre sus fatigadas manos y se las lavé con las mías. Mojé el trapo que había al lado y lo usé para borrar los rastros de la larga noche que había pasado cabalgando por el bosque. Sentí sus ojos en mí mientras intentaba concentrarme en la tarea. Era algo a lo que podría llegar a acostumbrarme, estar cerca de él. Horas, días, una vida..., todo sería poco.

—Nos encontramos en una situación complicada —le dije.

—¿Cuál?

No podía mirarle a los ojos, pero estaba segura de que me había visto sonreír.

—Como regente, considero que no puedo perderte de vista, teniendo en cuenta que supones una amenaza para la seguridad de mi reino, y todo eso.

Frunció los labios, pensativo.

—Tienes razón. Soy muy peligroso. Quizá lo mejor sea que me tengas vigilado tú personalmente.

—En realidad, es mi deber. No puedo eximirme.

—Qué dedicación. Admirable.

Di un paso atrás y le miré por fin a la cara. Aquellos ojos eran realmente peligrosos. Lennox se soltó la capa y la tiró, con la casaca, sobre el respaldo de una butaca. Echó a caminar por la habitación, soplando velas para apagarlas mientras yo me subía a la cama sin poder apartar la vista de él. En mi habitación, parecía sentirse como en casa, y yo habría accedido encantada a tenerlo allí dentro para siempre.

Me metí en la cama. No me había sentido más segura desde el día en que había abandonado la cueva. Oí a Lennox echando leña al fuego, atizándolo y colocando la reja para evitar que saltaran pavesas. Y aunque me pesaban los párpados, reaccioné al sentir su presencia. Sentí el latido de su corazón contra mi espalda, la seguridad de su brazo rodeándome la cintura. Encajó la nariz contra mi cuello, respirando hondo y despacio.

—¿Lennox? —susurré.

—¿Sí?

—Prométeme que estarás aquí cuando me despierte. No desaparezcas.

Me besó justo detrás de la oreja.

—Te conocí cuando éramos niños. Te encontré cuando huiste. Te abracé en medio de un huracán. Nada puede separarme de ti.

Parecía tan seguro que le creí. Y por fin dormí con un sueño profundo.

LENNOX

*P*or fin dormí con un sueño profundo. No fue difícil con Annika a un latido de distancia. Durante la noche se había girado, y ahora tenía delante el rostro más angelical de la historia, con su mejilla apoyada en mi brazo. Sentía su piel caliente y, sobre todo, que estaba viva, lo que me daba una tranquilidad que no había tenido desde la noche en que habíamos dormido juntos en la cueva.

A decir verdad, también tenía una cama magnífica, y pensaba seguir durmiendo en ella cuando...

¿Cuando qué? ¿Realmente iba a intentar conquistar su reino?

Respiró hondo, aún dormida. En la cueva también lo había hecho, lo recordaba. Me gustaba ver cómo el cabello se le enredaba por encima de la cabeza, formando volutas de oro. Cuando miraba a Annika se me ocurría que había echado a perder todo mi talento con la espada. Tendría que haberla cambiado por un pincel. Debería haber aprendido a plasmar aquel rostro en un lienzo para que todo el mundo lo viera. No tenían ni idea de lo que se estaban perdiendo.

Apareció una arruguita entre sus cejas y se acurrucó más cerca, pegando las rodillas a mi vientre, apoyando la cabeza en mi pecho, cruzando las manos con las mías. ¿Cómo podía ser que una persona tan menuda tuviera una presencia tan enorme?

Inspiró con fuerza y supe que se estaba despertando. Sonreí, feliz de saber ya eso de ella, y me pregunté cuántos de sus pequeños gestos habituales podría llegar a aprender en toda una vida.

—Estás aquí —dijo, medio dormida.

—Te dije que estaría aquí. He hecho muchas cosas terribles, Annika, pero nunca te he mentido.

Ella levantó la vista, y en su dulce rostro adormilado apareció una sonrisa.

—Es cierto.

—No sé cuándo necesitas iniciar la jornada, pero desde luego no pensaba despertarte.

Ella levantó la cabeza, con el cabello enredado y el camisón arrugado.

—La verdad es que nunca paro, así que el día no tiene principio ni fin.

—Oh —dije, rodeándole la cintura con el brazo—. Entonces te puedes quedar.

Tiré suavemente de ella, y volvió a caer entre mis brazos con una risita. Si hubiera hecho algo más de ruido, quizá no hubiéramos oído la discusión al otro lado de la puerta.

—Lo siento, señor. Su alteza aún no está despierta. —La voz de Palmer resonó con toda claridad, y Annika y yo levantamos la cabeza como un resorte.

—Voy a ver a mi novia en este mismo momento —respondió alguien. Y si no era yo quien decía eso, solo podía ser nuestro querido Nickolas el que estaba ahí fuera.

—¡Debajo de la cama! —me susurró Annika con urgencia.

Salté de la cama y me metí debajo. No podía ver demasiado por culpa de la cantidad de volantes que colgaban de los lados, pero esperaba que eso también evitara que me vieran. Allí abajo no había ni una mota de polvo. Hasta las esquinas estaban impecables. Y cuando levanté la vista, vi dos ganchos estratégicamente colgados de la estructura de la cama que sostenían su espada. Sonreí, casi complacido. Ahora Annika tenía ocultos todos sus secretos en el mismo sitio.

Vi caer el vestido de Annika al suelo desordenadamente y luego el borde de su bata mientras se la ponía.

—¡Ah! —exclamó de pronto, y un segundo más tarde me encontré con mi bolsa, mi casaca y mi capa en la cara.

Lo agarré todo bien y me situé en el centro del espacio bajo la cama. Un segundo más tarde me deslizó la espada por el suelo y también la agarré, desenvainándola en parte, para estar listo por si las cosas se complicaban.

—Por favor, señor. Su alteza ha estado trabajando muy duro estos últimos días. Usted, más que nadie, debería preocuparse por su bienestar —insistió Palmer.

Aquel hombre me gustaba cada vez más.

—¿Cómo te atreves? ¿Tienes idea…?

—Puede dejarle pasar, Palmer —dijo Annika, poniendo fin a la discusión.

Oí que la puerta se abría y unos pasos entrando en la habitación.

—Perdóneme, alteza. No pretendía despertarla —dijo Palmer.

—No hay problema —respondió. Su voz adoptó un tono frío muy diferente al de la chica que yo conocía; pero no me resultaba del todo extraño, ya la había oído hablar así cuando la apresamos y nos la llevamos a Vosino.

—Cuando haya acabado su audiencia con el duque, tengo un paquete para usted. Me han dado instrucciones para que se lo dé en privado.

—Gracias. Enseguida me ocuparé de eso.

Oí solo par de pasos moviéndose por la habitación. Estiré la cabeza y cerré los ojos, intentando suavizar la respiración. Si por algún motivo me descubrían, tendría que estar listo para luchar.

Nuestro querido Nickolas soltó un bufido.

—Hay una manzana en el suelo.

Percibía la rabia de Annika en su silencio; soltó aire en un largo suspiro.

—Agradezco tu preocupación, Nickolas, pero preferiría que no me despertaran con gritos al otro lado de mi puerta.

—Los gritos han sido por culpa de ese guardia insolente —replicó, sin alterarse—. Yo no tenía ninguna intención de levantar la voz hasta que me ha negado la entrada.

Oí los pasos de los pies desnudos de Annika al acercarse al lavabo.

—Palmer solo intenta protegerme, no podemos echárselo en cara.

—¿Protegerte de qué? —preguntó—. No me ha dado ninguna pista de qué se supone que debemos buscar. ¿Cómo puedo protegerte si no lo sé? ¿Por qué tienes tantos secretos últimamente? Amenazas desconocidas. Paquetes extraños. ¿Hay algo más que yo no sepa?

Se le escapó una risa que intentó disimular enseguida con un ataque de tos. Por mi parte, tuve que morderme los labios para contenerme.

«Ah, Nickolas, eres un idiota.»

—Lamento decepcionarte —dijo—, pero siempre habrá cosas que no puedes saber. Mi vida es así, por naturaleza.

«Bien por mi chica.»

Se hizo otro silencio tenso.

—Entonces, ¿debo ocultarte lo que sé? ¿Es así como se comporta una pareja casada? —preguntó Nickolas, manteniendo la compostura en todo momento.

«Entonces, ¿tengo que matarte? Sigue hablando así y verás...»

—Quiero pedirte que te plantees por qué esta rabia infundada. Eso suena muy parecido a una amenaza, y te recuerdo que eres súbdito mío. Quizá te plantee problemas la naturaleza de mis responsabilidades, pero mi posición merece cierto respeto.

—Yo... ¿Por qué buscas siempre pelearte conmigo, Annika?

Aquella acusación me hizo poner los ojos en blanco. Si alguien estaba buscando pelea, era él.

—He venido a decirte algo urgente —añadió—. ¿Me regañas por aparecer, me mantienes a distancia y luego me haces de menos? ¿Qué hombre toleraría que lo trataran así?

«En primer lugar, estás tergiversando toda esta situación. Y en segundo lugar, si me dieran la ocasión, yo me pondría de rodillas ante Annika Vedette cada mañana de mi vida.»

—Nadie lo haría —insistió, respondiendo él mismo a su patética pregunta—. Con todo lo que está pasando, con los problemas que sufre esta monarquía, ¿qué pasaría si yo me fuera, Annika?

«Yo, personalmente, organizaría una fiesta. Solo que ahora mismo no dispongo de los fondos necesarios.»

—Nickolas, no eres bienvenido en mis aposentos, ni privados ni profesionales. No te presentes ante mí otra vez a menos que hayas sido invitado.

—¡¿Qué?!

«¡Sí!»

—Puedes retirarte —le ordenó—. Y en cuanto a lo que podría ocurrir si no me caso contigo... Me casaré con otro. Con alguien que me quiera, con alguien que quiera estar conmigo realmente.

«Alguien convenientemente escondido bajo su cama.»

Cuando Nickolas respondió, en su voz percibí frialdad:

—Nadie podría quererte más que yo.

La oí suspirar mientras él se alejaba, y luego la puerta se cerró.

—Es increíblemente manipulador —dije, asomando la cabeza por debajo de la cama.

—¿Lo es? —preguntó ella, con la mirada aún puesta en la puerta—. A veces me pregunto si no me estaré dejando llevar por las emociones. Al fin y al cabo, ambos nos hemos visto involucrados en esto casi sin querer.

—No. Has estado perfecta —insistí, pero ella seguía sin mirarme—. ¿Quieres que lo mate?

—No —respondió, con un suspiro, cruzando los brazos.

Resoplé, fingiéndome contrariado.

—Bueno, ¿puedo matarlo igualmente?

—¡No! —insistió, girándose por fin a mirarme.

Sonreí, mostrándole que en principio no quería hacerle daño a Nickolas, y la vi relajarse por fin. Mi Annika había vuelto.

—Hoy estás muy animado —comentó.

—He pasado la noche entre los brazos de la mujer que amo. ¿Cómo no iba a estar animado?

Sonrió complacida y meneó la cabeza. Volvieron a llamar a la puerta, y yo me metí rápidamente bajo la cama.

—Adelante.

—Soy yo —anunció Palmer, y volví a asomar la cabeza, aliviado—. Alteza, lo siento muchísimo. He intentado hacerme oír para darle tiempo. Tengo esto para Lennox —dijo, deslizando un paquete por el suelo hasta la cama—. He intentado adivinar cuál puede ser su plan, alteza. Si me equivoco, puedo devolver estas cosas.

Salí de debajo de la cama y abrí el paquete. En el interior había unas ropas idénticas a las que llevaba Palmer.

—Has adivinado bien. Por supuesto, depende de Lennox.

Entendía que yo tendría mis reservas, pero sabía que no había un modo mejor de estar a su lado. Solo Annika, Palmer y Nickolas me habían visto la cara. Los dos primeros eran aliados, y al tercero lo acababa de echar, así que podría ser todo lo anónimo que cabía esperar. Además, a estas alturas, Blythe ya habría ido a hablar con Kawan, y todos estaríamos en peligro. Tenía que permanecer junto a Annika pasara lo que pasara.

—¿Qué dices? —preguntó Palmer—. ¿Te lo pondrás?

Levanté la vista desde el suelo y lo miré.

—Con mucho gusto.

ANNIKA

¿*P*or qué me sentía tan poderosa cuando Lennox estaba a mi lado? Me daba cuenta de que erguía más la cabeza y caminaba con más seguridad. Casi me habría gustado cruzarme con alguien para ver qué ocurría. Me giré a mirar por encima del hombro y me henchí de orgullo al ver lo guapo que estaba con su uniforme.

Quizás estuviera también algo emocionada por poder moverme por ahí, a la luz del día, con él a mi lado. Era algo tan inimaginable que no habría podido ni soñarlo. Pero ahí estaba. Era real. Estaba sucediendo. Sucediéndome a mí.

Giré la esquina para ir a la habitación de mi hermano y me lo encontré de nuevo sentado en la cama, cosa que me daba esperanzas. Incluso tenía más color en el rostro. Muy pronto sería el de antes.

—¿Qué tenemos aquí? —preguntó al verme, observando la cesta que llevaba en la mano.

—Bordado —dije, levantando la cesta con orgullo—. Pensé que estarías aburridísimo al no tener nada que hacer en la cama, así que he traído esto.

Le pasé un bastidor con una tela ya tensada y un puñado de hilos de sus colores favoritos.

—Noemi, ¿me harías el favor de enhebrarme una aguja? —preguntó—. Esta mano aún no me responde del todo bien.

—Por supuesto, alteza —dijo ella.

Se acercó, y nuestros ojos se cruzaron. Parecía más contenta, más tranquila. Me pregunté si sería por los días que había podido pasar junto a la persona que amaba sin tener que esconderse, porque en mi caso aquello estaba teniendo un efecto de lo más positivo.

—Tenemos mucho de lo que hablar —dijo Escalus, observando las manos de Noemi en acción.

—Desde luego —respondí yo.

—En primer lugar, ¿tú…?

Miré a Escalus y vi que miraba a Lennox, que seguía de pie justo detrás de mí.

—¿Le importaría dejarnos solos, soldado? —preguntó Escalus.

—He recibido instrucciones directas del oficial Palmer de permanecer en todo momento junto a su alteza —respondió Lennox con decisión.

—No te preocupes —dijo Escalus, sonriendo—. Pese a lo débil que estoy, si hubiera que protegerla reaccionaría aún más rápido que tú.

Lennox miró a mi hermano —a fondo— y asintió.

—Entonces veo que tenemos los mismos objetivos. —Bajó la cabeza a modo de reverencia y se retiró unos pasos, situándose junto a la pared más cercana.

—Este me gusta —murmuró Escalus—. No le preocupan demasiado las formalidades.

—Creo que es nuevo. ¿Cuál era tu primera pregunta? —dije, mientras acababa de enhebrar mi aguja y me ponía manos a la obra.

398

—¿Has oído algo sobre nuestro padre esta mañana?

—No —dije, negando con la cabeza—, pero pensaba ir a verlo luego. He venido a verte a ti nada más levantarme.

—Eso explica lo de tu pelo —bromeó Escalus.

Levanté la mano y me lo toqué.

—¿Qué le pasa a mi pelo? ¡Me lo he cepillado!

—Déjelo, alteza —dijo Noemi, con una risita—. Está preciosa. Su pobre hermano no sabe nada sobre el cabello de las damas.

—Tonterías —protestó él—. El tuyo hoy me gusta mucho.

Ella sonrió y apartó la mirada.

—Aquí está —dijo, entregándole la aguja.

Escalus cogió el bastidor y se puso manos a la obra… muy despacio.

—¿Has escogido fecha para la boda? —preguntó de pronto.

Tragué saliva. No me gustaba hablar de los detalles de la boda con Lennox tan cerca.

—No exactamente. Ni siquiera estoy… —Meneé la cabeza—. Estábamos esperándoos a papá y a ti. No estaba segura de que las cosas fueran a ir bien, y que pudiéramos celebrarlo. Y si las cosas se torcían, habría que retrasarlo. Todo el mundo sabe que la situación puede cambiar en cualquier momento.

Escalus asintió.

—Entonces…, ¿puedo pedirte un favor?

Contuve la risa.

—Tú eres el heredero de la corona, Escalus. Soy yo la que debería pedirte favores a ti.

—Da igual. ¿Puedo pedírtelo?

Bajé mi bordado.

—Pide.

—¿Te importaría cancelar ese plan por completo para que yo me pueda casar antes?

Arrugué la nariz un momento, intentando asimilar aquella petición.

—Ya te dije que quería casarme en cuanto tuviera fuerzas para ponerme en pie, y lo decía de verdad.

La conexión con Lennox era tal que noté la expresión de asombro y alivio en su rostro pese a la distancia.

—Da la impresión de que quieres hacerlo antes de que papá se despierte, para que no ponga obstáculos.

Escalus me miró, y luego miró a Noemi.

—Es demasiado lista.

—Siempre lo ha sido —comentó ella.

—No lo sé —respondió él—. Hubo una vez en que casi me arranca el brazo de cuajo.

—¡Fue un rasguño! —protesté—. ¡Y fue un accidente!

Se rio un poco, lo que le hizo toser, y al instante Noemi y yo nos tensamos. Escalus se llevó la mano al pecho y respiró hondo varias veces, bajando la vista.

—Estoy bien —dijo.

Pero el sudor que le caía por la sien me indicaba que no estaba tan bien como decía. Estaría más fuerte que el día anterior, pero desde luego aún no se encontraba recuperado.

—Lo que pasa es lo siguiente, Annika. Si espero y le pasa algo a papá, los nobles moverán ficha y me harán lo que te hicieron a ti. Noemi y yo nos veremos obligados a separarnos… —Tragó saliva—. Yo siempre he admirado lo mucho que estás dispuesta a sacrificar por Kadier. De verdad, estoy impresionado. Pero quizá yo sea demasiado egoísta, porque no voy a hacerlo. No voy a casarme con una extraña por Kadier, ni por papá, ni siquiera por ti.

Solo pude pensar: «Por lo que sabemos, ninguno de los dos tendrá que casarse por el bien de Kadier. Puede que Kadier ya no exista dentro de unas semanas… o quizá dentro de unos días».

Pero algo en mi interior me decía que no perdiera la esperanza.

—Lo entiendo perfectamente —dije, dejando la costura—. Noemi, has sido como mi hermana toda la vida. Me alegraré de que lo seas también sobre el papel. —La miré, sonriendo, esperando que se diera cuenta de que lo decía de verdad.

Noemi y Escalus intercambiaron una mirada de felicidad y enseguida apartaron la cara.

—Pero, Escalus, ¿quién dice que tienes que estar en pie? ¿Quién dice que tienes que celebrar una gran recepción? Dame tiempo hasta mañana y me encargaré de que os caséis.

Los dos me miraron, atónitos.

—¿Cómo…?

—Lo único que necesitamos es un cura que esté dispuesto a hacerlo, y aunque tenga que traer uno de Cadaad, lo conseguiré. Así que hoy descansa, porque mañana os casáis.

Escalus estaba algo pálido, así que las lágrimas de sus ojos parecían más de pena que de felicidad. Pero alargó la mano para tocarme la mano y me agarró con fuerza.

—Gracias —susurró.

—Os dejo. Tengo mucho que hacer. He de planear una boda, retrasar otra, un país que gobernar… Eso es mucho para un solo día.

—Entendido —dijo Escalus.

Me puse en pie y le pasé el bastidor de bordar a Noemi.

—Ni siquiera he empezado, y estoy segura de que a ti también te irá bien tener algo con que pasar el tiempo.

—Gracias.

Me despedí inclinando la cabeza ante mi hermano y di media vuelta. No me hizo falta girarme para saber que Lennox estaba justo detrás de mí. Conocía el sonido de sus pasos, reconocía su respiración. Me siguió por el pasillo hasta que llegamos a una puerta con dos guardias a cada lado. Bajaron la cabeza al verme y uno alargó el brazo para girar el pomo. Entré en la habitación de mi padre y oí cómo resonaban mis pasos. Allí dentro el ambiente era diferente, lúgubre.

Miré hacia atrás, y vi que Lennox tenía los ojos fijos en mi padre. Tragó saliva, horrorizado por lo que vio. No podía culparle.

Saludé a los médicos con un movimiento de la cabeza y crucé la habitación, situándome al borde de la cama. Todos tuvieron la amabilidad de retirarse un poco mientras le hablaba al oído en voz baja.

—No sé si puedes oírme —le susurré—, pero creo que me estoy quedando sin tiempo para perdonarte. Quería que supieras que no te guardo ningún rencor. Entiendo lo que se puede hacer por amor. Y comprendo lo que se puede hacer por efecto del duelo. Porque el duelo no es más que amor sin nadie que esté ahí para recibirlo.

—¿Ves ese chico detrás de mí? Lo quiero. Lo quiero tanto que correría riesgos por él. Y si lo pierdo…, las cosas que podría hacer serían aún más peligrosas.

»Así que no estoy enfadada por que nos hayas exigido tanto. No estoy enfadada por que hayas intentado dirigir cada paso de mi vida. Sé que, a tu manera, intentabas proteger lo que te quedaba. Tienes mi perdón por todo lo que ha pasado entre nosotros.

Respiré hondo, sabiendo lo que se me venía encima.

—Y confío en que me perdones por lo que voy a hacer ahora.   401

LENNOX

Aunque no tenía problema en escuchar las conversaciones con su hermano, hacerlo en la habitación de su padre me parecía inapropiado. Mantuve la distancia, dejándole que dijera lo que necesitara decir. No tenía valor para decírselo, pero, después de ver todas aquellas muertes al regresar de la Isla, podía ver la verdad a un kilómetro de distancia.

Ese hombre no iba a despertarse.

Aun así, no tenía ninguna intención de robarle sus esperanzas. En lugar de pensar en eso, me concentré por enésima vez en intentar descubrir la identidad del informador de Kawan. Eran muchos los que habían ido a la Isla, y cualquiera de ellos habría podido estar con Kawan.

Odiaba decirlo, pero todas mis sospechas apuntaban a Nickolas. Le hablaba siempre con un tono condescendiente, y manipulaba todas sus conversaciones para que pareciera que todas sus discusiones eran por culpa de ella, no de él. Quizás eso no fuera suficiente para sospechar de él, pero ¿adónde podía mirar si no? Nickolas había estado en la Isla. Si le hubiera revelado su relación con Annika a Kawan, por su proximidad no había nadie en mejor posición que él...

Pero había que considerar el pequeño detalle de que yo le odiaba, y eso podría interpretarse como un sesgo a la hora de juzgarlo.

Observé que Annika se agachaba y besaba a su padre en la frente, a pesar de que la piel del rey tenía un tono verdoso. Noté lo débil que era su respiración.

Ese era el hombre que había ordenado la muerte de mi padre, que había enviado su cadáver decapitado al bosque, sin preocuparse de dónde pudiera acabar.

Pero también era la persona que había creado a Annika. Había criado a una hija decidida y amable, fuerte y compasiva. Después de todo, era incapaz de odiarle.

De modo que, aunque él no pudiera verlo, me despedí con una reverencia.

Annika se puso en pie y se giró. Vi que tenía los ojos llenos de lágrimas. Salió de la habitación y, para cuando me di cuenta de que había dejado de caminar, ya estaba a su lado.

—No va a sobrevivir, ¿verdad? —me preguntó.

Suspiré.

—De momento hay que esperar a ver qué pasa. Y tú tienes que seguir gobernando; es lo que querría que hicieras.

Annika levantó la cara y me miró a los ojos. Su tristeza tenía numerosas capas; daba la impresión de que no era solo la posible muerte de su padre, sino también el tener que cargar con el peso de todo un reino. Cuando me miraba así, me daban ganas de cogerla en brazos y salir corriendo, sacarla de allí e ir hasta algún lugar donde pudiéramos vivir una vida tranquila juntos.

Si habíamos podido sobrevivir en la cueva, viviríamos estupendamente en el campo.

Pasó un momento y por fin asintió.

—Sígueme.

Lo hice, siempre dos pasos por detrás, recorriendo el palacio. Pasamos por un gran salón tras otro, algunos de ellos con grandes estancias contiguas llenas de piezas doradas. Había pinturas, muebles elegantes y estatuas por todas partes. Nos cruzamos con criados que iban en todas direcciones, con guardias que montaban guardia en cada esquina y, entre todos ellos, con nobles que se paseaban con sus pelucas empolvadas y sus casacas de seda.

Habría podido despreciar a toda aquella gente, de no ser porque daba la sensación de que todos adoraban a Annika. Cada dama con la que se cruzaba la saludaba con grandes reverencias, y eran muchos los que le preguntaban por su salud. Supuse que no tenían ni idea del estado en que se encontraba su rey en ese preciso momento, porque nadie hablaba de ello.

Una parte de mí se preguntaba: «¿Cómo puede ser que le tengan tanto cariño?».

Pero otra parte de mí, más grande, se preguntaba: «¿Cómo no iban a tenérselo?».

403

A medida que avanzábamos, el murmullo de las conversaciones y el ajetreo fueron disminuyendo. Por fin nos paramos frente a dos altas puertas, y Annika se giró hacia mí, indicándome la sala que tenía a su espalda.

—Esta es nuestra biblioteca. Ha sido un refugio para mí toda la vida.

Sonreí, pensando en mi princesa y en todos sus rincones secretos.

—¿Puedo enseñarte algo?

Asentí y la seguí. Ella abrió las dos puertas. Yo no sabía qué esperarme, pero desde luego aquello superaba todas mis expectativas. Había estantes hasta tan arriba que algunos tenían escaleras con guías para subir, y la cantidad de libros que había allí dentro era impresionante. Yo sabía escribir, y sabía leer..., pero hacía mucho tiempo que no podía disfrutar del placer de perderme en las páginas de un libro.

—¿Otra vez aquí? ¿No tienes un reino que gobernar?

Me giré para ver quién era el que saludaba a Annika con tanta desenvoltura, y me encontré con un chico de cabello rizado y una gran sonrisa en el rostro, sentado junto a una gran mesa.

—El reino puede esperar unos minutos. Necesito comprobar una cosa. Ya ves que traigo a mi propio guardia, así que me las arreglo sola, no te preocupes.

—¿Estás segura? —preguntó, aparentemente ofendido por lo rápido que se lo había quitado de encima—. Por lo que dice el oficial Palmer, da la impresión de que cuanta más gente tengas alrededor, mejor.

Annika sonrió, adoptando una expresión serena y diplomática que seguro que había ensayado miles de veces.

—Él se las arregla bien solo. Y tengo un poco de prisa. Tal como has dicho, tengo un reino que gobernar. No será más que un momento.

Sin esperar a que le respondiera, Annika se dirigió hacia lo que buscaba. No me molesté en mirar al chico al pasar a su lado; no iba a participar en el juego que parecía querer iniciar.

Llegamos junto a un estante con decenas de libros encadenados a la madera, y Annika sacó uno y lo hojeó rápidamente.

—¿Ese quién es?

—Rhett —respondió ella.

—Me gusta casi tan poco como Nickolas.

Ella sonrió —esta vez de corazón— y se giró hacia mí, hablándome con un susurro muy sugerente:

—No podemos enfadarnos mucho con Rhett. Gracias a sus enseñanzas, una vez conseguí escapar de las garras de un hombre muy peligroso.

—¿Ah, sí?

Asintió.

—Y le estoy muy agradecida. De no haber escapado ese día, no habría podido darle a ese hombre tan peligroso el extraordinario regalo que voy a hacerle ahora mismo.

Ladeé la cabeza y la miré con escepticismo.

—¿Y qué regalo es ese?

—Un vistazo a su árbol genealógico —dijo, pasándome el libro abierto.

Bajé la vista y observé la página que tenía delante, intentando entender lo que estaba viendo. En lo alto de la página estaba el símbolo que llevaba bordado la capa de mi padre, que por lo que se veía era un escudo de armas. Y debajo había un apellido que se parecía sospechosamente al mío.

Antes de que supiera qué estaba sucediendo, me encontré conteniendo las lágrimas.

—Annika… Annika, ¿esto qué es?

—Es un libro de mitología —dijo, con tono de disculpa. Alargó la mano, tocando la cadena de latón que lo tenía agarrado a la estantería—. No es la primera biblioteca con volúmenes encadenados que veo. También los hay en un monasterio de Nalk y en el palacio de Kialand. Guardan así los libros más valiosos, para que nadie se los lleve. Pero he empezado a preguntarme si estos libros los habrán dejado justo aquí, a la vista, para que el bibliotecario pueda saber quién los lee exactamente, evitando al mismo tiempo que alguien se los pueda llevar para enseñárselos a otros.

Apenas podía asimilar lo que decía; aún estaba pensando en el emblema, en el apellido.

Annika suspiró y siguió adelante:

—Es curioso que, de todo lo que tenemos aquí, alguien en este castillo decidiera que los libros de mitología eran los que había que

405

encadenar. Lo que pasa es que todo lo que contiene este libro me parece una serie de hechos hábilmente escondidos. Nombres, fechas, escudos... Pero esto —dijo, señalando la parte superior de la página— es lo más sorprendente de todo.

—Imagino. Eso desde luego es mi apellido —observé, respirando hondo.

—No, Lennox. Mira aquí.

Su fino dedo señaló una palabra que había junto a mi apellido olvidado.

Jefe.

De repente, los límites de la sala se volvieron difusos y me costaba tragar saliva.

—Esto explica que Kawan estuviera encantado de haber encontrado a tu padre —dijo, en voz baja—. También explica por qué no quiere que ninguno de vosotros sepa más sobre vuestra historia. Puede que sea el único que sabe quién eres realmente. También es muy probable que ese sea el motivo por el que no te quiere perder de vista. Si alguien más supiera la verdad y descubriera que ha intentado atentar contra ti, bueno..., eso no le dejaría en muy buen lugar. Al fin y al cabo eres su soberano.

La sala se movía bajo mis pies y noté que perdía el equilibrio. Me agarré a la estantería para no caerme. Respiré hondo varias veces seguidas. La cabeza dejó de darme vueltas, pero tenía la mente disparada.

—¿Soberano?

Asintió.

—Yo creo que tus ancestros fueron coronados por los otros seis clanes. Creo que los otros jefes renunciaron a su título para nombrar rey a tu antepasado. Bueno —se corrigió—, la mayoría, al menos.

—¿Y eso qué significa? —pregunté, intentando conciliar la idea de que llevaba sangre real en las venas con el hecho de que me había pasado la vida durmiendo sobre mantas raídas.

—Significa que si alguien tenía derecho a reclamar la corona a mi padre, era tu padre. Significa que si alguien tiene derecho a quitarme mi posición, eres tú.

Levanté la vista y la miré. Seguía viéndolo todo borroso, pero ella tenía los ojos secos y mantenía la templanza, incluso al decirme que su reino debería ser mío.

—Tú lo dejaste todo para venir a defenderme. Y por ese motivo precisamente puede que muy pronto venga un ejército a atacarnos. Quería que supieras la verdad antes de que ocurriera algo así. Cuando tengas que tomar una decisión, no te juzgaré, tomes la que tomes.

Tenía un nudo en la garganta que me estaba ahogando.

—Escojo...

Pero antes de que pudiera acabar ella me puso una mano sobre los labios, con suavidad. Esa mano podía enhebrar una aguja, blandir una espada, moverse al son de una danza y enredarme el cabello. Y también podía frenarme de golpe.

—No lo digas. Porque si ahora me dices que me escoges a mí y al final no puedes, el dolor será peor que la muerte. Pero si no dices nada y luego escoges tu corona y tu reino, bueno..., podré vivir... o morir... en paz. No me habrás prometido nada.

Asentí; no podía pensar en nada que decir.

—¿Podemos llevárnoslo? —pregunté—. Quiero ver más. No puedo creerme que haya todo un libro sobre esto.

Ella sonrió y miró por encima de mi hombro. Agitó la mano y al girarme vi a Rhett acercándose. ¿Habría estado observándonos todo el rato?

—Rhett, probablemente mi padre esté en su lecho de muerte, y mi hermano ha expresado su deseo de que siga de regente de momento. No hay nadie en este palacio... —Se interrumpió, buscando las palabras durante un segundo—. No hay nadie en mi familia con un rango superior al mío. Quiero llevarme este libro a mi habitación para estudiarlo más a fondo, así que abre el cierre, por favor.

Él nos miró a los dos sucesivamente, atribulado.

—No puedo. Necesito una autorización del rey.

—Rhett, yo soy la regente.

—Yo... —Tragó saliva—. No puedo.

Vi que Annika estaba molesta, pero entonces se le ocurrió una idea, porque se le iluminaron los ojos. Fue algo tan repentino que casi se me pasó por alto. Respiró hondo, asintió lentamente, se acercó a Rhett y le tendió la mano. Aquel gesto encantador —el que había adoptado al entrar en la biblioteca, el que había usado para engañarme en la cueva— volvió a aparecer, y se situó inusitadamente cerca de él.

—Perdóname —le dijo, en voz baja—. Estoy agotada. Sé que miras por el bien de Kadier, y te lo agradezco de verdad, Rhett.

Él dejó caer los hombros, aliviado. No le gustaba verla airada. No se dio cuenta de que aquello era una treta.

—Gracias, Annika. Ven a verme tantas veces como quieras.

Ella hizo otro gesto mínimo con la cabeza y nos fuimos de allí.

ANNIKA

Sabía que no me pillarían, pero me moví con rapidez igualmente. Lennox tenía las piernas más largas que yo, así que seguía mi paso sin dificultad.

—No te preocupes demasiado —dijo—. Ahora hay otras cosas en las que pensar. Sé que has hecho todo lo posible para conseguir el libro, y te lo agradezco.

Me giré y le mostré una sonrisa socarrona.

—¿Sigues infravalorándome, Lennox Au Sucrit?

Él me miró entre divertido y confundido.

—Ya te dije que Rhett me había enseñado a abrir cerraduras. De hecho, se ha convertido en una de mis mayores aficiones. Pero los candados de esos libros son grandes, así que voy a necesitar algo más que una aguja de pelo para abrirlos. Puedo ir buscando la herramienta ideal por todo el palacio…, o puedo poner en práctica la otra habilidad que me enseñó Rhett…

Levanté la mano y le mostré una llave que tenía colgando del dedo.

—… que es vaciar bolsillos.

Él se quedó mirando la llave, atónito.

—¿Cómo? ¿Cuándo?

Solté una risita.

—Cuando le he cogido la mano. Solo necesitaba estar lo suficientemente cerca.

Lennox parecía impresionado. No sabía qué haría sin él cuando eligiera la corona y renunciara a mí.

—Realmente, eres una mujer espectacular.

—Vaya —dije, ladeando la cabeza—, siempre se te ha dado bien halagarme, desde que eras niño. Y lo haces cada vez mejor.

Contuvo una risita. Giré una esquina y seguimos hacia la estancia que usaba como despacho.

—Deberías quedarte la llave tú —dije, entregándosela—. Si vamos muy tarde, no deberíamos tener problemas para entrar y salir sin que se entere. Nadie visita la biblioteca ni la mitad de veces que yo, así que no debería darse cuenta de que ya no tiene la llave. Si por algún motivo yo no puedo ir, quizá debas ir tú con Palmer. Me sentiré mucho mejor si no estás solo.

—Si insistes… —respondió, aparentemente divertido al ver mi preocupación.

Me siguió como una sombra, silencioso y constante, pero yo sabía que debía de tener la mente disparada como un fuego desbocado.

Me dije a mí misma que solo estaba deshaciendo un entuerto. Y si Lennox y su ejército nos atacaban y reclamaban el reino, mi vida sería más fácil, ¿no? Para empezar, no tendría que casarme con Nickolas. Y me evitaría un montón de protocolo, no tendría que responder a todas esas expectativas. No siempre resultaba fácil, así que quizá fuera una buena cosa, en cierto sentido…

410 Pero lo único en lo que podía pensar era que el hogar que había conocido toda mi vida, el reino al que había servido, no solo iba a caer estando yo al mando, sino que me lo iban a arrebatar de las manos a mí precisamente. Y lo peor de todo es que al mismo tiempo iba a perder a Lennox.

Mientras avanzábamos por el pasillo vi a Nickolas saliendo de mi despacho, caminando muy rápido él también. Me miró de lejos y siguió adelante. No se paró a dar explicaciones ni a pedirlas, después del fiasco de la mañana.

—¡Alto!

Me paré en seco y me giré al oír la voz de Lennox. Sorprendentemente, Nickolas también se detuvo.

—¿No va a saludar a su soberana? —preguntó, mirando a Nickolas con gesto acusatorio.

Nickolas soltó un bufido y lo miró de arriba abajo.

—¿Cómo te atreves a hablarme sin mi permiso?

—Las normas de decoro exigen que al menos incline la cabeza ante su princesa. En lugar de eso, usted pasa por su lado como si no fuera más que una plebeya. Si es así como trata a su alteza, ¿cómo actuará ante las personas que no tienen ningún rango?

La pregunta de Lennox me dejó de piedra. Había descrito a Nickolas con unas palabras que yo no había sido capaz de encontrar en todo ese tiempo.

Si Nickolas podía faltarme al respeto con tanta facilidad a mí, que prácticamente era reina, ¿cómo trataría al pueblo del que se suponía que debíamos ocuparnos?

Jamás pensaría en las necesidades de la gente. Ahora lo veía con una claridad meridiana. Nickolas siempre se había comportado igual, no había cambiado. Lo único que le preocupaba era él mismo.

—Soldado Au Sucrit, no es necesario que le diga nada a este caballero —dije yo, algo aturdida ahora que había caído en algo que tendría que haberme resultado obvio mucho antes.

Pero Nickolas ni se había inmutado.

—Precisamente porque no tienes ningún rango, no tengo que darte explicaciones. Más bien deberías ser tú quien se preocupara por el decoro si te atreves a darme discursos. Además, es ella la que no quiere que me acerque. —Nickolas dio un paso atrás y miró a Lennox con un gesto socarrón—. Au Sucrit. ¿Qué apellido es ese?

Meneó la cabeza y se alejó.

Realmente, aquel hombre era todo lo que yo aborrecía.

Cuando Nickolas desapareció a lo lejos, apoyé una mano sobre el brazo de Lennox.

—No hacía falta que hicieras eso. Lo que haga Nickolas me da igual.

—A mí no me da igual —respondió él—. Aunque no estuvieras prometida con él, que es algo que hace que lo odie hasta límites insospechados, no querría ver a ese hombre cerca. Ojalá me dejaras matarlo.

Meneé la cabeza, preocupada.

—Necesitas un nuevo *hobby*.

411

LENNOX

*C*uando Annika me tomaba el pelo siempre me ponía de buen humor, y no pude evitar la sonrisa mientras entrábamos en el despacho. Había varias mesas con mapas y libros abiertos, y la mesa principal, la que parecía que usaba más, estaba cubierta de papeles y tinteros. Estaba claro que había estado ocupada últimamente.

—Ahora que estás aquí tengo una pregunta —dijo, con algo de reparo.

—Puedes preguntarme lo que quieras. Siempre.

Respiró hondo y miró el mapa.

—Antes has dicho que la gente sale a vuestro encuentro. Y cuando os encuentran, vosotros los acogéis. ¿Es así?

Asentí.

—Es un acuerdo inquebrantable. Una vez que estás dentro, no te puedes marchar. Si no, nuestros enemigos podrían descubrirnos fácilmente. —Puse los ojos en blanco y ella sonrió—. No me sorprende que la gente no sepa de nuestra existencia ni que no nos descubra más gente; los que acogemos son siempre individuos que pasan desapercibidos, que nadie echa de menos. A estas alturas no tengo muy claro cuántos de los soldados de nuestro ejército son dahrainianos de verdad.

Ella meneó la cabeza, pensativa.

—No tengo muy claro si eso es triste o bonito.

—Yo tampoco. Pero los acogemos y les contamos nuestra historia hasta que la hacen suya. No podría trazar una línea entre los que son de nuestro linaje y los que vienen de fuera. Al final todos compartimos una sensación de unidad, de orgullo. Quizás eso sea…

Tuve que tragar saliva, intentando sofocar el dolor que me habían provocado las palabras de nuestro querido Nickolas.

—¿Quizás eso sea el qué? —preguntó Annika suavizando la voz, mirándome con esos ojos de cervatilla que aniquilaban todas mis defensas.

—Hace años que no uso mi apellido —dije, esbozando una sonrisa—. Tú eres la única que lo conoce. Después de tanto tiempo, me ha dolido que Nickolas lo usara para burlarse —reconocí.

Ella se giró hacia la mesa y revolvió sus papeles.

—No le hagas caso. A mí me encanta cómo suena. Si pudiera, querría llevarlo también yo.

Abrí los ojos como platos y me la quedé mirando. ¿Llevarlo ella? ¿Había…? ¿Querría…?

Sentí un nudo en el estómago y me faltó poquísimo para ponerme de rodillas y rogarle que no se planteara siquiera la posibilidad de casarse con ese tipo patético, pasara lo que pasara.

—Pero volvamos a mi pregunta… —insistió, aunque ahora le costaba mucho más mirarme a los ojos.

—Pregunta.

—La primera noche que estuve en las mazmorras, Blythe me dijo que el castillo en el que vivís no lo construisteis vosotros. Había quedado abandonado, y Kawan emplazó allí al ejército.

Asentí.

—Es cierto.

—¿Y os instalasteis allí todos los que no teníais adónde ir?

—Sí.

Tragó saliva.

—Sé que es diferente porque estaba vacío…, pero si los descendientes de quienquiera que construyera ese castillo volvieran y lo reclamaran…, ¿podríais dejarlo?

Me quedé frío. Mi reacción instintiva fue responder que no. Claro que no. Vosino sería un desastre, pero era nuestro desastre. Y no era gran cosa, pero todas las mejoras que se habían hecho las habíamos hecho nosotros. No podía decirle lo mucho que me costaría planteármelo siquiera.

Afortunadamente no tuve que responder.

—Alteza —dijo un hombre con varios galones dorados en el uniforme—. Me han dicho que venga a veros con urgencia.

—Sí, gracias por venir. Tenemos que preparar las tropas, general Golding. Sé que ya se estaban preparando para una posible invasión,

413

pero he tenido noticias de fuentes fidedignas que me informan de que el ejército de Dahrain se prepara para atacar mucho antes de lo esperado.

Di un paso atrás; ya le había contado a Annika todo lo que sabía. Una vez que se iniciaron los preparativos, se sucedieron durante horas, sin pausas. Y a lo largo de todo aquel tiempo ella atendió pacientemente a solicitudes estúpidas, ofreció soluciones a todos los problemas que podía resolver rápidamente y recibió peticiones de numerosos comités. Había un ejército en camino, y aun así ella respondía todas las peticiones como si fueran de la máxima importancia.

Tenía que admitir que todo aquello era muy... aburrido. Me había pasado la vida entre entrenamientos militares y planificación estratégica. Siempre estaba a la espera de que ocurriera algo, estaba listo para el mínimo cambio. Todo aquello me parecía burocracia.

Y tuve que preguntármelo: ¿en eso consistía gobernar un reino?

El sol se hundía por el horizonte y Annika estiró los brazos, flexionando ligeramente la espalda. Estaba claro que la tensión estaba cobrándose un precio.

414   En ese momento llegó Palmer.

—¿Me he perdido algo? —me preguntó, bajando la voz.

«Pues que he descubierto que el suelo que pisas es mío.»

—No —dije—. Bueno, una cosa.

—¿Cuál?

—¿Tú sabías que la doncella de Annika, Noemi, tenía una relación con el príncipe?

Se quedó boquiabierto.

—Eso no es... ¿Cómo has...?

—Annika ha ido a ver a su hermano, yo la he acompañado, y ha hablado de ello abiertamente. El príncipe pretende casarse antes de que su padre se despierte y se lo prohíba. Pero me pregunto si quien tiene prisa es él o ella.

Palmer suspiró, alicaído.

—Bueno, pues por eso ya no tendrán que preocuparse.

Un escalofrío me recorrió el cuerpo. Eso solo podía significar una cosa, pero necesitaba que fuera Palmer quien lo dijera. Él miró a Annika y luego volvió a mirarme a mí.

—El rey ha muerto —me susurró al oído—. Hace apenas una o dos horas. Hay que seguir un proceso para certificar que un soberano

MIL LATIDOS DEL CORAZÓN

está oficialmente muerto, por no mencionar el papeleo que conlleva. Si ella hubiera estado a su lado, habría sido otra cosa, pero si no estás en la habitación, tienes que esperar.

—¿Tú estabas ahí?

Él asintió. Yo tragué saliva.

—Mientras se moría, ella se estaba preparando para la batalla.

—Quizá sea bueno que haya tenido tiempo —dijo él, bajando la vista—. Pero ahora tengo que decírselo... y no es fácil.

Me giré y lo miré con la mandíbula tensa y la preocupación reflejada en la frente. Había tardado años en abrir el corazón a Inigo. Ahora daba la impresión de que era capaz de hacerme amigo de la gente en apenas unas horas.

—Yo me encargaré. No me importa.

Le di una palmada a Palmer en el hombro y me acerqué a Annika. Me agaché, a su lado, y observé el pequeño nudo que se le formaba en la frente al leer.

—¿Annika? —susurré.

—¿Mmm...?

—Annika, amor mío —dije, y al oír eso me miró a los ojos—. Lo lamento mucho, pero tengo malas noticias que darte.

Ella me miró un momento y tragó saliva. Tensó el cuerpo y luego respiró hondo, como si ya lo supiera.

—Estoy lista.

Miré aquellos ojos claros, confiados, y le rompí el corazón:

—Lo siento, Annika. Tu padre ha muerto.

El labio le tembló un poco, y tensó la mandíbula unas cuantas veces.

—¿Y mi herma...? —Dejó la frase a medias, cogió aire e intentó recobrar la compostura—. ¿Y su majestad lo sabe?

Miré a Palmer, que nos oía; se encogió de hombros.

—No estoy seguro.

Se sorbió las lágrimas y se alisó el vestido.

—Entonces debo ir a decírselo.

Respiró hondo otra vez, se puso en pie y juntó las manos. Dio unos pasos, se detuvo y se giró.

—No me dejes. Aún no —me rogó.

—No lo haré.

Habría querido decir «No lo haré nunca», pero ella me había di-

415

cho que no le hiciera ese tipo de promesas, y no iba a desobedecerla ahora.

Siguió adelante, asintiendo al pasar junto a Palmer, manteniendo la compostura.

Ambos la seguimos, preparándonos para lo que pudiera pasar.

Un segundo más tarde, otro soldado vino corriendo por el pasillo, y no frenó hasta que vio a Annika y a Palmer.

—¿Mamun? —preguntó Palmer—. ¿Qué ha pasado?

Respiraba agitadamente, mirándonos a los tres alternativamente. Parecía que le costaba hablar.

—¿Soldado Mamun? —preguntó Annika con voz suave. Hasta en un momento así demostraba una paciencia inimaginable con los que la rodeaban.

—Sea lo que sea, dilo sin más —le ordenó Palmer—. No puede haber secretos en este entorno.

Mamun miró a Annika y le hizo una gran reverencia.

—El rey ha muerto —dijo.

—Sí, me lo han contado. Ahora iba a…

—Y el príncipe ha desaparecido —añadió.

416

ANNIKA

$\mathcal{M}$e fallaron las piernas, pero Lennox estaba ahí; me agarró por debajo de lo codos y me ayudó a mantenerme en pie.

—¿Qué? —pregunté, casi sin fuerzas.

—Se ha ido —repitió Mamun.

No me lo creía. Era imposible que hubiera desaparecido, precisamente en ese momento. Aceleré el paso, recogiéndome las faldas y dejando atrás a los guardias. Las puertas de la habitación de Escalus estaban abiertas y no había guardia. Entré a la carrera. Sus cajones estaban revueltos y había desaparecido todo lo que tenía algún valor.

Intenté superar el *shock* y pensar. ¿Dónde podía estar? ¿Por qué iba a irse? ¿Qué había pasado allí?

¿Lo habrían secuestrado? Era posible.

Pero Noemi tampoco estaba allí. Si Escalus hubiera decidido llevarse sus posesiones por voluntad propia, probablemente tendría intención de estar lejos un tiempo. Y si se había ido con artículos fácilmente vendibles, y con Noemi...

Volví corriendo a mi habitación. Si lo habían secuestrado, allí no habría pistas. Pero si se había ido por voluntad propia, encontraría el modo de decírmelo. Lo conocía. Sabía lo que haría.

Abrí de golpe las puertas de mi habitación, con Lennox, Palmer y Mamun pegados a mis talones. Examiné todas las superficies de la estancia en busca de una carta. No había nada en la entrada, nada en la chimenea..., pero ahí, sobre la almohada de mi cama sin hacer, encontré un papel doblado en dos. Y, encima, el anillo con el sello real.

Cogí el anillo con una mano y abrí la carta con la otra, intentando contener mis pensamientos desbocados lo suficiente como para poder leerla y entenderla.

Annika:

Lo siento. Por favor, te lo ruego, encuentra las fuerzas para perdonarme.

Sé que teníamos un plan, pero la muerte de nuestro padre complica las cosas. Si hubiera vivido lo suficiente como para reconocer a Noemi, todo habría sido diferente. Pero ahora que él no está, como yo soy el heredero, sabes que los nobles me obligarán a casarme por interés, especialmente después del conato de guerra que se produjo en la Isla.

Y no pienso hacerlo.

No puedo, Annika. Espero que un día sepas lo que es encontrar a la persona que llena todos los espacios vacíos de tu corazón, la persona que te hace ser todas las cosas que querías ser y que te negabas. Ese tipo de amor te hará hacer cosas inimaginables. Como esta.

Me voy para casarme con Noemi. Ahora mismo, mientras te escribo, ella me está pidiendo que me replantee mi decisión, pero sé lo que ocurrirá si me quedo. Te ruego que me perdones por abandonarte en este momento. Dentro de unos años, cuando mi matrimonio esté bien consolidado y tenga un heredero, volveré con mucho gusto y te quitaré el peso de la corona, si lo deseas. Lo cierto es que lo que te dije la noche de tu compromiso era verdad: siempre he pensado que tú serías una líder mejor que yo. Como regente has hecho un gran trabajo, y no podría estar más orgulloso del talento, la valentía y la inteligencia de mi hermana. Como rey de Kadier, por la presente, abdico en ti.

Que tengas una larga vida, Annika de Kadier, la soberana más justa y bondadosa que ha tenido nunca nuestro reino.

Te ruego una vez más, en mi nombre y el de Noemi, que nos perdones. Te quiero, Annika. Y un día regresaré a casa.

ESCALUS

Cuando llegué al final de la carta, la mano me temblaba tanto que apenas pude leer su nombre. Estaba demasiado perpleja como para hablar. Sabía perfectamente lo que era querer a alguien tanto que sientes ganas de actuar haciendo lo que a todos los demás les puede parecer una locura…, pero no podía creerme que se hubiera ido.

Había perdido a mi madre.

Había perdido a mi padre.

Había perdido a mi hermano.

Era reina.

Y lo único en lo que podía pensar era: «Me dijiste que seguías aquí, a mi lado».

Miré a Lennox, que estaba de pie a mi lado y me miraba con prudencia y miedo en los ojos. Le entregué la carta, sin poder articular palabra. Él la leyó mucho más rápido que yo y se la puso al oficial Palmer en el pecho, al tiempo que hincaba una rodilla en el suelo.

—¡Larga vida a la reina Annika! —dijo, tan fuerte que cualquiera que pasara cerca lo habría oído.

En el momento en que lo dijo, Palmer y Mamun lo imitaron con las rodillas en el suelo. Dos guardias que estaban de ronda y pasaban junto a la puerta vieron la escena y también se postraron de hinojos. De pronto sentí todo el peso de la corona sobre mi cabeza.

Resultaba aterrador. Pero al mismo tiempo me di cuenta de lo mucho que la iba a echar de menos cuando Lennox la reclamara.

Me puse el anillo con el sello real en el pulgar, pues era el único dedo en el que encajaba, y me recogí las faldas.

—Montad una guardia a las puertas de los aposentos de mi padre; su cuerpo no debe trasladarse. Y, por favor, no divulguéis las noticias de la marcha de Escalus. Prepararé una declaración para cuando se calmen las cosas —dije.

Eché una mirada fugaz a Lennox, pero no pude sostenerle la mirada demasiado tiempo.

—Soldado Au Sucrit, sígame, por favor. Miembros de la guardia, ahora más que nunca, espero que mantengáis los ojos bien abiertos. Tengo un asunto urgente que resolver en la biblioteca.

Me puse en marcha con la cabeza bien alta. Sería reina aún menos tiempo del que había sido rey Escalus, pero lo llevaría con dignidad.

—Annika —me dijo Lennox en voz baja—. Annika, ya iremos a la biblioteca mañana.

No respondí.

—Annika, no has comido. Has sufrido un gran *shock*. Necesitas descansar.

Seguí caminando.

Entonces los pies me fallaron y caí contra la pared. Al momento sentí los brazos de Lennox agarrándome de nuevo. Con delicadeza, me tomó la barbilla con la mano y me obligó a mirarle a los ojos.

—Annika, por favor, no tenemos que hacer esto esta noche. —Tragó saliva—. No tenemos que hacerlo, ni hoy ni nunca.

Esbocé una débil sonrisa.

—¿No estás contento, Lennox? Toda una vida de trabajo va a dar su resultado esta noche. ¡Y así de fácil! Sin derramar una gota de sangre, vas a recuperar tu corona.

El labio le tembló.

—Nunca quise una corona. Solo quería vivir en la tierra donde vivieron mis ancestros. No quería tener que esconderme más. Podría quedarme aquí. Contigo. No tenemos que hacer nada, Annika.

Levanté una mano, fatigada, y le acaricié el rostro.

—Podrías hacerlo, pero no lo harás, porque en el fondo eres algo más que un caballero, Lennox: eres un rey. Y si te quedaras aquí, disfrutando de este reino mientras el pueblo que debías liderar sufre en ese castillo en un confín del mundo, acabarías odiándote a ti mismo. Igual que yo me odiaría si me quedo contigo después de que mi pueblo se vea obligado a abandonar este reino.

Nos miramos fijamente los dos, afrontando la verdad que nos habíamos negado a reconocer.

—Tú y yo, Lennox. No podemos tener ambas cosas. De hecho, no podemos tener ninguna. Porque si huyéramos, estaríamos dejando a mi pueblo y al tuyo en el caos. ¿Quién sabe cuántos morirían por nuestra cobardía? ¿Tú crees que nuestro amor podría sobrevivir a eso? —Meneé la cabeza—. Uno de los dos debe gobernar, y el otro se debe ir.

Vi que tragaba saliva, mirando de un lado al otro, sin encontrar respuestas.

—Yo no puedo…

—Lo sé.

Levanté la cabeza y seguí adelante. Lennox, que no sabía qué contestar, me siguió en silencio. Pensé unos momentos en lo que había pasado en la cueva antes de que nos hubiéramos entendido. Incluso aquel silencio era más cómodo que este.

Abrí las puertas y me sorprendió encontrar a Rhett justo detrás. Estaba sentado junto a su mesa, con la cabeza gacha, como abatido.

Pero de pronto levantó la mirada. Aquellos ojos no eran de pena, eran de rabia.

—¿Dónde está la llave? —preguntó.

—Debes cambiar el tono —le ordenó Lennox.

Rhett se lo quedó mirando con un gesto de desprecio que me dio escalofríos.

—¿Dónde está la llave? —me pregunto otra vez, con tono amenazador—. Eres la única que puede habérmela cogido.

—Sí, me llevé la llave. Y tengo todo el derecho —dije, mostrándole la mano con el sello real—. Soy la reina.

Él se quedó boquiabierto, pero, antes de que pudiera hacer preguntas, giré la mano para mandarle callar con un gesto. Extendí la otra mano en dirección a Lennox, que se sacó la llave de un bolsillo.

—Lo siento, Rhett. Necesito ese libro. Así que no interfieras.

Rhett se apartó de la mesa y señaló a Lennox.

—No sé quién es ese, ni de qué lo conoces, ni qué es lo que busca en esos libros. Pero no son para él. No son para él, y tú tampoco.

—¡Rhett!

—Te lo dije, Annika, te lo dije hace mucho tiempo: siempre has sido mía, nadie te ha querido como yo.

Se acercó, con los ojos cargados de odio. Solo me había parecido peligroso una vez, y recordé el momento con perfecta claridad. Había dicho, sin vacilación ni ironía, que cualquier hombre que se interpusiera entre él y yo era su enemigo. Ahora me daba cuenta de que lo decía muy en serio.

Y vi que había una gran diferencia entre lo que yo estaba dispuesta a hacer por amor y lo que Rhett estaba dispuesto a hacer. Si es que a una reacción tan vengativa podía llamársele amor…

Justo cuando Rhett estaba a punto de lanzarse contra Lennox, un grito resonó en la estancia.

Palmer estaba allí; le lanzó una espada a Lennox y, para mi sorpresa, me lanzó otra a mí. No se molestó en mirar a Rhett.

—Rápido, majestad: nos están atacando.

421

LENNOX

*D*esenvainé la espada, dejando a Rhett rabiando en la biblioteca, y eché a correr tras Palmer, que empezó a subir las escaleras.

—¿Han rebasado la muralla?

—Sí. Hemos enviado a la guardia. Tenemos que sacar a la gente.

—Estoy de acuerdo. Después de la batalla en el mar, no tendrán compasión.

Palmer asintió.

—Correré la voz.

—¿Y yo qué hago?

Al oír la voz me paré de pronto, y al girarme vi que Annika nos seguía de cerca, pese a su vestido con vuelo y sus tacones.

—Tu misión es la de mantenerte con vida. ¿Hay algún escondite fiable? ¿Algún sitio que solo tú conozcas? —le pregunté.

Me miró de pronto con una rabia tal que tuve que dar un paso atrás.

—¿Tú crees que voy a esconderme? ¿Ahora? Mi pueblo está a punto de morir. Tu pueblo está a punto de morir. No voy a salvar mi vida mientras la de ellos corre peligro.

Oír aquello, y comprobar que nos ponía a los dos en el mismo saco, redobló mis ganas de lanzarme al combate. Al ver que estaba dispuesta a sacrificar hasta su propia vida por la causa, tuve claro que su hermano había hecho bien cediéndole la corona.

—Entonces mantente a mi lado —le dije—. No te alejes de mí ni un segundo.

Ella asintió, agachándose para quitarse los zapatos. Con la espada se arrancó una parte del vestido, acortándolo para poder correr más rápido.

Palmer se acercó, jadeando.

—Yo voy abajo. Vosotros dos quedaos en la planta superior. Espero que no lleguen a subir, pero estad preparados por si lo consiguen.

Sin decir nada más se fue y empezó a impartir órdenes. En su ausencia, resultaba fácil creer que no estaba ocurriendo nada. Allí estaba todo muy tranquilo. Me giré hacia Annika.

—Siento haber desencadenado esto.

—Yo siento que necesitaras hacerlo.

—Quiero que sepas que te escojo a ti —dije, haciendo un esfuerzo por contener las lágrimas—. Por encima del territorio, por encima de la corona. Te quiero a ti. Me he pasado muchos años deseando recuperar Dahrain, pero lo único que he querido en la vida eres tú. Si ocurriera algo, necesito que lo sepas.

Ella me miró, y sus ojos recorrieron mis rasgos del mismo modo que aquella noche en la mazmorra: como si tuviera claro que no iba a volver a verme nunca más.

—Y yo te escojo a ti —dijo ella, señalando a su alrededor, y en su rostro apareció una sonrisa fatigada pero genuina—. Ya ves hasta dónde llegaba mi amor, Lennox: siempre he acabado perdiendo todo lo que he querido de verdad.

Su angustia, tan patente en su voz, me impresionó. Tenía muy presente la lista de personas que tanto había querido, y me sentía honrado de figurar en ella, a pesar de lo que me iba a costar al final.

Cubrí la distancia que nos separaba, le pasé los dedos por entre el cabello y acerqué mis labios a los suyos. Si tenía que morir, al menos lo haría sabiendo que contaba con el amor de Annika Vedette.

Ella dejó caer la espada para poder rodearme con sus brazos, y yo la imité, tirando mi espada a un lado. La abracé con fuerza, con la satisfacción de ver lo bien que encajaba entre mis brazos. Aspiré su aroma, sentí su calor, percibí su sabor, y me lo guardé todo en el corazón. Pasara lo que pasara, sería un recuerdo que nadie podría arrebatarme.

Oí el caos a lo lejos. Nos separamos, concediéndonos un momento para mirarnos el uno al otro. Los dos fuimos a por nuestras espadas, y vi llegar el peligro en forma de un soldado kadieriano que se defendía en la escalera, a lo lejos. La que le hacía retroceder era Blythe, que aprovechaba cada movimiento del soldado para ganar terreno. El que intentaba frenar sus envites era Mamun, ahora lo veía.

423

Tras ellos estaban Palmer y Griffin, e Inigo se enfrentaba a alguien que yo no conocía. Daba la impresión de que todos se habían concentrado allí, guiados por un destino aciago.

—Lennox —preguntó Annika en voz baja—. ¿A quién nos enfrentamos nosotros?

Analicé la escena una vez más.

—A nadie, si podemos evitarlo, pero a todos, si es necesario.

Blythe apartó la mirada un momento de Mamun y nuestras miradas se cruzaron. Vi que ponía la vista en Annika. El gesto que hizo dejaba claro hasta qué punto se sentía traicionada. Estaba claro que yo la veía como una amiga, pero ella me veía como un enemigo.

Mamun lanzó un golpe y le hizo un corte en el brazo, pero ella se movió como si no sintiera nada, y se vino directa hacia mí. En sus ojos se veía que estaba decidida a hacerme el máximo daño posible.

En el segundo que tardé en reaccionar y adoptar la posición de defensa, Annika ya estaba allí, espada en ristre, bloqueando a Blythe con un movimiento que solo podía calificarse de elegante.

—Milady, baje la espada —le urgió Annika.

—¡Aparta! —gritó Blythe.

Blythe nunca había sido muy habladora, y enseguida reaccionó. Me sentí como pegado al suelo, incapaz de apartar la vista de aquel combate. Annika era puro estilo, Blythe era pura rabia; cuando se encontraron, fue algo hipnótico.

Me giré y vi a Inigo a mi lado. Su rival de un minuto antes yacía inmóvil en el suelo, y ahora tenía los ojos puestos en mí, preguntándome por qué me había ido.

—Eras mi amigo —dijo.

—Aún lo soy. Quizá más que nunca.

—Nos abandonaste.

—Vine a salvar a la mujer que amo y, de paso, encontré un modo de salvaros también a vosotros. De salvarnos a todos.

Por un instante vi la esperanza en su rostro, vi que quería creer. Pero perdí la ocasión de explicarme cuando un guardia kadieriano se le echó encima.

—Necesito encontrar a Kawan —le grité.

—¿Por qué? ¿Qué va a hacer él? —respondió mientras combatía.

—Nos matará a todos si no lo paramos. Te juro que podemos poner fin a todo esto sin más derramamiento de sangre.

—¡Todos quietos! —gritó Annika, con un grito tan desesperado que no solo la obedecí yo, sino también la mayoría de los que la
rodeaban.

Blythe estaba en el suelo. Un guardia le había clavado la espada
en la espalda, abriéndole una gran herida y haciéndole caer al suelo.
Al momento, Annika se arrancó una tira de tela del vestido y pre-
sionó con ella en la espalda de Blythe para bloquear la hemorragia.

—No —murmuró Inigo—. Si alguien iba a conseguirlo, era ella.

Lo miré y vi que tenía los hombros caídos, que agarraba la espada casi sin fuerzas. Nunca lo había visto así, aquello fue lo que me
asustó realmente.

Annika le puso los dedos en la garganta a Blythe.

—Aún tiene pulso. Tenemos que llevarla a que la vea el médico
—dijo, y levantó la vista, esperando que alguien hiciera algo. En su
mundo, eso era lo que pasaba cuando hablaba.

Por un momento, pensé que ver a la gran reina de Kadier de rodillas intentando salvar la vida de su enemiga pondría fin al ataque,
pero no fue así.

Griffin habría hecho las paces consigo mismo tras perder a Rami,
pero estaba claro que no con los que la habían matado. Mientras todos los demás estaban inmóviles, él echó a correr hacia delante con la
espada en ristre. Tal como la llevaba, estaba claro que iba a decapitar
a Annika.

Fue como si mi espada se moviera sola. Me eché hacia delante y
la hundí en el pecho de Griffin.

No hizo ningún ruido. Apenas un jadeo, y cayó de rodillas.

Fui yo quien lloró. Fui yo quien emitió algún sonido, no él.

—Griffin —sollocé, poniéndome de rodillas a su lado—. Griffin,
lo siento mucho. Yo no…, yo…

Él levantó la mano y agarró la mía, manchándomela de sangre.
Temblaba incontroladamente. Respiró un par de veces con esfuerzo
y luego habló:

—De todos modos…, era demasiado duro… seguir adelante…
sin ella.

Asentí y me giré para mirar a Annika, que tenía los ojos cubiertos de lágrimas. Luego me volví de nuevo a mirarle a él, que había
sido la alegría del castillo.

—Así es como me siento yo.

425

Por un momento, pareció comprenderlo todo y sus ojos se le iluminaron.

—Entonces…, te per…

La tensión de su mano desapareció. Mi amigo me había dejado.

Di un paso atrás, asqueado conmigo mismo. No quería que muriera nadie más; su vida siempre pesaría sobre mi conciencia.

—¿Dónde está Kawan? —pregunté, con una voz tan grave y profunda que ni siquiera me parecía que fuera mía.

Inigo, Palmer, Mamun y el soldado sin nombre guardaron silencio. Annika seguía en el suelo, junto a Blythe.

Nadie tenía una respuesta, y tampoco importaba. Otra oleada de soldados aparecieron por las escaleras, enfrascados en la batalla, entrechocando sus espadas frenéticamente. Ahora había un peligro añadido, ya que se oían disparos de mosquetes. Nos tuvimos que levantar y nos pusimos en guardia. Recuperé mi espada, sacándosela con cuidado a Griffin, y me puse delante de Annika.

—Frenadlos, pero no los matéis si podéis evitarlo —ordené, aunque no tenía muy claro con qué autoridad.

426

Inigo estaba a mi izquierda, y Palmer, a mi derecha. Mamun y el otro soldado avanzaron, atacando con precisión, hiriendo a los atacantes en el muslo, en el brazo, en las manos…

—¿Y ahora, qué? ¿De pronto somos aliados? —preguntó Inigo.

—Tengo pruebas —dije, y por el rabillo del ojo vi que se giraba a mirarme—. Pruebas de cuál es la verdadera historia de este territorio. Annika las encontró.

Él la miró, y ella le devolvió la mirada, asintiendo.

Tuve que dejar de hablar, intentando apartar la mente de lo que acababa de hacer, esperando poder luchar con el suficiente cuidado como para no tener que volver a hacerlo. Annika estaba a mi lado, siguiendo nuestras iniciativas, atacando con la misma habilidad que si estuviera combatiendo con una sombra.

—¡¿Qué estás haciendo?! —exclamó alguien, con rabia y estupor en la voz.

Era nuestro querido Nickolas, cómo no, que había llegado de otra escalera. No me sorprendió lo más mínimo que hubiera sabido esquivar el foco de la batalla.

—Salvar a todos los que pueda —respondió ella, como si fuera de lo más obvio.

—¡Por Dios! —replicó él, atreviéndose una vez más a llevarle la contraria.

—¡Aparta! —le gritó ella, dándole un empujón mientras bloqueaba a duras penas el ataque de una espada dahrainiana.

—¡Deberías estar escondida! —le insistió él, tirándole del brazo.

Esta vez su idiotez fue demasiado lejos. Al tirar de ella la dejó indefensa, y la punta de la espada, afilada como una cuchilla, le hizo una herida en el pecho.

—¡Ah! —gritó.

Se agachó y se cubrió la herida con la mano.

Nickolas y yo nos miramos. Tuve claro que esa noche podría matar a alguien más. Él pareció comprender qué había hecho, y decidió llevársela de allí.

Annika soltó un grito cuando la levantó; temí que la herida fuera más profunda de lo que me había parecido en un principio.

Jadeando, me señaló y gritó con todas sus fuerzas, de modo que todos —tanto kadierianos como dahrainianos— la oyeran:

—¡Ese es vuestro rey! ¡Es nuestro rey! ¡Salvad al rey!

427

ANNIKA

$\mathcal{N}$o era el peor dolor que había sentido en mi vida, pero eso no significaba que no me doliera. Me apreté fuerte la herida con la esperanza de mantenerme entera, literalmente.

La espada había conseguido colarse por entre las varillas de mi corsé, haciéndole un tajo. Nickolas echó a correr hacia mi habitación conmigo en brazos todo lo rápido que pudo, sin preocuparse demasiado por ser delicado.

Sentía el goteo de la sangre caliente que me mojaba la piel, y la herida me dolía cada vez que cogía aire. Cerré los ojos un momento, intentando mantener la calma.

La habitación estaba abierta, sin duda por la prisa con que habían salido Palmer y Mamun al oír el caos en la planta baja. Nickolas me metió a toda prisa dentro y cerró la puerta a sus espaldas.

Luego giró la llave.

Se quedó con el brazo apoyado contra la puerta un momento, recuperando el aliento. Y lo primero que me dijo fue:

—No te puedo creer.

—He hecho lo que tenía que hacer —le dije, sin más, presionándome la herida—. Necesito algo para detener la hemorragia. En ese cajón debería haber pañuelos.

Él meneó la cabeza.

—¿Salvar al rey? ¿Qué demonios significa eso?

—Ese hombre tiene derecho al trono. Ahora mismo no te puedo decir más.

—¿El guardia? —preguntó, incrédulo, y me di cuenta de que no había revelado el nombre ni la identidad real de Lennox. Y no tenía ninguna intención de hacerlo ahora.

—Sé que parece una locura. Mi padre... —Levanté una mano

para apartarme el cabello del rostro, sin pensar que la tenía cubierta de sangre, hasta que fue demasiado tarde.

—Tu padre está muerto —dijo, implacable.

—Lo sé.

—Y muy pronto también lo estará tu hermano.

Sentí un escalofrío gélido en la espalda. Miré a Nickolas y vi en sus ojos algo inquietante que me resultó familiar.

¿Qué era eso? Algo más fuerte que la determinación. Algo más profundo que el amor. Era intenso, incontenible y, sobre todo, aterrador. Era la misma mirada que había visto en los ojos de Rhett cuando se nos echó encima en la biblioteca.

Esa mirada tenía un nombre: obsesión.

Por fin lo entendí.

Nickolas nunca se habría sentido satisfecho conmigo. Nunca se habría contentado con ser príncipe. Quería la corona, y no se conformaría con menos. En un instante cambió de postura. La rigidez que mostraba siempre desapareció, y cruzó la habitación con paso lento hasta arrodillarse a mi lado.

Alargó la mano y me agarró del cabello que tanto le molestaba que llevara suelto. En aquel momento habría deseado llevarlo recogido, para que no tuviera donde agarrar.

—Casi te me escapas una vez, pero no en esta ocasión. —Me sonrió, encantado. Se metió la mano en el bolsillo y sacó dos anillos de oro. Alianzas de boda—. Si quieres vivir, ponte esto.

No era suya. Nunca lo sería. Pero en ese momento no tenía fuerzas para enfrentarme a él. Y tenía que vivir lo suficiente para volver con Lennox, para apoyarle a la hora de cederle la corona. Así que cogí el anillo y me lo puse en el dedo.

—Hemos estado hablando tanto de la boda que no será difícil convencer al resto de la corte de que nos hemos casado en secreto. Lo que es mío es tuyo; lo que es tuyo es mío —dijo, con una sonrisa maliciosa.

—Esto no va a acabar como tú te crees —le advertí, sintiéndome algo mareada, pero negándome a que lo viera.

—Siempre haciéndote la difícil —dijo—. Difícil y distante. Pero eso va a cambiar. Tú y yo nos necesitamos mutuamente. Yo necesito un heredero para afianzar la dinastía. ¿Y tú? Tú necesitas vivir. —Había un toque de locura en sus ojos, pero hice un esfuerzo por

429

mantener la calma. Podía gestionar la situación…, solo necesitaba tiempo—. No obstante, tu hermano se interpone entre la corona y yo, así que pretendo ocuparme de ese pequeño obstáculo. Y ahora tengo la coartada perfecta —dijo, abriendo los brazos.

Me consoló ver que, por lo que parecía, no sabía aún que Escalus no estaba en el palacio. Al menos él se salvaría.

—He intentado ir a por tu hermano desde que bajamos de ese barco. Sabía que tu padre no aguantaría mucho, pero Escalus es más joven y más decidido. Eso sí, tenías que dejar a tu doncella pegada a su lado constantemente, ¿verdad?

Nickolas se puso en pie y me tiró del cabello una vez más, haciéndome caer al suelo.

—Estoy seguro de que con este caos ella se habrá escondido, y probablemente uno de estos animales ya habrá matado al príncipe. Pero, por si acaso, voy a encargarme de acabar el trabajo. Tú quédate aquí —me ordenó—. A menos que quieras acabar como él, vas a tener que aprender a escucharme.

Lo miré, meneando la cabeza, sin revelarle mis secretos, pero indagando en los suyos.

—¿Ya sabe Kawan con qué tipo de gusano está colaborando?

—¿Kawan? —preguntó él.

Aparté la mirada. No me interesaban sus juegos.

—Caerás, con él o sin él.

—No necesito a nadie. Ni a su líder ni a ti. Llevo preparándome para este momento toda la vida. —Bajó la vista, me miró y me agarró de la barbilla—. Y si quieres seguir viva, lo primero que vas a tener que aprender es a mantener la boca cerrada.

Salió por la puerta y la cerró con llave.

Si se pensaba que sería tan fácil tenerme dominada, lo tenía claro: me fui al armario y cogí las tijeras de la costura para cortarme la falda y el corsé. A falta de algo mejor, me puse una toalla de mano contra la herida del torso. Me coloqué un corsé nuevo y me lo até para que con la presión la toalla no se moviera; me puse otro vestido y rogué que eso bastara para mantenerme en pie. Estaba sucia y ensangrentada, pero tenía trabajo por delante.

Me fui hasta la puerta y miré por la cerradura. Nickolas no había tenido siquiera la precaución de poner a alguien de guardia. Ya había abierto aquella cerradura muchas veces, así que no tardaría ni un minuto en hacerlo otra vez. Volví atrás y busqué debajo de la cama. Cogí mi espada y me la colgué al cinto. Volví a la puerta y mientras caminaba me saqué una horquilla del pelo.

Me dolía todo. Las costillas, la cabeza, el corazón. Había sido un día desquiciante, y no tenía las manos tan firmes como habría querido. En momentos así solía pensar en Rhett, en sus manos firmes agarrando las mías, guiándome, mostrándome dónde debía aplicar presión. Pero ahora pensé en Lennox. Su cabello despeinado por la mañana, su sonrisa traviesa, su ceño fruncido cuando estaba sumido en sus pensamientos.

«Puedes hacerlo», me decía.

—Puedo hacerlo —me dije yo.

Cerré los ojos, concentrada en el tacto de las levas. Y al cabo de unos segundos sentí que cedía.

El pasillo estaba vacío, y tenía que tomar una decisión peligrosa. ¿Cómo iba a ayudarlos? ¿Cómo iba a salvarlos a todos?

Solo veía un modo. Agarré fuertemente mi espada por el mango y eché a correr.

431

LENNOX

—¿*D*ónde se la habrá llevado? —le pregunté a Palmer, sin dejar de correr.

—Yo diría que a su habitación. Pero podría estar en cualquier sitio.

—¿Sabes si es él el informador? —preguntó Inigo.

Yo valoraba mucho que, después de todo lo sucedido, Inigo se hubiera puesto enseguida de mi parte. Me había visto matar a Griffin y aun así había sabido perdonármelo. Me había ayudado a trasladar a Blythe a un lugar seguro —aún tenía el pulso constante cuando la dejamos— y luego me había seguido, junto con Mamun. No sabía qué motivación tendría ahora Inigo —si sería por el reino, por orgullo o por el bien de Blythe—, pero fuera lo que fuera agradecía tenerlo de nuevo a mi lado.

—No lo sé. Lo odio y sospecho de él, pero no puedo demostrarlo.

Palmer nos guio por unos pasillos que aún eran demasiado nuevos para mí. Al ir acercándonos a la habitación de Annika reconocí algunos de los cuadros, y cuando por fin vi la puerta, estaba abierta de par en par.

Nuestro querido Nickolas estaba ahí dentro. Había cogido el atizador de la chimenea y lo estaba usando para romper todo lo que encontraba por la habitación. Palmer ladeó la cabeza, observando aquel patético espectáculo.

—Señor, conténgase. Estamos en medio de una batalla —dijo, con la voz templada.

Nickolas nos apuntó con el atizador, exaltado. Tenía los ojos desorbitados, parecía una persona diferente.

—¿Quién de vosotros la ha sacado de esta habitación? —preguntó—. ¡La había encerrado aquí por... seguridad, y ha desaparecido!

Resoplé y me crucé de brazos.

—¿Se te ha olvidado que su majestad sabe abrir cerraduras? Desde luego a mí no se me ha olvidado.

Él me miró, arrugando la nariz.

—¿Su majestad?

Palmer y yo cruzamos una mirada. Con dos palabras, había revelado la desaparición de Escalus.

—¿El príncipe también está muerto? —preguntó, y en sus labios apareció una sonrisa maliciosa.

Esa sonrisa… era la misma que había visto en el rostro de Kawan cuando identificamos el cuerpo de mi padre. Era una sonrisa que decía que se había librado de un obstáculo, que la tragedia de otra persona era para él una victoria.

Estaba decidido a arrancarle esa sonrisa del rostro para siempre, pero Palmer me cortó el paso.

—No tenemos tiempo para esto. Hemos de encontrar a Annika.

—Tú —dijo Nickolas, esgrimiendo de nuevo el atizador y señalándome con la barbilla—. ¿Por qué te ha llamado rey? ¿Qué derecho puede tener un mísero guardia para reclamar este trono?

—Yo no sería tan arrogante como para insultar a un guardia ahora mismo —dijo Palmer—. Nosotros somos tres, y usted uno. Además, tenemos a este muchacho tan solícito que parece estar plenamente dispuesto a arrancarle los brazos si hace falta —añadió, señalando a Inigo.

—No sería un problema —dijo Inigo, muy serio.

Tuve que hacer un esfuerzo para no reírme.

—No estoy de humor para juegos —espetó Nickolas—. ¿Tú quién eres?

—Desgraciadamente, yo tampoco estoy de humor para juegos —respondí, apuntándole con la espada y dando un paso adelante—. ¿Qué te ofreció exactamente Kawan a cambio de la vida de Annika?

Nickolas retrocedió con el atizador en la mano.

—¿Qué?

—Sea lo que sea lo que te haya prometido, te aseguro que no te lo dará.

—Yo no tengo ningún trato con tu líder. Lo único que espero es verlo muerto al final de la noche. El rey está muerto, el príncipe también, y ahora —dijo, mostrándonos la mano izquierda—, por

433

matrimonio, conseguiré la corona que debería haber sido mía desde el principio. Así que, sea lo que sea lo que te ha prometido a ti..., tampoco te lo dará.

Me quedé mirando el anillo, atónito. Aquello era imposible.

A menos que...

Si había amenazado a Annika con algo relacionado con su hermano... No. ¿A quién quería engañar? Bastaba con que la hubiera amenazado con algo relacionado con cualquier otro ser vivo..., y ella habría cedido. Se sacrificaría una y mil veces.

Bueno, pues si así estaban las cosas, tendría que liberarla.

Me dispuse a atacar con la espada, pero me detuve de nuevo al ver que Nickolas volvía a hablar.

—¿Por qué preguntáis todos por Kawan? Primero Annika y ahora tú.

Inigo y yo nos miramos. Luego observé a Palmer.

—¿Dónde estabas cuando nos quedamos atrapados en la Isla? —le preguntó.

Nickolas negó con la cabeza.

—No respondo ante ti. —Luego se giró hacia mí—. Y nunca me postraré ante ti.

Volvió a levantar su atizador e intentó darme en la cabeza. Mamun reaccionó al instante, e Inigo un momento después. Nickolas resultó ser un buen espadachín, y desvió ambos ataques, agitando el atizador con tal fuerza que se los quitó de encima. Como si hubieran entrenado en equipo, Inigo y Mamun se separaron, rodeando a Nickolas por los flancos.

Mi querido Nickolas se encontró girando la cabeza a un lado y al otro. Agitó la mano izquierda, y la luz hizo brillar la alianza de oro. No era más que metal, nada más. Como una espada, como un candado. Podía romperse.

Avancé lentamente. Mi peor instinto me decía que me tomara mi tiempo para matarlo.

Pero entonces una docena de recuerdos me pasaron por delante, como si las imágenes estuvieran ahí mismo. Griffin, que prácticamente parecía contento de morir. La madre de Annika. Innumerables reclutas sin un nombre con el que recordarlos.

Y no pude. No pude hacerle daño.

Bajé el brazo.

Fue Palmer quien primero se dio cuenta.

—¿Lennox?

Al oír aquello, Nickolas se giró hacia mí, de nuevo preso de la rabia.

—¿Tú eres Lennox?

Aquella pequeña distracción fue todo lo que necesitó Mamun para clavarle la espada en la espalda. El gesto de rabia fue desapareciendo del rostro de Nickolas mientras caía de rodillas. Inigo le quitó el atizador de las manos, y él se quedó allí, agonizante e indefenso.

Me acerqué, le levanté la mano y le arranqué el anillo. Estaba demasiado débil para impedírmelo; tiré el anillo al fuego.

—No sé qué crees que has conseguido, pero no lograrás nada —le dije—. Ni a Annika ni la corona, nada. Eres como Kawan: demasiado cobarde como para conseguir ninguna victoria.

Él meneó la cabeza, esbozando una sonrisa desquiciada, goteando sangre por la comisura de la boca.

—Yo no sé nada de Kawan. Pero no importa. Annika tampoco lo conseguirá. Está demasiado débil. Y si yo no puedo hacerme con Kadier, le estará bien que otro se lo quite de las manos.

—¿Annika? ¿Débil? Tú eres el que se está muriendo, mientras ella se dedica a salvar vidas de su pueblo y del mío. A ella la vitorearán. Mientras que de ti no se acordará nadie.

La sonrisa desapareció de su rostro y puso los ojos en blanco. Cayó de lado en el suelo, y pese a lo mucho que odiaba a ese hombre, su muerte no me produjo ninguna satisfacción.

Esta vez no había sido yo. No era un gran consuelo, pero tendría que bastarme. Aun así no sería fácil, viendo la mirada perdida en los ojos de Mamun.

—¿Alguna vez has matado a alguien en combate? —le pregunté.

Él asintió débilmente.

—En la Isla. Pero fue…, eso era algo diferente.

—No tengas mala conciencia —le dije, apoyando una mano sobre su hombro—. No es culpa tuya. Es culpa de la guerra.

Él levantó la cabeza y me miró, reaccionando.

—Pareces un tipo bastante decente. Ya veo por qué le gustas.

Sonreí.

—Bueno, pues ayúdame a encontrarla.

435

ANNIKA

*F*ui al único lugar importante en ese momento: la biblioteca. Lennox tenía la llave, pero yo necesitaba el libro, así que, de un modo u otro, lo conseguiría. Cuando todo esto acabara, si el ejército invasor se imponía a los guardias del palacio, deberían saber la verdad sobre la posición de Lennox. Y si eran derrotados, necesitaría algo para justificar mi decisión de cederle el reino.

Me sentía mareada. Habían pasado demasiadas cosas en muy poco tiempo, y estaba segura de que, pese a todos mis esfuerzos, estaba perdiendo demasiada sangre. Aun así, seguí adelante. Las reinas no desfallecen.

Me acerqué a la puerta y la abrí lentamente. Por lo que parecía, lo que sentía Rhett por mí iba más allá de lo que yo pensaba. Quizá aún más allá de lo que pensaba él mismo. Se había resignado a que me casara con otro, pero no podía soportar que quisiera a otro.

Todo mi sigilo no iba a servirme de nada; abrí la puerta y me encontré a Rhett allí mismo, casi en el mismo lugar donde lo había dejado al empezar la batalla.

—¿Sigues aquí? —le pregunté—. ¡Han entrado en el palacio!

—Ese guardia. Es Lennox, ¿verdad? —dijo, sin molestarse en responder a mi pregunta—. Después de que te secuestraran, hablabas de él como con timidez. No era exactamente rabia, sino preocupación. Pero luego, después de lo de la Isla, todo cambió. Hablabas de él casi con nostalgia… —Resopló, sarcástico—. ¿Por qué no sentiste nunca eso por mí?

—Rhett, no tengo tiempo para esto. Estamos en medio de una guerra. —Señalé hacia los libros—. Si queremos salvar a la gente, necesito esos libros.

Suspiró, mirándome de arriba abajo.

—Vas a quedarte con ese cerdo y le vas a dar los libros, ¿verdad?
—De pronto perdió el control y sus gritos resonaron en la biblioteca—. ¡Annika, tú…, si odiabas tanto a Kadier, yo te ofrecí una escapatoria! ¡Quería irme contigo! ¡Yo te quería!

—¡Esto no es amor, Rhett! —repliqué, gritando yo también—. Nunca lo fue. Me querías porque no había nadie más a quien querer. Y estuve a punto de creerme que era de verdad, porque yo tampoco conocía nada más. ¡Pero mira lo que estás haciendo ahora! Estás poniendo en peligro la vida de mucha gente por este asunto. ¿Cómo puedes hacerlo?

Se cruzó de brazos, tomándose un minuto para pensar. Era el mismo cambio que había observado en Nickolas en mi dormitorio; el Rhett que tenía delante era para mí todo un desconocido.

—Tienes razón. Eres tú la que me rompió el corazón. Eres tú la que traicionó a su país, a su corona. Así que sus vidas también son responsabilidad tuya.

Se acercó a su mesa, cogió su bolsa y se la colgó del hombro. A pesar de sus palabras amenazantes parecía tranquilo, y me sentí aliviada al ver que había decidido marcharse, sin más.

Pero antes de hacerlo cogió la lámpara de su mesa, que estaba encendida y con el depósito lleno de aceite.

Y entonces la lanzó al otro lado de la habitación, haciéndola impactar contra los estantes de nuestros libros de historia.

—¡Rhett! —grité horrorizada, sorprendida al ver lo rápido que se extendía el fuego.

—Demuéstrale a tu pueblo quién eres realmente, Annika —dijo, con un tono de voz grave y muy serio—. ¿Vas a salvar nuestra historia… o la de él?

No le hice caso. Salí corriendo y me puse a golpear la estantería de los libros encadenados con mi espada. Estaba lo suficientemente afilada como para abrirse paso en la madera, pero la cadena tendría que venir conmigo. Sentía la protesta de la herida de las costillas con cada movimiento, pero no paré.

No tardé mucho en liberar aquel libro y el que estaba al lado, unidos por la misma cadena. Los agarré, envainé la espada y me giré, mirando a Rhett.

Sostuve los libros contra el pecho. La cadena tintineaba chocando contra el suelo mientras corría en dirección a la sección de historia.

437

No podía dejar los libros de Lennox —Rhett podría hacerse con ellos, o podrían quemarse con alguna pavesa—, así que los aguanté con una mano mientras intentaba levantar la tapa del banco más cercano para acceder a la arena que había dentro.

Los cubos pesaban demasiado como para que pudiera cargarlos con una sola mano, así que empecé a sacar arena a puñados y a lanzarla contra las llamas. Aquello no bastaba, y estaba tan cerca del humo que cada vez me costaba más respirar.

Aquella batalla la iba a perder.

Di un paso atrás, incapaz de contener las lágrimas. Todas aquellas palabras. Aquellas historias. Lo bueno y lo malo que nos había llevado a ser lo que éramos, todo consumido lentamente por el fuego. «Mi preciosa Kadier…, lo siento mucho.»

—¿Por qué él? —preguntó Rhett, situándose de pronto a mi lado.

—¡Ayúdame! —le rogué, tosiendo por efecto del humo—. Has protegido esta biblioteca con tu vida. ¡Ayúdame a salvarla!

—¡Mató a tu madre! ¡Es un monstruo!

—Rhett, puede que esto sea lo único que nos quede mañana al amanecer. ¡Ayúdame a protegerlo!

Él se limitó a gritarme:

—¡Yo he estado a tu lado en todo momento!

Suspiré, consciente de que era inútil.

—Y, sin embargo, eres la persona que más me ha decepcionado en la vida.

Me dispuse a marcharme; no podía perder más tiempo con Rhett. Necesitaba encontrar a Lennox, para ver si podía salvar algo de todo aquello.

Rhett me agarró de la muñeca.

—¿De verdad vas a ir con él? ¿Ahora? ¿No vas a salvar los libros?

Parecía desquiciado, y yo estaba tan furiosa de que me lanzara aquella acusación, cuando había sido él quien había iniciado el fuego, quedándose allí tan tranquilo mientras se extendía, que dejé caer los libros, con la cadena rodeándome el brazo. Eché el brazo atrás y tiré de la cadena, apuntándole a la cabeza. Los libros nunca me habían fallado, y estos tampoco lo hicieron; dieron en el blanco, y Rhett cayó al suelo.

Allí de pie, a su lado, recuperé la compostura:

—Si Kadier sigue existiendo mañana, más vale que tú no estés por aquí, o haré que te encarcelen por traición.

Agarré mis libros, pegándomelos al dolorido pecho, y eché a correr para salvar la vida. La mía, la de Lennox y la de todo aquel que aún pudiera salvar.

Seguí adelante hasta que encontré a un grupo de cuatro guardias.

—¡A la biblioteca! —les ordené—. ¡Hay fuego! ¡Apagad el fuego!

Echaron a correr sin dudarlo y yo seguí adelante, sin tener ni idea de adónde se suponía que debía ir.

439

LENNOX

—¡*E*vitad muertes innecesarias! ¡Haced prisioneros! —gritó Palmer mientras corríamos.

Inigo y yo también lo hicimos, pero no importaba. Allá donde mirara había cadáveres. Ya me temía la imagen que me encontraría al amanecer.

Si es que llegábamos al amanecer.

Si aguantábamos tanto.

Mamun sugirió ir al gran salón. Según decía, allí los combates seguían siendo intensos. Así que seguí a Palmer, esperando encontrar a Annika al final de todos aquellos pasillos.

Sabía que estábamos llegando cuando vi las manchas de sangre en el suelo. Era raro ver las huellas de unos zapatos de tacón dejando un rastro rojo por el pasillo, y me pregunté si la dama que las había dejado estaría a salvo. Nuestros pasos resonaron en el amplio salón. Unas cuantas velas seguían encendidas, iluminando con una luz muy tenue lo que parecía ser una escena de absoluta destrucción. Había sillas tiradas por todas partes y bajo las ventanas rotas se amontonaban los trozos de cristal, como hojas caídas de un árbol.

Annika tampoco estaba allí…, pero no estábamos solos.

—¡Lennox! —gritó mi madre desde el otro extremo de la sala.

Su esperanzada voz resonó como el eco. Quiso acercarse a mí, pero Kawan la agarró de la muñeca. No parecía que tuviera prisa por moverse. Y por lo que se veía ya había encontrado un trono en el que sentarse.

Mi trono.

—Siempre tienes que complicar las cosas, ¿verdad? —dijo.

Avancé lentamente, con la sensación de que él también estaba listo para poner fin a todo aquello.

—Nunca esperas. Nunca escuchas. Nunca nunca obedeces. —Hablaba con rabia contenida, y soltó a mi madre para agarrar con fuerza el apoyabrazos redondeado del trono—. Pero cuando te fuiste sin dar ningún indicio de que fueras a volver, pensé: «Si ese niñato puede colarse en el palacio sin que lo detecten, puedo tomarlo con mi ejército más fácilmente de lo que pensaba». —Levantó las manos y luego las dejó caer—. Y tenía razón.

Soltó una carcajada mientras la gente seguía muriendo a nuestro alrededor, y prosiguió:

—¡Es más, te has condenado tú mismo! Te has convertido en traidor justo cuando esto estaba a punto de acabar. ¿Ahora quién te va a seguir?

Se notaba que estaba disfrutando con aquello.

—¿Tú lo sabías? —pregunté—. El día que te presentaste en nuestra casa, hablaste con mi padre y lo convenciste de que se uniera a tu causa... ¿Ya lo sabías?

Su silencio fue la única respuesta que necesitaba.

—Siempre pensamos que la idea de atacar al rey se le había ocurrido a mi padre por su cuenta. ¿Le enviaste tú a esa misión con la esperanza de que fracasara? ¿De que muriera?

441

Giró levemente el cuello, incómodo ante las preguntas.

—¿Pensabas que si me denigrabas lo suficiente acabarías aplastándome? ¿Pensabas que me convertirías en tu esclavo? ¿Que nunca tendría las agallas suficientes para reclamar lo que es mío?

—¿De qué va esto? —preguntó mi madre, mirando a Kawan y luego a mí, a la espera de una respuesta.

Antes de que pudiera decir nada más, una mano me agarró del cabello y me encontré la hoja de una espada contra el cuello. Mi reacción de sorpresa no fue nada comparada con los gritos de mi madre. Palmer e Inigo se giraron enseguida, con las espadas en ristre.

—Suelta la espada —me ordenó Mamun al oído—. O muere.

Sabía que me arrepentiría, pero dejé caer la espada, que repiqueteó contra el suelo de mármol, y me encontré con la sucia hoja de la de Mamun presionándome la piel. Solo podía pensar en que, si había conseguido sobrevivir a tantas cosas para morir así, ¿qué sentido tenía?

—¿Acabo con él ya? —preguntó Mamun.

—Aún no. Puede que todavía me sea útil —respondió Kawan.

Tenía que reconocer que había sido un acierto escoger a un guardia de a pie como infiltrado: un movimiento inteligente por su parte. Un guardia nunca le disputaría el poder, nunca se le opondría. Un guardia tomaría todo lo que pudiera y huiría para vivir una vida más desahogada. Eso también explicaba por qué Mamun se había apresurado tanto a acabar con Nickolas. Había faltado poco para que nos convenciera de que no tenía nada que ver con esto.

—Tal como le dije a Nickolas, sea lo que sea lo que te ha prometido, no te lo dará —le dije a Mamun en voz baja.

Él no respondió.

—¿Qué hay de los otros? —preguntó Kawan.

—El rey ha muerto esta mañana —le informó Mamun—. El príncipe resultó gravemente herido y hasta ayer no despertó. Afortunadamente, ha huido de palacio para vivir su historia de amor.

—Confié en ti —dijo Palmer, claramente dolido—. ¿Cómo has podido hacerles esto?

—¡Tú estuviste allí! Tú lo viste empujar a su hija contra una mesa de cristal —le recordó Mamun—. Viste cómo hacía daño a su propia hija. Y también has visto lo egoísta que se ha vuelto el príncipe. Has visto al rey tomando decisiones sin sentido. ¿Para qué queremos a otra generación de reyes? —dijo, y noté que meneaba la cabeza, hablando cada vez con más desesperación—. ¡No seguiré sirviéndolos! Ni a ellos ni a los arrogantes cortesanos que me pasan sus copas vacías como si fuera un mayordomo. ¡A nadie! ¡Quiero vivir en una tierra libre!

—¿Y tú crees que ese hombre, que es capaz de poner en juego la vida de su propio pueblo en una misión suicida, va a darte la libertad? —gritó Palmer, señalando a Kawan.

—¿Y nuestro rey no era peor aún? —preguntó Mamun, haciendo callar a Palmer—. No, todo será diferente cuando hayamos acabado con ella —insistió. Por su tono noté que había dejado de hablar con Palmer y ahora se dirigía a Kawan—. Ahora mismo la princesa puede estar viva o muerta; no hay modo de saberlo. Si ha sobrevivido hasta ahora, es muy posible que si se encuentra el cadáver de este —dijo, hablando de mí— se una a él gustosamente.

—¿No sabes si está viva? —preguntó Kawan, airado—. ¿Cómo voy a confiar en ti si has perdido a la única persona que necesitamos ver muerta?

—Ya, pero es que estoy muy viva.

Pese a la fuerza con que Mamun me tenía agarrado, giré el cuello lo que pude; solo necesitaba ver a mi Annika un momento. Ella entró en el salón, descalza, arrastrando la espada por el suelo. En la otra mano llevaba dos libros unidos por una cadena. Se había enrollado las cadenas en torno a la muñeca, y daba la impresión de que le harían daño, pero no parecía que lo notara siquiera. Una enorme mancha de sangre empapaba la tela en la zona de la herida. Y además de todo eso estaba cubierta de algo —quizá suciedad o ceniza— y tenía el aspecto de haber atravesado un infierno.

—Volvemos a encontrarnos —le dijo a Kawan, a modo de saludo—. Debo decir que para alguien tan decidido a hacerse con la corona, tienes los modales de un perro.

—No tengo muy claro que sea el momento de lanzar insultos. Tengo tu reino en mis manos. ¿Quieres que ordene que maten hasta al último de tus súbditos, solo porque su patética princesa es incapaz de cerrar la boca? ¿Es que no te han enseñado a callarte cuando hablan los mayores?

Ella suspiró, girándose a mirarme. No parecía alterada al ver que tenía una espada en la garganta, al ver que su enemigo estaba sentado en el trono de su padre. Se limitó a levantar la espada, apuntando a Kawan, con un tono de hastío e irritación en la voz.

—Otro que se cree que puede decirme lo que debo hacer.

Tenía razón. Yo había cometido ese error una sola vez.

—Sal del trono de su majestad —le ordenó.

Kawan ladeó la cabeza, divertido.

—Tu padre está muerto, niña.

Ella imitó su gesto, inclinando la cabeza hacia un lado y sonriendo.

—Pero el rey está vivo. Tú y yo lo sabemos perfectamente.

La sonrisa de Kawan desapareció inmediatamente.

—¡Mátalo! —ordenó.

—¡Abajo! —gritó Annika.

Me agaché, pero no lo suficientemente rápido. Se llevó un mechón de mi cabello al hacerle un tajo a Mamun con la espada, abriéndole el cuello por un lado.

Él retrocedió, llevándose las manos al cuello, intentando parar la hemorragia.

Yo ya estaba en el suelo, así que cogí mi espada y cargué contra

443

Kawan. En los escasos segundos que tardé en cruzar la sala, él se jugó la última carta que escondía en la manga.

Se sacó una daga. Al principio pensé que era para mí, pero en lugar de eso se giró y se la clavó a mi madre en el vientre.

—¡No! —gritó Annika, a mis espaldas.

Mi madre cayó al suelo, pero yo no perdí de vista a Kawan, que se disponía a desenvainar la espada. De pronto la vista se me tiñó de rojo, di un salto adelante y me dispuse a acabar con él de una vez por todas. Pero antes de que pudiera llegar, Inigo estaba ahí.

Inigo siempre había sido algo más rápido que yo. Más fuerte, más listo, más sensato. Solo una vez había tenido suerte, y había tenido que rendirse ante mí.

Dio un empujón a Kawan, haciéndole caer de nuevo sobre el trono, bloqueando su huida y obligándome a dar un paso atrás.

—¿De verdad eres rey? —me preguntó.

Annika, que había corrido al lado de mi madre, respondió por mí.

—Sí, sí, lo es.

—Entonces demuestra que eres un rey justo. Llévalo a juicio. Tú viniste hasta aquí en busca de la paz; él provocó la guerra. Seamos mejores que él.

Una vez más, Inigo me demostró que era mejor que yo en todos los sentidos.

—Estoy segura de que el oficial Palmer estará encantado de llevárselo a las mazmorras en cuanto pueda —comentó Annika, sin alzar la voz, mientras le apartaba el cabello del rostro a mi madre.

Di un paso atrás.

—Átalo —ordené.

Inigo asintió y se dispuso a inmovilizar a Kawan en el suelo.

—No vas a tenerlo tan fácil —murmuró Kawan.

—Eso ya lo veremos —respondí.

—Reina madre —dijo Annika, con delicadeza. Mi madre la miró. Empezaba a sangrar por la comisura de la boca, y supe que eso no era buena señal. Me aparté y caí de rodillas junto a Annika—. ¿Tiene alguna orden, mi señora? ¿Algo que desee que haga?

Ella esbozó una sonrisa.

—¿De verdad es rey mi Lennox?

Annika levantó el brazo, mostrando la muñeca envuelta en cadenas.

—Sí. Aquí tengo la prueba. Y usaré la poca autoridad que me confiere mi nombre para asegurarme de que ocupa su puesto. No tiene que preocuparse de nada, mi señora.

Ella asintió casi sin fuerzas y se giró hacia mí.

—Has escogido bien. Mejor que tu padre.

—No digas eso —respondí, sintiendo las lágrimas a punto de asomar.

Alargó un brazo tembloroso para cogerme la mano.

—La desesperación me ha impedido ser valiente. Lo siento.

—Hace mucho que te perdoné. Y espero que tú también me perdones.

Sonrió.

—Entonces sí que tengo una orden.

Bajé la cabeza, mostrándole el respeto que debería haber recibido hacía ya mucho tiempo.

—Lo que sea.

—Vivid. Vivid una vida llena de felicidad.

Me temblaban los labios, pero no quería echarme a llorar delante de ella; no quería que fuera eso lo último que viera.

—Sí, mi señora.

Le tembló todo el cuerpo un momento y se quedó inmóvil. Y así, el mismo día, Annika y yo nos habíamos quedado huérfanos.

No tenía palabras para expresar todo lo que sentía. La desesperación, la esperanza, la incertidumbre. Hoy había ganado el derecho al trono, pero sentía un agujero en el estómago, un vacío imposible de llenar.

Al final, no importaba que pudiera hablar o no. Annika había llegado al límite y perdió el conocimiento, cayendo pesadamente entre mis brazos.

445

ANNIKA

La luz entró por las ventanas, despertándome. Al momento noté una sensación de ardor que me recorría el torso. Intenté estirar el cuerpo un poco, y me hizo aún más daño. Hice una mueca de dolor y me llevé la mano al lugar de la herida.

—¡No, no! Eso es que se está curando. No te lo toques.

Abrí los ojos de golpe. No podía creerme que fuera Escalus. Pero sí, ahí estaba, sentado junto a mi cama.

—Créeme si te digo que recuperarse de una herida así no es ninguna tontería. Tienes que tomártelo con calma.

No intenté siquiera contener las lágrimas.

Él bajó la mirada y meneó la cabeza.

—Lo sé. Lo sé, y tienes todo el derecho a odiarme por lo que hice. No debería haber…

—Solo necesito que me respondas una pregunta —dije, interrumpiéndolo. Él levantó la vista con gesto de culpabilidad y asintió—. ¿Por fin tengo una hermana?

Asintió, y los labios le temblaron. Levantó la vista y Noemi se acercó desde la ventana. Llevaba un vestido amarillo con encajes en la parte de delante y unos lazos al final de las mangas. Se veía su huella en los detalles, y me pregunté si habría trabajado en secreto para coserlo a lo largo de los años, con la esperanza de tener motivo para ponérselo algún día.

Le tendí la mano.

—¿Cuándo habéis vuelto? ¿Cómo habéis sabido que teníais que volver a casa?

«Casa.» Meneé la cabeza, corrigiéndome mentalmente. Tendría que dejar de llamarlo así.

—Tampoco habíamos viajado tanto. Nos casamos en una pequeña iglesia a pocos kilómetros de aquí. Nos instalamos en una posada para pasar la noche, pero a media noche Lord Lehmann entró en el edificio gritando que todos debíamos armarnos. Dijo que un ejército había tomado el castillo al asalto, que toda la familia real estaba desaparecida y que muy probablemente los intrusos querrían quedarse con nuestras tierras. Estaba tan agitado que ni siquiera me reconoció.

»Volví a por Noemi y le conté lo que había dicho. Por lo que parecía, nadie sabía que papá había muerto ni que yo me había marchado. Lo que más me asustó fue que nadie sabía dónde estabas tú. No sabía si habrías muerto en la batalla; si así era, tenía que volver a defender el trono, a pesar de que no entrara en mis planes —dijo con solemnidad—. Noemi solo quería encontrarte —añadió, mirándola desde su silla—. Llegamos al palacio y nos encontramos la puerta reventada y las murallas en ruinas. Había un número de cadáveres terrible, y daba la impresión de que toda un ala del palacio estaba en llamas. —Meneó la cabeza—. No podía creerme que todo aquello hubiera sucedido en cuestión de horas.

Tragué saliva. No sabía ni la mitad.

—¿Qué más? —pregunté—. ¿No os salió nadie al paso?

—No —respondió, negando con la cabeza—. Avanzamos con precaución, pero parecía ser que el combate ya había acabado. En ese momento, mi única preocupación era encontrarte a ti. Pero un joven que estaba en el ejército de Dahrain me encontró primero. Desenvainé la espada… Annika, el muchacho apenas tenía fuerzas para sostener la suya… El caso es que me preguntó mi nombre, y yo se lo dije. Me dijo que no corría peligro, y que le siguiera. Yo tenía mis dudas, pero él me llevó hasta una sala que no estaba del todo arrasada. El oficial Palmer… Lo conoces, ¿verdad?

Esbocé una sonrisa fatigada y asentí.

—El oficial Palmer estaba sentado en el suelo con dos libros abiertos delante. A su lado estaba ese soldado, Au Sucrit —dijo, mirándome con curiosidad, ahora que ya sabía todo sobre él—, y estaba estudiando cada página como si hubiera encontrado un tesoro escondido.

Levanté la cabeza, y mi cuerpo respondió con una punzada de dolor.

—¡Lennox! ¿Dónde está?

Él me miró, perplejo.

447

—¿Entonces es cierto?

Tragué saliva.

—¿Qué parte?

—Me dijo muchas cosas que apenas podía creerme: cosas sobre nuestra historia, sobre su linaje... Pero lo más sorprendente de todo fue la insistencia con que repetía que te quería más que a nada en el mundo.

Me encontré haciendo esfuerzos para contener las lágrimas y cogiéndome de las manos con fuerza.

—¿Eso dijo?

Escalus asintió.

Noemi tenía una sonrisa traviesa en el rostro.

—Habló con unas palabras más dulces que las de cualquiera de esos libros que has leído. De no haber estado felizmente casada, yo misma...

Escalus la miró fijamente, fingiéndose enfadado.

—Demasiado tarde. Ahora eres mía.

Ella soltó una risita que dejaba claro lo feliz que era.

—Bueno, ¿entonces ya lo sabes? ¿Ya sabes que el reino es suyo?

Mi hermano suspiró con fuerza.

—Si no hubiera visto los libros, no me lo habría creído. Por mi parte... —bajó la mirada, meditando sus palabras—, ya estaba encantado de cederte el trono a ti. No necesito el cargo ni el prestigio. Y puedo aceptar abdicar para enmendar un terrible error.

»Lo único que me da que pensar es que no sé nada de ese Lennox, aparte del hecho de que mató a nuestra madre. Y no quiero que te quiten una corona que te sienta tan bien. Se me parte el corazón viéndote apartada del trono, del palacio y posiblemente del país, teniendo en cuenta tu linaje. Nuestro linaje.

Asentí.

—Ya he pensado en eso. Sé que no conoces a Lennox, pero espero que confíes en mí cuando te digo que yo sí. No negará su responsabilidad en la muerte de mamá, pero lo lamenta hasta tal punto que el recuerdo le persigue y le obsesiona. ¿Sabes la de veces que me ha perdonado la vida? —Contuve una risita—. ¿Y sabes cuántas veces me la ha salvado?

»No tienes nada que temer. Yo... A mí también me entristece perderla, Escalus; en cuanto supe que la corona era mía, me encariñé

448

de ella. No con el poder, exactamente, pero sí con la responsabilidad. Pensé en todo el trabajo que había hecho, en lo agotador que era, pero también en la satisfacción que me daba. Pensé en todo el bien que podía hacer.

»Pero si lo único bueno que puedo hacer con la corona es asegurarme de que está en la cabeza de quien se la merece por derecho…, eso es lo que haré.

—¿Tienes que buscar siempre palabras tan poéticas?

La voz de Lennox volvió a traerme el sonido arrollador de mil latidos del corazón. Se había aseado y alguien le había dado una muda nueva. Ahora parecía todo un caballero, solo que llevaba el cabello largo…, algo que, a decir verdad, a mí me gustaba.

—Solo me pasa cuando hablo de ti —confesé.

—¡Vaya! Parece que va siendo hora de que me vaya —dijo Escalus, recogiendo un bastón que no había visto hasta entonces y pasando su brazo por el de Noemi, que se rio.

—Te das cuenta de que tú haces lo mismo cuando hablas de mí, ¿no? Solo que más exagerado.

—Por supuesto que lo hago —respondió él—. Y pienso hacerlo aún más a menudo, pero una cosa es decirlo y otra oírlo. Así que vamos a nuestra habitación, anda. —Escalus se detuvo un momento al pasar junto a Lennox—. Digas lo que digas, sé delicado. Solo lleva despierta unos minutos.

Lennox asintió, y yo me quedé mirando a Escalus y a Noemi, que salían de la habitación cogidos del brazo. Pero hasta que no se fueron no me di cuenta de que no estaba en mi habitación. Miré a mi alrededor, pero no tenía ni idea de dónde me encontraba.

—Perdona —dijo Lennox—. No sé qué te habrá dicho Escalus, pero la mayor parte del palacio está hecho un desastre. Te hemos traído a una de las pocas habitaciones que quedaban intactas. Estás en el pasillo este de la tercera planta, por si te sirve de algo.

Me puse a pensar, ubicando la habitación mentalmente.

—Sí, me sirve de mucho, gracias.

Observé que Lennox llevaba en las manos los dos libros que había salvado del incendio.

—No le hagas caso a mi hermano. Cuéntamelo todo. Sea lo que sea lo que debes decirme, estoy lo suficientemente fuerte como para asimilarlo.

449

—¿Estás segura? —respondió, arqueando una ceja.

«No —pensé—. No estoy preparada para el momento en que me dirás que nuestros caminos deben separarse para siempre.»

Pero estaba decidida a comportarme como una reina hasta el final.

—Desde luego.

LENNOX

*E*staba claro que se hacía la fuerte. Si le rompía el corazón, no lo admitiría jamás. Lo aceptaría con una sonrisa muy digna.

Igual que su madre.

—Las cosas más importantes ya las sabes: tu hermano y su esposa están vivos, igual que tú y yo. Yo diría que eso ya es un milagro.

—Yo también.

—Mi madre murió en tus brazos, y no sé si alguien te ha dicho que anoche Mamun mató a Nickolas.

—¿Qué? —dijo Annika, irguiendo la espalda ligeramente.

Asentí.

—Ahora lo veo claro: Mamun estaba intentando ocultar su rastro. No sabía cuánto tiempo más tendría que mantener en secreto su acuerdo con Kawan, así que en cuanto Nickolas empezó a hablar, se lo quitó de encima. Nickolas era un cobarde, pero al final parece ser que era inocente.

Annika negó con la cabeza.

—No lo era. —Tragó saliva y sus ojos recorrieron la manta que la cubría mientras ordenaba sus pensamientos—. Me encerró en mi habitación y salió dispuesto a matar a Escalus. No sabía que Escalus se había ido. Abrí la cerradura con una horquilla y escapé.

—No me esperaba menos de ti —dije, asintiendo, orgulloso y agradecido—. Muy bien. Kawan está encadenado, igual que Mamun, y dispondrán de un juicio justo. Mi amigo Inigo está bien, y me han informado de que Blythe ha superado la noche. —Sonreí, socarrón—. Inigo le está brindando los máximos cuidados. Palmer se ha encargado de crear una zona para tratar a los heridos, y los guardias se están encargando de los muertos.

Asintió.

—¿Estás haciendo tiempo? Me interesa más saber lo que va a pasar ahora que lo que ha ocurrido.

—Tiencs razón. —Tragué saliva, más asustado de lo que había estado en mi vida—. Entonces solo tengo que hacerte una pregunta.

Ella irguió de nuevo la cabeza, alisó las sábanas y estiró la espalda, adoptando una posición lo más digna posible.

—¿Y de qué se trata?

—Es simplemente esto: Annika Vedette, ¿me harías el extraordinario honor de aceptar mi mano?

Se me quedó mirando, y vi que los ojos se le llenaban de lágrimas.

—Sabes perfectamente que querría decirte que sí…, pero si mi pueblo tiene que marcharse, ya sabes…

Meneé la cabeza, me alejé unos pasos y le puse los libros sobre la cama.

—He estado ojeando este libro, leyendo nombres que me resultan familiares, y he encontrado relatos que estoy seguro de que he oído antes. Pero… —levanté el segundo libro— … lo que has encontrado aquí es igual de fascinante.

Pasé las páginas hasta dar con un viejo mapa. Allí, por fin, se documentaba la historia de los siete clanes. Aportaba incluso mapas detallados de cada clan, mostrando las familias más importantes y señalando quiénes eran los propietarios de los terrenos más grandes.

—Mira —exclamó ella, más animada—. Ahí lo tienes. Éramos vecinos.

Colocó su dedo sobre la línea que marcaba la frontera entre el territorio de sus ancestros y el de los míos, y la resiguió con delicadeza.

—Sí que lo éramos. ¿Ves lo grande que era tu territorio? No es de extrañar que tu gente se sintiera traicionada cuando no se les tuvo en cuenta. Pero ¿sabes qué más he encontrado?

Negó con la cabeza.

—El libro explica que tus ancestros se encargaron de la organización de los clanes para defenderse de las múltiples invasiones a las que se enfrentaban. He visto sus planes de defensa, sus sacrificios, su trabajo. Annika, quizás a mi pueblo le arrebataron algo, pero nada de todo ello seguiría aquí si tus ancestros no hubieran luchado tan valientemente. Eso es algo que debemos recordar. Y estoy agradecido por ello.

—Me alegro. Me alegro de que lo salváramos. Y de poder cedértelo ahora en perfecto estado.

—¿Estás segura de esto, Annika? ¿De verdad quieres cederme tu reino?

—No —susurró. Bajó la mirada y se tocó el anillo que llevaba en el pulgar, luego tiró de él y me lo puso en la palma de la mano—. Quiero darte tu reino.

Vi que aparecían manchitas en la manta, en los puntos donde caían sus lágrimas. Le concedí un momento; necesitaba que me oyera bien.

—Quizá recuerdes que mi pueblo no se compone solo de dahrainianos —dije con voz suave—. Proceden de diversos países, y los acogimos porque necesitaban protección. No tengo ninguna intención de echarlos de Dahrain…, ni quiero expulsar a tu pueblo.

Por fin me miró a los ojos.

—Y no dejo de pensar en tu madre. Hasta su último aliento, Annika, lo único que quiso fue la paz. ¿No estará contenta de ver que os unís a mi pueblo como si fuera el vuestro?

Cerró los ojos y asintió, y yo me puse de rodillas junto a su cama.

—Según este libro, tienes razón: debería ser rey. La corona tendría que haber pasado de mano en mano siguiendo mi linaje, pero no seguiría aquí si no fuera por tus antepasados. Yo creo que tú y yo podríamos hacer algo grande, Annika. Podríamos construir algo. —Respiré hondo—. Así que quédate conmigo. Cásate conmigo. Si no, esta victoria no tendrá sentido. Mi vida no tendrá sentido.

Se giró y, por un momento, temí haberla perdido.

—¿Annika?

Cuando volvió a mirarme, tenía la mano delante de la boca, pero las líneas de expresión en las comisuras de sus ojos dejaban claro que estaba sonriendo.

—Lo siento —dijo, apartando por fin la mano y limpiándose las lágrimas. Apoyó la palma de la mano sobre las páginas que recogían nuestra historia común, tanto las cosas buenas como las malas—. Es que todo este tiempo he estado leyendo cuentos de hadas para llegar al final feliz. Y da la impresión de que no eran esos los libros que debía leer.

Le cogí la mano y ella cogió la mía, y sentí que, por fin, el mundo adquiría sentido.

—Lennox Au Sucrit…

No me había dado cuenta de lo mucho que significaba mi nombre hasta que la oí pronunciarlo.

—… No hay nada que desee más en el mundo que ser tuya.

Y así fue como, al cabo de menos de un día, pasé a tener todo lo que necesitaba en la vida.

Ambos lo teníamos todo en la vida.

Llamaron a la puerta, y entró Palmer.

Miró a Annika y observó las lágrimas en sus ojos.

—¿Está bien, majestad?

Ella sonrió.

—Oh, estoy perfectamente. ¿Y usted, majestad? —preguntó, mirándome a mí.

Por un momento me quedé desorientado, incapaz de creer que el sueño que siempre había deseado me había caído del cielo, así, de repente. Me acerqué a Annika, le di un beso con la máxima delicadeza y disfruté al ver su radiante sonrisa.

—Nunca he estado mejor.

EPÍLOGO

Annika Au Sucrit observaba, embelesada, el bebé que tenía en los brazos. El pequeño bostezaba; era un movimiento minúsculo, pero para ella no era menos extraordinario que un amanecer o una sinfonía. Lennox también estaba pletórico, viendo que el niño se agarraba al mismo dedo en que llevaba su alianza de boda. Nunca reconocería que estaba tan aterrado como contento, pero su esposa seguro que lo sabía.

Lennox se giró a mirar a Annika, y pensó que no era ninguna sorpresa que hubiera encontrado una cosa más en la que ser extraordinaria. ¿Es que había algo en que no lo fuera? Y esa nueva personita que parecía tener los ojos y la nariz de su padre... ¿Qué podría llegar a hacer algún día?

Ambos se tomaron un momento para disfrutar de la nueva situación, ahora que eran una familia de tres. Sí, tendrían más tiempo después, una vez que se hubieran ido todos los visitantes, pero ahora necesitaban aquellos pocos minutos para su disfrute personal.

Lennox insistía en que les enseñarían a sus hijos los juegos de Annika, a salir en busca de las piedras de colores del palacio. Annika quería que les enseñaran las danzas del pueblo de Lennox, uniendo las manos y girando hasta marearse. Ambos decidieron que no les darían a sus hijos los nombres de sus padres, sino que usarían nombres nuevos. Y ambos decidieron que querrían al nuevo pueblo con todo su corazón.

Los dos juraron solemnemente contárselo todo a sus súbditos. Hablarían de los errores cometidos por uno y otro lado, y del perdón concedido por ambos. Reconocerían el pasado, conscientes de que no podían pasar por alto su historia ni tampoco pedir perdón constantemente por lo sucedido. Y confiarían en que si algo quedaba borrado por una mentira, con el paso de las generaciones la verdad volvería a la luz.

El hermano de Annika —ahora duque— y su esposa fueron los primeros en visitarlos. A la reina y a su mejor amiga, una cuñada que prácticamente era su hermana, se les llenaron los ojos de lágrimas al mirar el rostro del nuevo príncipe. Escalus, que había temido que algo fuera mal en el parto, estaba tan aliviado de ver a su hermana sana y salva que tardó unos minutos en ver al bebé. Cuando entraron Inigo y Blythe, Annika puso a su hijo en los brazos de Blythe y observó, complacida, como su amistad iba creciendo paso a paso. Lennox hizo un esfuerzo para no llorar cuando Inigo lo abrazó, tan orgulloso de su mejor amigo que no habría sabido expresarlo en palabras. Y Palmer se negó a entrar en la habitación, pero montó guardia en la puerta, tensándose cada vez que oía el mínimo llanto.

Hubo otros. Nobles, embajadores de visita y una sucesión de plebeyos que traían regalos de parte de todos los vecinos de sus pueblos. Y aunque no todo el mundo estaba convencido de la conveniencia de los cambios instaurados en el último año, no se podía negar que el joven rey y la joven reina estaban haciendo todo lo posible por reparar los daños, por crear algo nuevo a partir de un pasado fracturado. Así que las gentes del lugar, algunos contentos y otros algo compungidos, abandonaron los nombres de Kadier y Dahrain y llamaron a su nuevo pueblo «Avel».

Tuvo que pasar mucho tiempo antes de que Lennox tuviera un momento para descansar y coger aire, con su hijo en brazos, mientras su esposa dormía con la cabeza apoyada en su hombro. Lo compartían todo —el reino, la corona, el apellido— y habían creado un futuro juntos. Cada vez que le ocurría algo bueno, Lennox notaba que se tensaba, esperando que se lo arrebataran. Pero eso no ocurrió. Cada paso había supuesto siempre un nuevo desafío, pero siempre los había superado, y lo habían hecho juntos.

Así que mientras sostenía aquel ser precioso entre sus brazos se prometió compartir el optimismo de Annika. La cogería de la mano y caminarían juntos hacia el mañana.

AGRADECIMIENTOS

*G*racias, querido lector. Puede que este sea el primer libro mío que eliges o puede que hayas seguido mi camino durante los últimos diez años. De cualquier manera, gracias por pasar tu tiempo con los personajes que creé y en los mundos que inventé. La primera razón por la que escribo es porque los personajes no callarán, pero la segunda eres tú. :) Gracias por todo.

Muchas gracias a mi agente, Elana Parker, por su fe en mis historias, su sensata honestidad y su dulce amistad a lo largo de los años. También al resto del equipo de la agencia literaria Laura Dail, en particular a Katie Gisondi, que trabaja duro para que mis historias lleguen a los lectores de todo el mundo. Me siento muy afortunada de tener un equipo tan maravilloso que represente mis libros. Gracias por hacerlos despegar.

Gracias a Erica Sussman, de HarperTeen, por responder mis llamadas en momentos inesperados, por trabajar de forma tan incansable para hacer brillar mis historias y ser una amiga tan maravillosa. También a Elizabeth Lynch por su encantadora perspicacia y por su arduo trabajo. Gracias a Erin Fitzsimmons y a Alison Donalty por su precioso trabajo de diseño, y también a Elena Vizerskya por la increíble portada. Gracias a Jon Howard y a Erica Ferguson por su atención en los detalles y por dar los trazos finales al manuscrito. Gracias a Sabrina Abballe, a Shannon Cox y a Aubrey Churchward por su trabajo entre bastidores. ¡Os veo a todos! Varias personas han pasado por HarperTeen a lo largo de estos años, pero siempre he tenido un excelente equipo detrás de mis libros. Estoy muy agradecida por su dedicación y por hacer mi trabajo tan divertido.

Un gigante, increíblemente grande: gracias a Callaway por ser un esposo y un guía espectacular. Te quiero mucho. Gracias por tu apoyo y paciencia, y por las cosas que no puedo escribir porque lloraré, y estoy en público en este momento, así que sí. Gracias a mi Guyden por las constantes bromas y por los enormes abrazos, y a mi Zuzu por las increíbles frases ingeniosas y por su brillante energía. Gracias a Theresa por toda su ayuda y por ser una gran amiga. Siento que tengas que haber esperado un millón de años para que tu nombre aparezca aquí. Soy más adorable que inteligente.

Gracias a Mimoo y a Grumpa por ser mis mayores animadores y por aguantarme, sobre todo durante los años 1996-2001. Gracias a Mimi y a Papa Cass por su apoyo infinito y por amarme como si fuera suya.

Gracias a mi familia de la iglesia Grace Community por su fiel asesoramiento y enseñanza. Un especial agradecimiento a las señoras de mi pequeño grupo: Darlene, Summer, Cheryl, Rebecca, Patti, Bridget, Marrianne, Natalie y a cualquier que me pueda olvidar en este momento, por su constante apoyo y amor.

Y, por último, me gustaría dar las gracias al Señor. Si tú, lector, no lo sabes, empecé a escribir para superar una etapa de mi vida especialmente difícil. Escribir fue como un salvavidas que me lanzaron cuando me estaba ahogando. No podría haber esperado estar sentada aquí, con diez libros en mi haber, pero debería haber esperado que un Dios grande y amoroso tomara lo peor de mi vida y lo redimiera. Padre, no merezco tu bondad, y pasaré toda mi vida sin alcanzarla. Gracias por tu gracia.